The Heroes of Olympus
混血營英雄
海神之子

雷克·萊爾頓 Rick Riordan◎著
蔡青恩◎譯

遠流

國際媒體讚譽

雖然書中充滿了詳盡的解釋、倒敘故事與夢境，但萊爾頓融入了許多快節奏的情節，像是與強敵的戰鬥場面，以及偶爾穿插的搞笑橋段。閱讀過程中，讀者將可了解更多有關古羅馬天神與羅馬軍團的故事，同時為波西與他的盟友慢慢實現神祕的七人大預言而振奮不已。

——**《書單》**

萊爾頓巧妙地運用了當下青少年的流行語，讓這部著作既生動又饒富趣味。故事的結局絕對讓讀者會心一笑，即使他們還得繼續等待之後的故事。簡直讓人等不及了！

——**《學校圖書館期刊》**

一如萊爾頓之前的作品，他總是讓他的英雄們有機會說最後一句話，並且在碰到危機與困難時迸出諷刺性的俏皮話，特別是面對死亡還能咧嘴笑這種自信的態度，讓他的忠實粉絲不禁拍手叫好！

——**《號角書》**

《海神之子》充滿了引人入勝的奇幻冒險、詼諧的對話以及有趣、迷人的角色，絕對是喜愛神話與寓言的粉絲必讀的佳作。

——**亞馬遜書店**

在《海神之子》這本書中，萊爾頓再次將不同文化的神話巧妙無間地融入現代場景中。一如他的上一本著作，故事情節引人入勝，人物性格鮮明且令人信服……是萊爾頓另一部讓人愛不釋手、熱血沸騰的佳作。

——**《青少年倡導之聲》雜誌**

只有像萊爾頓這樣的天才作家能寫出五百頁的史詩故事，並捕捉住各年齡層讀者的想像力。……儘管敘事角度從波西到海柔到法蘭克不斷交替，但每個角色的敘事口吻明確而不混淆，使得整個冒險故事緊湊而有張力。而其中的希臘和羅馬神話更為這本書增添了新鮮感，兼具教育與娛樂。

——**兒童文學評論網站**

主要人物簡介

◆波西．傑克森（Percy Jackson）

海神波塞頓的混血人兒子。他和傑生兩人在喪失記憶後被互相交換，經過與蛇髮女怪的纏鬥後，帶著僅有的記憶——安娜貝斯——來到傑生原本歸屬的地方，也就是朱比特營。他與法蘭克、海柔組成一支任務小隊，前往阿拉斯加釋放遭巨人禁錮的死亡之神桑納托斯。他不僅要搜尋自己失去的記憶，同時必須面對大地之母蓋婭對羅馬營發動的攻擊。

◆法蘭克．張（Frank Zhang）

戰神馬爾斯的混血人兒子，他母親的家族血統亦與波塞頓有所關聯。他具有變形的能力，同時擅長弓箭。他的生命繫於一根小木棒上，一旦木棒燃燒殆盡，他的生命就會終結。他受命率領與波西和海柔共同組成的任務小隊，也一直暗戀海柔。他是目前唯一具有希臘、羅馬雙重血統的混血人，也具備來自不同天神的不同能力，然而他直到出任務才發現自己與眾不同的「天賦」。

◆海柔．李維斯克（Hazel Levesque）

普魯托的混血人女兒，生於一九二九年，因爲她母親許願要擁有大地的財富，因此不斷有貴重寶石和黃金從她身邊地面冒出，但擁有這些珍寶的人都會遭逢厄運。她被蓋婭計誘去阿拉斯加餵養奧賽俄紐斯，一九四二年死亡。弟弟尼克將她從日光蘭之境救出來，給了她生命的第二次機會。她是釋放桑納托斯任務小隊的成員之一，爲了阻撓蓋婭的計謀，即使可能失去生命也在所不惜。

◆**蕾娜**（Reyna）

女戰神貝婁娜的混血人女兒，是亞馬遜女王海拉的妹妹，也是第十二軍團的執法官。她有一頭深色頭髮，金色戰甲外披著紫色斗篷。在傑生失蹤之前，她曾與他有特殊的感情。

◆**艾拉**（Ella）

一半形體像鳥、一半像人的鳥身女妖，擁有紅色頭髮和羽毛。她是被派去偷走菲紐斯食物的鳥身女妖之一，能記憶許多書籍的內容，並且一字不漏地引述出來。她對於羅馬的預言書西卜林書知之甚詳，是波西、法蘭克和海柔極力保護的對象。而波西的弟弟、獨眼巨人泰森（Tyson）對她有特別的好感。

獻給貝琪，謝謝你與我分享了在羅馬的新世界。
即使希拉都不可能讓我忘記你。

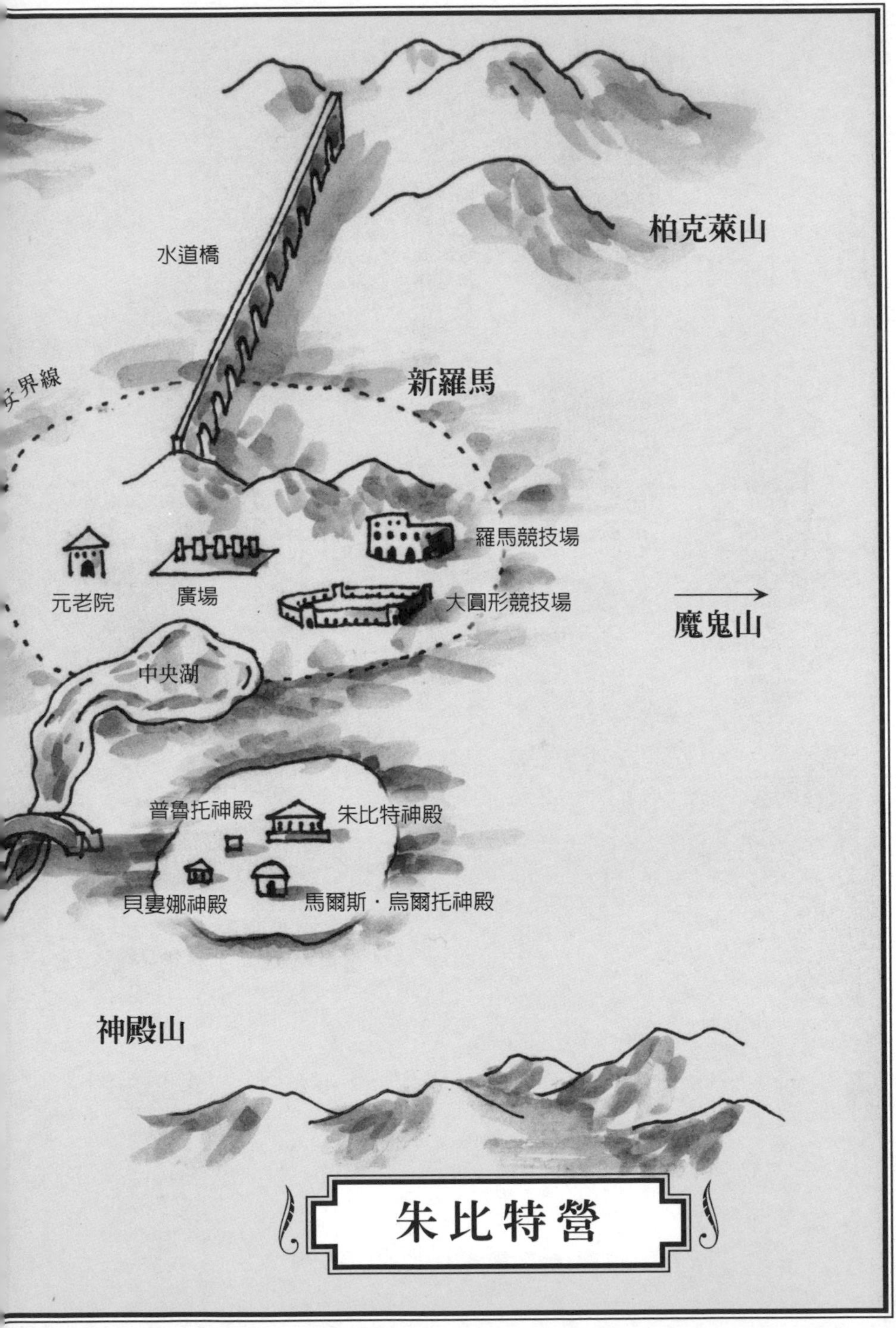
柏克萊山
水道橋
界線
新羅馬
羅馬競技場
元老院
廣場
大圓形競技場
魔鬼山
中央湖
普魯托神殿
朱比特神殿
貝婁娜神殿
馬爾斯・烏爾托神殿
神殿山
朱比特營

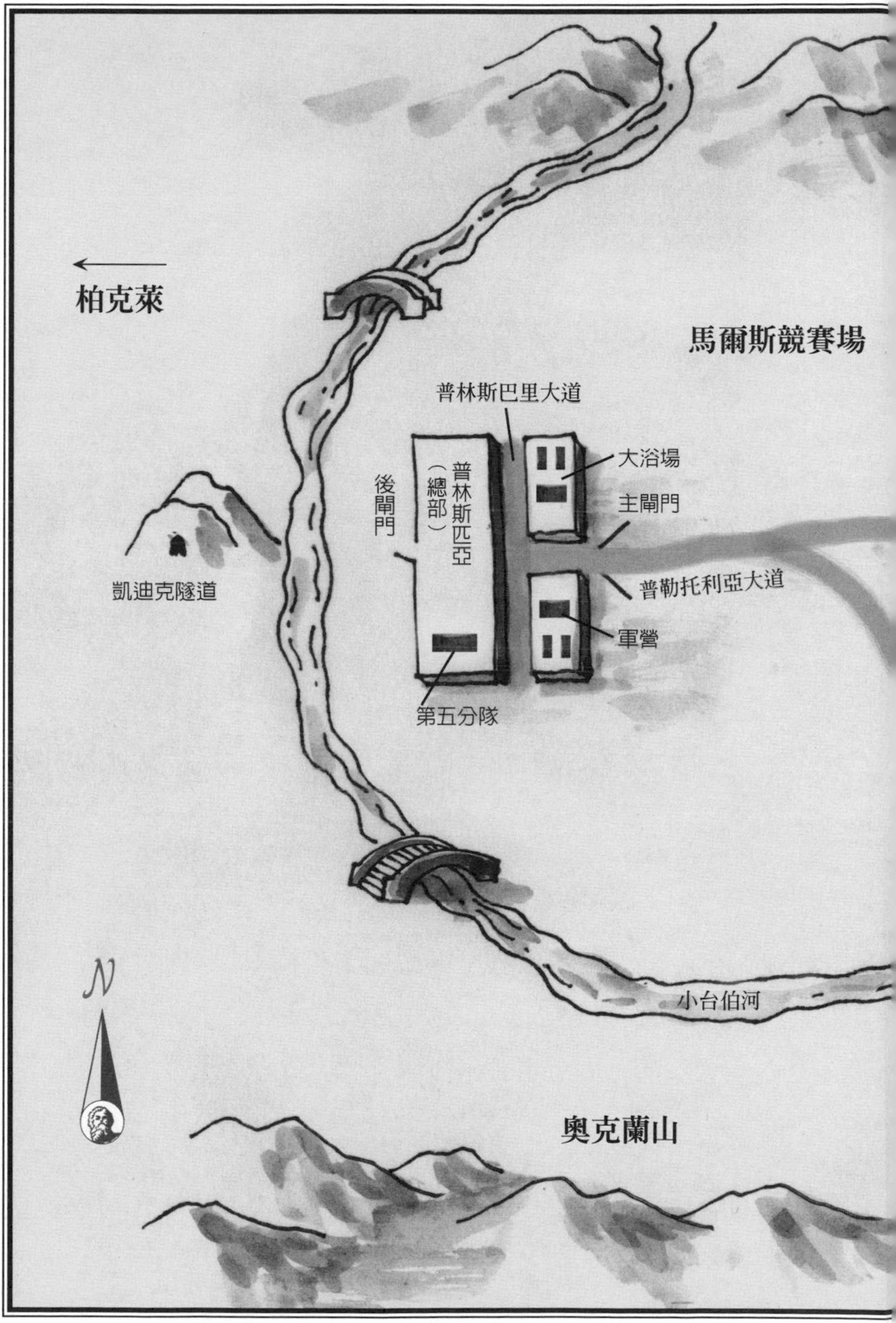

柏克萊
馬爾斯競賽場
普林斯巴里大道
普林斯匹亞（總部）
後閘門
大浴場
主閘門
普勒托利亞大道
軍營
凱迪克隧道
第五分隊
小台伯河
N
奧克蘭山

1 波西

波西開始覺得這些蛇髮女人很厭煩。

她們早該在三天前就死掉才對。那天在納帕平價賣場裡，他可是對準她們砸了一整箱保齡球。她們其實也該在兩天前就死了，他明明在馬丁尼茲鎮上開警車輾過她們。而今天早上，她們鐵定掛了，因爲他在提爾頓公園親手砍下她們的頭。

但不論波西殺了她們幾次，而且親眼看見她們化爲塵埃，她們就是能夠不斷重組，像幾坨超大的邪惡灰塵團。波西似乎擺脫不掉她們的糾纏。

他來到小山丘的山頂喘一口氣。離上次他殺掉她們有多久了？也許有兩個鐘頭吧，她們最長的死亡時間似乎從沒超過兩小時。

過去這幾天，他幾乎不曾闔眼。他吃的是自己能搜刮到的任何食物，像販賣機裡的小熊軟糖、過期麵包，甚至還吃了一個「小丑盒漢堡店」的漢堡，這東西創下了最難吃食物的新紀錄。他的衣服已經破破爛爛，不但有燒焦的痕跡，還沾了些怪物的黏液。

他之所以能僥倖活到現在，是因爲這兩個蛇髮女怪（她們自稱「戈耳工姊妹❶」）似乎也

❶ 戈耳工姊妹（Gorgons），有著尖牙及一頭蛇髮的怪物三姊妹。梅杜莎（Medusa）的特殊能力最為人所知，任何人只要看到她的臉就會變成石頭；另外兩位分別是絲西娜（Stheno）和尤瑞艾莉（Euryale），擁有永生不死的能力。

殺不死他。她們的尖爪劃不破他的皮膚；她們只要開口咬他，牙齒反而會斷掉。不過，再這樣下去，波西也撐不了多久，他很快就會因爲體力耗盡而倒下。到那時候，不管他有多難被殺死，相信這兩姊妹也會找到取他性命的方法。

該往哪裡跑呢？

他環視四方。若是在不同情況下，他應該好好享受這裡的景觀才對。在他的左邊，金色山陵一路往內陸連綿，中間點綴著湖泊、樹林，還有牛群。在他的右邊則是向西方延伸擴散的柏克萊與奧克蘭平原；那整片宛如巨大棋盤般的城鎮建築中，應該住了幾百萬人。一大清早，恐怕沒有人想被兩個怪物和一個骯髒狼狽的半神半人打擾吧。

往更遠的西邊看去，舊金山灣在銀色的霧氣中閃爍微光，再看過去，只見大半的舊金山市區已被整層濃霧吞噬，僅僅露出一些摩天大樓的頂端，還有金門大橋的橋柱。

一股茫然的哀傷沉沉壓在波西胸口。他有種感覺，知道自己曾到過舊金山，而舊金山和「安娜貝斯」有關。

安娜貝斯，是他腦中唯一浮現的過往人名，但關於她的記憶卻是模糊不清，實在教人沮喪。那匹狼向他保證過，他可以再見到安娜貝斯，也會取回他的記憶，前提是必須成功完成他的旅程。

應該跨過舊金山灣嗎？

他很想這樣做，他可以感受到地平線那頭海洋的力量。水總是能重新帶給他求生動力，尤其是海水；這一點是兩天前他在卡基內斯海峽掐死一隻海怪時發現的。如果他能抵達海邊，或許有辦法完成最後一搏，搞不好還能淹死戈耳工姊妹。然而，這裡距離海邊起碼有三公里半，而且得先越過整座城市。

還有另外一個原因讓他遲疑。那匹名叫魯芭的母狼曾經教過他，想讓自己的感官更敏銳，就要相信一路指引他到南邊來的種種直覺。他的歸鄉雷達此刻像發了瘋似地嗶嗶閃爍；他的旅程應該接近終點了，感覺似乎就在雙腳之下。但有可能嗎？這座小山頂上空無一物。

風勢突然改變，波西聞到一絲怪物特有的酸臭氣息。底下一百公尺左右的山坡上，有東西快速穿過樹林；在拍打樹幹、踩踏樹葉的聲音之間，冒出了嘶嘶呼喘。

戈耳工姊妹。

這已經是第一百萬次，波西希望她們沒有那麼靈敏的鼻子。她們總是說，絕對可以「聞」到波西的存在，因爲波西是半神半人，是有一半羅馬天神血統的混血人。波西曾試過在泥巴堆裡使勁打滾，或跳入溪流弄溼全身，甚至把空氣清新貼片塞進口袋，好維持一股新車般的氣息，但很顯然，半神半人的氣味超級難掩蓋。

他翻向山頭的西側，但這裡陡峭得根本無法直接下山。這一側的山坡垂直下降二、三十公尺，再看下去就是貼著山壁建築的社區房舍屋頂。社區再往下二十幾公尺，有一條公路從山腳邊出現，朝柏克萊的方向蜿蜒過去。

這下可好，沒辦法下山了。他把自己帶到了絕路。

他注視著朝西邊舊金山前進的車流，多希望自己就坐在其中一輛車子裡。這時，他突然意識到公路一定是穿過這座山才出現的，那就表示……這裡必定有條隧道，就在他腳下。

他的內在雷達又陷入瘋狂了。他的確就在正確的位置上，只是高度太高。他得去探看那條隧道，並想辦法下切到公路，而且，要快。

他卸下背包。之前在納帕平價賣場裡，他盡力抓了些可能派上用場的東西，像是充電式衛星導航器、電線膠布、打火機、強力膠、水壺、露營睡墊、一個功夫熊貓抱枕（就和電視上的一樣），還有一把瑞士刀，大概所有現代半神半人想要的工具都有了。不過，裡面沒有半樣東西可以拿來當成降落傘或雪橇。

所以他只剩兩種選擇：不怕死地跳下這二、三十公尺高的峭壁，或者留在原地戰鬥。兩種聽起來一樣慘。

他咒罵著，從口袋中抽出筆來。

這枝筆看起來沒什麼稀奇，不過就是枝普通的廉價原子筆，但波西拔開筆蓋後，它瞬間延展伸長，變形為一把閃耀的青銅劍。這把劍的劍身完美平衡，皮質握柄非常合手，彷彿是爲他量身訂做的。護手上刻鏤著一個古希臘字，不知爲何，波西竟然看得懂：Anaklusmos，波濤。

他在狼屋裡醒過來的第一晚，這把劍已經跟著他了。那是兩個月以前的事嗎？還是更久以前？他對過往毫無印象，只知道自己置身於森林中一座焚毀大宅的內院，身上穿著短褲和橘色T恤，脖子上戴著一條串有奇怪陶珠的皮革項鍊。當時，波濤劍就在他的手裡，但波西完全不知道自己是如何到達那個地方，甚至對於自己是誰，也僅有模糊到幾乎等於沒有的印象。他打著赤腳，冷得發抖，而且迷惘困惑。然後，那些狼出現了……

在他的身後，一個熟悉的聲音突然讓他驚醒、回到當下。「原來你在這裡！」

波西頓時踉蹌跳開，差點摔下陡峭山壁。

是比較有笑容的那位蛇髮女怪——畢宜娜。

好吧，她的眞名其實不是畢宜娜。按照波西目前對自己的判斷，他應該患有閱讀障礙，因爲每次他想讀出單字時，那些字就會開始扭曲變樣。他頭一回遇到這個女妖怪就是在那間平價賣場，她一副門口接待小姐的模樣，身上就掛著大大的綠色識別名牌，上面寫著：「歡迎光臨！我是絲西娜。」他當時就把她的名字看成「畢宜娜」。

她仍舊穿著賣場店員的綠色制服背心，背心裡面是件印花洋裝。如果你只看她的身體，你會以爲她是某個人家的邋遢老阿嬤，但等你低頭看到她的腳，就會看到她的公雞爪；或是你抬頭仔細瞧，也一定會瞥見她嘴角露出野豬尖牙般的銅刺。她的眼睛閃著紅光，滿頭髮絲其實是一窩糾纏蠕動的亮綠色細蛇。

她身上最可怕的是什麼？就是她還拿著一個大銀盤，上面放了讓人試吃的香腸捲心酥！在波西攻擊她好多次後，那個盤子已經歪斜變形，可是上面成堆的捲心酥看起來仍舊完美無缺。絲西娜就是有辦法帶著這些捲心酥越過加州，讓她在殺掉波西之前還能提供他一些小點心。波西想不透她爲何要這樣做，但如果有朝一日他需要一件盔甲，他鐵定要用香腸捲心酥來製作，因爲這些捲心酥眞是堅不可摧。

「想吃嗎？」絲西娜問。

波西持劍擋開她。「你妹妹在哪裡？」

「喂，把劍拿開。」絲西娜喝斥著，「你現在知道神界青銅是殺不掉我們的，就先吃一塊香腸捲心酥吧！這個禮拜捲心酥大特價，我可不希望在你肚子空空的時候殺了你唷。」

「絲西娜！」另一個女妖怪赫然出現在波西的右側，現身速度快到他根本來不及反應。幸好她忙著瞪自己的姊姊，反而沒怎麼注意波西。「我是叫你要偷偷跟蹤他，然後殺掉他！」

絲西娜的微笑開始顫抖。「可是呢，尤瑞艾莉……」她把那名字唸得好像「謬麗葉」，「難道我不能先給他試吃一口？」

「不可以，你這個大笨蛋！」尤瑞艾莉轉身面向波西，露出尖銳獠牙。

她長得和她姊姊幾乎一模一樣，除了頭髮以外。在她頭上鑽動的蛇不是亮綠色，而是一整叢的珊瑚紅。她也穿著平價賣場的店員背心與印花洋裝，上面還貼滿半價大優惠的貼紙，連獠牙上都有。她的識別名牌上寫的是：哈囉，我叫「去死」，叫混血人去死！

「波西・傑克森，你害我們苦苦追趕了好一段路，」尤瑞艾莉說：「但是現在，你已經走投無路，終於輪到我們復仇了！」

「這包香腸捲心酥只要兩塊九九美元，」絲西娜好心地補充，「就放在超市點心區的第三排。」

尤瑞艾莉咆哮著：「絲西娜，平價賣場只是一個幌子！你太投入了吧！馬上給我放下那個可笑的盤子，過來幫我殺掉這個半神半人。難道你忘了他就是害梅杜莎蒸發消失的人？」

波西往後退。他只要再退個十五公分就會完全踩空。「嘿，女士們，我們已經這樣來來往往幾回了。我根本不記得我殺過梅杜莎，我真的什麼事都不記得了！難道我們不能停止互鬥，好好聊聊你們的本週大特價嗎？」

絲西娜惱怒地看著她妹妹，嘴裡的大銅牙和那表情很不搭。「可以嗎？」

「不行！」尤瑞艾莉雙眼的紅光射向波西。「海神的兒子，我才不管你記得什麼！我在你身上聞得到梅杜莎的血，沒錯，味道是很淡了，已經過了好幾年，但你就是最後一個擊垮她的人。她到現在還沒有從塔耳塔洛斯[2]回來，都是你害的！」

波西聽不大懂她的話，這整個「死掉又從塔耳塔洛斯回來」的概念讓他覺得頭很痛。當然，讓他頭痛的事還多著呢，像是原子筆會變成劍、怪物會透過叫做「迷霧」的東西來僞裝，還有什麼他是鑲滿海螺的五千歲老天神的兒子。不過，最後這件事他是打從心底相信的，即使記憶整個被抹去，但他知道自己是個半神半人，如同他知道自己叫做波西．傑克森一樣。從他和母狼魯芭最初的談話中，就已經接受了一件事：這個天神與怪物交織出的瘋狂混亂世界，就是他要面對的現實。有夠悲慘的。

「不如就算我們平手？」他說：「我殺不了你們，你們也殺不了我。如果你們眞的是梅杜莎的姊妹，就是那個能把人變成石頭的梅杜莎，那我不是早該變成石頭了？」

「混血人啊！」尤瑞艾莉不屑地說：「他們總是喜歡挑這件事來說，就和我們的母親一樣！『你們爲什麼沒辦法把人變成石頭呢？你們的妹妹可以耶。』嗯，很抱歉讓你失望了，孩子，那是只有梅杜莎得到的詛咒，她是整個家族裡最可怕的傢伙，而她也得到最多的好運！」

絲西娜看起來很受傷。「母親說我才是最可怕的。」

「閉嘴！」尤瑞艾莉打斷她，「至於你，波西．傑克森，沒錯，你是有著阿基里斯❸的記號，這讓殺死你的難度高了點。不過別擔心，我們一定會找到方法。」

「什麼的記號？」

「阿基里斯，」絲西娜雀躍地說：「噢，他眞的好強呢！我跟你說，他孩提時期曾被泡到

---

❷ 塔耳塔洛斯（Tartarus），希臘神話中的冥界最深處，是永無止盡的黑暗之地。

❸ 阿基里斯（Achilles），不死之神忒提絲（Thetis）的兒子。參《波西傑克森─終極天神》一五七頁，註❻❶。

冥河裡，所以全身都刀槍不入，只有腳踝上一片小地方例外。親愛的，這也正是發生在你身上的事呀，一定是有人曾經把你丟到冥河裡，讓你的皮膚變得和銅牆鐵壁一樣。但是不用擔心，像你這樣的英雄總會有一個致命的弱點，我們只要找到它，接下來就可以殺了你。那不是很美妙嗎？來，先吃塊香腸捲心酥吧！」

波西努力回想。他不記得自己和冥河有過任何碰觸，又一次的，他想不起任何事的任何細節。他不覺得自己的皮膚像鋼鐵，但這種說法確實解釋了爲何他能和這對姊妹對抗這麼久。

或許，要是就這樣躍下山崖……能不能活下來？在沒有雪橇或任何東西可以減緩下墜速度的情況下，他並不想拿小命去冒險。或者是……

他看著絲西娜手中那個裝試吃品的大銀盤。

嗯……

「重新考慮了嗎？」絲西娜問：「非常聰明呀，親愛的。我加了一些我們的血液到捲心酥裡，所以你會死得更快，而且不會痛苦。」

波西的喉嚨一緊。「你加了你的血到那些試吃品上？」

「只有一點點。」絲西娜面帶微笑說：「從我的手臂擠出一小滴而已，不過你會關心我，還眞是好心呢。你聽好，從我右邊流出來的血可以讓任何傷口癒合，但從左邊流出來的，卻是致命的……」

「你這個超級大笨蛋！」尤瑞艾莉尖叫著，「你不該跟他講這些！你告訴他捲心酥有毒，他就不會吃下去了！」

絲西娜看起來十分震驚。「他不會吃嗎？可是我有說會死得很快又不痛苦啊。」

「別提了！」尤瑞艾莉的手指甲延展變形成尖爪，「我們就用費力一點的方式來殺他，一直打，打到發現他的弱點爲止！一旦我們擊敗波西．傑克森，我們就會比梅杜莎還有名了！我們的守護者一定會大大獎勵我們！」

波西握緊他的劍，他必須把出手的時間計算到分秒不差，先要幾秒鐘的擾敵，然後用左手去搶那個銀盤……

繼續對話吧，他想。

「在你們把我碎屍萬段之前，」他說：「你們剛剛提到的守護者是誰？」

尤瑞艾莉冷笑著說：「當然是蓋婭❹女神啊！能讓舉世遺忘的我們重見天日的，就是她！你是活不到可以見她的那一天，但你的朋友馬上就會見識到她的威力了。現在，她的大軍已經朝南邊前進，到了幸運節，她就會甦醒，所有混血人都會被殺、殺、殺，像是……」

「我們平價賣場的下殺價！」絲西娜接口。

「呸！」尤瑞艾莉怒斥她姊姊。波西抓住空檔，一把搶過絲西娜手中的銀盤，整盤含毒的香腸捲心酥頓時飛散。他同時揮出了波濤劍，利刃劃過尤瑞艾莉的腰，瞬間將她一分爲二。

波西舉起銀盤，絲西娜赫然發現她正面對著自己油膩膩的鏡像。

「梅杜莎！」她尖叫。

她的妹妹原本已經化爲一堆粉塵，現在又開始成形，好像一個要融不融的雪人。

---

❹ 蓋婭（Gaea），希臘神話中的大地之母，是眾神和萬物的起源。參《混血營英雄——迷路英雄》三一九頁，註74。

「你這個超級大笨蛋，絲西娜！」那張成形到一半的臉從粉塵堆中升起，用含糊不清的聲音痛罵她姊姊：「那只是你自己的影像，快殺了他！」

波西將大銀盤用力砸向絲西娜的頭，她瞬間昏死過去。

他拿起銀盤放到屁股下，心中默禱，祈求任何一個有可能監看到這個愚蠢雪橇的羅馬天神好心保佑他。然後，他躍下山頭陡峭的那一邊。

2 波西

以八十公里的時速垂直滑下山谷，使用的雪橇卻是一個盛裝試吃品的大盤子……當你滑到一半才發現這是個糟糕的點子時，已經來不及了。

波西幾乎要撞上一棵樹。他彈過一塊大石頭，往公路的方向飛射出去時還自轉了三百六十度。這個蠢斃了的大銀盤當然沒有動力方向盤。

他聽見戈耳工姊妹的尖叫聲，也瞄到尤瑞艾莉那頭珊瑚紅的蛇髮已經重現在山頂，但他無暇擔憂她們的事。下方社區房舍的屋頂就像戰艦的船艏，急速映入他眼簾。正面撞擊倒數計時開始：十、九、八……

他試著向側邊旋轉，以減緩對腿部的衝擊。點心大銀盤滑行擦過屋頂後，仍繼續航向空中，只是銀盤飛往一邊，波西卻飛往另一邊。

波西朝著公路急墜而下，一個可怕的場景瞬間閃過他的腦海：他的身體猛然撞上休旅車的擋風玻璃，火大的駕駛想要用雨刷推開他並大喊：「是哪個笨死人的少年從天上掉下來？我上班要遲到啦！」

不可思議的，一陣風吹過來，將他吹往旁邊。風勢讓他剛好閃開公路，整個人跌進路邊樹叢。這雖然不是一次平順的降落，但絕對好過直接撞上柏油路。

波西發出哀叫聲。他真想躺在那裡昏睡過去，但他還是得趕快跑。

他勉強撐著站起來。他的雙手滿是刮傷，不過應該還沒到骨折的程度。他的背包仍在身上，滑下山壁的過程中，掉落的是他的劍；可是他知道，最後這把劍一定有辦法變成筆回到他的口袋。這也是波濤劍魔法的一部分。

他抬頭瞥向山丘。戈耳工姊妹那一頭鮮豔的蛇髮和一身亮綠的賣場背心，想看不到都很難。她們找路切下山壁，速度比波西慢，方式卻穩健多了。那些雞爪般的腳掌顯然有利於攀爬，波西判斷，她們應該再五分鐘就可以衝到他面前。

在他身旁，一道高高的鐵絲網將公路與旁邊社區分隔開來，社區裡有蜿蜒的街道、舒適的民宅，以及聳立的尤加利樹。鐵絲圍籬的設立，大概是要防止有人直接進入公路做傻事，比如用點心盤當雪橇在快車道滑行。不過這些圍籬上面遍布大型孔洞，波西完全可以輕易地穿過去溜進社區。或許他可以找到一輛車往西邊開，直抵海邊。他不喜歡偷車，但過去幾週在生死交關的險境下，他曾經「借」過幾輛，包括一輛警察巡邏車。他原本打算要還車，可惜這些車子的壽命都撐不了多久。

他往東邊看去。就像他之前觀察到的，公路朝上坡方向再過去一百公尺左右，就是從山崖岩壁穿出來的地方。兩個分別容納雙向車流的隧道口，就像一個巨大骷髏頭上的兩個大眼窩，朝下瞪著他。兩洞中間那個應該是鼻子的地方，突出了一片水泥牆，牆上有道金屬門，宛如要進入掩體的入口。

那裡也許曾經是個維修隧道，如果凡人真的有注意到那扇門的話，大概會這樣想。然而凡人看不透迷霧，波西知道那扇門的意義絕不僅止於此。

兩個穿著鎧甲的孩子突然出現在門前，他們一身奇怪的裝扮：羽毛裝飾的羅馬頭盔、胸甲、刀鞘，配上藍色牛仔褲、紫色T恤和白球鞋。右邊那個守衛看起來像女生，不過在全身防禦裝備之下其實有點難以辨別。左邊那個則是結實的傢伙，背著一把弓和箭桶。這兩人手中都拿著頂端如標槍尖鐵刺的長木棍，彷彿古代人用的魚叉。

波西的內在雷達出現瘋狂的感應：經歷過這麼多恐怖的日子，他終於抵達目的地了。他的本能告訴他，只要能夠進入那扇門，或許就能找到被狼群送往南方之後失去的安全感。

那他又為何感到如此憂慮畏懼呢？

再往山上一點，戈耳工姊妹已經翻跳到社區樓房的屋頂了。他們之間只剩下三分鐘的距離，或許更短。

他心裡有一部分想衝向山壁上的那個門，那麼他得先跨越車道，跑到中央分隔島；不過那只需要一小段的衝刺短跑，他應該能在戈耳工姊妹奔過來之前就辦到。

但他心裡有另一個念頭想朝西方跑向海邊。海邊對他來說會是最安全的地方，是他的力量可以發揮到最大的地方。那兩個站在門口的羅馬守衛讓他感到不安，他心裡有個聲音在說：「這裡不是我的領域，這裡很危險。」

「當然囉，你想的沒錯。」一個聲音從他身旁冒出來。

波西跳起來。一開始，他以為又是畢宜娜用什麼辦法鑽到他旁邊，不過這位坐在樹叢間的老女人比蛇髮女怪可憎許多！她看起來像個嬉皮，像是四十年前就被踢到路邊、從此靠撿破爛為生的那種嬉皮。她身上的衣服是用紮染布料、破舊被單和超市塑膠袋拼湊而成，整頭捲曲亂髮則是灰褐色，就像麥根沙士的泡泡，再用一條有和平標記的頭巾往後束起。肉瘤和凸疣遍布她整張臉，當她開口微笑，嘴裡僅有的三顆牙齒也跟著出來見人。

「那裡的確不是維修隧道，」她透露，「那是營區的入口。」

一道電流竄上波西的背脊。營區！沒錯，他是從那裡來的，一個營區。或許那就是他的家，或許安娜貝斯就在附近。

但感覺不太對勁。

戈耳工姊妹還在樓房屋頂上奔跳，接著絲西娜興奮地發著抖，朝波西的方向比劃著。

嬉皮老女人挑著眉說：「沒剩多少時間了，孩子，你必須做出抉擇。」

「你是誰？」波西問，雖然不確定自己是否眞的想聽到答案。他現在最不想碰到的事，就是又一個看來無辜的凡人竟然是個怪物。

「喔，你可以叫我『茱恩』❺。」老女人眼睛閃著光彩，好像自己剛剛講了一個絕妙的笑話。「現在是六月，是吧？他們用我的名字來替這個月份命名！」

「好吧……聽著，我該走了。有兩個蛇髮女怪馬上會過來，我可不希望她們傷到你。」

茱恩雙手捂住心口。「喔，你眞好心，但那可是你的抉擇！」

「我的抉擇……」波西緊張地望向山邊。戈耳工姊妹已經脫下賣場的綠背心，背上伸展出小型的蝙蝠翅膀，翅膀還散發出黃銅般的光亮。

她們什麼時候開始有翅膀的？那翅膀也許只是裝飾品，也許根本就小到無法讓蛇髮女怪飛起來。但緊接著，這兩姊妹突然跳離屋頂，飛向空中朝他而來。

這下可好，眞是太好了。

「是的，做個抉擇。」茱恩說，一副完全不著急的樣子。「你可以把我留在這邊，自己往大海去，隨便蛇髮女怪怎麼處置我。我敢保證，你會安全抵達那裡，這兩個蛇髮女怪將樂於攻擊我而放你走。到了大海，再也沒有怪物會干擾你，你可以重新展開新生活，安詳到老，擺脫掉那些橫在你未來生命中的悲哀痛苦。」

波西十分確定，接下來的選擇不會是他喜歡的。「那另一個選擇是？」

「另一個選擇是，你可以好心地幫老太婆一個忙，」她說：「帶我一起去營區。」

「帶你？」波西希望她是在開玩笑。這時茱恩掀起長裙，給他看自己腫脹發紫的雙腳。

「我沒辦法自己走到那裡，」她說：「背我進營區吧。你要越過公路，穿過隧道，再跨過一條河。」

波西不知道她在說什麼河，但聽起來不容易。而且，茱恩看起來頗重。

現在戈耳工姊妹離他不到五十公尺遠了。她們輕鬆地滑翔過來，彷彿知道這場狩獵已經接近尾聲。

波西看著這個老女人。「要我背你去營區的原因是……？」

「就是做一件好事！」她回答，「而且如果你不做，天神們都會死，我們所知的整個世界都將毀滅，所有你過往生活中的人也都會喪生。當然囉，如果你不記得他們，我猜這或許就不太重要。你在大海底下會是安全的……」

波西嚥下口水。蛇髮女怪的尖銳笑聲傳來，她們已經接近到可以出招奪命了。

「如果我去營區，」他說：「就可以取回我的記憶嗎？」

「終究是會的。」茱恩回答，「但我先警告你，你會犧牲掉許多東西！你會失去阿基里斯

---

❺「茱恩」的原文 June，英文意指「六月」。

的記號，你會感受到痛苦、悲哀、失落，遠超過你能想像的狀況。然而，你或許有機會去拯救過去的朋友與家人，重拾你昔日的生活。」

戈耳工姊妹已經飛到他正上方盤旋，可能正在研究這位老女人，想在發動攻擊前弄清楚這個新加入戰局的傢伙。

「門口有守衛，要怎麼辦？」波西問。

茱恩微笑著說：「喔，親愛的，他們會讓你進去的，你可以信任那兩個人。那麼，你決定得怎樣了？你願意幫助一個手無寸鐵的老太婆嗎？」

波西懷疑茱恩是否真的毫無戰鬥力。最壞的狀況是，這是一個陷阱；最好的狀況，這或許是種測試。

波西最討厭考試。既然已失去記憶，他的整個人生就像一大篇填充題：他是______，家鄉在______。他感覺像______，要是被怪物抓到，他將會______。

然後他想到安娜貝斯，那是他對於過往生活中唯一有把握的部分，他必須找到她。

「我帶你去。」他一把扛起了老女人。

老女人的體重比他想像中輕，波西需要花力氣閃躲的，是她發酸的口臭味和緊抓住他脖子的結痂手掌。他穿過第一條車道，有個駕駛按喇叭，另一個破口大罵，但咒罵聲隨即消逝在風中。多數駕駛都只是表情不悅地趕快閃開，好像莽撞少年背著嬉皮老婆婆穿越公路，在柏克萊這裡是司空見慣的事。

一片陰影籠罩過來。絲西娜朝下方興高采烈地大喊：「聰明的孩子，居然找到一個女神來背呀！」

女神？

茱恩開心地咯咯笑，突然又低喊一聲：「呼！」因爲他們差點就被車子撞到。

在他左方某處，出現了尤瑞艾莉的尖吼：「抓住他們！兩個獎品好過一個啊！」

波西急速穿過剩下的車道，總之，是在活著的狀態下抵達了中央分隔島。他看見兩個蛇髮女怪俯衝下來，車輛在怪物掠過時紛紛急轉閃避。他不禁猜想，凡人透過迷霧看到的究竟是什麼？是巨大的鵜鶘？還是偏離航道的滑翔翼？母狼魯芭告訴過他，凡人的心智幾乎什麼事都可以相信，除了眞相以外。

波西跑向山壁的那扇門。每跨出一步，茱恩就變重了些。他心跳加劇，肋骨疼痛。

其中一個守衛大喊著，而背著弓的那個守衛已箭在弦上。波西大吼：「等一下！」

然而那男孩瞄準的對象並不是波西，箭從波西頭頂上方飛過去，一個蛇髮女怪痛苦哀號的聲音傳來；另一位守衛女孩準備好她的長槍，拚命示意波西動作快一點。

離門十五公尺。離門十公尺。

「抓到你了！」尤瑞艾莉大喊。波西轉頭一看，一支箭正好射入她的額頭。尤瑞艾莉摔落到快車道，一輛貨車直接撞上她，將她往後拖行了快一百公尺，但她只是翻爬過車廂，自己把箭拉出來，然後一舉躍回空中。

波西來到了門口。「謝謝，」他對守衛說：「射得好準。」

「她明明應該被射死了呀！」弓箭手抗議著。

「歡迎進入我的世界。」波西喃喃自語。

「法蘭克，」女孩說：「帶他們進去，快點！那兩個是蛇髮女怪。」

「蛇髮女怪?」弓箭手的聲調頓時提高。雖然他戴著頭盔、看不清他的臉,但是他的身材結實得像個摔角選手,年紀大概十四、五歲。「這扇門擋得住她們嗎?」

倚在波西臂膀的茱恩笑了出來。「不行的,擋不住。快走,波西・傑克森!通過隧道,跨越河!」

「波西・傑克森?」那個女守衛的膚色比較深,捲捲的頭髮從頭盔旁邊冒出來。她的年紀看起來比法蘭克小一點,可能只有十三歲,身上掛的劍鞘幾乎已經垂到腳踝,不過聽起來彷彿她才是這裡的負責人。「好吧,你絕對是個混血人。但這一位是……?」她瞄了一眼茱恩。「算了,都進去吧,我會擋住他們的。」

「海柔,」男孩說:「不要太瘋狂。」

「快行動!」她命令著。

法蘭克用另一種語言咒罵著(是拉丁文嗎?),然後把門打開。「來吧!」

波西跟進去,此時他已經被老太婆壓得步履蹣跚,他敢保證這老女人的體重絕對有增加。他不知道那個叫海柔的女孩要如何獨自抵擋蛇髮女怪,可是他累到沒力氣爭辯了。

這條隧道是從岩石中開鑿出來,高度、寬度大約和學校走廊相仿。剛開始還很像正常的維修隧道,有著電纜線路、警告標誌,牆上釘掛了電路保險絲盒,頂上也有鐵絲罩住的燈泡。但當他們愈往山裡跑,水泥地面變成了磚片拼花的馬賽克地板,光源也轉成蘆葦稈火把,燃燒出光亮卻不生煙。再往前幾百公尺,波西看到一方日照自然光。

老太婆現在的重量已經比一大堆沙包加起來還重,波西的手臂在這樣的壓力下開始發抖。茱恩喃喃哼唱著一首宛如催眠曲的拉丁歌謠,這對波西想集中精神根本毫無幫助。

在他們後方，戈耳工姊妹的聲音迴盪在隧道裡，海柔大聲喊叫。波西很想丟下茱恩衝回去幫忙，可是這時整條隧道劇烈震動起來，落石轟然掉落。緊接著出現一個尖銳的叫聲，就和波西在納帕平價賣場朝她們砸保齡球時的聲音一樣。波西回頭張望，整個隧道西側現在只見煙塵。

「我們不回去看一下海柔嗎？」波西問。

「她會沒事的，我希望啦。」法蘭克說：「她在地底下一向很強的。我們往前走吧！已經快到了。」

「到哪裡？」

茱恩笑出聲音來。「條條大路通那裡呀，孩子。你應該知道的。」

「拘留所？」波西說。

「孩子，是羅馬。」老女人說：「是羅馬。」

波西不確定自己有沒有聽錯。是的，他的記憶都喪失了，他的腦袋從在狼屋清醒後到現在，沒感覺到對勁過。然而，他十分確定羅馬不在加州。

他們繼續往前跑。隧道盡頭的光線愈來愈亮，終於，他們來到了陽光照耀的地方。

波西呆住了。從他腳下擴展出去的這片地方，是一個形狀似碗的山谷，有十幾公里那麼寬闊；盆地的底部有起伏的小山丘、金黃色的平原、綿延的森林；一條清澈的小河從山谷中央的湖泊流出來，蜿蜒劃過盆地且圍繞著邊緣，形成彷彿大寫字母G的形狀。

這樣的地理環境，比如這整片生機盎然的橡樹與尤加利樹、金黃山丘與蔚藍天空，有可能是北加州的任何一個地方。此外，那座在內陸遠方拔起的大山，是叫「魔鬼山」嗎？它也安然聳立在應該出現的地方。

但波西覺得他彷彿跨入了一個祕密世界。在山谷中央的湖邊，坐落了一個小小的城市，城市裡滿是覆蓋著紅瓦屋頂的白色大理石建築。有的建築有圓頂與柱廊，蓋得好像國家紀念館；有些則像宮殿一般有著寬廣的花園，以及金色門扉。他還看到一片開放廣場，場內豎立著好些獨立的大柱子、噴泉與雕像。陽光之下，一棟五層樓高的羅馬競技場閃爍著，緊挨著像是賽馬場的長橢圓形場地。

在湖另一邊的南側有座山丘，山上還有更讓人驚異的建築群，波西猜想可能都是神殿。河流在谷地中蜿蜒，好幾座石橋跨越其上。而往北側看去，一道長長的磚造拱橋由山邊一路綿延蓋到城區；波西本來覺得它很像是高架鐵軌，後來才意識到，那想必就是水道橋。

整座山谷中最奇特的部分，其實位在他正下方。越過河流離他大概兩百公尺處，有一整片看起來像是某種軍事營區的地方。營區範圍是個邊長約四百公尺的正方形，整區被土牆圍繞起來，牆頂排滿尖刺。土牆之外圍繞著乾涸的壕溝，裡面也一樣布滿尖刺。營區的四個角落都建有木造瞭望塔，哨兵在上面操控超大型固定式的弩，紫色旗幟高懸在塔上。營區遠端有一道寬闊的大門敞開著，通往城市的方向；而靠河岸的這一邊，則有一個較爲狹窄的閘門緊閉著。營區內的堡壘正進行著各式各樣的活動，幾十個孩子在軍營間來來去去，搬運武器、打磨鎧甲。波西聽見兵工廠裡榔頭敲打的聲響，也聞到了食物在火上燒烤的氣味。

這地方有非常熟悉的感覺，但依然不大對勁。

「朱比特營，」法蘭克說：「我們馬上就會安全了，一旦……」

他們身後的隧道迴盪著腳步聲，海柔赫然出現在陽光下。她喘得上氣不接下氣，身上覆滿落石的塵埃。她的頭盔已經不見蹤影，捲捲的褐髮就直接披落肩頭；她身上的鎧甲前面有被蛇髮女怪利爪劃過的長條抓痕，其中一個女怪物還將「半價大優惠」的貼紙貼到她身上。

「雖然我擋住了她們的攻勢，」她說：「不過她們隨時可能衝進來。」

法蘭克咒罵一聲。「我們得趕快過河。」

茱恩把波西的脖子夾得更緊。「哦，是呀，拜託你了。我的衣服是千萬不能弄溼的。」

波西咬著牙。如果這個老太婆是女神，她必定是臭氣之神、重量之神、無用嬉皮之神，但他都已經走這麼遠來到這裡，最好還是把她一起拖過去。

「就當是做一件好事。」她是這麼說的，「如果你不做，天神們都會死，我們所知的整個世界都將被毀滅，所有你過往生活中的人也都會喪生。」

如果這是場測試，他承受不起不及格的成績。

他跑向河邊，路程中跌跌撞撞了好幾次，海柔和法蘭克一直幫助他踏穩腳步。

他們終於抵達岸邊，波西停下來喘口氣。河裡的水流湍急，不過看起來並不深。距離對岸的堡壘閘門只有一箭之遙。

「海柔，快走。」法蘭克同時搭上兩支箭。「護送波西過去，哨兵才不會攻擊他。現在換我來擋住那些壞蛋了。」

海柔點點頭，跨入河水中。

波西開始跟隨海柔，但有種感覺讓他猶豫起來。通常他是喜歡水的，這條河卻似乎……充滿力量，可是不見得友善。

「小台伯河呀，」茱恩同情地說：「它在這裡流動，帶著原本台伯河的力量，那是帝國之河呢！孩子，這是你最後一個回頭的機會，阿基里斯的記號是屬於希臘的賜福，一旦你跨入羅馬的疆域，就再也不能擁有它。台伯河會將它沖掉。」

波西已經疲累到無法思考她說的每一句話，但他聽得出重點。「如果我過了這條河，就再也不能刀槍不入了？」

茱恩微笑著說：「所以你說呢？你想要安安全全的，還是要一個有痛苦但充滿可能性的未來？」

在他身後，戈耳工姊妹已經飛出隧道尖聲吼叫。法蘭克立即射出箭。

海柔站在河中大喊：「波西，快點過來！」

瞭望塔上的號角響起，哨兵們一邊吼叫，一邊將大弩對準怪物。

安娜貝斯！波西心想。於是他提腳跨進河水中。河水冷冽如冰，流速比他想像的還要湍急，但這都不影響他。新的力量突然湧進他的四肢，他感到激動，好像被注入咖啡因似的。他到達了河流的另一岸，把老女人放下來，閘門也同時開啓了，幾十個身穿戰甲的孩子瞬間湧出來。

海柔轉身，露出一個稍微放鬆的笑容。然後她的視線越過波西的肩頭，表情頓時變爲驚恐。「法蘭克！」

法蘭克渡河到一半，卻被蛇髮女怪抓住了。她們一人抓著他的一隻手臂，猛然飛向天空。她們的利爪刺進他的皮膚，法蘭克痛苦地哀號。

哨兵們紛紛呼喊，然而波西知道他們無法射擊得那麼準，搞不好還會射死法蘭克。其他孩子拔出刀劍，跳進河裡準備進攻，但是根本來不及。

只有一個辦法。

波西用力揮出他的雙手，一種強烈的牽引感充滿他的體內，台伯河遵從他的意志。河水奔騰匯聚，法蘭克的兩邊都出現渦流，巨大的手掌形水流從河中冒出，複製波西的動作。那雙巨掌抓住蛇髮女怪，她們驚訝地鬆開了法蘭克；接著巨掌一揮，將兩個嘎嘎吼叫的女妖緊緊抓住。

波西聽得到其他孩子在驚呼與後退，但他仍舊把注意力集中在眼前的挑戰上。他的拳頭做出猛擊的動作，水流手掌便將怪物推入台伯河中。兩個蛇髮女怪直接撞擊到河底，瞬間粉碎成一堆塵埃。塵埃聚集成雲，閃爍發光，拚命想要恢復形體，河水卻像果汁機般不斷把她們攪散。沒過多久，蛇髮女怪的每一分毫碎片都被沖刷往下游去了。渦流消失，河水也恢復常態。

波西站在岸邊，他的衣服與皮膚都冒著蒸氣，彷彿台伯河給了他一場酸蝕浴。他感覺自己像被扒光、赤裸裸的……很脆弱。

法蘭克在台伯河中央蹣跚地走著，看起來飽受驚嚇，但全身上下沒有大礙。海柔涉水去找他，帶他回到岸上。直到這時，波西才留意到其他孩子已經陷入極端安靜中。

每個人都盯著他看，只有老女人茱恩一副泰然自若的樣子。

「喂，這段旅程很有趣，」茱恩說：「謝謝你，波西．傑克森，謝謝你帶我到朱比特營。」

一個女孩冒出嗆到的聲音說：「波西……傑克森？」

聽起來她好像知道這個名字一樣，波西的注意力立刻集中到她身上，希望見到一張熟悉的臉龐。

這女孩顯然是位領袖，在鎧甲之外多穿了一件高貴的紫色斗篷，胸甲上還裝飾有勛章。她應該和波西年紀相仿，有雙像是能穿透人的深色眼眸，以及一頭烏黑的長髮。波西不認識她，但這女孩瞪他的方式，就好像在惡夢中見過他。

茱恩愉悅地笑起來。「喔，對了，你們在一起會有很多樂趣的！」

接著，大概因爲這一天荒誕詭異的事件發生得還不夠多，這個老女人竟然開始發出光芒、改變形體。她往上長到兩公尺高，變爲閃閃發光的女神，衣著也轉成一身藍色裙裝，肩膀上圍著似乎是山羊皮做的披肩。她的面容威嚴堅定，手中握著一把頂端是蓮花的手杖。

如果還有可以讓營區這些孩子更加震驚的時刻，就是現在吧。那個穿紫色斗篷的女孩竟然跪下來，其他的孩子立刻跟進。有個孩子跪得太匆忙，差點被自己的劍刺傷。

率先開口的是海柔。「茱諾❻。」

她和法蘭克也跪了下來，波西成爲唯一站著的人。他心裡明白自己也應該要跪下，然而在背著這個老太婆走了很久之後，他實在不想對她表現太多敬意。

「茱諾是吧？」他說：「如果我通過你的測試，就可以拿回我的記憶及過去的生活嗎？」

女神微微笑。「遲早可以的，波西．傑克森，如果你能在這個營區獲得成功的話。你今天就做得非常好，這是一個好的開始，或許你還有些希望。」

她轉身面向其他孩子。「羅馬人，我替你們帶來了海神涅普頓❼之子。他已經休眠好幾個月，但現在清醒了，他的命運如今在你們手裡。幸運節馬上就要到來，如果你們想在戰爭中保有任何希望，死神必須被釋放。不要讓我失望！」

茱諾在光芒閃爍中消失。波西看著海柔和法蘭克，期待有一些解釋，可是他們似乎和他一樣茫然。法蘭克手上出現波西之前沒注意到的東西，是兩個有軟木塞套住的小陶瓶，很像小藥瓶，每隻手上各一個。波西想不出它們是從哪裡冒出來的，但他看見法蘭克將它們塞進口袋裡。法蘭克給他一個眼神，彷彿在說：我們晚一點再談這事。

紫色斗篷女孩跨步向前。她謹慎地檢視波西，而波西甩不掉一種感覺：這女孩想用她的劍劃開他。

「所以，」她冷冷地說：「涅普頓之子，伴隨茱諾的賜福而來。」

「聽著，」波西說：「我的記憶有點模糊了，嗯，事實上，是全部都喪失了。請問我認識你嗎？」

那女孩猶豫一下。「我是蕾娜，第十二軍團的執法官。至於……不，我不認識你。」

最後那句是謊話，波西從她的眼神分辨得出來。不過他知道，如果此時在眾多她的士兵面前爭論這件事，她會不高興。

「海柔，」蕾娜又說：「帶他進去。我要在『普林斯匹亞』訊問他，然後送他去屋大維那裡。我們必須先經過占卜儀式，才能決定如何處置他。」

「這話是什麼意思？」波西問：「什麼叫『決定如何處置我』？」

---

❻ 茱諾（Juno），羅馬神話中的天后，等同於希臘神話中的天后希拉（Hera）。她是婦女的守護神，象徵婚姻與母性，但在羅馬時代的形象比希臘時期更為好戰。

❼ 涅普頓（Neptune）是羅馬神話中的海神，掌管整個海域，力量象徵物是三叉戟。等同於希臘神話的波塞頓（Poseidon）。

蕾娜放在武器上的那隻手握得更緊了，顯然她不習慣有人質疑她的命令。「在我們接納任何新來者進入營區之前，一定都會先審問他，並且判讀占卜的結果。茱諾說，你的命運在我們手上；而我們必須知道，女神帶給我們的，是否眞的是營區新隊員……」

蕾娜端詳著他，彷彿對這點深深存疑。

「或者，」她的語氣多了一點期待，「她帶來的，是我們應該殺掉的敵人。」

3 波西

波西不怕鬼，還眞是萬幸，因爲這營區裡有一半的人是死人。

閃爍微光的紫色戰士站在軍械庫外，打磨著他們飄渺的武器；有些則是在營房前面晃蕩。一個鬼魅般的男孩在街上追逐鬼魅般的小狗。在馬廄裡面，有一個散發著紅光的狼頭人身彪形大漢，負責看管一群……是獨角獸嗎？

營區的成員顯然都不在意這些鬼魅的存在。但當波西由蕾娜帶頭、海柔與法蘭克護衛兩邊走過來時，所有的鬼魂都停下來觀察他們要做什麼，更盯著波西一直看。有一些鬼看起來很憤怒，那個鬼魅般的男孩還高聲罵出一句像是「怪咖死！」之類的話，接著轉身不見蹤影。

波西希望自己也可以就這樣消失。經過幾星期的獨行生活，現在這樣備受關注讓他很不自在。他努力讓自己閃躲在海柔和法蘭克中間，希望盡量不要被人看到。

「是我眼花了嗎？」他問：「還是，那些……」

「你是說鬼嗎？」海柔轉過頭來，她有一雙非常特別、宛如十四K金的眼睛。「他們是拉雷斯，家庭守護神。」

「家庭守護神？」波西說：「是比眞正的天神小、又比管房間的小神還要大的神？」

「他們是祖先的魂魄。」法蘭克解釋。此時的他已經取下頭盔，露出稚氣的臉龐，那張臉和他修剪得極短的軍人髮型及高大魁梧的身材比起來，超級不搭；看起來就像一個猛吃類固醇的幼童，志願加入海軍陸戰隊。

「拉雷斯有點像是吉祥物，」他繼續解釋，「他們大都不會傷害人。不過，我倒是從來沒見過他們這麼激動。」

「他們都在瞪我，」波西說：「那個鬼男孩對我喊『怪咖死』，但我的名字又不是怪咖。」

「他是說『Graecus』，」海柔說：「等你在這裡待久一點，慢慢就會聽懂拉丁文了，混血人天生便具有這樣的能力。那個字的意思是『希臘人』。」

「那是壞事嗎？」波西問。

法蘭克清清喉嚨。「也許不是。你的外表具有希臘人的特徵，像是深色頭髮等等。或許他們眞的把你當成希臘人，你的家族來自那裡嗎？」

「我不知道，就像之前說過的，我喪失了所有的記憶。」

「又或許……」法蘭克吞吞吐吐的。

「什麼？」波西問。

「或許沒事的。」法蘭克回答，「羅馬人和希臘人互相看不順眼很久了，有些羅馬人會用『Graecus』這個字，去批評他認為是外人或敵人的人。我是不會去擔心這種事。」

他的語氣聽起來分明就很擔心。

他們走到營區中央停下來，兩條寬闊的石板路在這裡成T字形交會。通往主要大門的那條路標顯示爲「普勒托利亞大道」，另一條穿過營區中間的路，路標上寫的是「普林斯巴里大道」。在那些路標下還有一堆手繪的指示，像是：「柏克萊八公里」、「新羅馬一點六公里」、「舊羅馬一萬一千六百五十公里」、「黑帝斯三千七百公里」（這個指標是垂直向下的），還有

「雷諾三百三十公里」，以及「保證死路：就是這裡」。

以「保證死路」這個地方來說，算是相當乾淨又有秩序。所有建築物都像剛用白石灰水洗過，而且排列得宛如棋盤般整齊，彷彿是由那種特別謹慎的數學老師所設計而成。營房外面都有能遮蔭的陽台，營區成員可以躺在吊床上休息，或是玩牌、喝飲料。每一間宿舍前面掛著不同的旗幟組，上面顯示著羅馬數字與各種動物，例如老鷹、熊、狼、馬，還有一個看起來像是黃金鼠的東西。

普勒托利亞大道的兩旁是成排的各式商店，販賣著食品、盔甲、武器等，也有賣咖啡和格鬥士配備的店，還有羅馬長袍租借店。有一家馬車經銷商的大門前放了特大廣告，寫著：「凱撒XLS，具備防鎖死煞車系統，免付頭期款！」

而在交叉字路口的轉角，矗立著一棟最引人注目的建築。那是個有兩層樓高的楔型房子，整棟都由白色大理石構成，正面有圓柱排列的門廊，就像那種最傳統的老銀行一樣。門前有羅馬守衛駐守，入口處高懸著巨大的紫色旗幟，上面的桂冠圖案中鑲飾著這SPQR四個金色字母。

「那是你們的總部嗎？」波西問。

蕾娜轉過頭來看著他，冷淡的眼神帶著敵意。「它叫做『普林斯匹亞』。」她掃視後面一整群從河邊一路跟來的好奇人士，說：「所有人回到各自的崗位！今天傍晚集合時，我會向大家報告最新情況。還有，不要忘記今天晚餐之後要進行戰爭遊戲。」

一想到晚餐，波西整個胃立刻翻騰起來。從餐廳飄出來的烤肉香氣，已經讓他的口水快要流出來；還有街道再過去的那家糕餅店，同樣散發出美妙的氣味。只是，他懷疑蕾娜是否會准許他吃東西。

群眾不情願地散去，有些人低聲討論著波西的命運。

「他死定了。」某人說。

「會跟那兩個發現他的傢伙一起。」另一個人低語。

「沒錯，」換一個人小聲地說：「就讓他加入第五分隊，希臘人和畸怪人。」

幾個聽到的人都笑出聲音，但馬上被蕾娜喝斥，這些人迅速離開。

「海柔，」蕾娜說：「你跟我們一起過來，我要你報告在門口守衛的全部經過。」

「我也要去嗎？」法蘭克問：「波西救了我一命，我們應該要讓他……」

蕾娜狠狠瞪了法蘭克一眼，他立刻倒退半步。

「我得提醒你，法蘭克．張，」她說：「你現在還處於觀察期，這一週來，你惹的麻煩已經夠多了。」

法蘭克的耳根瞬間轉紅，一隻手開始撥弄著頸鍊上的小鎖片。波西之前並沒有注意到那個小東西，不過現在留心一看，覺得它很像是一個鉛製的名牌。

「去軍械庫，」蕾娜命令他，「檢查庫房的儲備品。需要你的時候，我會呼叫你。」

「可是……」法蘭克自己住嘴了。「是的，蕾娜。」

他快步離開。

蕾娜對海柔和波西招手，示意他們往總部前進。「現在，波西．傑克森，我們就來看看能不能改善你的記憶力。」

這個被稱爲普林斯匹亞的總部，室內比它的外觀更令人驚奇。頭頂上晶亮的馬賽克拼花屋頂，描繪的是羅慕樂與雷慕斯❽被母狼神領養的故事（這個故事魯芭對波西說過一百萬次了）；而腳底下的地板，放眼望去皆是拋光的大理石。周圍的牆壁全部掛著超長的天鵝絨布幔，讓波西有種彷彿置身在全世界最高貴帳篷裡的感覺。沿著後面那面牆，展示著一整列旗幟與鑲嵌銅質勛章的木杖，波西猜測它們都是軍事象徵物吧；然而正中央的位置有一個空著的展示台，好像那個最重要的旗幟拿去送洗了，或者另有原因。

在最後面的角落有一個通往下方的樓梯井，被一排鐵欄杆圍住，宛如一道監獄之門。波西忍不住猜想那下面有什麼東西：怪物嗎？還是寶藏？抑或是惹到蕾娜的失憶混血人？

這個房間的中央擺放著一張很長的木桌，上頭堆滿了書卷、筆記本、平板電腦、刀劍，還有一個裝滿糖豆的大碗，看起來好像擺錯地方。兩尊實際尺寸的灰狗雕像立在桌子兩側，一尊金光閃閃，另一尊則耀眼銀白。

長桌後面有兩張高背椅，蕾娜走過去，逕自在其中一張坐了下來。波西很想去坐另外一張，但海柔仍然站著，波西感覺自己應該也只能站著。

「那麼……」波西率先開口。

兩尊灰狗雕像突然露出尖牙，低聲吠叫起來。

波西立刻呆住。通常他是喜歡狗的，問題是這兩隻大獵犬用紅通通的眼睛瞪著他，獠牙

❽ 在羅馬神話中，羅慕樂（Romulus）是創建羅馬王國的人，雷慕斯（Remus）是他的孿生兄弟，兩人由狼扶養長大。參《混血營英雄——迷路英雄》四九五頁，註❾❾。

尖銳得和剃刀沒兩樣。

「你們兩個，安靜。」蕾娜對那兩隻狗說。

牠們不再低吼，但犀利的眼光仍舊停留在波西身上，好像他是一包食物。

「他們不會攻擊人，」蕾娜說：「除非你偷東西或者我下命令。牠們是亞堅頓與歐倫❾。」

「銀與金。」波西緊接著說。如同之前海柔說過的，這些拉丁文的意思會突然躍出他的腦海。他差點就要問哪隻是金、哪隻是銀，還好他馬上意識到這問題有夠愚蠢。

蕾娜把她的短劍放到桌子上，波西隱約覺得自己過去曾經見過她。她的頭髮烏黑光亮得像火山岩，全部紮成一條辮子垂到背後。她的儀態就像一位劍士，輕鬆中卻保持警戒，彷彿隨時準備出招。那雙眼睛周邊浮現著擔憂的紋路，讓她看起來比實際年齡還要大。

「我們見過面，」波西終於決定說出來，「我不記得是什麼時候的事了。拜託，如果你可以告訴我一點什麼的話……」

「事情一樣一樣來，」蕾娜打斷他，「我要先聽聽你的故事。你還記得什麼？又是怎麼來到這裡的？不可以說謊，我的狗超級討厭騙子。」

亞堅頓和歐倫立刻咆哮幾聲，幫忙強調這一點。

波西於是說了自己的故事。從他如何在索諾馬森林裡的大宅廢墟中醒來，講到他和魯芭與她的狼群的相處。他學習了牠們的肢體語言和表達方式，也學習到戰鬥與生存的方法。

魯芭教了他許多事。她告訴他半神半人、怪物與天神的存在，並說明她自己的身分是古羅馬的守護神之一。她也告訴他，像波西這樣活在現代的半神半人，肩負著延續羅馬傳統的責任，包括打擊怪物、服侍天神、保護凡人，還有維繫帝國的回憶。她用了幾個禮拜的時間訓練他，直到他也成爲像狼一樣強壯堅韌的狠角色。當她終於對他學到的種種技巧都覺得滿意時，便把他往南邊送，同時告訴他，如果他能成功完成這段旅程，也許就能找到一個新家，並且恢復他的記憶。

這些似乎都沒有讓蕾娜感到驚奇，事實上，她好像認爲這故事實在很稀鬆平常，只有一件事除外。

「完全沒有記憶？」她問：「你仍然什麼都不記得？」

「只有一些模糊瑣碎的片段。」波西瞄了一下兩隻狗。他並不想提起安娜貝斯，畢竟那似乎是很私人的事，而且他還沒有半點頭緒該如何去找她。他確信他們是在一個營區認識的，但感覺上並不是這裡。

況且，他不願意把這個清晰的回憶和別人分享。他記得安娜貝斯的臉龐，記得她的金色頭髮與深灰眼眸；他記得她開懷大笑的方式，記得她敞開手臂的擁抱；他也還記得，每一次他做了蠢事，她便會給他的親吻。

她一定親過我很多次，波西心想。

他深怕萬一把這個回憶講給任何人聽，它就會如夢一般消散。他不願冒這個險。

蕾娜轉了一下她的短劍。「你所說的大部分事情，對混血人來說都是正常的。我們到了某一個年紀，不管透過什麼方式，總是會找到前往狼屋的路。我們會被測試，也被訓練。如果魯芭認爲我們是可造之材，就會把我們送到南邊，加入軍團。但是，我從來沒聽說有人失去

---

❾亞堅頓（Argentum）是拉丁文的「銀」，Ag縮寫的由來。歐倫（Aurum）則是拉丁文的「金」，Au縮寫的由來。

記憶。那你是如何找到朱比特營的？」

波西告訴她過去三天遇上的事，包括怎麼打都死不了的戈耳工姊妹，還有路邊出現的老太婆竟然是個女神，最後終於講到在山丘隧道口看見海柔和法蘭克。

從這時開始，換成海柔接力說故事。她將波西形容成一位勇敢的英雄，這讓波西有些不自在，因爲他覺得他總歸只做到一件事，就是扛來了那個笨重的嬉皮老太婆。

蕾娜端詳著他。「對一個新兵來說，你算有點老了。你幾歲？十六歲嗎？」

「我想是吧。」波西回答。

「如果你沒受過訓練、沒有支援，獨自度過那麼多年的時間，你應該早就死了才對。你說呢，涅普頓之子？你會散發出非常強烈的氣味，足以吸引各式各樣的怪物呀。」

「嗯，」波西說：「我聽說我很有味道。」

蕾娜差點要露出笑容。波西心中頓時湧出一點希望，或許蕾娜終究還有點人性。

「你在抵達狼屋之前，一定待過某個地方。」她說。

波西聳聳肩。茱諾之前有提過「休眠」這個詞，他也確實有種模糊的感覺，好像自己睡了一場覺，而且是非常久的大覺。即使這樣，仍舊沒什麼道理。

蕾娜嘆了一口氣。「好吧，既然這兩隻狗都沒有張口咬你，所以我想你說的都是事實。」

「太好了。」波西說：「下次可不可以換用測謊器？」

蕾娜站起來，慢步走到旗幟的前面。她的一雙金銀狗看著她走過去，又走回來。

「即使我可以接受你不是我們的敵人，」她說：「不過，你也不是一位尋常的新兵。奧林帕斯的天后沒事不會現身在營區，不會爲了宣布一個新進的混血人而來。上一次有重要的天神親自來訪，好像是……」她搖了搖頭，「我只聽過類似事件的傳說而已。何況，來了一個涅普頓的兒子……不是什麼好兆頭，特別是在此時。」

「涅普頓有什麼問題嗎？」波西問：「還有，你說『特別是在此時』又是什麼意思？」

海柔給了他一個充滿警告的眼神。

蕾娜仍在踱步。「你和梅杜莎的姊妹打鬥，而她們已經幾千年沒有出現過了。你激怒了我們的拉雷斯，讓他們開口稱呼你是『怪咖死』。還有，你的穿著有些奇怪的象徵，像是你的T恤、你項鍊上的陶珠，到底代表什麼意義？」

波西低頭看看身上破爛的橘色T恤，上面某處也許曾經印過某些字，不過現在都磨損褪色到無法辨讀了。他幾個禮拜前就該丟掉這件早就襤褸不堪的破衣，然而他就是不願意丟，只能不斷地在溪邊、在噴泉旁想辦法把它洗乾淨，盡力將它恢復成原來的樣子。

至於頸上的這條項鍊串有四顆陶珠，每顆上面都有不同的圖像符號，一顆是三叉戟，另一顆是金羊毛的迷你圖，第三顆蝕刻著一幅迷宮設計圖，最後一顆則是一棟建築的剪影，或許是帝國大廈？建築圖案旁刻了一圈名字，而波西全都不認得。他感覺這些陶珠十分重要，宛如是他家庭相簿中的幾張照片，但他全然不記得它們代表的意義。

「我不知道。」他說。

「那你的劍呢？」蕾娜問。

波西檢查一下口袋，他的筆一如往常在老地方重新出現。他將筆拿出來，卻突然想到自己從來沒在蕾娜面前拿出這把劍，連海柔和法蘭克也沒見過它，蕾娜是如何知道他有劍？要假裝沒有劍也來不及了……他打開筆蓋，波濤劍登時飛旋延展成它的完整尺寸。海柔忍不住驚呼，兩隻灰狗也緊張地狂吠。

「那是什麼？」海柔問：「我從來沒有見過像這樣的長劍。」

「我見過。」蕾娜的臉色沉下來，「那是非常古老的劍，是希臘人設計的。從前我們的軍械庫裡曾有過幾把……」她停頓了一下又說：「這種金屬稱為『神界青銅』，對怪物有致命的殺傷力，如同帝國黃金一樣，卻更稀有、更罕見。」

「帝國黃金？」波西問。

蕾娜拉開自己的劍鞘，短劍的劍刃直接呈現在波西眼前，毫無疑問是由黃金打造而成。「這是古羅馬時代專門拿來獻給天神的金屬，是在羅馬的萬神殿裡獻上的。它的存在是歷代帝王緊守的祕密，因為面對足以威脅帝國的怪物時，這正是帝國戰士能夠摧毀怪物的方法之一。我們曾經擁有更多這類的武器，但現在……嗯，只勉強夠用而已。我用的是這把短劍，海柔用的則是羅馬長劍，屬於騎兵劍。軍團裡大多數士兵用的劍更短，稱為古羅馬短劍。然而，你拿的這把絕對不是羅馬人的武器，這也是另一個你並非尋常混血人的線索。況且，你的手臂……」

「我的手怎麼了？」波西問。

蕾娜舉起她的前臂，波西這才看到他之前完全沒注意到的事：蕾娜手臂內側有刺青，刺的是SPQR四個字母，加上一個十字劍與火把的圖案，還有四條平行線，就像記分板上畫的直槓一樣。

波西再看看海柔。

「我們都有這種記號。」她舉起手臂來證明。「所有軍團的成員都有。」

海柔的刺青也有SPQR這四個字母，但直線只有一條，圖案也和蕾娜的不同。她的圖案是一個黑色印記，很像在十字上面有著彎曲的臂膀與圓圓的頭。

波西看看自己的手臂。他的手上有幾道擦傷、幾抹汙漬，還有香腸捲心酥的碎屑，就是沒有刺青。

「所以你從來就不是軍團的一員，」蕾娜說：「這些記號是無法抹去的。我想，也許……」她搖搖頭，彷彿想打消什麼念頭。

海柔往前靠過去。「如果他可以在這麼長的時間獨自存活下來，或許他見過傑生。」她轉身問波西，「你見過像我們這樣的半神半人嗎？穿著紫色T恤，手臂上也有記號的人……」

「海柔，」蕾娜的聲音沙啞，「波西要擔心的事已經夠多了。」

波西輕觸一下波濤劍的劍尖，它立刻縮回成一枝筆的樣子。「我還沒有見過和你們一樣的人。請問傑生是誰？」

蕾娜有些惱火地瞪了海柔一眼。「他是……他曾是我的同事。」她指著身邊另一張空椅子說：「軍團通常會選舉出兩位執法官。名叫傑生．葛瑞斯的那位，是朱比特⑩的兒子，他在去年十月失蹤前也是一位執法官。」

波西試著計算時間。在野地生活的這段期間，他不大留心日子的流逝，不過之前茱諾對

⑩朱比特（Jupiter），羅馬神話中的眾神之王，掌管與天空相關的一切，等同於希臘神話中的宙斯（Zeus）。

他提過，現在已經是六月。「你是說，他已經失蹤八個月了，而你們還沒有找人來替代他的位子？」

「他可能還活著，」海柔說：「我們沒有放棄希望。」

蕾娜看起來很不自在。波西感覺得出來，這個叫傑生的人對她而言可能不只是同事。

「只有在兩種情況下會有選舉。」蕾娜解釋說：「第一種，是在戰場上取得重大勝利後，軍團會將某個人舉到盾牌上，而我們近來並沒有任何戰役；另一種情況，則是在六月二十四日傍晚舉行投票，也就是在福爾圖娜節來臨時，那是五天後的事。」

波西皺起眉頭。「你們有個『敷耳朵大姊』要來？」

「是『福爾圖娜』節，」海柔糾正他，「她是幸運女神，在屬於她的節日發生的事，就會影響接下來的一整年。她可以賜給營區非常好的運氣……也可以帶來糟糕透頂的厄運。」

蕾娜和海柔同時往那個空著的展示台看過去，彷彿在想到底缺少了什麼東西。

一道寒意突然流竄過波西的背脊。「福爾圖娜節……就是幸運節！那對女妖姊妹提起過，茱諾也說過。她們說，就在那一天，營區會遭受攻擊，有個很大的邪惡女神叫蓋婭之類的，還有一支軍隊，還有什麼死神會被釋放。你們現在是說，那一天就在這個禮拜？」

蕾娜握在劍柄上的手猛然抓緊。「你這些話，出了這個房間通通不准說！」她命令著，「我不允許你在這個營區裡製造更多的恐慌。」

「所以說，這是眞的囉？」波西接著問：「你知道接下來會發生什麼事嗎？我們有辦法阻止嗎？」

波西才剛剛認識這些人，他甚至還不大確定自己是否討厭蕾娜，但他就是想幫忙。這些人都是混血人，和他一樣，他們有同樣的敵人。此外，波西記得茱諾對他說過，不是只有這個營區遭受到威脅，他的過往生活、天神們、這整個世界都可能被毀滅；無論要來襲的是什麼，必將巨大無窮。

「我們今天談的已經夠多了，」蕾娜說：「海柔，帶他去神殿山，去找屋大維。一路上你可以回答波西的問題，告訴他種種關於軍團的事。」

「是的，蕾娜。」

波西心裡還有一大堆問題，多到他覺得腦袋快要爆炸了。可是蕾娜表達得很清楚，這裡的訊問已經結束。她把劍套回劍鞘，金銀狗跟著站起來吠吼，一步步往波西這邊移過來。

「祝你占卜時有好運氣，波西．傑克森。」她說：「如果屋大維要你活著，或許我們就可以來交換一下意見，談一談……你的過去。」

4 波西

走出營房的路上，海柔在龐畢羅雙頭咖啡店替波西買了一杯義式濃縮咖啡，外加一塊櫻桃小蛋糕。

波西快速吞下蛋糕。這杯咖啡眞是好喝啊，現在波西忍不住心想，要是能沖個澡、換一身衣服、再小睡一下，他大概就會閃耀如金了，搞不好就像帝國黃金。

他看到一群孩子身著泳衣與浴巾，朝一棟屋頂有成排煙囪的建築走去。那些煙囪正不斷排出蒸氣，房子裡則迴盪出笑聲與水聲。裡面好像是個室內游泳池，那可是波西喜歡的地方。

「大浴場，」海柔對他說：「晚餐之前，我們會讓你進去，但願是這樣。沒有洗過羅馬浴的人，就不算眞正活過呢。」

波西只能滿懷期待地嘆一口氣。

當他們愈靠近大門時，兩旁的營房也變得愈加寬敞豪華，就連那些鬼看起來也體面許多，他們的鎧甲更精美、靈光更閃耀。此外，波西也想弄懂懸掛在那些房子外的旗幟和符號。

「你們這些成員都分住在不同的小屋嗎？」他問。

「可以這麼說。」一個騎乘巨鷹的孩子猛然飛過他們頭上，海柔趕忙低下身。「我們共有五個分隊，每個分隊大概有四十個人，裡面再分成每十人一間營房，有點像室友。」

波西的數學向來不好，不過他努力想把人數乘起來。「你是說，在這個營區裡，有兩百個孩子？」

「差不多。」

「而這些人全部都是天神的小孩？天神還眞忙哩。」

海柔大笑。「並非所有人都是大神的孩子，羅馬的小神有幾百位呢。而且呢，還有許多孩子是隔代的混血人，或許他們的爸媽是半神半人，甚至他們的祖父母才是半神半人，他們已經是第二代或第三代了。」

波西眨眨眼，「半神半人有後代？」

「怎麼了？這讓你很驚訝嗎？」

波西自己都不確定。過去幾個星期以來，他過一天算一天，隨時在爲生死存亡而擔憂。突然間出現這個能長壽到成年又擁有後代的說法，對他來說像個遙不可及的夢。

「那些割地的混血人……」

「隔代。」海柔糾正他。

「他們也具有像半神半人那樣的力量嗎？」

「有時候有，有時候沒有，但都可以接受訓練。你知道，最強的羅馬將軍和帝王都宣稱他們是天神的後代，那些大部分是眞的。我們等一下要去會見的營區占卜師屋大維，也是隔代混血人。他是阿波羅⓫的後裔，所以擁有預言的能力，據說是這樣啦……」

「據說？」

⓫ 阿波羅（Apollo），太陽神，也是射箭、預言與藝術之神。參《波西傑克森──神火之賊》八十五頁，註⓮。

海柔擺出一張苦瓜臉，「待會兒你就知道了。」

這些話讓波西心裡有些不好的感受，難道他的命運就掌握在這個叫屋大維的人手上？

「所以這些小隊……」他問：「還是什麼分隊的，是按照你們的天神父母來分組的嗎？」

海柔瞪著他說：「那是什麼糟糕想法！當然不是。一向是由主官決定要把新兵分派到哪裡。如果我們按照天神祖先來分配，每個分隊的人數都會不平均，我也會變成孤單一人。」

波西心底浮起一絲悲傷，彷彿自己也曾有那樣的處境。「為什麼呢？你的祖先是誰？」

她還沒來得及回答，後面突然冒出一個聲音大叫：「等等！」

一個鬼衝向他們。這個鬼老頭有鉛球般的大肚子，身上過長的長袍害他頻頻絆到腳。他攔下他們，呼呼呼地大口喘著氣，紫色的靈光圍著他的身形閃爍。

「就是他？」他上氣不接下氣地問：「第五分隊的新兵，是嗎？」

「維特里烏斯，」海柔對他說：「我們有點趕時間呢！」

這個鬼不悅地上下打量波西，繞著他檢視，查看他的態度就好像波西是輛二手車。「我沒辦法確定呀，」他抱怨說：「我們分隊只要素質最佳的成員。他的牙齒都在嗎？他能打鬥嗎？他會清理馬廄嗎？」

「是的，是的。不會。」波西說：「你是誰呀？」

「波西，這是維特里烏斯。」海柔說，臉上的表情卻暗示他敷衍一下就好。「他是我們的拉雷斯之一，對新兵很感興趣。」

維特里烏斯前前後後走來走去，不時被自己的長袍絆到，又不時拉拉他掛劍的腰帶。附近走廊上其他的鬼全都在竊笑。

「是的，」維特里烏斯說：「回溯到凱撒的時代。我提醒你，我說的是尤利烏斯．凱撒喔！那時的第五分隊可是超級不同凡響。福米納塔第十二軍團是羅馬的驕傲！但最近這些年演變成現在這樣，眞是可恥啊。看看這個海柔，拿那把什麼羅馬長劍，對羅馬軍團來說，簡直太可笑了。那是騎兵在用的耶！還有你，小子！你身上的味道聞起來就像希臘的餿水。難道你沒洗過澡？」

「我最近都在忙著對付戈耳工姊妹。」波西回答。

「維特里烏斯，」海柔插嘴說：「我們得在波西加入軍團之前先帶他去占卜。你何不去看看法蘭克呢？他去軍械庫查點儲備品了。你應該明白他一直多麼重視你的協助啊！」

那鬼老頭的紫色長眉頓時揚起。「我的老天爺！他們讓那個還在觀察期的孩子檢查軍械？我們會全部被搞砸的！」

他急忙奔向大街，每走幾步就停下來撿劍、拉扯衣服。

「終於解決了。」波西說。

「抱歉，」海柔說：「他很古怪，不過他也是這裡最老的拉雷斯之一，從這個軍團成立就在這裡了。」

「他稱這個軍團爲……『福米納塔』嗎？」波西問。

「拉丁文的 Fulminata，是配有閃電的意思。」海柔解釋，「那是我們軍團的象徵。在整個羅馬帝國時期，第十二軍團始終英勇地存在著。當羅馬帝國式微，許多軍團就跟著消失，我們卻走入地下，像一支祕密隊伍，接受朱比特直接的指令行動。他命令我們要努力存活、招募混血人與他們的後代，讓羅馬延續下去。從此我們便朝這個方向一直努力，也一路遷徙到每個時代受羅馬影響最深刻的地方。過去這幾個世紀，我們都是在美國活動。」

這整段話聽起來實在有夠詭異，但波西毫不懷疑地相信這些說法。事實上，他還覺得這故事聽起來頗為熟悉，彷彿他本來就知道這些事情。

「所以你是在第五分隊，」波西猜測，「好像不是最受歡迎的一隊？」

海柔的表情黯淡下來。「嗯，我是去年九月才加入的。」

「也就是說……是在那個人失蹤的幾個禮拜前而已？」

波西知道他戳到人家的痛處了。海柔整個頭低下來沉默不語，那靜默的時間長到波西幾乎可以數完路上所有的石板。

「走吧，」海柔終於開口，「我帶你去看看我最喜歡的景觀。」

他們走出大門後停下來。這個堡壘是建在山谷中的最高點，所以此時幾乎可以看見谷地中所有的景物。

這條路通到河邊就分岔，一條往南走，經過橋梁後向上爬升，前往滿是神殿的山；另一條路則往北去，通向那個迷你版的古羅馬城市裡。那座城市的外觀和這邊的軍營截然不同，房舍全都漫無計畫地擠在一起，雜亂無章卻又色彩繽紛。即使從這麼遠的地方，波西也可以看到群眾聚集在廣場上，戶外市集擠滿了採買的人，公園裡也有陪伴孩子玩耍的父母。

「你們這邊有家庭長住？」波西問。

「當然囉，他們住在城市裡。」海柔答道：「當你被軍團接納後要服十年的兵役，然後，你可以自行選擇要什麼時候退伍。大多數混血人會選擇回到凡人的世界，但對某些人來說，這樣做是相當危險的。這個山谷就是一個庇護所，你可以在城裡念大學、結婚生子，老了就退休。對於像我們這樣的孩子來說，這是地球上唯一一個眞正安全的地方。所以呢，一大堆退役老兵會留在這裡成家立業，受軍團的保護。」

成年混血人。混血人可以無憂無懼的生活、結婚生子、擁有自己的家庭……波西的腦袋還無法完全想像到那種境界，那似乎太過美好到不可能爲眞。「但如果山谷遭受攻擊呢？」

海柔抿起雙唇。「我們有防禦工事。這裡的邊界有魔法，只不過我們的力量不像以前那麼強了。最近怪物攻擊的次數一直在增加，你說那些蛇髮女怪老是死不了……我們也有注意到這個狀況，因爲別的怪物也有這種情形。」

「你知道原因嗎？」

海柔的眼神飄向遠方。波西知道她有所保留，有些話顯然不是她能說的。

「這件事……很複雜，」她回答：「我弟弟說，死神不是……」

她的話被一頭大象打斷。

他們後面有人大喊：「讓路！」

海柔趕快把波西往路邊拉，一個混血人騎著一頭成年大象走過他們身邊。那頭象身上披著黑色防彈纖維特製盔甲，盔甲側面還印著「大象」兩個字，讓波西覺得有點多此一舉。

大象聲勢驚人地往前走去，然後轉向往北邊的那條路。牠朝著一大片空地前進，那裡看起來正在建構某些防禦設施。

波西吐出嘴裡的塵土。「這是什麼怪……」

「大象。」海柔解釋。

「我知道，我有看到標籤。你們為什麼要給大象穿防彈背心？」

「今晚有戰爭遊戲，」海柔說：「牠是漢尼拔。如果我們不讓牠參加，牠會很沮喪的。」

「那可絕對不行！」

海柔大笑，真難想像幾秒前她看起來還很憂傷；波西不禁猜想她原本要說的是什麼。她有個弟弟，卻又說如果營區要按照天神父母來分組，自己就會很孤獨。

波西不懂這女孩。她似乎對人很好，也容易相處，以大概不到十三歲的年紀來說，算是非常成熟；但另一方面，她似乎努力隱藏一股深沉的悲哀，彷彿因某種原因而心懷罪惡感。

海柔指向南方的河流對岸，烏雲在神殿山的上方聚集，閃電的紅光打下來，將所有建築染成一片血紅。

「屋大維很忙，」海柔說：「我們最好趕快過去。」

一路上，他們不時看到有些羊腿人在閒晃。

「海柔！」其中一個傢伙大喊。

那人踏蹄奔來，咧嘴的笑容掛在臉上。他穿著一件褪色的夏威夷衫，下半身卻有沒穿褲子，直接露出毛茸茸的棕色羊腿；一頭如黑人般的鬈髮在頭頂上晃動，眼睛完全隱藏在多彩但圓而小的鏡片後面。他手持一塊板子，上面寫著：給我迪納里⑫，我就會工作、歌唱、談話、走開。

「嘿，阿唐，」海柔說：「對不起，我們沒有時間……」

「哦，好酷，好酷唷！」阿唐跟在他們旁邊走。「喂，這傢伙是新來的耶！」他朝波西笑著說：「你可以給我三個迪納里去坐公車嗎？因爲我把皮夾忘在家裡了，可是我得趕去工作，還要去……」

「阿唐，」海柔斥責他，「方恩[13]沒有皮夾，沒有工作，方恩也沒有家。還有，我們這裡沒有公車。」

「對對對，」他愉快地說：「但是你有沒有迪納里？」

「你的名字是方恩．阿唐？」波西問。

「是的。怎樣？」

「沒事。」波西努力擺出正經的樣子，「爲什麼方恩不工作？他們不是應該替營區效力？」

阿唐咩咩大叫：「方恩！替園區效力！太可笑了吧！」

「方恩算是，嗯，自由的精靈，」海柔開始解釋，「他們會在這裡晃蕩，因爲這是一個可以安全閒晃的地方，也可以安全乞討。我們包容他們，但是……」

「哦，海柔最棒了，」阿唐插嘴說：「她總是這麼仁慈！營區裡其他的人都一副『快給我滾開』的樣子，只有海柔是『阿唐，麻煩您離開』地對待我。我愛海柔！」

波西覺得方恩看起來雖然不具傷害性，卻實在有點煩人。而且他腦子裡一直有個念頭，覺得方恩不應該只是沿街討錢的遊民而已。

---

[12] 迪納里（denarii），古羅馬銀幣。

[13] 方恩（Faun），羅馬神話裡的半人半羊，相當於希臘神話裡的羊男（Satyr）。參《波西傑克森——神火之賊》六十一頁，註[7]。

阿唐看著他們前方的地面，突然驚呼：「有了！」

他伸手要去拿某個東西，但海柔尖叫：「阿唐，不可以！」

她猛地將他推向路邊，一把拾起一個小小的閃亮物品。波西在她把那東西塞進口袋前瞄到一眼，他幾乎可以發誓那是顆鑽石。

「海柔，拜託！」阿唐抱怨，「有那個，我就可以買一整年的甜甜圈耶！」

「算我拜託你，阿唐，」海柔說：「走開。」

她的聲音顫抖著，彷彿剛把阿唐從防彈大象的攻勢中救出來。

方恩嘆一口氣。「唉，我不會生你的氣。但我發誓，你好像財星，每次你經過就……」

「再見，阿唐，」海柔很快地說：「我們走吧，波西。」

海柔拔腿快跑，波西還得加緊腳步才能跟上。

「剛剛是怎麼回事？」波西問：「路上的那顆鑽石……」

「求求你，」她說：「不要問了。」

剩餘這段到神殿山的路程，他們陷入緊繃的沉默中。整條蜿蜒的石子路旁，混亂地排列著微小的祭壇與巨大的圓頂建物。天神雕像的眼光似乎追隨著波西的身影在移動。

海柔指著貝婁娜⑭神殿說：「那是女戰神。她就是蕾娜的母親。」接著他們經過一大片紅色地窖，外面的鐵欄杆尖刺上裝飾著骷髏頭。

「拜託，請你跟我說，那裡不是我們要去的地方。」波西說。

海柔搖搖頭。「那是戰神馬爾斯．烏爾托⑮的神殿。」

「馬爾斯……是戰神阿瑞斯嗎？」

「那是他的希臘名字，」海柔回答，「但你說得沒錯，的確是同一位天神，而『烏爾托』的意思是復仇者。在羅馬，戰神是第二重要的天神。」

波西並不怎麼想聽到這些事。不知爲什麼，光是看見這醜陋的紅色建築，就讓他心中升起無名火。

他指著山頂。最大的那座神殿是一個圓形涼亭建築，一圈白色柱子支撐著大圓頂。圓頂之上，雲團洶湧翻騰。「我猜，那裡是宙斯的神殿……我是說，朱比特的神殿，是嗎？我們是要去那裡吧？」

「是的。」海柔的語氣聽起來有點急躁，「那正是屋大維占卜解卦的地方，叫做『Optimus Maximus，朱比特神殿。』」

波西想了一下，不過拉丁文的意義很快就跳出他的腦海。「意思是……至高無上的朱比特嗎？」

「答對了。」

「那涅普頓有什麼頭銜？」波西問：「酷炫無比的涅普頓嗎？」

「這個嘛，不大對。」海柔指著一間只有工具間大小的藍色小房子，它的門上釘著一個布

⓮ 貝婁娜（Bellona），羅馬女戰神，象徵物是劍。雖等同於希臘神話中的厄妮爾（Enyo），但在羅馬時期的地位非常受到重視。

⓯ 馬爾斯．烏爾托（Mars Ultor），是羅馬軍團最崇拜的戰神，也是羅馬神話中的農業守護神，等同於希臘神話中的阿瑞斯（Ares），但對重視軍事的羅馬人來說，其地位僅次於眾神之王朱比特。

滿蜘蛛網的三叉戟。

波西往裡面瞧，看見小小的祭壇上放著一個碗，裡面有三顆乾掉又發霉的蘋果。

他的心整個往下沉。「頗受歡迎嘛。」

「我很抱歉，波西。」海柔說：「這是因爲……因爲羅馬人向來很畏懼海洋。他們只有在不得已時才會利用船隻。即使到了現代，出現一個涅普頓的小孩仍被視爲惡兆。以前曾經有這樣的孩子加入軍團，是在……嗯，一九〇六年吧，那時朱比特營位在舊金山灣的另一邊，結果那場大地震……」

「你是在告訴我，涅普頓的孩子引發了大地震？」

「他們是這麼說的。」海柔的表情充滿抱歉，「總之……羅馬人很敬畏涅普頓，但不怎麼喜愛他。」

波西瞪著三叉戟上的蜘蛛網。

眞是太好了，他想。就算他加入了軍團，也永遠不會得到喜愛，最多只是受到新同伴的畏懼而已。或許當他眞的表現得超級優異，他們會獻給他一些發霉的蘋果。

只是……站在涅普頓的祭壇前，他還是感受到自己的體內湧起波動，好像浪潮在血管裡拍打起來。

他的手伸向背包，挖出旅程中僅剩的最後一點點食物，是一塊早就過期的貝果麵包。實在不算豐盛，但波西將它好好地放在祭壇上。

「嘿，嗯……爸爸。」波西覺得面對一碗食物講話有點蠢，「如果你聽得到，幫幫我好嗎？讓我的記憶恢復，告訴我……告訴我該怎麼做。」

他的聲音聽起來快崩潰了。他本來不想這麼情緒化，可是現在的他已經筋疲力竭、滿心恐慌，而且他已經迷途了這麼久，應該要得到一些什麼樣的指引才對。他想知道自己生命中任何一點確定的部分，而不是憑空亂抓消失的記憶。

海柔將手放在他肩上。「會沒事的，你已經來到這裡了，你是我們的一份子。」

波西感到相當難爲情，竟然讓一個他根本還不大認識的八年級女孩來安慰他，但他也慶幸有她的陪伴。

在他們的上方，雷聲轟然響起，紅色閃電照亮整座山丘。

「屋大維快好了，」海柔說：「我們過去吧。」

與涅普頓的小工具房相比，朱比特的神殿還眞是至高無上。

大理石地面既有鑲嵌華麗馬賽克的地方，也有刻鏤著拉丁銘文的地方。屋頂聳立在離地快二十公尺的高度，整個金色的圓頂閃閃發光。這座神殿是開放式的建築，風可以呼嘯穿越。

神殿的中央是一座大理石祭壇，一個穿著羅馬長袍的少年正在進行某種儀式。他面對著一尊高大的金色雕像，那正是這裡的主神——天空之神朱比特。朱比特身上披著加大尺碼的紫色絲質長袍，手裡拿著一道閃電。

「那個樣子看起來不對。」波西喃喃自語。

「什麼？」海柔問。

「他的閃電。」波西答。

「你到底在說什麼？」

「我……」波西皺起眉頭。有一秒的光景他以為他想起了什麼，現在卻已經消失。「沒事，我想。」

祭壇上的少年舉起雙手，天空閃出更多的紅光，震撼了整個神殿。接著他放下手臂，閃電也平息下來，雲層開始由灰轉白，然後散開。

確實是讓人驚異的技倆，尤其這少年看起來平凡無奇。他的身材瘦高，頂著一頭稻稈色的頭髮，身穿過大的牛仔褲與寬版的T恤，再披上一件垂落的長袍，看起來簡直就像一把穿著床單的螺絲起子。

「他在做什麼？」波西低聲問。

長袍瘦子轉過身來，露出有點狡詐的笑容和些微瘋狂的眼神，就好像他剛剛打過一場激烈的電動遊戲。他一隻手拿著刀，另一隻手則握著似乎是死掉的動物，這讓他看起來瘋狂的程度更高了。

「波西，」海柔說：「這位是屋大維。」

「怪咖死！」屋大維大聲地說：「真有趣呀。」

「嗯，嗨！」波西說：「你是在虐殺小動物嗎？」

屋大維看著自己手上昏死的東西，大笑起來。「不是的，不是的。曾經呢，我們解讀天神旨意的方法是靠檢驗動物的內臟，雞的、羊的，很多動物都可以。但是到了現在，我們是用這個。」

他把那個昏死的東西丟給波西，結果是一隻開腸剖肚的泰迪熊。這時波西才注意到，在朱比特雕像底下有一整堆殘破不堪的填充玩具。

「你說眞的嗎？」

屋大維走下祭壇。他的年紀大約十八歲，不過那乾癟瘦巴、病懨懨的慘白模樣，看起來應該在更年輕時就夭折了才對。第一眼看到他會覺得他不具有傷害性，但當他靠得更近一點，波西可就沒那麼確定了。屋大維銳利的眼神中閃爍著一種無情的好奇心，彷彿他可以輕易用對待泰迪熊的方式來對待波西，把他開腸剖肚，只要覺得可以從中判斷出什麼的話。

屋大維瞇起眼睛。「你似乎很緊張。」

「你讓我想起某人，」波西說：「但我記不起是誰。」

「也許是跟我同名的人，另一個屋大維，也就是奧古斯都．凱撒。每個人都說我和他有驚人的相似度。」

波西不認爲自己聯想到的是這個人，可是他也無意去爲難自己的記憶力。「爲什麼你要叫我希臘人？」

「我在占卜中看到的。」屋大維朝祭壇那堆塡充玩具揮舞他的刀。「我看到的訊息要不是『希臘人已經來了』，不然就是『那隻鵝哭了』，我想第一個解讀才是正確的吧。你打算加入軍團嗎？」

海柔站出來替波西講話。她從在隧道口遇到波西開始講起，把接下來發生的所有事情一一告訴屋大維，包括蛇髮女怪出現、河中打鬥、茱諾現身，以及他們與蕾娜的會談。

當她提到茱諾時，屋大維顯得十分驚訝。

「茱諾，」他若有所思地說：「我們稱呼她『茱諾．莫妮塔』，也稱她是『忠告者茱諾』。她在危急時會出現，提醒羅馬人注意重大的威脅。」

他瞥了一眼波西，好像在說：例如這個謎樣希臘人的出現。

「我聽說幸運節就在這星期，」波西說：「蛇髮女怪警告，那天會出現攻擊，你從你的動物中看到這件事了嗎？」

「很遺憾，沒有。」屋大維嘆息說：「天神的旨意是很難辨別的，而且這些日子以來，我的視野愈來愈黯淡。」

「難道你們沒有……我想想，」波西說：「神諭之類的東西？」

「神諭？」屋大維露出微笑，「多可愛的想法呀，恐怕我們的神諭正巧用完了。如果當初有按照我的建議去尋找西卜林書⑯的話，現在就……」

「西部什麼？」波西問。

「西卜林書，一套神諭書集，」海柔回答，「那是屋大維超級沉迷的東西，以前羅馬人總是一有災難就要參考它。不過多數人都相信這套書在羅馬衰敗時已經被燒毀了。」

「是一些人相信而已，」屋大維更正說：「不幸的是，我們現任領導人不願意發動尋找任務，去找回它們……」

「那是因為蕾娜並不笨。」海柔說。

「所以我們只剩下一些支離破碎的片段，」屋大維繼續說下去，「一些謎團般的預言，就像這些。」

他點頭朝大理石地板上的那些銘文看去。波西的視線跟著轉移到那幾行字上，但倒沒期待自己真的看懂。結果他差點嗆到。

「那一條，」他用手指著，並且大聲翻譯出來，「七名混血人將會回應召喚。暴風雨或是火焰，世界必會毀壞……」

「對，對。」屋大維不用看地板就接下去說：「發誓留住最後一口氣，敵人擁有死亡之門的武器。」

「我……我知道這一條。」波西以爲雷聲又在撼動神殿了，一會兒他才意識到，是自己全身在顫抖。「那很重要。」

屋大維挑起一邊的眉毛。「它當然很重要，我們稱它爲『七人大預言』。可是這條預言已經出現有幾千年之久了，我們卻還不知道它眞正的涵義。每次有人想要解釋它……嗯，海柔也可以告訴你，就會有壞事發生。」

海柔瞪著他說：「你替波西占卜就好了。他可以加入軍團嗎？」

波西幾乎看得到屋大維思緒的運轉，就是在計算波西到底有沒有用。他把手伸向波西的背包。「這是個漂亮的檢體，我可以拿嗎？」

波西不懂他的意思，但屋大維已經快速搶去從他背包上方探出來的平價賣場熊貓枕頭，那只是個無聊的塡充玩具，可是波西帶著它跋涉了好一段路，對它終究有些感情。屋大維轉身面對祭壇，然後舉起他的刀。

「喂！」波西抗議。

屋大維劃開熊貓的肚子，將裡面充塡的東西全都倒在祭壇上；接著他把熊貓殘骸往旁邊

---

⑯西卜林書（Sibylline Books），古羅馬時代的一本神諭集，包括許多先知代替上帝、神祇傳達的訊息，以及對於災難、戰爭、禍患的預言，後來被集結成冊。目前僅有小部分被保留下來，其他皆佚失或燒毀。

拋去，還對著那軟趴趴的東西喃喃咒唸幾句。然後他轉身回來，臉上浮現大大的笑容。

「好消息！」他說：「波西可以加入軍團。今天傍晚集合時，我們會決定他分到哪一個分隊。告訴蕾娜，我已經認可這件事了。」

海柔的肩膀終於放鬆下來。「喔……太好了。走吧，波西。」

「嗯，海柔，」屋大維說：「我很開心，也很歡迎波西加入軍團，不過等到執法官選舉日來臨，我希望你記得……」

「傑生沒有死，」海柔打斷他，「你是占卜師，你應該要看顧著他才對！」

「嘿，我有啊！」屋大維指著那堆破爛的填充玩具說：「我每天都跟天神溝通詢問，唉呦喂呀，八個月了，我找不到任何線索。當然，我還是會繼續努力。但如果傑生沒有在幸運節之前回來，我們一定要有所行動。我們的權力真空期不能再延長了，我希望你支持我出來選執法官，這件事對我而言，意義十分重大。」

海柔緊握拳頭。「我，支持，你？」

屋大維脫下長袍，把他的刀和長袍一起放在祭壇上。波西留意到屋大維手臂上的平行直線有七條，他猜想，或許是表示他在營區已經待了七年吧。直槓之外的圖案是豎琴，那是阿波羅的代表記號。

「終歸一句，」屋大維對海柔說：「我也許能幫你。如果那些關於你的誇張流言繼續流傳下去，會很令人遺憾的。或是，天神請原諒我，那些流言都成真的話……」

波西將手滑進口袋去握筆，這傢伙根本是在恐嚇海柔，太明顯了。只要海柔一個動作表情，波西隨時準備亮出波濤劍，看看屋大維在劍的另一端會做何感想。

海柔深呼吸一口，手指關節撐到發白。「讓我想想。」

「很好。」屋大維說：「順便告訴你，你弟弟來了。」

海柔僵住。「我弟弟？爲什麼？」

屋大維聳聳肩。「爲什麼你弟弟什麼事情都要參一腳？他在你父親的神殿那裡等你。不過……嗯，別讓他留下來太久，他對其他人有不太好的影響。不好意思，現在我得繼續搜尋我們可憐的失蹤友人傑生了。很高興認識你，波西。」

海柔火速奔出這座大涼亭。波西快步跟隨著，他很確信自己從來沒有這麼渴望離開一座神殿。

海柔衝下山時，一路上用拉丁文咒罵了好些話，雖然波西無法全部理解，但也能猜出一些，像是蛇髮女怪的兒子、渴望權力的蛇，還有幾個屋大維可以把刀插在哪裡的建議。

「我恨那傢伙。」海柔用英文喃喃說著，「如果我有辦法的話……」

「他不會眞的當選執法官吧？」波西問。

「我也希望不會。屋大維有不少朋友，大多是他收買來的，其他就是營區裡害怕他的人。」

「害怕那個瘦皮猴？」

「你不要低估他。蕾娜的人其實不壞，但如果讓屋大維和她分享權力……」海柔顫慄了一下，「我們還是去找我弟弟吧，他一定想要見見你的。」

波西沒有反對，他也想見見這個謎樣的弟弟，或許可以多知道一點海柔的背景，比如她的父親是誰、她究竟隱藏了什麼祕密。波西不相信海柔會做出任何讓自己深感罪惡的事，她的為人簡直好過了頭；然而屋大維的那些舉動，卻像是握有海柔某個天大的汙點一樣。

海柔帶著波西，來到一座蓋在山丘側面的黑色地窖中。眼前出現一個十幾歲的少年，身穿黑色牛仔褲與飛行員夾克。

「嘿，」海柔說：「我帶了一個朋友來。」

那男孩轉過身，波西腦海瞬間又出現一道詭異閃光，就是那種「這個人我應該認識」的感覺。這少年幾乎和屋大維一樣蒼白，但他的眼睛是深色的，一頭亂髮也黑黝黝的。他的長相與海柔沒有半點相似之處，頭上戴著銀頭圈，腰際繫的是金屬鍊，黑色T恤上有流行的骷髏頭圖案，側身則掛著一把純黑的劍。

在見到波西的那萬分之一秒的剎那，那男孩似乎非常震驚，簡直驚訝到了極點，就像突然被探照燈逮到的模樣。

「這位是波西．傑克森，」海柔說：「他是個好人。波西，這就是我弟弟，普魯托[17]的兒子。」

男孩已經恢復鎮定，並且伸出手來。「很高興認識你，」他說：「我的名字是尼克．帝亞傑羅。」

[17] 普魯托（Pluto），冥界之王，掌管整個地底世界，等同於希臘神話中的冥王黑帝斯（Hades）。

5 海柔

海柔覺得她引介了兩顆核子彈互相認識，現在她等著看哪一顆會先爆發。

直到今天早上，她還認為弟弟尼克是她所知力量最強大的混血人。朱比特營裡的人都視他為浪跡天涯的怪人，就跟方恩一樣沒什麼殺傷力。但海柔知道得更多，即使她不是和尼克一起長大的，甚至與他相認還沒多久，可是她很清楚，尼克遠比蕾娜、屋大維更具危險性，甚至可能超過傑生。

然後，她遇到了波西。

一開始她看見他扛著一個老女人，蹣跚地從公路那邊跑過來，她以為他是一位偽裝的天神。即使他疲累地彎著腰桿，全身上下都有打鬥與塵土的痕跡，卻仍有一種充滿力量的光環圍繞著他。他有海水般深綠的雙眼、如同海風吹拂過的黑髮，以及羅馬天神的英俊長相。

她命令法蘭克不可以攻擊他，她以為天神或許是在測試他們。她聽過類似這樣的神話：一個老太婆帶著小孩乞求人家收容，冷酷的凡人拒絕了，結果……砰！那些凡人都變成噁爛的鼻涕蟲。

接下來，波西控制了河水、擊潰蛇髮女怪，還把一枝筆變成一把青銅劍。他讓整個營區鼓譟起來，全在談論著「怪咖死」。

海神之子……

很久很久以前，有人告訴海柔，一個涅普頓的後代將會解救她。但波西眞的能夠解除她身上的詛咒嗎？這似乎是一個過分的期待啊。

波西和尼克握手，兩人謹愼地互相審視對方，而海柔則拚命抑制自己想跑開的衝動。要是這兩人都拔出魔劍相向，場面鐵定不堪設想。

尼克看起來並不可怕。他很清瘦，皺巴巴的衣服顯得太過寬鬆。他的頭髮也一如往常，還是那副剛剛從床上滾下來的模樣。

海柔還記得之前遇到他的情景。第一次看他拔出那把黑劍時，她幾乎要笑了出來。他邊揮邊喊：「冥界黑銅！」態度認眞到有點滑稽的地步。這個瘦削的男孩不是天生的戰士，當時她根本不相信他們之間有任何關係。

她很快就改變了想法。

波西盯著他說：「我……我認識你。」

尼克的眉毛挑起來。「是嗎？」他轉頭看海柔，想聽她解釋。

海柔一時說不出話來。弟弟的反應有些不對勁，雖然他努力想表現出輕鬆的樣子，但就在見到波西的那一瞬間，海柔的確看到他露出剎那的驚恐。尼克是認識波西的，這點她絕對能確定，爲什麼他要假裝不認識呢？

海柔勉強開口解釋：「嗯……波西他……喪失了記憶。」然後她把波西進到營區後的種種經歷說給弟弟聽。

「所以，尼克……」她謹愼地繼續說：「我在想……你呀，你遊歷了那麼多地方，或許之前也碰過類似波西這樣的混血人，還是……」

尼克的表情變得有如塔耳塔洛斯那般黑暗。海柔不明白原因，但她得到清楚的訊息：不要問。

「關於蓋婭軍隊這件事，」尼克說：「你提醒蕾娜了嗎？」

波西點點頭。「不過，這個蓋婭究竟是何方神聖啊？」

海柔頓時感到嘴巴乾澀。聽到那個名字……她只能硬撐著不讓自己腿軟。她記得那女人軟綿綿、囈語般的聲音，記得發光的洞穴，也記得她的肺充滿了烏黑機油的感覺。

「她是大地之母。」尼克的眼睛看著地上，彷彿地面可能也在聆聽。「所有的女神之中最老的一位。她大多數時間都在深沉睡眠的狀態中，不過，她痛恨天神和天神的後代。」

「大地之母……是邪惡的？」

「非常邪惡，」尼克嚴肅地說：「她說服她的兒子泰坦巨神克羅諾斯[18]，嗯，我的意思是撒頓，殺死他的父親烏拉諾斯[19]，來取得世界的掌控權。泰坦巨神控制了世界很長一段時間，但後來他們的孩子，也就是奧林帕斯眾神，推翻了他們。」

「這故事似乎很熟悉，」波西顯得有些驚訝，好像昔日的記憶有部分浮出來了。「可是我想，我從來沒聽過與蓋婭有關的部分。」

尼克聳聳肩。「當眾神起而代之，蓋婭生氣了。於是她找了一個新丈夫塔耳塔洛斯，就是

---

[18] 克羅諾斯（Kronos），希臘神話中泰坦巨神的首領，撒頓（Saturn）是他的羅馬名字。參《波西傑克森—神火之賊》十九頁，註[1]。

[19] 烏拉諾斯（Ouranos），希臘神話中的天空之父，與大地之母蓋婭生下泰坦巨神族。

掌管地底深淵的神靈，又生了巨人族。他們試圖摧毀奧林帕斯山，但最後天神還是將他們擊潰了……起碼第一次是如此。」

「第一次？」波西問。

尼克看了海柔一眼。他其實無意讓海柔內心浮出罪惡感，海柔自己卻忍不住那麼想。如果波西知道了關於她的種種，那些她做過的可怕事情……

「去年夏天，」尼克繼續說：「撒頓想要反擊，於是有了第二次泰坦大戰。朱比特營裡的羅馬人前往舊金山灣另一邊的奧特里斯山，搗毀他的總部，破壞他的王座，然後撒頓就消失了……」他遲疑了一會兒，觀察著波西的表情。海柔感覺到弟弟很緊張，擔心波西可能會冒出更多的記憶。

「嗯，總之，」尼克決定說下去，「撒頓也許隱退回到深淵。我們全部的人都認為戰爭結束了，但現在看起來，泰坦的潰敗驚動了蓋婭，她正在甦醒。我已經聽到報告，說巨人開始重生。如果他們的目的是要再次向天神挑戰，或許他們會從打垮混血人開始……」

「你已經跟蕾娜說過這些了嗎？」波西問。

「當然。」尼克有些激動地說：「但羅馬人不相信我，所以我才希望她會聽進你的話。身為普魯托的後代，噢，我沒有冒犯你的意思，他們認為我們比涅普頓的孩子更糟糕，我們就是厄運的代表。」

「他們讓海柔留在這邊呀。」波西提出他的觀點。

「那不一樣。」尼克說。

「為什麼？」

「波西，」海柔插嘴說：「聽著，巨人還不算最糟的狀況，連蓋婭也不是最嚴重的問題。你注意到蛇髮女怪怎麼打都死不了的狀況了，那才是我們目前最擔憂的事。」她看著尼克。此刻，她其實已經非常逼近自己最大的祕密，但不知怎地，她就是能夠信任波西。或許因爲他也是一個外來者，又或許他過河時救過法蘭克，總之，她覺得他有資格知道他們的處境。

「尼克和我……」她謹愼地說出她的想法，「我們認爲現在的情況……死神沒有……」

她的話還沒說完，山腳邊先傳來一聲吼叫。

法蘭克朝他們跑來。他身穿紫色T恤與牛仔褲、牛仔外套，手上沾滿清理武器的機油。海柔每一次見到法蘭克，她的心跳就會變得像是快板踢踏舞，但這樣子讓她感到很不舒服。沒錯，他眞的是她的好朋友，是營區裡極少數不會把她當成傳染病患看待的人；可是，她對他絕非「那種」喜歡。

法蘭克比她大三歲，並不是白馬王子型的人，外表是娃娃臉長在摔角選手身上的奇怪組合，看起來有如肌肉發達的無尾熊。事實上，這裡的每個人都愛把他們兩個湊成一對。「營區兩位大輸家！你們是天生絕配！」而這只會讓海柔更下定決心不要「喜歡」他。

但她的心跳沒有跟著她的計畫走，每次只要法蘭克出現，它就脫序狂飆。她已經很久沒有這樣的感覺了，自從……自從山米之後。

別想了，她告訴自己。你來到這裡只有一個原因，那個原因可不是交一位新男友。

況且，法蘭克並不知道她的祕密。如果他知道了，就不會再對她那麼好。

他衝進神殿。「嘿，尼克……」

「法蘭克。」尼克露出笑容。他似乎滿高興見到他，可能因爲法蘭克是營區成員中唯一能和普魯托的小孩自在相處的人。

「蕾娜派我過來找波西。」法蘭克說：「屋大維接納你了嗎？」

「是的，」波西說：「他謀殺了我的熊貓。」

「他……哦，占卜儀式嗎？對啦，那個人恐怕是全天下泰迪熊的噩夢吧。不過你可以加入了耶！你得在傍晚集合前，把你整個人好好清洗一番。」

海柔這才注意到遠山旁邊的太陽已經低斜，這一天怎麼會過得那麼快？「你說得對，」她說：「我們最好……」

「法蘭克，」尼克打斷她，「你何不先帶波西下去？海柔和我很快就會跟過來。」

喔哦！海柔心想。她努力不顯露出心裡的焦慮。

「那……是個好主意。」她勉強接口，「你們兩個先走吧，我們會追上的。」

波西再看了尼克一眼，彷彿仍想抓出半點回憶。「我還想要和你多聊一些，我實在覺得你……」

「好啊，」尼克同意：「晚一點吧，今晚我會留在這裡過夜。」

「你會嗎？」海柔脫口而出。這下營區的人會愛死了——涅普頓的兒子和普魯托的兒子同一天到來。他們現在需要的，大概是一些黑貓和破掉的鏡子。

「你先走吧，波西，」尼克說：「去安頓好自己。」然後他轉身面對海柔，海柔忽然感覺這一天最糟的部分恐怕還沒出現。「我和姊姊需要談一下。」

「你認識他，對吧？」海柔問。

他們倆坐在普魯托神殿的屋頂上，那是個用骨頭與鑽石鑲飾而成的屋頂。據海柔所知，這些骨頭一直都在這裡；至於鑽石，就全是她的錯。如果她在一個地方坐太久，或者心情開始焦慮，鑽石便會如雨後春筍般從她身邊冒出來。價值幾百萬美金的寶石在屋頂上閃閃發亮，但幸好其他人都不敢過來碰，起碼他們知道不可以從神殿偷走東西，尤其是普魯托的神殿。至於那些方恩，他們從來不會到這邊來。

海柔想到今天下午阿唐差點要發生的事，不禁打了個哆嗦。如果不是她動作快，搶先奪走路邊那顆鑽石……她不願再想下去，她的良心裡不想再添加另一個亡魂。

尼克腳步擺動的方式就像個小孩子。他的冥界黑銅劍掛在身體側邊，緊鄰著海柔的羅馬長劍。他望向山谷，那裡的馬爾斯競賽場中有人在建築堡壘，為今晚的戰爭遊戲做準備。

「波西．傑克森，」他唸這名字的方式宛如在唸咒語，「海柔，我現在說出每一個字都必須很小心。有非常重要的事情正在這裡進行著，有一些祕密就是必須守住。你們所有人，特別是你，應該了解這點。」

海柔感覺到自己的臉頰在發燙。「可是他……他不像我？」

「不像。」尼克說：「我很抱歉，只能告訴你這麼多。我不能介入，波西必須在這個營區裡找出自己的生存方式。」

「他是個危險人物嗎？」她問。

尼克只能乾笑。「對他的敵人來說，非常危險。但是對朱比特營而言，他並不是個威脅，你可以信任他。」

「就像我信任你一樣。」海柔說得有些苦澀。

尼克轉了轉頭上的銀頭圈，他附近的骨頭便開始晃動，彷彿要形成一副新的骷髏。每當尼克情緒低落，就會對亡者產生那樣的作用，有點類似海柔的詛咒。他們倆正代表著普魯托控制的兩個範疇：死亡和富有。有時海柔會覺得，尼克拿到了比較好的那一邊

「是的，我知道這並不容易，」尼克說：「但你還有第二次機會，可以讓事情變對。」

「關於這一切，沒有一件事是對的，」海柔說：「如果他們知道了關於我的眞相……」

「他們不會的，」尼克向她保證，「他們會發起一個尋找任務，他們非這麼做不可。而你會讓我驕傲。一定要相信我，碧安……」

他住口了，但海柔知道他差點又要將她喊成「碧安卡」。她才是尼克眞正的姊姊，才是那個和他一起度過成長時光的人。尼克或許也是關心海柔的，可是她永遠不會成爲碧安卡；她只是尼克可以掌握的次佳選擇，只是……冥界給他的安慰獎。

「對不起。」尼克說。

海柔覺得嘴裡像是含著金屬，彷彿小金塊就要從舌頭下一塊塊蹦出來了。「所以，關於死神的事是眞的？是奧賽俄紐斯[20]搞的鬼嗎？」

「我想是的，」尼克說：「冥界裡的狀況愈來愈糟，父親爲了控制住情況，忙得快抓狂了。從波西講述蛇髮女怪的情形看來，顯然上面這裡的情況也在惡化。可是你要知道，那就是你會在這裡的原因。所有過去發生在你身上的事情，你可以讓它轉變成好的結果。你是屬於朱比特營的。」

這聽起來實在太可笑了，可笑到海柔幾乎要笑出來。她根本不屬於這個地方，她甚至不屬於這個世紀。

她知道不要一直回顧過去，然而她就是清楚記得往日生活被摧毀的那一天。她突然眼前一黑地昏厥過去，連叫一聲「喔哦」的時間也沒有。她的時光倒流了。那不是夢，也不是幻象，回憶朝她整個沖刷過來，清晰到毫無瑕疵，她覺得自己就眞的站在裡面。

那是她最近的一次生日，她剛滿十三歲，但時間卻不是去年十二月，而是一九四一年十二月十七日，她住在紐奧良的最後一天。

⑳ 奧賽俄紐斯（Alcyoneus），屬大地之母蓋婭和天空之父烏拉諾斯所生的巨人族，受蓋婭慫恿反抗宙斯，最後失敗，被打入冥界。

6 海柔

海柔獨自從馬廄走回家，儘管那是個寒冷的傍晚，她心裡卻非常溫暖。山米剛剛親吻了她的臉頰。

這眞是個充滿高低起伏的一天。學校同學欺負她，說她媽媽是個女巫，還用其他一堆稱呼來謾罵她。當然，這種情形已經持續好一段時間了，但狀況變得愈來愈糟，關於海柔的詛咒的流言也開始散布。這所學校的名字是「聖阿格尼斯有色人種與印第安人學院」，創校百年來從未改過名字；而學校就和它的名字一樣，在仁慈表面下潛藏著各種殘酷無情的事實。

海柔不明白為何其他的黑人小孩會這麼卑劣，他們應該都很清楚那種感覺，因為他們自己也不時忍受著被謾罵嘲諷的痛苦。然而他們就是會對著她吼叫、拿走她的午餐，老是開口索求那些值錢的珠寶：「那些被詛咒的鑽石呢？女孩！給我一些，不然我打你喔！」他們在噴水池邊推開她；如果她在遊樂場接近他們，就會被丟石頭。

儘管他們的行為囂張恐怖，海柔卻從來沒給過他們鑽石或黃金，她沒有痛恨人到那種程度。況且她仍然有一位朋友，那就夠了。他叫做山米。

山米老愛開玩笑，說自己是聖阿格尼斯最標準的學生。他是墨西哥裔的美國人，所以他認為自己既是有色人種又是印第安人。「他們應該發給我兩份獎學金才對。」他說。

他既不高大也不強壯，但有著迷人的笑容，總是能把海柔逗笑。

那天下午，他帶她去他工作的馬廄，他在那裡當馬夫。當然囉，那是一間白人專屬的馬術俱樂部，只是平日不開放，而且因為大戰還在打，有人說俱樂部可能得完全關閉，直到擊潰日本、軍人都返鄉為止。所以山米通常可以夾帶海柔進去裡面，幫忙照顧馬匹，偶爾他們也會騎馬出去。

海柔非常愛馬，牠們似乎是唯一不會怕她的生物。人類討厭她，貓會對她嘶吼，狗會朝她狂吠，就連她在芬利老師的課堂上拿紅蘿蔔給那些傻瓜黃金鼠，牠們也會嚇得吱吱叫。可是馬匹從不介意她的存在，當她坐上馬鞍，她可以騎到飛快的速度，根本沒有機會讓任何寶物礦石尾隨著冒出來。她幾乎以為自己擺脫了詛咒。

那個下午，她牽了一匹有著亮麗黑鬃毛的紅褐色種馬出來，她飛也似地往田間狂奔，把山米拋在後面。等山米追上來時，他和他的馬都氣喘吁吁。

「你在狂奔什麼呀？」山米笑著說：「我沒有那麼醜吧，有嗎？」

儘管這天冷到不適合野餐，但他們還是來野餐了。兩人坐在一棵木蘭樹下，馬則拴在一根圍籬裂開的欄杆上。然後山米拿出一個杯子蛋糕，還替海柔插上生日蠟燭。雖然這根蠟燭已經在騎馬的過程中快要被壓爛，這一切仍是海柔見過最甜蜜的事物。他們將蛋糕分成兩半，兩人一起享用。

山米聊起戰爭，他說希望自己年長到可以去從軍。他問海柔，如果他入伍後要去海外參戰，她是否會寫信給他。

「當然啦，笨蛋。」她說。

他咧嘴而笑。這時，就像是一股衝動湧上來般，他突然靠過來親吻了她的臉頰。「生日快樂，海柔。」

其實也不是很大不了的事，只是一個親吻，連嘴唇都沒碰到，海柔卻覺得自己好像飄了起來。她不記得騎回馬廄的過程，也不記得自己怎麼和山米道別。山米則一如往常地說：「明天見。」可是，她從此再也沒有見過他。

她回到紐奧良的法國區時，天色已暗。當她接近家裡，心中溫暖的感覺消退，取而代之的是恐慌。

海柔和她的媽媽瑪莉王后（她喜歡人家這樣叫她）住在一間舊公寓裡，樓下有一家爵士酒吧。縱然戰爭已經開打，這裡卻有一些嘉年華的氣氛：新兵在街上遊蕩，談笑著與日本人交手的經驗；有人在小店裡刺青，有人在路邊對自己的甜心求婚。還有一些人會上樓來找海柔的媽媽算命，或是來買護身符，因為瑪莉．李維斯克是有名的符咒女王。

「你聽說了嗎？」有人會說：「我花兩毛五美元買這個幸運符，然後拿去給一個我認識的人看，結果他說這是真正的銀塊，價值應該有二十美元！那個巫毒女人一定是瘋了！」

有一陣子，這種市井傳言替瑪莉王后帶來很多生意。海柔的詛咒是慢慢開始的，起初似乎像一種天賜恩惠，這些珍貴寶石和黃金只是偶爾出現，數量並不多。瑪莉王后還會付錢給她，一個禮拜請她吃一次牛排大餐，海柔甚至還得到一套新衣服；但後來故事漸漸傳開，當地人開始發現，那些購買幸運符或是收了瑪莉王后珍寶的人都碰到可怕的遭遇。查理．蓋索戴著金手鍊，結果被收割機奪走了一隻手；雜貨店的亨利先生心臟病突發摔死了，而事情就發生在瑪莉王后用紅寶石來付帳之後。

人們開始偷偷談論海柔，說她單單走上街頭就能找到帶著詛咒的珠寶。這一陣子，只剩下外地來的人才會上門找她媽媽，然而這種人實在不多。海柔的媽媽脾氣變得十分暴躁，常常給海柔臉色看。

海柔盡可能安靜地爬上樓梯，以免母親正好有客人在。樓下酒吧的樂師正在調音，隔壁的糕餅鋪已經開始準備明早的法式甜甜圈，整個樓梯間充滿了融化奶油的香氣。

當她爬到頂樓，海柔以爲自己聽到房間裡面有兩個人的聲音，但當她往會客室裡偷瞄，只看到媽媽一個人坐在降靈桌前，眼睛閉著，彷彿在招魂。

海柔見過媽媽這種行爲很多次，都是爲了客人假裝在與鬼魂講話，但她從來沒有看過媽媽獨處時這樣做。瑪莉王后總是告訴海柔，她的符咒都是胡扯的，她自己並不是眞的相信幸運符、算命或鬼魂這些事，她只是一個表演者，就像歌手或演員，弄場表演好賺錢。

然而海柔知道，媽媽仍舊深信一些魔法。海柔的詛咒便不是胡扯，瑪莉王后只是不願意承認那是她的錯——就是她讓海柔變成那個樣子。

「都是你那該死的父親，」瑪莉王后心情不好時就會開罵，「穿他那身名貴的銀黑色西裝來這裡。就那麼一次我眞的招引魂魄，結果我得到什麼？實現我的願望然後毀掉我的生活。我本來應該成爲眞正的王后，把你變成這樣子都是他的錯！」

她從不解釋她這樣罵是什麼意思，海柔也早就學會不要追問媽媽關於父親的事，那只會讓她更生氣而已。

海柔繼續往房裡看。瑪莉王后正在喃喃自語，她的表情溫和放鬆，那張臉一時間讓海柔非常驚訝，原來，沒有蹙眉皺紋、也沒有怒容的媽媽，竟是那麼美麗！她有一頭和海柔一樣的金褐色濃密秀髮，膚色也同樣是深棕得像炒過的咖啡豆。她並沒有穿著要給客人好印象的豪華橙黃長袍，也沒戴金手鐲，就只有一身簡便的白洋裝而已。然而，此時的她卻有種高貴的氣質，挺直地坐在她鍍金的椅子上，彷彿眞的是一位王后。

「你在那裡會很安全的，」她喃喃說著，「遠離天神們。」

海柔差點要尖叫出來。媽媽開口說出的聲音並不是她自己的聲音。那聲音聽起來像是一位老女人發出的，語調輕柔舒緩，卻帶著命令的語氣，就像一個催眠師在下命令。

瑪莉王后突然緊張了，她冥想的臉部出現扭曲的表情，然後用正常的聲音說：「那裡太遠，又太冷、太危險了。他跟我說不要去。」

另一種聲音回應道：「他替你做過什麼事？就是給你一個有毒的孩子！但我們可以把她的能力用在好的地方，我們可以反擊那些天神。在北方，你會受到我的保護，遠離天神控制的範圍。我會讓我的兒子當你的保護者，你終於可以活得像一位王后。」

瑪莉王后有些畏縮。「可是，海柔怎麼辦……」

這時她的臉突然轉成譏諷冷笑，彷彿兩種聲音發現意見一致，共同唱和出：「一個有毒的孩子。」

海柔衝下樓梯，心跳狂亂。

就在衝到樓下時，她撞上一位身穿暗色西裝的男士。他用強壯冰冷的手按住她的肩膀。

「放輕鬆，孩子。」

海柔留意到他手上戴的戒指，是銀色骷髏頭造型，接著注意到他的西裝布料也很特別。在陰影下，那素面黑色毛料似乎會飄移並且沸騰，形成一張張宛如臨死的痛苦臉龐，就像迷途的魂魄想要逃出他衣服的皺褶。

他的領帶是白金線條搭上黑色底面，襯衫則是墓碑石板般的灰色。而看到他的臉……海柔的心臟幾乎要跳出她的喉頭！他的膚色蒼白到幾乎透出藍色，就像冷冰冰的牛奶，但有一頭油亮的黑髮。他臉上的微笑算是十分慈祥，眼神卻激烈又憤怒，充滿著狂暴的力量。海柔曾經看過類似的長相，是在電影院裡看新聞影片時見到的，而眼前這位男士看起來就像那位可怕的希特勒。他沒有八字鬍，除此之外幾乎就像是希特勒的雙胞胎兄弟，要不然就是他的父親。

海柔想要閃開，可是即使那男子放手，她似乎仍舊動不了。他雙眼的注視讓海柔呆立在原地。

「海柔．李維斯克，」他用陰鬱的聲音說：「你長大了。」

海柔開始發抖。在樓梯間最底部，水泥地板從那男人的腳下凹陷裂開，一顆閃亮的石頭從混凝土中迸出來，就好像土地上迸出一顆西瓜籽一樣。那個男人看著它，面無表情地彎下腰去。

「不要拿！」海柔尖叫，「那東西有詛咒！」

他將石頭撿起來，是一顆形狀完美的祖母綠。「是的，它有詛咒，但對我無效。眞是美麗啊……價値比這間房子還高吧，我猜想。」他把祖母綠放進口袋，說：「關於你的命運，我感到很抱歉，孩子。我想你是恨我的。」

海柔不懂。這個男人的語氣聽起來很悲傷，好像他個人要爲她的人生負責。緊接著，事實突然跳入她的腦海，這個穿著銀黑色西裝的魂魄，實現媽媽的願望，卻也毀掉她的生活。

她的眼睛突然睜大。「你？你是我的……」

他將手輕輕扶著海柔的下巴，說：「我是普魯托。作爲我的孩子，生活總是難以輕鬆順利；而你，又有一個特別的負擔。現在你十三歲了，我們必須有所準備……」

她推開他的手。

「這一切是你造成的？」她問：「你詛咒了我和媽媽？你丟下我們不管？」

她刺痛的眼睛充滿淚水。這個穿著高級西裝的有錢白人是她的父親？現在她十三歲了，他終於第一次出現在她眼前，然後只說聲對不起？

「你好可惡！」她大喊：「你毀掉了我們的生活！」

普魯托眯起眼睛。「海柔，你媽媽對你說了什麼？難道她從來沒有解釋她許的願望？或者解釋你爲什麼會在詛咒下出生？」

「那是什麼意思？」

海柔已經激動到說不出話來，但普魯托似乎已從她的表情中得到答案。

「不……」他嘆氣，「我想她是不會說的，怪罪到我身上是比較容易。」

普魯托又嘆了一口氣。「可憐的孩子，你出生得太早了。我沒有辦法清楚看到你的未來，但總有一天，你會找到屬於你的地方。有一位涅普頓的後代會解除你的詛咒，帶給你和平。只不過，恐怕……那會在非常多年以後。」

這段話海柔沒有一句聽得懂。她還來不及做出回應，普魯托的手又伸出來。他的掌心出現了一本素描簿和一盒彩色鉛筆。

「我知道你喜歡美術和騎馬，」他說：「這些是美術上用得到的，至於馬……」他的眼睛開始閃爍，「至於馬，你以後要自己想辦法取得。現在，我必須和你母親談一談了。生日快樂，海柔。」

他轉身走上樓，就好像已經核對過自己要替海柔做些什麼事的清單，打完勾勾後就忘了她。生日快樂。去畫圖。十三年後再見。

她無比地震驚、氣憤，更徹底地困惑到只能站在樓梯間，陷入完全的麻痺中。她想把彩色鉛筆砸到地上、踩爛它們；她想撲到普魯托身上狠狠地踹他；她想逃離這裡、去找山米；她想偷一匹馬，想從這座城市出走，再也不要回來。然而她一件事也沒做。

在她上方，公寓門打開了，普魯托走了進去。

海柔自從被他冰冷的手觸摸後一直在發抖，但她勉力爬上樓梯，去看普魯托到底想要做什麼。他會跟瑪莉王后說什麼嗎？誰會回他話？是媽媽本人，或另一個可畏的聲音？

當她走進門廊，她聽見爭執的聲音。她偷偷往裡面瞧，媽媽似乎已回到正常的狀態——又氣憤又怒吼，在小會客室裡亂丟東西。而普魯托正試著和她講道理。

「瑪莉，那樣做太瘋狂了，」他說：「你會遠離我可以保護你的地方。」

「保護我？」瑪莉王后尖聲問他，「你什麼時候保護過我？」

普魯托的深色西裝閃爍出微光，彷彿困在布料裡面的魂魄也激動起來。

「你不知道，」他說：「是我維持住你的性命，你與孩子的性命。我的敵人遍布各地，遍布在天神與凡人之間，現在戰爭開打了，情況只會變得更加險峻。你必須留在我可以……」

「警察把我當成謀殺犯耶！」瑪莉王后怒吼，「我的客人希望把我以女巫之名絞死！還有海柔……她的詛咒已經愈來愈嚴重了。你的保護正在害我們走上絕路！」

普魯托攤開雙手，做出請求的姿勢。「瑪莉，拜託你……」

「不！」瑪莉王后轉身面對衣櫃，拉出一個皮面旅行箱，把它甩到桌面上。「我們走定了。」她宣布，「你就繼續你的保護，我們要往北方去。」

「瑪莉，那是陷阱，」普魯托警告她，「不管是誰在你耳邊低語、叫你要反抗我……」

「是你害我要反抗你的！」她抓起一個瓷花瓶丟向他，花瓶粉碎在地上，房間裡的奇珍異寶頓時四處飛濺，有綠寶石、紅寶石、鑽石……所有海柔的收藏品。

「你無法倖存的。」普魯托說：「如果你往北方去，你們兩個都會死，我可以清楚預見這個結果。」

「滾出去！」她說。

海柔希望普魯托能夠留下來繼續跟她吵。不管媽媽剛剛說了什麼，她都不喜歡。然而，她的父親卻只是朝空中大手一揮，整個人瞬間消融成影子……就像他真的是個魂魄。

瑪莉王后閉上眼睛，深吸一口氣。海柔很害怕那個奇怪的聲音又會占據媽媽的身體，但當她開口，出現的仍是她平常的聲音。

「海柔，」她怒氣沖沖地說：「從門後面出來！」

海柔顫抖地服從命令，把素描簿和彩色鉛筆緊抓在胸前。

媽媽端詳著她，彷彿她真是個令人失望、有毒的孩子，那聲音是這麼說的。

「快打包，」她命令著，「我們要搬家。」

「搬去……哪裡？」海柔問。

「阿拉斯加，」瑪莉王后回答，「你可以讓自己變得有用，我們要去開啓一個新生活。」

她媽媽說這話的口氣，聽起來卻像是要去替「某人」開啓新生活；或者是「某個東西」。

「普魯托說的那些話是什麼意思？」海柔問：「他眞的是我父親嗎？他說你許願要……」

「回你的房間！」她媽媽用吼的說：「去打包！」

海柔衝了出去。然後突然間，她就從過去跌出來了。

尼克搖著她的肩膀。「你又發作了。」

海柔眨眨眼。他們仍坐在普魯托神殿的屋頂，天邊的太陽已經落得更低了，更多的鑽石浮現在她身邊，而她的雙眼因爲哭過而明顯感到刺痛。

「對……對不起。」她喃喃說道。

「不用說對不起，」尼克對她說：「這次去了哪裡？」

「我媽媽的公寓，在我們搬家那天。」

尼克點點頭。他比大多數人更能理解她的故事，因爲他也是從一九四〇年代跳入現代的孩子。他只比海柔晚幾年出生，有幾十年的時間都被鎖在一間魔法旅館裡。不過海柔的過去比尼克悲慘許多，畢竟她曾經引發那麼多的災難與不幸……

「你得更努力控制那些回憶，」尼克提醒她，「如果這樣的回憶幻覺發生在戰鬥時……」

「我知道，」她說：「我會努力的。」

尼克握緊她的手。「沒事的，我想那應該只是副作用，因爲……你知道的，因爲你在冥界待過一段時間。希望它會慢慢消退。」

海柔不確定這點。已經八個月過去了，突發性暈厥似乎變得更嚴重，彷彿她的靈魂想要同時過著兩個不同時期的生活。沒有人曾經從死亡境界返回世間，至少，沒有人經歷過像她那樣的過程還能回來。即使尼克努力要安撫她，但他們兩人都不知道未來會發生什麼事。

「我不能再去北方了，」海柔說：「尼克，萬一我必須回到當初事情發生的地方……」

「你一定會好好的，」尼克向她保證，「這一次，你會有朋友同行。波西．傑克森會陪著你，這次的事件他扮演著重要角色，你也感覺得到，對吧？有他站在你這邊是件好事。」

海柔又想起多年以前普魯托對她說的話：「一位涅普頓的後代會解除你的詛咒，帶給你和平。」

波西就是那個人嗎？或許。但海柔也感覺到事情不會那麼簡單，她甚至不敢確定，波西是否能從北方等待著他的挑戰中倖存。

「他是從哪裡來的？」她問：「為什麼營區裡的鬼都叫他希臘人？」

尼克還沒回答，河對岸的號角聲已經響起，軍團成員的傍晚集合時間到了。

「我們最好趕快下去，」尼克說：「我有預感，今天的戰爭遊戲會非常有趣。」

7 海柔

回去的路上，海柔被一條金塊絆倒了。

她明明知道不該用跑的，可是心裡又很怕集合會遲到。儘管第五分隊已經是全營區裡最和善的一支隊伍，但要是她遲到了，他們還是一樣會懲罰她。羅馬人的懲罰方式相當嚴厲，像是用牙刷去刷洗街道或清理競技場的牛棚，還有一種是把人縫進塞滿憤怒鼴鼠的麻袋中，然後整袋丟入小台伯河。總之，沒半件好事。

就在她的腳要落地時，那條金塊剛好從地面冒出來。尼克想要拉她，但她已經跌下去，還擦傷了手。

「還好嗎？」尼克跪在她旁邊，伸手去撿那條金塊。

「不要碰它！」海柔警告。

尼克呆住了。「喔，對不起。我只是……呼！那東西還眞大。」他從他的飛行員夾克裡抽出一瓶神飲，倒一點在海柔的手上，那些傷口立刻開始癒合。「你站得起來嗎？」

他扶著她站起來，兩個人都瞪著那條金塊看。它大概有一條吐司那麼大，上面打印著一串數字，還有「美國財政部」等字。

尼克搖著頭。「在塔耳塔洛斯怎麼會……？」

「我不知道，」海柔難過地說：「也許是很久以前有人搶劫之後埋藏在這裡，或者是百年前馬車經過時掉落的，也有可能是從附近的銀行金庫搬來這裡的。無論地底有什麼，只要我一靠近，東西就會冒出來。而且，價值愈高的東西……」

「危險性就愈高。」尼克皺著眉頭說：「那我們應該把它埋起來嗎？要是被那些方恩看到的話……」

海柔想像一朵蕈狀雲從馬路當中噴出，成堆烤焦的方恩被拋往四面八方。再想下去實在太恐怖了。「照理說，它應該會在我離開後就沉進地裡，但保險一點的話……」

這個技法她已經練習過好幾次，可是從來不曾施加在如此沉重又實在的東西上。她的手指向金塊，試著灌注全部精神。

金塊騰空飄浮起來，她將她的怒氣傳送過去。這一點也不困難，因爲她痛恨那條金塊，痛恨她的詛咒。她厭惡回憶過去，厭惡想起自己種種經歷的挫敗。她的手指頭激動地顫抖，金塊開始發熱發光。

尼克驚呼：「嗯，海柔，你確定要……？」

海柔握緊拳頭，金塊就像黏土一樣變得彎曲。海柔迫使它扭轉，形成一個凹凸不平的巨大圓圈。然後她將手朝著地面輕彈一下，那價值百萬的甜甜圈登時撞進地裡，沉陷到非常深的地底。然後，地面上除了新土的痕跡，什麼也不留。

尼克睜大了眼睛。「這實在……實在很嚇人。」

某人的力量可以重組骷髏頭、把人從死亡帶回來，如果要和那個相比的話，海柔覺得自己這招沒什麼好驚奇。不過呢，偶爾換個方式讓尼克驚奇一下倒是不錯。

營區的號角再次響起，分隊就要開始點名。海柔可不希望自己被縫進那個滿是憤怒鼴鼠的麻袋裡。

「快點走吧！」她對尼克說。兩人往營區大門衝去。

海柔第一次目睹軍團集合時，眞的有嚇到，當時她害怕得差點就溜回營房躲起來。即使加入營區已經有九個月，她還是覺得那是個相當震撼的場面。

前面四個分隊各有四十個孩子，每個都結實強壯，他們沿著普勒托利亞大道的兩側，成排站立在營房前面。第五分隊則是在最前端集合，也就是在總部普林斯匹亞的前方。因爲他們的營房是位在營區後面的角落，緊鄰馬廄和公廁，所以海柔必須從整個軍團的正中間跑過去，才能抵達她的集合位置。

營區成員全都穿上了戰爭裝束，在紫色T恤與牛仔褲之外，套著打磨得晶亮的鎖子甲和護脛甲。他們的頭盔上面都裝飾有寶劍與骷髏頭的圖案，就連戰鬥皮靴看起來也威猛無比；那些靴底的鐵爪在泥濘中行軍時一定很好用，踩過人臉時想必也很可觀。

在軍團成員前面，排列豎立著他們的金、紅盾牌，看來就像一列巨大的骨牌，每個盾牌有冰箱門那麼大。每個士兵都攜帶一枝類似魚叉的長槍，叫做「羅馬重標槍」，還有一把古羅馬短劍、一枝短劍匕首，還有上百磅重的其他器械。如果你來到營區時身體狀況不好，是無法在這裡撐太久的，光是穿著那一身戰甲走來走去，就已經是耗費體能的強烈運動了。

海柔和尼克在大家都準備立正站好時沿著大街跑過去，當然超級顯眼。他們踩在石板路上的腳步聲飄揚迴盪，海柔盡量避免和其他人的目光接觸，但她還是瞄見了站在第一分隊最前頭的屋大維。屋大維朝她露出一個不自然的微笑，戴著紫色分隊頭盔、胸前佩帶十幾個獎章的他，看起來洋洋得意。

海柔還是很氣他之前的勒索式威脅，如果整個營區裡面會有人發現她的祕密，爲什麼是他呢？這個愚昧的占卜師和他的預言天賦！她十分確定他原本幾個禮拜以前就想告發她，但他知道這些祕密對他來說很有利用價值。她眞希望自己還留著那個大金塊，這樣就可以朝他那張臉狠狠砸過去。

她跑過蕾娜前面，蕾娜正騎在馬背上來回慢走。她的飛馬名叫「西庇阿」，暱稱是「花生醬」，因爲牠有一身顏色如同花生醬的毛皮。她的兩隻金屬狗亞堅頓和歐倫也跟在旁邊行走，而她的紫色軍官斗篷在身後飛舞翻騰。

「海柔．李維斯克，」她說：「眞高興你能加入。」

海柔知道最好不要回應。她多數的配備都沒有帶出來，但已經衝到了她的位置上，排在法蘭克旁邊立正站好。他們的分隊長是一個十七歲的高壯傢伙，叫做達珂塔，這時正好點到她的名，也是最後一個被點到的名字。

「有！」她說。感謝天神，技術上來說，她不算遲到。

波西站在一邊，有幾個守衛陪同。尼克走過去加入他們。波西的頭髮因爲剛剛沐浴過仍是溼的，身上也換了新衣服，但他看起來還是相當不自在。海柔不怪他，畢竟，他將要被引介到兩百個重武裝孩子面前。

拉雷斯是最晚加進來的一群。他們紫色的形體飄忽閃爍地在找位子，因爲他們有種討人厭的習慣，喜歡卡在有生命的人類當中站著，所以害得整列隊伍看起來就像模糊的照片。不過到最後，分隊長們把他們都趕了出去。

屋大維大喊：「彩旗！」

各個旗手往前跨出一步。他們都穿著獅皮斗篷，手持掛有分隊旗幟的旗竿。最後一個站出來的旗手是雅各，負責執起軍團代表的老鷹旗竿，但他手上拿著一根很長的旗竿，頂端空無一物。擔當這份工作本來應該感到榮耀，可是雅各顯然很討厭它。即使蕾娜非常堅持要延續這個傳統，然而每一次這個沒有老鷹的旗竿被舉起來時，海柔都能感覺到一種尷尬氣氛在軍團間蔓延。

蕾娜命令她的飛馬停下來。

「羅馬人！」她宣布，「你們也許都聽說今天的入侵事件了，兩個蛇髮女怪被打入河中，打垮她們的是這位新來的人——波西．傑克森。茱諾親自帶領他進來這裡，並且宣布他是涅普頓的兒子。」

站在後排的孩子探出頭來想看波西，波西舉起手，說：「嗨！」

「他想要加入軍團，」蕾娜繼續宣布，「請問占卜師怎麼說呢？」

「我已經研讀過那些內臟了！」換成屋大維宣布，他的口氣就像是徒手殺了一頭獅子來檢驗，完全感覺不出他只是支解了一個熊貓枕頭。「占卜顯示可行，他有資格入伍！」

營區成員齊聲喊叫著：「歡迎！歡迎！」

法蘭克發出的歡迎聲慢人家半拍，變得很像高調的回音，軍團的眾人都在竊笑。

蕾娜指揮資深軍官往前站，每個分隊各有一名代表站出來。屋大維是最資深的分隊長，他轉身面對波西。

「新兵，」他問：「你有帶任何證書來嗎？或者是介紹信？」

海柔記得她抵達這裡時也經歷過同樣的程序。許多孩子會帶著介紹信進來，通常是由外面世界更年長的混血人寫的，也就是由營區退役的成年人所推薦。有些新兵則是由有錢又有名的人贊助，也有第三代或第四代的營隊成員。一封好的介紹信可以讓你分配到較好的分隊裡，有時還可以分派到特別的工作，比如軍團傳訊兵，如此便能免除掉步兵的任務，像是挖壕溝、列舉拉丁文動詞的詞形變化等等。

波西動了一下。「信？沒有。」

屋大維皺皺鼻子。

真不公平！海柔很想大喊。波西是由一位女神親自帶進來的，你們還想要什麼更好的介紹信？

不過屋大維家族已經超過一個世紀都持續送孩子來營區，所以他非常喜歡提醒新兵們：他們的重要性都遠遠不及他。

「沒有信，」屋大維面露遺憾之情地說：「有任何軍團成員願意出面支持他嗎？」

「我願意！」法蘭克站出來。「他救了我一命！」

其他分隊馬上發出大聲的抗議。蕾娜舉起手，示意大家安靜，然後她瞪著法蘭克。

「法蘭克·張，」她說：「這是我今天第二次提醒你，你還在觀察期，你的天神父母尚未認領你。在你得到槓條之前，你沒有資格出面支持其他成員。」

法蘭克看起來快要羞愧而死。

海柔不能讓法蘭克一個人撐在那裡，於是她從隊伍中站出來，說：「法蘭克剛剛要說的是，他救了我們兩個的命。我是軍團的正式成員，我支持波西·傑克森。」

法蘭克充滿感激地看著她，但是其他成員開始竊竊私語。畢竟海柔只是剛好夠格而已，她幾週前才取得第一條槓，而且讓她得以加槓的「英勇行爲」，說起來幾乎算是個意外。況且她是普魯托的小孩，是沒水準的第五分隊隊員。她站出來支持波西，並沒有讓波西得到多少幫助。

蕾娜皺皺鼻頭，轉頭看屋大維。這位占卜大師微笑著聳聳肩，好像認爲這件事很有趣。爲什麼不？海柔心想，把波西放到第五分隊會減少他的威脅性，而且屋大維向來喜歡把他的敵人丟到同一個地方。

「很好。」蕾娜宣布，「海柔．李維斯克，你可以支持新兵。那你的分隊接受他嗎？」其他分隊的人紛紛開始咳嗽，努力憋住笑意。海柔十分清楚大家在想什麼：第五分隊又多一個輸家了。

法蘭克用他的盾牌敲擊地面，其他第五分隊的隊員也跟隨他敲打出聲，雖然感覺起來不怎麼興奮。他們的分隊長達珂塔和關德琳交換著不大開心的眼神，彷彿在說：又來了。

「我的分隊已經出聲了，」達珂塔說：「我們接受這位新兵。」

蕾娜用同情的眼光看著波西。「恭喜你，波西．傑克森。你從現在開始進入觀察期，我們會給你一塊牌子，上面有你的名字和分隊名。一年之後，或者在你完成某樣英勇行爲之後，你將成爲正式成員，隸屬於福米納塔第十二軍團。請爲羅馬效力，遵守軍團紀律，帶著榮耀捍衛營區。敬元老院與羅馬人民！」

其他軍團成員跟著歡呼。

蕾娜快速將她的馬掉頭，彷彿很開心終於處理掉波西的事情。花生醬展開美麗的翅膀，海柔心中不由得浮出極度的羨慕。她願意付出任何代價，來換取那樣一匹馬。只是這種事永遠也不會發生，馬匹只有軍官才能擁有，要不然就是野蠻的騎兵才會有，羅馬軍團的成員是沒有馬的。

「分隊長們，」蕾娜說：「你們與你們的隊員有一小時用餐時間，之後我們在馬爾斯競賽場會合。第一分隊與第二分隊負責防守，第三、第四、第五分隊負責進攻。祝大家好運！」

更大的歡呼聲衝上雲霄，爲晚餐歡呼，也爲了戰爭遊戲歡呼。各個分隊的隊伍全都散開了，大家往餐廳衝過去。

海柔對波西招手，他正和尼克擠過人群走來。海柔很驚訝，因爲尼克滿臉笑容直視她。

「姊，你做得太好了。」他說：「那需要很大的勇氣，才能站出來支持波西呀。」

他從來沒有這樣叫她「姊」過，她忍不住猜想那是不是他呼喚碧安卡的方式。

一個守衛交給波西他的「觀察期」牌子，波西將它串到皮革項鍊上，和那幾個奇怪的陶珠排在一起。

「謝謝你，海柔。」他說：「嗯，不過，那到底代表什麼意思？爲什麼要有人支持我？」

「我必須替你的行爲掛保證，」海柔解釋，「教導你規則，回答你問題，確保你不會褻瀆這個軍團。」

「萬一……萬一我做錯事呢？」

「那我就會和你一起被處決。」海柔說：「餓了嗎？去吃晚餐吧。」

8 海柔

至少營區裡的食物還不錯。隱形的大氣精靈（也就是風精靈）會替大家服務，他們似乎能夠精準知道每個人想要吃什麼。杯盤被他們快速地吹來吹去，讓整間餐廳看起來像是吹著美味旋風。如果你突然起身，就很可能得跟豆子纏鬥、被燉肉打趴。

海柔拿到鮮蝦濃湯，那正是她最喜愛、也最能撫慰她心靈的食物。這道菜總讓她想起在紐奧良的童年，那時詛咒還沒出現，媽媽也不像後來那麼暴躁刻薄。波西拿到的是起司漢堡配上一杯奇怪的亮藍色汽水，海柔看不出那是什麼名堂，但波西喝了一口，笑容便浮現臉上。

「這東西讓我感到快樂，」波西說：「我不知道為什麼……但就是有這種感覺。」

突然間，一個風精靈由隱形中現身，變成穿著一身白色絲綢洋裝的小矮人女孩。她笑著替波西加滿了汽水，又化為一陣風消失。

餐廳今晚似乎特別喧鬧，笑聲在牆面間迴盪，風精靈幫大家送菜的同時，也讓屋頂木梁懸吊下來的戰旗前後飄動著。營區的用餐方式是十足的羅馬風格，大家圍著矮桌坐在軟躺椅上，不時站起來交換位子，聊著誰喜歡誰之類的各式八卦。

按照慣例，第五分隊還是坐在最低等的位置，幾張餐桌都位於大餐廳的最後方，緊鄰著廚房。海柔這桌永遠是最少人坐的，不過今晚除了一如往常陪伴她的法蘭克，還有波西和尼克，再加上他們的分隊長達珂塔。海柔覺得達珂塔之所以會坐過來，大概是認為自己有義務要歡迎新兵吧。

達珂塔悶悶不樂地斜靠在椅背上，把糖加入飲料中，稀哩呼嚕猛喝入口。他是一個結實壯碩的傢伙，有著捲捲的黑髮，還有一雙高低不一的眼睛，所以海柔每次看到他，都會覺得世界好像傾斜了。才剛天黑他就喝那麼多，實在不是個好現象。

「所以，」他打了個嗝，晃著高腳玻璃杯說：「歡迎來到波西，啊不，歡迎來到派對。」他皺著眉頭喃喃複誦：「派對、波西……隨便啦。」

「嗯，謝謝。」波西回答，可是他的心力、眼神都在尼克那裡。「我在想，我們能不能談談呢？也許我以前在哪裡見過你。」

「當然可以，」尼克回答得有點太快了。「事實就是，我大多數時間都待在冥界，所以除非有什麼原因會讓我在那裡遇見你……」

達珂塔又打了一個大嗝，「『普魯托的使者』，他們都那樣稱呼他。每次他來這裡，蕾娜都不知道該拿他怎麼辦。你應該看看他把海柔帶到營區叫蕾娜收留時蕾娜的那個臉色。喔，我沒有要冒犯你的意思。」

「沒關係。」尼克似乎因爲話題轉換而放輕鬆。「達珂塔實在很幫忙，站出來支持海柔。」

達珂塔臉紅了。「嗯，對呀……她看起來就像個好孩子嘛。結果證明我對了。上個月，她救了我一命，我才沒被……沒被那個掉。」

「可不是嗎？」法蘭克的目光突然從薯條和魚片中移出來，「波西，可惜你沒看到她那時的神勇！海柔就是因爲這樣才加槓的。那些獨角獸已經要踩過……」

「那眞的不算什麼。」海柔插嘴。

「不算什麼？」法蘭克反駁她，「達珂塔會被踩扁耶！你站到牠們前面趕走牠們，他才能毫髮無傷。我從來沒有見過這樣的事。」

海柔咬著自己的嘴唇。她不想談論這件事，法蘭克把她當成英雄的講法讓她很不自在；事實上，當時她非常害怕那些恐慌的獨角獸會嚇到去自殘。她之所以能讓牠們轉向離開，是因爲獨角獸的角都是由金、銀組成的貴重金屬，她只是集中意志來控制角的方向，把牠們引回馬廄去。這件事讓她取得營區正式成員的資格，但在此同時，也引發了大家對她特異能力的傳言。而那些傳言，只會讓她回想起悲慘的過去。

波西看著她，那雙碧綠如海的雙眼讓她坐立難安。

「你和尼克是一起長大嗎？」

「不是，」尼克代她回答，「我是直到最近才發現海柔是我姊姊，她來自紐奧良。」

當然，這是實話，但不是全部的事實。尼克讓人們以爲他是在現代的紐奧良遇到海柔，然後把她帶到營區來。畢竟這種說法比實際狀況來得容易解釋。

海柔也努力要讓自己表現得像個現代小孩，這並不容易。還好在營區裡面的混血人不會用到太多科技產物，他們的力量常常會讓電子產品當機。不過，當她第一次休假前往柏克萊時，她差點就要中風了，面對那些電視、電腦、網路、iPod……她非常高興能夠回到充滿鬼魅、獨角獸和天神的營區中，這裡的奇幻似乎比二十一世紀的世界少太多了。

尼克仍然在說明有關普魯托小孩的事。「像我們這樣的孩子並不多，」他說：「所以我們必須團結。當我發現海柔時……」

「你還有其他的姊妹？」波西問，語氣卻像是已經知道答案。海柔再次覺得尼克和波西一定曾經碰過面，她不禁猜想，弟弟到底想隱瞞些什麼？

「有一位，」尼克承認，「不過她過世了。我在冥界見過她的魂魄幾次，但上一次我下去那裡……」

去帶她出來，海柔心想。可是尼克沒有說出口。

「她已經離開了。」尼克的聲音變得有些沙啞，「她曾經待在埃利西翁[21]，那裡宛如冥界的天堂，可是後來她選擇重生，擁有一個新的生命。現在我再也見不到她了，只有幸運地找到海柔……我是說，在紐奧良。」

達珂塔咕噥說：「除非你相信那些傳言，我可不相信。」

「傳言？」波西問。

大廳遠遠的另一頭突然傳來方恩阿唐的叫聲：「海柔！」

海柔從來沒像此刻那麼期待見到方恩出現。按規定，方恩是不能進到軍營裡面的，不過他總是有辦法溜進來。他朝他們的桌子走來，一邊對每個人微笑，一邊順手摸走食物，還指著營隊的人說：「嘿，叫我呀！」一個騰空飛行的披薩突然砸向他的頭，他登時消失在一張沙發椅後面。沒多久他的身影又跳出來，臉上依舊掛著笑容，繼續穿梭前進。

「我心愛的女孩！」他朝他們坐的椅子靠過去，身上的氣味有如裹著陳年乳酪的潮溼山羊，然後就開始檢視他們的食物。「喂，新來的，你要吃那個嗎？」

波西皺起眉頭。「方恩不是吃素嗎？」

「拜託，我不是說起司漢堡，我是指那個盤子！」他聞了聞波西的頭髮，「嗯……那是什麼味道？」

「阿唐！」海柔說：「不要那麼沒禮貌。」

「不是啦，我只是……」

他們的家庭守護神維特里烏斯突然閃爍出現，上半身從法蘭克坐的那張沙發椅中冒出來。「方恩跑到用餐的大廳來！我們該怎麼做？達珂塔分隊長，你該盡盡你的責任呀！」

「我有啊，」達珂塔看著他的酒杯抱怨，「我正在努力用餐！」

阿唐仍然上下嗅聞著波西。「呵呵！你和方恩之間有種共感連結。」

波西避開阿唐的身體。「有種什麼？」

「共感連結！連結很微弱，好像被人家壓制住了一樣，但是……」

「唉呀，我想到了！」尼克突然站起來。「海柔，我們應該讓你和法蘭克花點時間替波西介紹朱比特營，你說呢？達珂塔和我可以過去找執法官，阿唐和維特里烏斯，你們也一起來，這樣我們就可以討論戰爭遊戲的策略。」

「怎麼輸的策略嗎？」達珂塔喃喃說道。

「普魯托之子說得沒錯，」維特里烏斯說：「現在軍團打得比我們在猶太地[22]時還要爛，我們第一次失去老鷹就是在那時候。要是由我來負責……」

「可以讓我先吃一下這個銀盤嗎？」阿唐問。

---

[21] 埃利西翁（Elysium），希臘神話中的極樂世界。參《混血營英雄—迷路英雄》四四五頁，註[96]。

[22] 猶太地（Judaea）是希臘和羅馬對猶大（Judah）地區的稱呼。猶大原為以色列分裂後的南國，亡國被擄後併入撒馬利亞省，尼希米時期則單獨成一省，有自己的省長。廣義來說，希臘羅馬時期的猶太地涵蓋整個巴勒斯坦，包括加利利和撒馬利亞；狹義則只包括原先猶大的地區。

「我們走吧！」尼克站起來，兩手拎著阿唐和維特里烏斯的耳朵。

除了尼克之外，沒有人能夠眞正碰觸到拉雷斯的。維特里烏斯被拖往執法官那一桌，一路氣得開口亂罵。

「噢！」阿唐也提出抗議，「拜託，注意我的髮型！」

「達珂塔，快來呀！」尼克轉頭叫他。

這位分隊長不怎麼情願地站起身子。他擦一擦嘴巴，但顯然是個沒用的舉動，那張嘴已經永久染成深紅色了。「我很快回來。」他甩動全身，彷彿一隻狗想把身體弄乾，然後才踉蹌地離開座位，手中杯子裡的液體跟著搖晃濺灑。

「那是什麼意思啊？」波西問：「還有，達珂塔有什麼狀況嗎？」

法蘭克嘆了一口氣，說：「他還好啦，他是酒神巴克斯㉓的兒子，酗飲成性。」

波西睜大了眼睛問：「你們讓他喝酒？」

「天神啊，沒有的事！」海柔回答，「那可是會釀成大災難的。他是對紅色調味果汁上癮，而且還總是要加上比正常分量多兩倍的糖來喝。他已經有ADHD了，你知道吧，注意力不足過動症，我想不久的將來，他的腦袋可能會爆開。」

波西朝執法官的餐桌望去，那裡的資深軍官大多在跟蕾娜討論事情，尼克帶著阿唐與維克里烏斯這兩個俘虜站在他們周圍。達珂塔沿著一列排好的盾牌跑來跑去，同時拿著他的高腳玻璃杯去敲擊那些盾牌，就像在敲木琴。

「ADHD，」波西說：「你眞的不用解釋了。」

海柔努力忍住笑意。「唉……混血人幾乎都是啊，不然就是有閱讀障礙。光是身爲混血人這件事，就代表我們腦袋連結的方式不一樣。比如你，你說過你有閱讀障礙。」

「你們這些人也都是這樣嗎？」波西問。

「我不知道，」海柔說：「或許吧。在我那個年代，人們只會罵我們這種孩子懶惰。」

波西皺眉。「在你那個年代？」

海柔低聲咒罵自己。

算她幸運，法蘭克突然出聲：「我眞希望我有過動症或閱讀障礙，但我得到的狀況偏偏是乳糖不耐症㉔。」

波西微笑。「你是說眞的？」

法蘭克也許是史上最沉默的混血人，不過海柔覺得他不開心的樣子看起來超可愛。他的肩膀垮下來，說：「而且，我好愛冰淇淋……」

波西大笑出聲，海柔也忍不住加入大笑的行列。能夠在享受晚餐的同時體驗朋友圍繞的感覺，眞好。

「好吧，那你告訴我，」波西說：「被歸到第五分隊有什麼不好？你們這些人都很棒呀。」

這個稱讚讓海柔的指尖刺癢了起來。「這個嘛……這有點複雜。撇開身爲普魯托的孩子不說，我很想要騎馬。」

「所以你才會用騎兵劍？」

㉓ 巴克斯（Bacchus），羅馬神話中的酒神，是釀酒術的發明者。等同於希臘神話中的戴歐尼修斯（Dionysus）。

㉔ 乳糖不耐症（lactose intolevance），身體缺乏消化牛奶中的乳糖所引起的腸胃不適症狀。

她點點頭。「很蠢吧，我想。這是我自己的期待。營區裡其實只有一匹飛馬，而牠屬於蕾娜。至於獨角獸會存在是因爲牠們有醫療效果，牠們的角刨下後可以解毒。總之，羅馬人的戰役永遠是靠步兵衝鋒陷陣，對於騎兵……他們不太瞧得起。所以，他們也瞧不起我。」

「那是他們的損失。」波西說：「法蘭克，那你呢？」

「弓箭手，」他喃喃唸著，「也是他們不喜歡的，除非你是阿波羅的孩子，你就有個好藉口。我希望我的父親是阿波羅，但我不知道。我不大會寫詩，況且，我也不太想跟那個屋大維扯上關係。」

「這不怪你，」波西說：「不過你的弓箭技術眞的很完美，記得你射蛇髮女怪的方式嗎？不要在乎其他人怎麼想。」

法蘭克的臉變成像達珂塔的調味果汁一樣紅。「我希望我辦得到。他們全都認爲我應該去當一名劍士，因爲我又高又壯。」他低頭看著自己的身體，彷彿不太相信那屬於自己。「他們說我太壯了，不適合當弓箭手。也許，如果我的父親出面認領我的話……」

他們陷入幾分鐘的沉默，各自吃著晚餐。一個不願意出面認領孩子的父親……海柔了解那種感受，她覺得波西同樣也能感受到。

「你問到第五分隊的事，」終於，海柔打破沉默說：「爲什麼第五分隊是最糟的，其實源於很久以前，早在我們出現之前。」

她指著後面那道展示軍團徽章旗幟的牆。「看到中間那根空空的竿子嗎？」

「那個老鷹？」波西說。

海柔嚇一跳。「你怎麼會知道？」

波西聳聳肩。「維特里烏斯剛剛有提到，很久以前軍團曾經失去它，他說那是第一次。他表現得好像那是什麼奇恥大辱，我就猜測老鷹大概就是現在失蹤之物。此外，從之前蕾娜和你的對話方式，我也猜想你們的老鷹應該是又失蹤了；事情發生在不久前，而且與第五分隊有些關聯。」

海柔再次提醒自己不能低估波西。波西剛出現時，問了那個關於福爾圖娜節的問題，讓她認爲這個人有點傻呼呼的。但事實很明顯，他比他表現出來的樣子聰明許多。

「你說對了，」她說：「事情的確就是如此。」

「那麼，這個『老鷹』究竟是什麼東西？爲什麼這件事那麼重要？」

法蘭克左右看看，確定沒有人在偷聽才說：「那可是全營的象徵，是一個黃金做成的大老鷹。它能夠在戰爭時保護我們，並且讓我們的敵人心生畏懼。每個軍團的老鷹能夠帶給軍團各式各樣的力量，而我們的力量是直接來自於朱比特。據說，尤利烏斯．凱撒將我們軍團取名爲『福米納塔』，也就是配有閃電的意思，就是因爲那老鷹具有這種力量。」

「我不喜歡閃電。」波西說。

「嗯，是呀，」海柔說：「它並沒有讓我們戰無不勝。第十二軍團第一次弄丟老鷹是發生在古代的『猶太大起義』㉕時。」

㉕ 猶太大起義（Jewish Rebellion），即西元六六至七三年居住在猶太地的猶太人反抗羅馬統治的戰役。西元六六年的第一次起義很快被羅馬軍平定，但在第二波起義中，第十二軍團福米納塔軍團被擊潰，讓當時的羅馬皇帝尼祿震驚不已。

「我覺得我好像看過類似的電影。」

海柔聳聳肩。「是有可能。軍團失去老鷹的故事，很多書籍與電影都曾經描述過。不幸的是，其實這樣的事發生過好幾次。這隻老鷹非常重要，重要到……嗯，人類學家從來不曾在古羅馬挖掘出任何單獨的老鷹，因為每個軍團都會努力守護著自己的老鷹，直到只剩一兵一卒。老鷹被賦予了來自天神的力量，他們寧願把它熔掉或藏起來，也不願意讓它落到敵人手中。第十二軍團頭一次算是很幸運，能夠取回老鷹。但是第二次……」

「你們幾個當時都在場嗎？」波西問

他們兩人同時搖頭。

「我和你幾乎一樣資淺。」法蘭克拍拍他的「觀察期」牌子。「我上個月才剛來到營區，不過所有人都聽過這個故事。連談論它都會觸霉頭。在一九八〇年代，有一個遠征到阿拉斯加的大探險……」

「你在神殿時注意到的神諭，」海柔接下去說：「關於七個混血人還有死亡之門的那一個。當時營區的資深執法官名叫麥克．瓦魯斯，他是第五分隊的人，而第五分隊是那個時候最強的分隊。他認為，如果他能解讀出神諭的意義並實現它，就能拯救世界免於風暴、火災等種種災難，也可以替軍團增添無比的榮耀。他去找占卜師談，占卜師說，答案在阿拉斯加，但警告他時機尚未來到；而且，那不是他的神諭。」

「不過他終究還是去了。」波西猜說：「發生了什麼事？」

法蘭克壓低聲音。「漫長又悲傷的故事。第五分隊幾乎全軍覆沒，軍團的帝國黃金武器損失了大半，連老鷹也失去了。倖存的人不是發瘋，就是拒絕談論究竟遭到什麼樣的攻擊。」

我知道。海柔在腦子裡沉默回應著，但她不發一語。

「自從失去老鷹後，」法蘭克繼續說下去，「整個營區就漸漸衰弱了。尋找任務變得愈來愈危險，怪物攻擊邊界也愈來愈頻繁，且大家的士氣日益低落。大約在上個月吧，情況變得糟糕許多，而且惡化的速度超快。」

「於是大家怪罪到第五分隊，」波西臆測，「所以，現在每個人都認爲我們受到詛咒？」

海柔知道她的鮮蝦濃湯已經變冷，她啜飲一小口，然而這個向來能撫慰心靈的食物現在不太能撫慰她了。「我們……我們是軍團的棄兒，自從阿拉斯加的災難之後就是如此。我們的名聲一度變好過，就是在傑生擔任執法官時。」

「是那個失蹤的人嗎？」波西問。

「是的。」法蘭克說：「我從未見過他，那是我到這裡之前的事。不過我聽說他是一位優秀的領導者，而且實際上是在第五分隊長大的。他不在乎別人怎麼看待我們，開始重建我們的名聲，可是後來他失蹤了。」

「這讓我們又回到原來的狀況，」海柔苦澀地說：「再一次顯示我們全都受到詛咒。波西，我很抱歉，現在你知道你陷入什麼樣的情境了吧？」

波西吸了一口他的藍色汽水，若有所思地掃視整間餐廳。「我連自己是從哪裡來的都不知道呀。但我有種感覺，這應該不是我第一次不被看好。」他露出微笑，視線回到海柔身上，說：「何況，加入這個軍團總比在野外被怪物追殺好多了！我已經得到一些新朋友，或許我們一起合作，就能改善第五分隊的情況。可以吧？」

號角聲從餐廳角落響起，執法官那一桌的軍官們全都站起來，就連嘴巴被調味果汁染得像吸血鬼般深紅的達珂塔也不例外。

「戰爭遊戲開始！」蕾娜宣布。所有營隊隊員高聲歡呼，拔腿衝向牆邊，拿起擱在那裡的裝備。

「所以說，我們是進攻隊囉？」波西在一片喧鬧聲中發問：「那是好事嗎？」

海柔聳聳肩說：「好消息是，我們擁有那頭象。壞消息則是……」

「讓我猜，」波西搶著說：「第五分隊永遠都會輸。」

法蘭克重重拍了波西肩膀一下。「我喜歡你這傢伙！走吧，新朋友，讓我們來創下我連續十三場失敗的紀錄！」

9 法蘭克

法蘭克朝戰爭遊戲的地點邁進，腦海裡卻忍不住回想這一整天的經歷。他不敢相信自己曾經距離死亡那麼近。

早上去隧道口站崗，當波西尚未出現時，他差點就要告訴海柔他的祕密。他們兩個已經在冷颼颼的霧氣中站了幾個小時，觀望二十四號公路上來往的車流，海柔抱怨著天氣的寒冷。

「我願意用任何東西來換取溫暖，」她牙齒打顫地說：「好希望能有一堆火喔。」

即使穿著一身盔甲，她看起來仍然很美。法蘭克喜歡她頭盔邊露出幾許肉桂色鬈髮的感覺，也喜歡她皺眉頭時下巴會露出的凹紋。和法蘭克相比，她的身形實在嬌小，顯得法蘭克好像一頭大笨牛。他想將自己的雙臂環繞過去溫暖她，但他不敢這麼做。她可能會把他打回去，那他就會失去營區裡唯一的朋友。

我可以生出一個讓人驚訝的火堆，他想。當然，只要它燃燒個幾分鐘，我就會死掉……

光是想到這事，便讓他毛骨悚然。海柔對他有一種特別的影響，無論何時，當她想要某個東西，他就有股毫無理性的衝動想要供給她。他想成爲老掉牙的英雄救美故事裡的英雄，但這想法很蠢，因爲這位美女在任何方面的能力都比他強。

他能想像奶奶會怎麼說他：「法蘭克．張去英雄救美？哈哈哈，他不但會摔下馬，還會扭斷脖子。」

眞是難以想像，他離開奶奶家才六個禮拜而已，距離媽媽的葬禮也只有六個禮拜。

所有的事就從那之後開始發生：狼來到奶奶家門前，接著他旅行到朱比特營，在第五分隊生活了幾週，努力不要變成全面大輸家。經歷過種種事情，他仍舊好好保存著那根燒了一半的小木棒。他把它包在一塊布中，放在自己的外套口袋裡。

「你要隨身帶好它，」奶奶告訴他，「只要它是安全的，你就是安全的。」

問題是，這根小木棒非常容易燒起來。他記得從溫哥華往南行的旅途中，在胡德山[26]附近氣溫陡降到低於冰點，法蘭克把這根小小的木棒拿出來放在掌心，想像此時要是能有一堆火，不知會有多溫暖。結果小木棒焦黑的那頭立刻燃起黃色火焰，點亮了黑夜，也將溫暖直接帶進法蘭克的骨子裡。然而他感到自己的生命力正在流失，彷彿火焰侵蝕的不是那根小木棒，而是他。他趕忙將火苗往雪堆裡插進去，火焰仍持續了可怕的幾秒鐘；當火終於熄滅，法蘭克已經陷入無可理喻的全面恐慌中。他包起那一段小木棒，再把布包放回口袋，決心再也不要把它拿出來。而這整件事他怎麼也忘不了。

彷彿有人對他說：「不管你要做什麼，都別去想那根小木棒會燒出火焰的事。」

但是，當然啦，那偏偏就是他腦海裡不斷會浮出的事。

那天和海柔一起站哨，他努力要把這件事從腦海中剔除。他眞的很喜歡和海柔在一起，他問了她在紐奧良成長的故事，但那些問題讓她變得有些緊張，他趕緊轉換話題。單純只爲了好玩，兩人開始互相以法語交談，因爲海柔媽媽那一邊的家族有些克里奧人[27]的血統，而法蘭克則是在學校學過法文。他們的法語都不流利，而且路易斯安那州的法文和加拿大的法文幾乎是天差地別；當法蘭克問海柔「你的牛排今天怎樣」、海柔的回答是「你的鞋子是綠的」

時，他們就決定放棄不說了。

接著，波西・傑克森出現了。

法蘭克當然看過混血人與怪物的打鬥，他自己從溫哥華一路南下的過程就打過許多怪物。不過他從來沒見過蛇髮女怪，更不曾親眼見到眞正的女神。還有波西控制小台伯河的方式，讓他只有一句話可說，那就是：哇！眞希望自己能擁有那樣的能力。

他仍然記得女怪的利爪攫住他手臂的感覺，也忘不了她們發出像蛇一般的氣息，還混雜了死老鼠與劇毒的味道。若非波西出手相救，那兩雙怪異的翅膀就會將他帶走，現在的他大概已經成爲納帕平價賣場後方的一堆白骨了。

小台伯河事件之後，蕾娜就命令他去檢查軍械庫，讓他的腦子有很多時間想東想西。他在打磨刀劍時，就想到了茱諾說的關於「死神必須被釋放」那段話。

不幸的是，法蘭克對於女神的意思已經心裡有數。當女神現形時，他努力要隱藏自己震驚的表情，因爲女神的模樣就和奶奶告訴過他的一模一樣，尤其是那件羊皮披肩。

「她多年前就決定了你要走的路，」奶奶對他說：「而且將不會是一條好走的路。」

法蘭克看著自己放在軍械庫角落的弓。如果阿波羅出面認領他，或許他的感受會好很多。他一直十分相信自己會在十六歲生日那天被天神認領，然而，他的生日已經是兩個禮拜

㉖ 胡德山（Mount Hood），位於美國奧勒岡州東北邊，是一座山形優美的休火山，也是州內最高山，高度約三千四百公尺。

㉗ 克里奧人（Creole）是指在美國路易斯安那州出生的法國後裔。

前的事了。

對羅馬人來說，十六歲是一個重要的里程碑；對法蘭克來說，這也是他在營區度過的第一個生日。但是當那一天來臨，什麼事也沒發生。現在，法蘭克只盼望能在幸運節那天被認領，儘管茱諾說那是要爲生死存亡而戰的一天。

他的父親一定要是阿波羅啊。射箭是他唯一在行的事。好多年前媽媽曾經告訴他，他的姓氏「張」在中文的意義就是「拉開弓箭」，這鐵定是父親身分的一種暗示。

法蘭克放下手中打磨用的布，抬頭望著屋頂。「我請求您，阿波羅，如果您是我父親的話，告訴我吧。我想成爲和您一樣優秀的弓箭手。」

「不，你不行。」一個聲音冒出來。

法蘭克跳下座位。原來是維特里烏斯，這位第五分隊的拉雷斯正從他背後閃爍現身。他的全名其實是蓋烏斯．維特里烏斯．瑞提庫拉斯，但其他分隊的人都叫他「維特里烏斯，會脫褲拉屎」。

「海柔．李維斯克叫我過來看看你，」維特里烏斯拉著他的掛劍腰帶，繼續說：「也算是件好事啦，來看看這些武器的狀況！」

維特里烏斯是個沒什麼好說的傢伙。他的長袍太垮，上衣和肚子不大合，劍鞘每隔三秒就會從腰帶鬆脫，但法蘭克倒是不厭其煩地提醒他。

「說到弓箭手，」這個老鬼說：「他們都是懦夫！回到我那個年代，射箭是野蠻人才會做的事。一個優秀的羅馬人必須挺身去搏鬥，像個文明人一樣，用標槍刀劍直取敵人心臟！我們在普尼克戰爭㉘時就是這麼做的，羅馬於是興起，小子！」

法蘭克嘆氣。「我以爲你是跟著凱撒的軍隊。」

「我是呀！」

「維特里烏斯，凱撒是在迦太基戰爭之後幾百年才出世的人，你不可能活那麼久吧？」

「你是在懷疑我的誠信嗎？」維特里烏斯顯得非常生氣，全身的紫色靈光整個閃動起來。

他拔出他的鬼魅古羅馬短劍，吶喊著：「接招！」

他揮舞短劍，來回劃過法蘭克的胸膛幾回，只是鬼魅短劍的殺傷力和一枝短小的雷射光筆差不多。

「噢！」法蘭克哀號著，他只是單純想釋出一點善意。

維特里烏斯顯然滿意了，終於把短劍拿開。「下一次你要質疑長輩之前，用腦筋想一想再開口！現在呢……你的十六歲生日剛過，是嗎？」

法蘭克點點頭。他不明白維特里烏斯怎麼會知道這件事，因爲他只有告訴過海柔而已。但這些鬼總是有辦法去挖掘別人的祕密，隱形起來偷聽大概是他們慣用的技倆之一。

「難怪你這個戰士性情這麼古怪，」這位拉雷斯說：「現在我可以理解了。十六歲的生日是你要轉爲眞正男人的時候，你的天神家長理當要出面認領你，這應該毫無疑問，就算只出現很小的徵兆都行。或許，他們以爲你的年紀還沒到，因爲你看起來年輕很多，這個嘛，像你的大頭就超級的娃娃臉。」

㉘ 普尼克戰爭（Punic Wars），西元前二六四至西元前一四六年，發生於古羅馬與迦太基之間爭奪地中海西岸統治權的三次戰爭，迦太基因此戰敗而滅亡。

「謝謝你的提醒。」法蘭克低聲回他。

「沒錯呀，我就清楚記得我的十六歲生日，」維特里烏斯開心地說：「美好的兆頭出現了！一隻雞在我的內褲裡。」

「啥？」

維特里烏斯突然驕傲地昂起頭來，「就是這樣的！我在河畔換衣服，準備參加我的利貝爾㉙聖筵，也就是成年禮儀式。在那個時代，我們所有事情可都是按部就班來做。我已經換下我的孩童袍子，正在認眞淨身，準備換上成年長袍。突然間，一隻純白的雞竟憑空冒出來，鑽進我的纏腰布裡，又立刻拖著布溜走，我就變成全身赤裸裸了。」

「很好很好，」法蘭克說：「我可以說一句話嗎？你也描述得太仔細了吧！」

「嗯，」維特里烏斯根本沒在聽，繼續說下去，「那是一個徵兆，代表我是醫療之神艾斯庫累普㉚的後代。於是我在姓和名後又加上第三個名字：瑞提庫拉斯，意思就是穿在裡面的衣物，提醒我在那神聖的一天被雞偷走了內褲。」

「這麼說……你名字的意思眞是內褲先生？」

「讚美天神呀！我就變成軍團裡的外科醫生，其他的都是歷史了。」他突然盛情地伸開雙手說：「小子，別放棄，或許你的父親只是來晚了。大多數的徵兆不會像我那隻雞那麼戲劇化。我知道有個人曾經拿到一隻糞金龜……」

「謝謝你，維特里烏斯，」法蘭克說：「不過我眞的要趕快擦好這把劍……」

「那蛇髮女怪的血呢？」

法蘭克瞬間呆住。他從來不曾對任何人提過這件事，起碼就他所知，只有波西在河邊時瞥見他把小藥瓶塞進口袋裡而已，但他們兩人根本還沒有機會講這件事。

「拿出來！」維特里烏斯斥責他，「我是醫生，我知道關於蛇髮女怪血液的傳說。把藥瓶拿給我看！」

儘管法蘭克心裡不大情願，他還是把從小台伯河取得的那兩個小瓷瓶拿出來。怪物戰敗消失之後，往往會留下一些戰利品，有時是牙齒，有時是武器，甚至也有整顆頭顱留下來的情形。法蘭克當時在河邊立刻認出那兩個小藥瓶，傳統上它們應該歸波西所有，也就是殺了蛇髮女怪的人；但法蘭克心裡忍不住想：要是給我自己用呢？

「很好，」維特里烏斯十分認可地研究著小瓶子，「從蛇髮女怪右邊取得的血液可以治癒任何疾病，甚至讓人死而復生。我的祖先艾斯庫累普就曾經有過一瓶，是米娜瓦❸¹女神賜給他的。但從蛇髮女怪左側取得的血液，卻有著立即致命的毒性。所以，哪一瓶是哪一種呢？」

法蘭克低頭看著兩個小瓶子。「我不知道，這兩瓶長得一模一樣。」

「哈哈，那你還希望有右側的魔藥來幫你解決那根易燃火柴的問題！咦，還是你想要打破你的詛咒？」

法蘭克一時震驚到說不出話來。

㉙ 指古羅馬時期一個人成年時會舉行的家庭聖筵。這時少年或少女要脫去兒童的袍子，穿上成人的袍子。他的親戚朋友會帶他到公眾場所，開始參加成人的社交活動，這特定的一天就代表孩童轉變為成人。

㉚ 艾斯庫累普（Aesculapius），羅馬神話中的醫神，是太陽神阿波羅之子。

㉛ 米娜瓦（Minerva）女神，即智慧女神雅典娜的羅馬名。

「哦，孩子，不用擔心。」這個鬼魅咯咯笑著說：「我不會跟別人說的，我是拉雷斯，是分隊的守護神呀，我不會做任何傷害你的事！」

「你剛剛才用劍劃過我胸口。」

「相信我，小子。我是同情你，看你這樣身負阿爾戈英雄㉜的詛咒。」

「阿什麼？你在說什麼？」

維特里烏斯揮手迴避那問題。「別謙虛了，你擁有古老的血統，有希臘的也有羅馬的，難怪茱諾她……」他突然歪著頭，像在聆聽上面傳下來的聲音。他的臉垮下來，全身的靈光變成綠色。「我已經說得夠多了！無論如何，我會讓你自己去決定誰能擁有女妖血液這件事。我想那個新來的波西．傑克森，也可以用它來解決他的記憶問題。」

法蘭克很想知道維特里烏斯本來打算說什麼，又是什麼事讓他突然那麼害怕。但他有種感覺，這一次維特里烏斯的大嘴巴大概不敢再開口了。

他低頭看著那兩個小藥瓶，想到自己壓根兒沒思考過波西也可能需要它；對於自己只想到據爲己有，不禁生出了罪惡感。「沒錯，那是當然的，他應該擁有這個東西。」

「啊，如果你問我的意見……」維特里烏斯又神情緊張地往上看，「你們兩個都應該等等，守好這兩瓶血液。如果我的消息來源正確，你們在尋找任務時就會需要它。」

「尋找任務？」

軍械庫的門突然打開。

蕾娜帶著她的兩隻金屬狗一起衝進來，維特里烏斯瞬間消失。他或許喜歡雞，可是絕對不喜歡執法官的兩隻狗。

「法蘭克，」她面帶憂慮地說：「這裡整理夠了，去找海柔，把波西帶下來，他已經上去太久了，我不希望屋大維……」她猶豫了一下。「就是去把波西帶下來。」

所以法蘭克一路奔跑，衝向神殿山。

在回來的路上，波西問了他一大堆問題，通通都和海柔的弟弟尼克有關，但是法蘭克知道的很有限。

「他人還好，」法蘭克說：「他不像海柔……」

「什麼意思？」波西問。

「嗯，這個……」法蘭克咳了幾聲，他的意思是海柔長得比較好看，個性也比較好，不過他想想還是別這麼說。「尼克有一點點神祕難懂。他讓其他人感到緊張，畢竟他是普魯托的兒子，或許是這樣吧。」

「但你不會嗎？」

法蘭克聳聳肩。「普魯托滿酷的。掌管冥界又不是他的錯，他只是在天神劃分領域時運氣差了點，你知道吧？朱比特得到天空，涅普頓得到海洋，普魯托抽到爛籤。」

「死神不會嚇到你？」

㉜ 阿爾戈英雄（Argonauts），搭乘阿爾戈號前往科爾奇斯尋找金羊毛的五十位英雄，其中包括英雄傑生（Jason）、海克力士（Hercules）、奧菲斯（Orpheus）和鐵修斯（Theseus）等。參《波西傑克森──妖魔之海》一一九頁，註㉟。

法蘭克幾乎想大笑，一點也不！你有火柴嗎？

他當然沒有笑出來，他說：「在古老的年代裡，就像在古希臘時期，普魯托被稱爲黑帝斯，那時的他比較像是大死神。當他成爲羅馬天神後，他就變爲……我也不確定……應該是比較受到尊敬吧。因爲他也變成了財富之神，地底下所有的事物都歸他所有，所以我並不覺得他有那麼可怕。」

波西抓抓頭。「一個天神怎麼變成『羅馬的』天神？如果他是希臘天神，不能一直維持希臘的樣子嗎？」

法蘭克走了幾步，心裡思索著這個問題。維特里烏斯可能會給波西上一小時的課來講這件事，搞不好還有精美檔案介紹。但法蘭克試著自己做出一個好解釋。「羅馬人對這件事的看法是，他們接納、採用希臘的東西，然後讓它更臻完美。」

波西板起了臉孔。「更臻完美？意思是本來不夠完美？」

法蘭克記起剛剛維特里烏斯說的話：「你擁有古老的血統，有希臘的，也有羅馬的」。而奶奶也曾說過類似的事。

「我不知道，」他承認說：「但羅馬比希臘還要成功，他們創造了一個偉大的帝國。天神在羅馬時期變得更加重要，他們的力量更強大，也更爲世人所熟悉，所以天神們才有辦法至今還存在這個世界上。這麼多的文明發展都是根基於羅馬而衍生的；天神變爲羅馬的形式，是因爲羅馬就是世界權力的中心。像是朱比特……嗯，當他以羅馬身分存在時，變得比希臘天神宙斯來得要有責任感。馬爾斯也是，變得更重要、更有紀律。」

「而茱諾就變成一個超重的嬉皮老女人，」波西補充說：「所以按照你的說法，那些過去的希臘天神就這樣永遠成爲羅馬天神了？希臘天神就什麼也不留嗎？」

「這個嘛……」法蘭克向左右張望了一下，確定附近沒有其他營隊隊員或拉雷斯，而營區大門也還有一百公尺遠。「這是個敏感話題。有人說希臘的影響依然存在，比如它仍是天神性格的一部分。我還聽過一些混血人的故事，就是偶爾會有人選擇離開朱比特營，因爲他們拒絕羅馬式的訓練，想要追尋古老的希臘風格，像是成爲單打獨鬥的英雄，不要軍團式的團隊合作。回溯到古時候，當羅馬式微，東半邊的帝國卻存活下來——也就是希臘那一邊。」

波西盯著他看。「我不知道這件事。」

「它叫做拜占庭帝國㉝。」法蘭克很喜歡唸這幾個字，他覺得它的發音聽起來很酷。「這個在東半邊的帝國又存在了一千年之久，而它的希臘特徵始終遠多於羅馬特徵。對於像我們這些羅馬追隨者而言，這話題有點是我們的痛處。這也是爲什麼朱比特營不論設在哪一個國家，總是設在那個國家的西邊，西邊才是屬於羅馬的領域，東邊則被視爲厄運的一邊。」

「嗯。」波西的眉頭皺起來。

波西露出這副感覺錯亂的模樣，法蘭克一點都不怪他，因爲這些希臘羅馬的糾結同樣讓他頭很痛。

他們終於抵達營區閘門口。

㉝拜占庭帝國（Byzantium），即東羅馬帝國。本為羅馬帝國的東半部，以拉丁語和拉丁文化為基礎，與西羅馬帝國分裂後，逐漸發展為以希臘文化、希臘語和東正教為立國基礎的新國家，西元三三〇年成立，到一四五三年滅亡。

「我會帶你去浴場，讓你沖洗乾淨。」法蘭克說：「但先說一件事……就是，我在小台伯河發現的藥瓶。」

「蛇髮女怪的血液，」波西說：「一瓶是萬用解藥，一瓶是致死毒藥。」

法蘭克睜大了眼睛。「你知道這事？你聽我說，我並不是想一直擁有它，我只是……」

「法蘭克，我知道你為什麼那樣做。」

「你知道？」

「是的，」波西微笑說：「如果我帶著一瓶毒藥進入營區，情況會變得很糟，你是想要保護我。」

「喔……對啦。」法蘭克抹掉掌心的汗。「但是，如果我們能找出哪一瓶是哪一種作用，也許可以幫助你恢復記憶。」

波西的笑容消失，視線轉向比遠方山頭更遠的地方。「也許……我猜吧。不過從現在起，請你守好那兩瓶藥水；戰爭即將來臨，我們也許需要它來解救生命。」

法蘭克盯著他看，帶著幾許敬畏。波西有機會將自己的記憶取回，卻願意放棄不用，只因為別人有可能更需要解藥？按理來說，羅馬人應該是不自私且樂於幫助同袍的，但法蘭克不確定營區裡還有誰會做出這種選擇。

「你真的不記得過去的任何事？」法蘭克問：「你的家人？朋友？」

波西摸摸脖子上掛著的陶珠。「只有幾抹片段和黯淡的影像。有一個女朋友，我以為她會在營區……」他謹慎地看著法蘭克，好像要做出什麼決定。「她叫做安娜貝斯。你不認識她，是嗎？」

法蘭克搖搖頭。「我認識營區裡的所有人，但裡面沒有叫做安娜貝斯的。你的家人呢？母親是凡人嗎？」

「我猜是吧……她大概已經擔心到極點了。你母親常有機會見到你嗎？」

法蘭克在大浴場入口前停下腳步，他從備用品儲藏櫃抓出幾條毛巾，然後回答說：「她已經過世了。」

波西雙眉緊縮。「怎麼走的？」

法蘭克通常會用謊言來回答，他只要說是因爲意外，對話就會結束，不然他會控制不了自己的情緒。他不願意在朱比特營哭泣，他不想顯現出自己的弱點。然而他發現，自己和波西在一起時比較願意開口。

「她死於戰爭，」法蘭克說：「在阿富汗。」

「她是軍人嗎？」

「嗯，加拿大軍人。」

「加拿大？我並不知道……」

「大多數的美國人都不知道。」法蘭克嘆息。「但是，加拿大的確派了一支軍隊到那裡。我媽媽是上尉，她是最早死於戰場的女性之一。她救了幾位被敵軍砲火鎖定的同袍，可是她自己……她沒有撐過來。她的葬禮一結束，我就南下，到這裡來。」

波西點點頭，沒有再過問細節，這讓法蘭克很感激。波西沒有說什麼「我很遺憾聽到這消息」，或其他法蘭克痛恨聽到的善意空話，像是「哦，可憐的孩子，你一定很難過吧，謹致上我最高的哀傷與敬意。」之類的。

眼前的波西彷彿也面對過死亡關卡，彷彿能夠理解眞正的哀傷。眞正重要的是傾聽，你不需要說遺憾。唯一有幫助的是起來行動，是往前走。

「你要帶我去浴場嗎？」波西問：「我全身髒死了。」

法蘭克擠出一個微笑。「是呀，實在很髒。」

當他們走入蒸氣室，法蘭克想起了奶奶和媽媽，想起他受詛咒的童年，還有茱諾的那根火柴棒。他幾乎希望自己能忘掉過去，像波西那樣失去記憶。

10 法蘭克

法蘭克不大記得葬禮當時的細節了，可是他清楚記得葬禮前的時刻。奶奶走到後院去找他，那時他正拿著弓箭射擊她收藏的瓷器。

奶奶的家在北溫哥華，是一棟灰色的石頭大宅，總共占地十二英畝，野草蔓生；後院則直接連接到林恩峽谷公園。

那是一個寒冷飄雨的早晨，但法蘭克絲毫不覺得冷。他穿著黑色毛料西裝，還加上一件祖父遺留的黑大衣。法蘭克發現這大衣穿在他身上很合身時，既驚訝又沮喪；那整件衣服聞起來像潮溼的樟腦丸混合著茉莉花，布料則弄得他又癢又暖，搭配上他的弓與箭筒，讓他看起來很像極危險的男管家。

他把一些奶奶的瓷器放到推車上，然後推到後院去，那裡有他利用舊圍籬做成的射擊標靶。他已經在那兒射擊了好久，手指頭都快要失去知覺了。每射出一支箭，他就想像自己終結了一個問題。

阿富汗的狙擊兵。匡啷！一隻茶壺爆開，一支箭射進正中。

那為國捐軀的烈士勳章是一面有紅黑緞帶花的銀盤，專門頒給在服役中犧牲的軍人。人們煞有其事地將它頒給了法蘭克，好像它有多麼重要，彷彿有了它就一切事情都變成對的一樣。啪啦！一只茶杯飛旋進入林子裡。

一位軍官過來對他說：「你的母親是一位英雄，艾蜜莉．張上尉爲了拯救同袍而犧牲。」

匡噹！一面藍白相間的盤子摔成一地藍白夾雜的碎片。

奶奶斥責他：「男子漢大丈夫不可以哭，尤其是張家的男人！你要忍耐，張法義！」

除了他的奶奶，沒有人會叫他張法義。

「法蘭克算什麼名字？」奶奶這麼嘮叨著，「那根本不是中國名字。」

我又不是中國人！法蘭克心想，但他從來沒膽說出口。母親多年前就跟他說過，不可以跟奶奶爭辯，那只會讓你有更多麻煩。媽媽說得對，而且現在法蘭克舉目無親，只剩奶奶。

咻！第四支箭射到圍籬欄杆上，卡在那裡顫抖著。

「法義！」奶奶說。

法蘭克轉過身來。

奶奶緊緊抱著一個鞋盒大小的桃花心木盒子，那是他之前未曾見過的東西。她一身高領黑洋裝，頭上幾抹灰髮，看起來就像從十九世紀走出來的學校老師。

她看著這片殺戮戰場：推車裡那些屬於她的瓷器、遍布草地的心愛茶具組碎片；還有法蘭克射出的箭，有的立在地上，有的在樹上、欄杆上，還有一支射到土地神雕像的頭上去了。

法蘭克心想奶奶會破口大罵，或者拿木盒打他。他從來沒有做過這麼頑劣的舉動，因爲他從來沒有這麼氣憤過。

奶奶老是滿臉痛苦與不認同，和母親完全不一樣。他很納悶媽媽是如何成爲這麼完美的人？媽媽總是帶著笑容，總是溫和有禮。他無法想像媽媽在奶奶身邊成長的情形，也無法想像媽媽在戰場的模樣，雖然這兩種狀況也許沒有太大不同。

他等著奶奶情緒爆發，或許他會被禁足，那樣就不用去參加葬禮了。他是眞的想要欺負奶奶，因爲這麼多年來她的態度始終無理，因爲她同意媽媽上戰場，因爲她責罵他要自己克服這一切。她眞正在乎的，只有那些愚蠢的瓷器而已。

「別再做那種可笑的事了！」奶奶說，語氣卻沒有很憤怒、激動。「這樣做很幼稚。」

奶奶接下來的舉動讓他十分震驚：她居然把她最寶貝的一只瓷杯踢到一邊。

「車子馬上就到了，」她說：「我們必須談談。」

法蘭克完全說不出話來。他再仔細看著那個桃花心木盒，腦海裡瞬間閃過一個可怕的念頭：該不會媽媽的骨灰就在裡面？但可能性太低了，奶奶對他說，媽媽會葬在軍人公墓。那奶奶爲什麼會那麼愼重地抱著木盒，愼重到彷彿裡面的事物會勾起她傷心的回憶？

「進來吧。」她說。她沒有等法蘭克回應就直接轉過身，朝房子走去。

法蘭克坐在客廳的天鵝絨沙發上，四周全是老舊的家族相片、大到放不進推車裡的巨型花瓶，還有一幅紅底的中國書法。法蘭克不知道那些字是什麼意思，他向來對學習沒有多大興趣，那些照片裡的人他也幾乎不認識。

只要奶奶一開始講起祖先的故事，嗯……他便覺得很無聊。奶奶會說祖先是如何從中國遷移到溫哥華，他們努力經營進出口生意，終於變成這裡最富有的幾個華人家族之一。法蘭克算是第四代移民，但他完全不關心與中國有關的事，也對那些骨董沒有半點感情。那些中國字裡面，他唯一認得的只有他的姓——張。「張」的原義是拉開弓箭，這點倒是很酷。

奶奶坐在他旁邊。她的姿勢僵硬，雙手交疊在木盒上。

「你母親希望這個東西交給你保存。」她說得有些勉強，「從你還是嬰兒，她就替你收得好好的，直到她離家去前線打仗才交給我保管。現在她走了，很快的，連你也要離開了。」

法蘭克的胃在翻攪。「離開？去哪裡？」

「我老了。」奶奶說，那口氣就像在宣布令人訝異的大事。「很快的，我與死神約定的時間也要到了。我無法教導你必備的技能，也沒有辦法再負起這個責任。如果這東西發生了什麼事，我永遠都不會原諒我自己，那會害你失去性命。」

法蘭克不確定自己有沒有聽懂奶奶的話。她說得好像他的小命決定在那個小木盒上，可是以前他怎麼從沒見過那東西？或許媽媽把它藏在向來不准他進去玩的閣樓裡，她老是說，那裡是她放最珍貴寶貝的地方。

奶奶把木盒遞給他。他手指顫抖地打開盒蓋，放在天鵝絨柔軟襯墊當中的，就是那個可怕的、攸關生死的、無比重要的——一根小木棒。

它看起來像是漂流木，平滑堅硬，雕刻成微微波浪的形狀；大小則和一個電視遙控器差不多，有一端是焦黑的。法蘭克觸摸燒焦的那一頭，仍能感覺到一些熱度，上面的灰燼還在他的手指頭留下一些痕跡。

「這是個小木棒呀。」他說。他不懂奶奶爲何如此愼重又緊張。

她的眼睛閃爍。「法義，你知道神諭嗎？你知道天神的故事嗎？」

這兩個問題讓法蘭克不自在起來。他立刻想到奶奶那些長相怪異的中國神仙雕像，還有家具要放在特定位置、避開倒楣數字等種種迷信。至於神諭，他只會聯想到餐廳給的幸運餅乾，儘管那東西根本不是眞正的中國習慣，卻成爲學校同學欺負他的工具，動不動就假裝拿起餅說「孔子說……」等等的話來恥笑他。法蘭克從來沒去過中國，也不希望和中國扯上任何關係。但當然囉，奶奶不會想聽到這種回答。

「知道一些，奶奶。」他說：「不過不多。」

「很多人可能會嘲笑你母親說的故事，」她說：「可是我不會。我知道神諭和天神，希臘天神、羅馬天神、中國的神全都混在我們家族的血統裡。當她告訴我關於你父親的事，我絲毫不懷疑。」

「等等……你在說什麼？」

「你的父親是一位天神。」她直截了當地說出來。

如果奶奶是個有幽默感的人，法蘭克會認爲她在開玩笑，然而奶奶從來不說笑話的。難道她老糊塗了嗎？

「不要呆呆看著我！」她的聲調突然提高，「我不是老糊塗。難道你從來沒想過，爲什麼你父親始終不曾回來？」

「他是……」法蘭克說不下去。失去媽媽已經夠痛苦了，他並不願意再去想起爸爸呀。「他和媽媽同樣是陸軍，出任務時失蹤了，在伊拉克。」

「不對，他是一位天神，他愛上你母親，因爲你母親是一位天生的好戰士，就像我一樣，堅強、勇敢、美麗、善良。」

堅強、勇敢這兩點，法蘭克相信，但「美麗善良」這四個字要放到奶奶身上，他就連不起來了。

雖然他還是懷疑奶奶是否開始失去理智，不過他決定發問：「是什麼樣的神？」

「羅馬天神，」她說：「除此之外，我一無所知。你母親不願意說，或許她自己也不見得清楚，但天神會喜歡她並不奇怪，畢竟她有我們家族的血統。他想必知道你母親身上有著古老神聖的血液。」

「等一下……我們是中國裔，爲什麼羅馬天神想要和華裔加拿大女人約會？」

奶奶的鼻孔頓時變大，她說：「法義，如果你有認眞研究過我們的家族史，你就應該知道一點！羅馬天神和中國的神之間，並不像你以爲的有那麼大的差異與距離。我們家族來自中國甘肅省的一個小鎭，名叫『驪靬』㉞，在更久以前……就像我說的，來自於王子與英雄的古老神聖血統。」

法蘭克只是瞪著她。

奶奶生氣地嘆了一口氣。「對你這頭笨牛說話眞是白費唇舌！等你到達營區後就會知道眞相，或許你父親會去認領你。現在，我一定要跟你解釋這根木棒的事。」

她指著石砌大壁爐說：「你剛出生沒多久，一個訪客突然從壁爐現身。當時你母親和我都坐在沙發上，也就是現在我們兩人所坐的位置。你那時還只是個小東西，裹在藍色毯子裡，由你母親抱著。」

聽起來很像甜蜜的回憶，奶奶卻用尖酸的語調來述說，彷彿早在當時她便知道法蘭克日後會變成一頭大笨牛。

「火焰中冒出一個女人來。」她繼續說：「她是個白人，洋婆子，穿了一身藍色絲質衣服，還披了一條奇怪的披肩，很像山羊皮。」

「山羊？」法蘭克呆呆地複述。

奶奶幾乎是怒吼地大喊：「對！清清你的耳朵，張法義！我已經老到沒力氣把故事說兩遍！有羊皮披肩的女人是一位女神，我能夠分辨這種事。她對著嬰兒微笑，嬰兒當然就是你。然後才用字正腔圓的中文對你母親說：『他會圓滿這個循環，他會回歸到家族的根源，帶給你無上的榮耀。』」

奶奶哼了一聲。「我不會反駁女神的話，不過也許這位女神沒把未來看得太清楚。不管怎樣，她還說：『他將會前去營區，在那裡恢復你的聲譽。他會把桑納托斯㉟從冰凍枷鎖釋放出來……』」

「等等，誰呀？」

「桑納托斯，」奶奶急躁地回答，「那是『死神』的希臘名字。現在可不可以不要打斷我，讓我好好說下去？那位女神說：『這個孩子從母親那裡得到很強的皮洛斯㊱血統，他將擁有張家的天賦，但他也會擁有來自父親這一邊的力量。』」

突然間，法蘭克的家族故事似乎不再顯得無聊了，他現在急切地想要問清楚那些字眼的意義：力量？天賦？皮洛斯血統？要去什麼營區？而他的父親又是誰？但他不想打斷奶奶的話，他想要聽她說出更多事情。

「世上沒有不付代價就得到的力量，法義。」奶奶說：「女神要消失前，伸手指向火說：『他會成為你們家族中最強壯、最偉大的一個，可是命運三女神宣布，他也將會是最容易受到

㉞ 甘肅省永昌縣驪軒村，舊名者來寨，村民半數具有黃髮藍眼等歐洲人相貌特徵，有學者認為該村是古羅馬第一軍團東征戰敗失蹤後輾轉流落、定居之地。

㉟ 桑納托斯（Thanatos），掌管死亡之神，住在冥界，也是地獄之神黑帝斯的助手。

㊱ 皮洛斯（Pylos），傳說中由波塞頓所建立的城國。今為希臘南部的一個港口城市。

傷害的一個。他的生命會燃燒發出光亮，急促而短暫。一旦那一小塊火種被燒光，就是爐火邊緣的那根小木棒——你的兒子就會死亡。』」

法蘭克幾乎停止呼吸，他看著放在腿上的木盒，再看看手指頭上的幾抹灰燼。這個故事聽起來實在荒謬，但突然間，那漂流木看起來多了幾分不祥與冷酷，甚至感覺沉重起來。「這個……這個……」

「是的，我的大笨牛，就是這根木棒。女神消失了，我趕忙把小木棒從火邊搶過來，從此就一直把它收得好好的。」

「如果它燒起來，我就會死嗎？」

「這不是太奇怪的事，」奶奶說：「羅馬人、中國人都認爲人的命運可以預測，有時候也能保佑人趨吉避凶，起碼在某個時期。現在，這根小木棒就歸你所有了，你要隨身帶著它，只要它是安全的，你就是安全的。」

法蘭克搖搖頭。他想要抗議，說這只是愚蠢的傳說，奶奶或許是要報復他打破瓷器，才說出這些嚇人的話。

但她的眼神無懼他的抗拒，似乎還在向法蘭克挑戰：不相信我的話，你燒燒看！

法蘭克蓋上盒蓋。「如果這東西眞的這麼危險，爲什麼不把它封存在一個不會燃燒的材料裡，比如塑膠或是鋼鐵？爲什麼不把它放到銀行的保險箱？」

「那情況也許會……」奶奶想了一下，「如果我們用別種材料把木棒包起來，會不會把你的生命力也箝制住了？我不知道，你母親不願意冒那種風險，她不能忍受和這根木棒分開，唯恐會有什麼狀況發生。銀行可能被搶劫，建築可能會起火，當有人想要欺騙命運，什麼樣的怪事都有可能發生。你的母親覺得，只有她親自保管木棒才是最安全的。直到她去前線打仗，才把它交給我。」

奶奶不以爲然地嘆口氣。「艾蜜莉也太傻了，執意要上戰場。當然，我也清楚這就是她的命。她心裡是想要再見到你父親。」

「她……她是認爲他會在阿富汗戰場嗎？」

奶奶兩手一攤，擺出她也無法理解的樣子。「她就是去了，結果英勇地離開人世。她以爲家族的天賦才能可以保護她，那確實讓她救了很多士兵，卻沒能讓我們的家族得到安全；她的父親沒得到幫助，祖父沒得到幫助，我也沒有。如今你長大成人，必須追隨這一條路。」

「可是……什麼路？我們的天賦又是什麼？是射箭嗎？」

「什麼射箭！傻孩子，你很快就會發現的。今天晚上，葬禮結束之後，你必須到南方去。你的母親說，如果她無法從戰場中平安歸來，魯芭會派傳令兵過來，他們會護送你到一個地方，天神的後代都在那裡接受訓練，準備迎接命運的挑戰。」

法蘭克一時覺得萬箭穿心，一顆心掉進瓷器的碎片裡。奶奶說的這些話他大多聽不懂，可是有一點很明確，就是她要把他踢出這個家。

「你就這樣讓我走？」他問：「我是你僅存的唯一親人啊！」

奶奶的雙唇顫抖，眼眶溼潤，法蘭克十分震驚地發現奶奶竟然快哭了。多年前她失去了丈夫，然後是女兒，現在她又得送走唯一的孫子。然而，她還是從沙發上站起來，腰桿挺直一如往常。

「當你抵達營區，」她指示他，「一定要找執法官私下談話，告訴她你的曾祖父是愼龍；

現在距離舊金山事件已經很多年了，但願他們不會因爲當年他做的事而處決你。不過，你或許可以請求他們原諒他所做的事。」

「聽起來愈來愈精彩了。」法蘭克喃喃抱怨。

「女神說，你會圓滿我們家族的循環。」奶奶的聲音絲毫不帶同情，「她多年前就決定了你要走的路，而且不會是一條好走的路。不過葬禮的時間到了，我們還有義務要盡。來吧，車子在等我們。」

葬禮的一切都已變得模糊。肅穆的臉孔、雨水啪答啪答打在墓地雨棚的聲音、禮兵擊出的來福槍響、棺木放入土中。

那個晚上，狼來了。牠們在前門門廊嚎叫，法蘭克出門迎接。他帶了他的旅行背包、最保暖的衣物，還有他的弓與箭筒。他將媽媽的烈士勳章也塞進背包，至於那根一頭焦黑的小木棒，他仔細地用三層布包裹好，放進外套的口袋中，貼近他的心臟。

往南的旅程於是展開。法蘭克先是前往索諾瑪山谷的狼屋，最後到達朱比特營，並且按照奶奶的指示，與蕾娜私下談話，請求她原諒曾祖父做過的某件他根本不知道的事。蕾娜讓他加入軍團，儘管她顯然知道那件事，卻沒有透露任何風聲。法蘭克感覺得出來，那必定是一件很不好的事。

「我評斷一個人，是依據那個人的表現。」蕾娜對他說：「但是你不要對其他人提起『愼龍』這名字，這是你和我之間的祕密，不然你會有很慘的遭遇。」

不幸的是，法蘭克並沒有好表現。他在營區的頭一個月最常做到的事，就是撞倒成排的武器、弄壞馬車，還有在分隊行進時絆倒全隊的人。他最喜歡的工作是照顧大象漢尼拔，但沒想到連這件事也會搞砸；他不過是餵漢尼拔吃花生而已，誰知道大象吃花生會過敏？法蘭克認爲蕾娜一定很後悔讓他加入軍團。

每天當他醒過來，便開始納悶小木棒是否會不小心燒起來，那他也就不復存在了。

當他和海柔、波西一起往戰爭遊戲場走去時，所有事情一股腦湧出他的思緒。他想著自己包在外套口袋裡的那根小木棒，也想著茱諾出現在這裡是否有什麼意義。他即將死掉了嗎？他可不希望如此，起碼他很確定自己還沒替家族增添任何榮耀；又或許阿波羅會在今天認領他，解釋他的力量，也解釋家族的天賦能力。

當他們走出營區，第五分隊便形成兩排隊伍，領頭的是分隊長達珂塔和關德琳。他們繞過城市的邊緣向北行進，朝馬爾斯競賽場走去。那是全山谷中最廣闊平坦的地方，所有的獨角獸、牛隻以及在這裡晃蕩沒有家的方恩，將整片土地上的青草吃得光禿禿的。地面上散布著炸開的坑洞與縱橫交錯的壕溝，都是以前遊戲留下的痕跡。在競賽場最北邊豎立著他們的目標，那是工程人員搭建好的一座石頭堡壘，上面有鐵閘門、守衛塔、蠍式弩、水槍，當然還有更多令人稱奇的可怕機關，提供守軍防備所需。

「他們今天做得眞不錯，」海柔看著堡壘，「對我們而言，可就不妙了。」

「等等，」波西說：「你的意思是，這個堡壘是今天才搭建的？」

海柔微微一笑。「軍團的士兵都被訓練得很擅長工事。必要的話，我們可以拆掉整個營區，移去其他地方重建，也許要花上三、四天的工夫，但我們絕對辦得到。」

「先不要吧。」波西說：「所以你們每晚攻擊不同的堡壘嗎？」

「並非每晚，」法蘭克回答，「我們會有不同的訓練活動，有時是絕命球，嗯……那是一種類似漆彈的東西，只不過呢，彈球裡面裝的是劇毒、強酸，或者是火球。有時候我們比賽馬車、比賽格鬥，有時就是戰爭遊戲。」

海柔指著堡壘說：「裡面的某處放著第一分隊與第二分隊的旗幟。我們的任務就是要能進去裡面，奪走他們的旗幟，同時還能保住自己的小命。如果辦到了，就算我們贏。」

波西眼睛一亮。「就像奪旗大賽？我喜歡奪旗大賽。」

法蘭克大笑。「是嗎？這個嘛……實際上的難度比聽起來高很多喔。我們得要先通過圍牆邊的弩砲和水槍陣，經過攻擊打鬥才能進入堡壘，還要找到旗幟，擊退守兵，同時更要保護我們自己的旗幟和軍隊不要被擄走。而且，我們的分隊還得和另外兩個進攻的分隊競爭哩。雖說大家應該要合作，實際上並非如此，只有奪到旗幟的分隊可以享受勝利的果實。」

波西跌了一跤，努力趕上隊伍的行軍速度。法蘭克寄予無限同情，他前兩週的營區生活花了好多時間在跌跤上。

「到底為什麼需要做這些練習呀？」波西問：「你們這些人就這樣花一堆時間在圍攻一座嚴守的城池？」

「團隊合作，」海柔回答，「快速思考、戰術運用、作戰技巧。從戰爭遊戲中可以學到的東西，多到會讓你驚訝。」

「比如說，你可以知道哪種人會從背後攻擊你。」法蘭克補充。

「是這樣沒錯。」海柔也同意。

他們行進到馬爾斯競賽場的中央，全部排成整齊的行列。第三和第四分隊盡可能與第五分隊保持距離，而這些進攻隊的分隊長則聚在一起開會討論。在他們上方，蕾娜已經做好裁判的準備，正駕著她的飛馬西庇阿在天空盤旋。她的後方還有六隻巨大的老鷹，牠們列隊飛行，以便在必要時執行空中救護車的吊掛任務。唯一沒有加入戰爭遊戲的是被稱爲「普魯托使者」的尼克．帝亞傑羅，他登上距離堡壘一百公尺遠的瞭望塔，用望遠鏡觀察競賽。

法蘭克將自己的重標槍靠在盾牌上，幫波西檢查他的盔甲，發現他每一條帶子都綁得很好，甲冑的每個部分都調整到最適當的位置。

「你做得十分正確，」法蘭克讚嘆，「波西，你以前一定參加過戰爭遊戲！」

「我不知道，也許吧。」

波西身上唯一不合標準的只有那把發亮的銅劍，它既不是帝國黃金打造的，也不是古羅馬短劍的樣子；它的劍刃輕薄如葉，劍柄上刻著希臘文。法蘭克看著它，不由得感到不安。

波西皺著眉問：「我們可以使用眞正的武器，是嗎？」

「是的，」法蘭克回答，「絕對可以用，但我從來沒有見過像這樣子的劍。」

「如果我傷到人呢？」

「我們會醫好他的，」法蘭克說：「起碼會盡力去醫治。軍團的藥相當不錯，有神食和神飲，還有獨角獸的角。」

「不會有人死的，」海柔說：「應該是說，通常不會有。如果眞的有……」

法蘭克模仿維特里烏斯的聲音說：「那就是弱者！在我那個年代，我們總是有人死亡，我們喜歡那樣！」

海柔笑了。「波西，你就跟著我們吧。通常我們是被分到最差的任務，很快就會被打散。

他們會先派我們到城牆邊去分散敵隊的防守力量，然後第三、第四分隊負責前進到堡壘中，等著爭取光榮，如果他們有能耐破壞堡壘的話。」

號角響起，達珂塔和關德琳結束分隊長會議回來，表情冷酷。

「好了，現在宣布作戰計畫！」達珂塔很快喝了一口隨身杯裡的調味果汁，說：「他們要派我們去城牆邊分散防守的力量。」

整個分隊發出抱怨聲。

「我知道，我了解。」換關德琳開口，「但或許這一次，我們會有好運！」

關德琳是一位樂觀主義者，每個人都喜歡她，因為她真心關懷她的隊友，而且始終努力幫大家提振士氣，甚至連達珂塔的高糖飲料過動症發作時，她都能夠控制他。只是，大家依舊唉聲嘆氣，因為沒有人相信第五分隊有「好運」這種事。

「第一排跟著達珂塔，」關德琳說：「盾牌相連，以龜甲陣前進到主閘門，努力保持整排盾牌完整，招引他們的火力。第二排……」關德琳轉向法蘭克這一列，語氣不怎麼熱忱地說：「你們十七個，從巴布開始，負責大象和雲梯，試著從西邊城牆發動側翼攻擊，也許我們能分散掉守兵，削弱防衛勢力。法蘭克、海柔，還有波西，你們就……隨便你們想做什麼。給波西看看那些繩索，好好保護他。」她轉頭回去面對整個分隊。「不管誰先翻到城牆的另一邊，我保證那一定會得到壁型金冠章的。第五分隊勝利！」

整個分隊不大認真地配合歡呼一下，隊形散開。

波西皺眉問說：「隨便我們想做什麼嗎？」

「對，」海柔嘆了一口氣，「算是給我們的信任票。」

「壁型金冠章是什麼東西？」

「是一個軍事徽章，」法蘭克回答，他已經被迫記憶了一堆獎項的名稱，「頒給第一個衝破敵軍堡壘的士兵，算是很大的榮譽。你可以留意看看，第五分隊還沒有人佩帶那種徽章，通常我們連堡壘都進不去，不是火燒身，就是水澆身……」

他突然不說話，直瞪著波西看。「水槍。」

「怎麼樣？」波西問。

「那些在牆上的水槍，」法蘭克說：「他們從水道抽水過來，用一個唧筒系統……唉，我眞的不知道它是怎麼操作的，但就是具有超大的壓力。如果你在那個時候能夠控制河流，會不會也能控制這些水槍……」

「法蘭克！」海柔臉色瞬間亮起來，「眞是個好主意！」

波西看起來卻沒有那麼篤定。「我不知道在河邊時是怎麼辦到的。現在距離水槍那麼遠，我更不確定是否有辦法控制它們。」

「我們負責掩護你靠近。」法蘭克指著堡壘東邊的城牆，那是第五分隊沒有計畫攻擊的地方。「那裡的防守是最弱的，他們也絕對不會把三個小孩的出現看在眼裡。我認爲我們可以溜到很近的距離而不被發現。」

「怎麼溜過去？」波西問。

法蘭克轉過去看海柔。「你可以再做一次那件事嗎？」

海柔用力打了他的胸口一拳。「你說你不會跟任何人講的！」

法蘭克立刻覺得好糟糕，他實在太過沉溺在這個點子裡了……

海柔用細小的聲音喃喃咒罵了幾個字。「算了，沒關係。波西，他講的是關於戰壕的事。經過這麼多年，馬爾斯競賽場早已布滿交錯的隧道，有些倒塌了，有些陷進深處，不過還有許多是可以通行的。我滿擅長找到隧道來利用，甚至在需要的時候，可以讓它倒塌。」

「像你那時對付戈耳工姊妹一樣，」波西說：「就減緩了她們的攻擊。」

法蘭克讚許地點頭說：「我就跟你說普魯托很酷的，地底下所有的事物都歸他管。海柔可以找到山洞、隧道、陷阱門……」

「我說過那是我們之間的祕密。」海柔低聲抱怨。

法蘭克感覺自己臉紅了。「是，對不起。但如果我們可以接近城牆……」

「而我也可以控制水槍的話……」波西跟著點頭，似乎開始認同這個點子。「接下來該怎麼做？」

法蘭克檢視自己的箭筒。他通常會放一些特殊的箭進去，卻從來沒有真正使用過。今天晚上，或許就是它們派上用場的好時機。或許他終於可以做出一些成績，得到阿波羅的注意。

「接下來就看我的，」他說：「我們走吧。」

11 法蘭克

法蘭克從來不曾感到如此篤定過，這反而讓他有些緊張。過去他計畫的事情通通沒有好結果，他總是在設法破壞、搗毀、擱置，或者消滅某樣重要事物。然而，他就是感覺這次的策略會奏效。

海柔順利地替他們找到一條隧道。事實上，法蘭克有種不敢明說的懷疑，他覺得隧道不像被海柔「找到」的，反而像依著海柔的需求自行生成，堵塞多年的通道會突然變得暢通，海柔想往哪個方向走，隧道就會往那個方向轉彎。

波西閃亮的波濤劍發出微光，指引他們往前爬。他們聽得到上方傳來的戰鬥聲，有孩子的叫喊、大象漢尼拔激動的狂吼、弩砲爆炸、水槍發射。隧道震動著，沙土如雨般崩落到他們身上。

法蘭克將手伸進盔甲裡面，確認那根小木棒還安全穩當地藏在外套口袋裡，雖然一個射得準的蠍式弩就足以讓他的生命線著火……

壞孩子法蘭克！他責罵自己，「火」不是好字，別去想它。

「前面一點就有出口，」海柔宣布，「我們出來的地方，距離東牆三公尺多。」

「你怎麼判斷的？」波西問。

「我不知道，」她回答，「但我很確定。」

「我們有辦法從隧道直接穿到城牆下面嗎？」法蘭克有些懷疑。

「不行，」海柔說：「這些工程師很聰明，他們把城牆建築在舊的地基上，那是直接打進岩床的。不要問我爲什麼知道，我就是知道。」

法蘭克被某個東西絆倒，當下咒罵了一聲。波西把劍靠過去，借一點光來觀察；結果絆倒法蘭克的東西，是一個閃亮的銀塊。

他蹲下來。

「不要摸！」海柔說。

法蘭克的手停在半空中，距離那塊小金屬只有十幾公分。它看起來就像巨型的銀紙包裝「賀喜巧克力」[37]，大小幾乎和他的拳頭差不多。

「好大塊喔，」他說：「是銀子嗎？」

「白金，」海柔聲音裡的恐懼多於理智，「它馬上就會消失，拜託你不要碰它，那東西很危險。」

法蘭克不懂一塊金屬可以有多危險，但他相信海柔。那塊白金就在他們的觀望中沉陷到地底下。

他瞪著海柔。「你怎麼會知道？」

在波濤的映照下，海柔的臉色宛如拉雷斯般毫無人氣。「晚點我再解釋。」她承諾。

又一次的爆炸震撼了隧道，他們趕緊往前衝。

他們爬出一個洞口，位置果然一如海柔的預測，堡壘東牆陰森地出現在他們前方。法蘭克往左邊看去，可以見到第五分隊的主要戰力正以龜甲陣前進，盾牌形成的防護牆遮蔽了他們的頭部與側身。他們想要往主閘門接近，但是上方的守軍不斷朝他們投擲石塊，還從蠍式弩發射出火球，在他們腳邊砸出一個又一個坑洞。有人發射了水砲，在懾人的「轟」聲中噴出一道水流，瞬間在第五分隊前方地面鑿出一道壕溝。

波西吹了一聲口哨。「好強的水壓啊！」

第三和第四分隊根本沒在前進，他們站在後方狂笑，看著他們的「盟軍」被攻擊。守軍成群聚集在主閘門上方，對著進退兩難的龜甲陣謾罵嘲諷。戰爭遊戲已經變成一場打擊第五分隊的遊戲了。

法蘭克的眼睛憤怒得發紅。

「讓我們來扭轉情勢吧。」他把手伸進箭筒，拿出一支比其他箭重許多的箭來。這支箭的金屬尖端很像火箭的圓錐頭，另有一條極細的金繩索連在羽毛端後頭。想將這樣的箭精準射到城牆上，需要的力氣與技巧遠超過一般弓箭手的能耐，不過法蘭克可是有著強壯的手臂，也有優秀的瞄準能力。

也許阿波羅正在觀看。他滿懷希望地想。

「那支箭有什麼特殊作用？」波西問：「當做爪鉤？」

「這叫做九頭箭，」法蘭克回答，「你有辦法打下水砲嗎？」

一個守兵出現在他們上方。「喂！」他對著他的同袍喊：「來看喔，又有人送上門了！」

「波西，」法蘭克說：「就是現在！」

㊲ 賀喜巧克力（Hershey），著名巧克力品牌，銀色錫箔紙包裝的圓錐造型巧克力是最經典的產品。

更多人從城垛走過來嘲笑他們，有幾個人跑向最靠近的水砲，將砲管轉往法蘭克的方向。

波西閉起眼睛，張開雙臂。

城牆上面有人大喊：「再開大一點呀，輸家！」

嘩砰！

砲管在一道藍、綠、白交雜的閃光中爆開，守兵們被強烈水流沖得癱在城垛上尖叫；有幾個人掉到城牆下，立刻被巨鷹抓起，護送到安全的地方。這時，整片東牆開始搖晃，砲管爆炸的後座力透過水管撼動了整面牆的結構，城垛上的水砲開始一個接一個爆開，蠍式弩的火力瞬間被水澆熄。守兵們不是手足無措地四散奔逃，就是被沖拋到半空中，讓負責救援的巨鷹工作量爆增。在主閘門前的第五分隊大為驚奇，已經完全忘記要形成的陣式，全都放低盾牌，觀望著這片混亂。

法蘭克射出那支箭，箭帶著金繩飛奔向上，當它到達頂端，金屬頭赫然裂開，蹦出十幾條細繩，往各個方向拋去，纏繞在附近所有抓得住的物體上，比如城牆、蠍式弩、裂開的水砲，甚至還有幾個守兵。這幾個人全都驚嚇哀號著，因為他們被細繩綁住，衝撞到牆垛邊，身體成了人肉錨。而在金色主繩上，繩圈以每隔六十公分的距離延展而出，形成一道長梯。

「我們上！」法蘭克說。

波西微笑。「法蘭克，你帶頭，這是你的派對！」

法蘭克猶豫半晌，然後就把弓甩回背上，開始攀爬。他爬到一半時，守兵中終於有人恢復判斷力，拉了警報鈴。

「各位！」法蘭克大喊：「攻擊！」

關德琳是第一個採取行動的。她咧嘴微笑，再發一次攻擊命令。一陣歡呼從戰場升起，大象漢尼拔也踏出愉快的隆隆步伐。不過法蘭克無暇去看他們，他已經爬到城牆頂端，迎面有三個守兵正拚命要砍斷他的繩梯。

身材壯碩魁梧又有金屬包覆，可是有好處的，此時的法蘭克就像一顆重裝保齡球！他朝守兵跳過去，那三人登時像保齡球瓶般被彈了開來。法蘭克站穩腳步，掌控了城垛，來回移動他的重標槍，擊退前來的守兵。有些人朝他射出飛箭，有些人持劍想趁隙攻擊，但法蘭克一心勇往直前，毫不退縮。接著，海柔也出現在他旁邊，手上一把很大的騎兵劍不斷揮舞，宛如天生的戰士。

波西跳上城牆，舉起波濤劍。

「眞有趣。」他說。

他們三人聯手，將城牆上的守兵消滅殆盡。下方主閘門已經被破壞了，大象漢尼拔帶頭衝進城堡，所有射到牠那防彈盔甲上的飛箭石頭都反彈開來，絲毫傷不了牠。

第五分隊跟在漢尼拔後面進攻，戰爭變成正面交手的搏鬥。

終於，一陣戰鬥呼喊從馬爾斯競賽場最邊陲響起，第三和第四分隊開始跑向戰場。

「有點晚呀。」海柔咒罵。

「我們不能讓他們拿走旗幟。」法蘭克說。

「絕對不行！」波西附和，「旗子是我們的。」

不需要多餘對話，他們三個立即行動，就像一支合作無間多年的隊伍。他們衝向城內樓梯，進入敵軍基地。

12 法蘭克

在那之後的戰鬥，是一場激烈的動作片。

法蘭克、波西和海柔衝入敵陣，打倒每一個擋住他們前進路線的人。第一分隊和第二分隊向來是朱比特營的驕傲，是優良又有紀律的戰爭機器，但是在這樣的攻擊下、在完全不知處於劣勢時該如何反應的情況下，開始崩解潰散。

他們面對的問題，有一大部分來自波西。他戰鬥的方式宛如惡魔，完全不是正統打法；他在守備陣列之間飛速穿梭，在他們的腳步當中旋轉位移，而且不像羅馬人是持刀直擊；他揮著長劍，用鋒利的劍刃劃過營隊隊員，因而製造了極大恐慌。屋大維用尖銳的聲音喊叫著，也許是在命令第一分隊站好陣式，也許是在學女高音唱歌，但都被波西驚嚇得戛然而止。波西一個筋斗翻越過整列盾牌，用長劍粗鈍的那頭直接攻打屋大維的頭盔，這位分隊長就像個布偶般癱軟垮掉了。

法蘭克不斷射箭，直到箭筒全空。他採用鈍的箭頭攻擊，不會奪命，但會產生嚴重的挫傷瘀青。他的重標槍在劃過某個守兵頭上時斷掉，只好不甘心地拔出他的古羅馬短劍。

在此同時，海柔爬上漢尼拔的背。她給了下面的朋友一個微笑，便朝堡壘正中心進擊。

「我們走吧，大塊頭！」

奧林帕斯的眾神呀，她眞是美麗！法蘭克心想。

他們衝向基地的核心，堡內的要塞主室外面看起來沒有守衛，顯然防守隊伍根本沒想到有人能深入這裡。漢尼拔迅速撞壞主室的大門，裡面第一與第二分隊的掌旗手正圍坐桌邊玩著魔法神話遊戲，桌面上滿是遊戲卡與小人偶，而分隊的精神象徵被他們隨便地靠牆擺放。海柔騎著漢尼拔直接奔進房中，掌旗手們全都往後摔出椅子。漢尼拔踩上桌子，遊戲道具頓時散落滿地。

在分隊的其他人跟過來之前，波西和法蘭克已經解除敵軍所有的武裝，奪下旗幟，並且爬上漢尼拔的背與海柔同坐。他們帶著勝利離開要塞主室，手上舉著敵人的彩旗。

第五分隊在他們三人旁邊排好隊伍，一起遊行步出堡壘。他們經過滿臉震驚的敵軍面前，又從同樣訝異困惑的盟軍行列前方通過。

騎著飛馬的蕾娜在低空盤旋。「比賽結束！」她的聲音聽起來像是努力憋著笑意。「集合頒獎！」

營隊的成員在馬爾斯競賽場上慢慢集結。法蘭克看見很多輕傷的傷患，有燒傷的、骨折的，有變成熊貓眼的，也有割傷與撕裂傷，再加上一堆由火攻與爆裂水槍塑造出來的奇特髮型，不過，都沒有什麼大礙。

法蘭克從象背上滑下來。同袍們蜂擁過來，又拍他的背又開口稱讚他。法蘭克懷疑自己是在作夢，這是他有生以來最美好的一晚——直到他看見關德琳。

「救人呀！」有人高喊。幾個隊員抬著擔架從堡壘跑出來，擔架上躺著一個女孩。他們將她放下來，其他人開始跑過去看。即使隔了一段距離，法蘭克也辨別得出那女孩是關德琳。她的狀況很糟，側身躺在擔架上，一根重標槍從她的戰甲插出來，感覺像是她把它握在胸膛和手臂之間，然而，那附近有太多的血。

法蘭克不可置信地搖頭驚呼：「不、不、不……」邊喊邊衝向她。

軍醫喝斥所有人退後，給她一些清新的空氣與空間。整個軍團陷入沉寂，觀望軍醫努力醫治。他們拿紗布與獨角獸的角粉敷在關德琳的盔甲下，試圖替她止血，同時也將神飲灌入她的口中。然而關德琳全身動也不動，面色如土。

終於，其中一位醫官抬起頭來，看著蕾娜搖了搖頭。

那一刻，偌大的地方只剩下壞掉的水槍從堡壘城牆上發出的滴答聲響。漢尼拔用長長的鼻子撫弄關德琳的頭髮。

蕾娜從飛馬上面審視所有成員，臉上的表情如鐵，既堅定又暗沉。「我們要進行調查，是誰做出這樣的事情，讓軍團損失了一位優秀軍官。光榮的戰死是一回事，但像這樣……」

法蘭克不確定她話中的意思，然後他才注意到那把標槍的木柄上刻有「福米納塔第十二軍團第一分隊」幾個字。這個武器是屬於第一分隊的，而標槍尖端從她的盔甲內穿出，代表關德琳是從背後被攻擊，而且很可能是戰爭遊戲結束之後才發生。

法蘭克掃視群眾，搜尋屋大維的身影。這位觀望中的隊長顯然對眼前事件的興趣大於關心，就好像在查看一隻被他開腸剖肚的無知泰迪熊一樣。而且，他身上沒有帶標槍。

熱血衝上法蘭克雙耳，他真想親手扭斷屋大維的脖子。但就在這時，關德琳輕輕呼出一口氣。

所有人都倒退半步。關德琳睜開眼睛，血色慢慢回到她臉上。

「怎……怎麼了？」她眨眨眼，「為什麼大家都在看我？」

她似乎沒有注意到那根兩公尺長的大魚叉正從她胸口探出來。

法蘭克後面的一位軍醫低聲說：「不可能，她明明死了，她應該是死了才對。」

關德琳想坐起來，可是辦不到。「有一條河，有個男人在那裡跟我要……要一枚銅板嗎？我回頭看，出口的門是開的，所以我就……就離開了。我不明白到底發生了什麼事？」

每個人都驚恐地看著她，沒有人試著去幫忙。

「關德琳，」法蘭克跪到她身邊。「還不要起來，先閉上眼睛，一秒鐘就好，可以嗎？」

「為什麼？你要做……」

「你相信我就是。」

關德琳決定照他的話做。

法蘭克抓住標槍尖刺下方的木柄部分，但他的手在發抖。木柄很滑。「波西、海柔……過來幫我。」

有一位軍醫看出他想做什麼了。「不要！」他喊：「你可能會……」

「怎樣？」海柔打斷他，「會變得更糟嗎？」

法蘭克深呼吸一口氣。「抓穩她的身體。一，二，三！」

他從前面把標槍拔出來了。關德琳連眨眼都沒有，胸口的出血已快速停止。

海柔彎下腰來檢視傷口。「它正在自行癒合，」她說：「我不知道是怎樣癒合的，但是……」

「我感覺很好，」關德琳抗議說：「大家到底在擔心什麼呢？」

在波西和法蘭克的協助下，關德琳站起來。法蘭克怒視屋大維，但他臉上卻戴著一副關心客氣的面具。

晚一點，法蘭克心想，晚一點再來對付他。

「關德琳，」海柔平靜地說：「這件事情很難解釋清楚。你曾經死過，但是因爲某種原因又活了過來。」

「我……我怎樣過？」她腳步踉蹌地跌到法蘭克身邊，用手摀住盔甲上粗糙的洞。「怎麼……怎麼回來的？」

「好問題。」蕾娜轉向尼克，他始終站在人群最邊緣冷冷地觀看著。「是來自某種普魯托的力量嗎？」

尼克搖搖頭。「普魯托從來不會讓人由死亡回歸人世。」

他瞄了海柔一眼，像是在警告她要保持沉默。法蘭克納悶，是什麼事讓他這麼做？但他沒有時間細想。

一陣雷鳴般的聲音突然傳遍整個競賽場：「死神已無法掌控，這還只是開始。」

隊員們紛紛舉起武器，漢尼拔緊張地跺腳。西庇阿猛然後退，害蕾娜差點被甩出去。

「我認得這聲音。」波西說，語氣卻一點都不歡欣。

在軍團中央，憑空閃出一道火柱，熱度幾乎足以烤焦法蘭克的睫毛；那些本來被水砲弄溼的人，也當下烘乾了全身。所有人尖叫著後退，一位魁梧的軍人從爆炸火光中走出。

法蘭克並沒有多少頭髮，但那少少的髮絲此時已經全部豎立起來。這個軍人身高達三公尺，他穿著加拿大軍隊的沙漠迷彩服，全身上下發散出自信與力量。他那短短的黑髮理成一片平坦，很像法蘭克的髮型。他的面孔有稜有角，表情冷酷，臉上還有幾條刀疤。他的雙眼藏在紅外線眼鏡後面，卻從鏡片之後射出光芒。他的工具腰帶上配有一把手槍、一個刀鞘及幾顆手榴彈；他的手裡則握著一把巨無霸尺寸的M16步槍。

最糟的事情是，法蘭克竟受到他的吸引。當其他人全部往後退時，只有法蘭克的腳步向前。他感覺到，這個軍人正沉默地希望他接近。

法蘭克心裡其實死命地想要逃開躲起來，可是辦不到。他再前進三步，然後一隻腳的膝蓋著地，跪了下來。

其他隊員看了也都跟著跪在地上，連蕾娜都下馬了。

「很好，」那個高大的軍人說：「行跪拜禮很好。距離我上次來朱比特營，已經有好長一段時間了。」

法蘭克注意到有一個人沒跪下，就是波西．傑克森。他的劍仍然握在手上，雙眼瞪著大塊頭軍人。

「你是阿瑞斯，」波西說：「你想要做什麼？」

兩百個隊員和一頭大象幾乎同時驚呼出聲。法蘭克想要替波西找些藉口來安撫這位天神，但不知能夠說什麼。他很怕戰神大人會拿起那把特大號步槍，一舉轟掉他的新朋友。

事實剛好相反，天神露出了他潔白閃亮的牙齒。

「混血人，你很有膽量。」他說：「阿瑞斯是我的希臘名字，但對這些追隨者、這些羅馬人的孩子來說，我是馬爾斯，我是帝國的守護神，是羅慕樂和雷慕斯的天神父親。」

「我們見過面，」波西說：「我們曾經……曾經打過架……」

戰神抓抓下巴，好像在回想。「我跟許多人打過架。不過我可以很確定地說，你絕對沒有和馬爾斯身分的我對打過。要是你有和我打過，你必死無疑。現在，跪下來，舉止要像個羅馬的孩子，不要挑戰我的耐心。」

在馬爾斯的腳邊，一圈火焰開始燃起。

「波西，」法蘭克說：「拜託！」

波西很顯然不願意這樣做，但他終究還是跪下來了。

馬爾斯掃視全場所有人。「羅馬人，給我洗耳恭聽！」

他發出笑聲，那是一個善意且由衷的巨響，甚至帶著感染力，讓明明仍因害怕而發抖的法蘭克也幾乎要露出微笑。「我一直想要那麼說的呀。我從奧林帕斯帶來一個訊息，雖然朱比特不喜歡我們直接與凡人聯絡，特別是在現今這段時期，但是這一次，他特別允許我有例外，因爲你們這些羅馬人始終是我特別的子民。我僅被允許說幾分鐘的話，所以，給我專心聽好。」

他指著關德琳。「這個人應該死了才對，但結果不是如此。你們殺掉的怪物也不再回到塔耳塔洛斯去，而有些很久以前就死掉的凡人，現在卻重回世間。」

是法蘭克的想像，還是天神眞的有在注視尼克．帝亞傑羅呢？

「桑納托斯已經被人拴住，」馬爾斯宣布，「死亡之門被迫打開，沒有人在那裡捍衛，起碼，已經沒有公平的看守了。蓋婭讓我們的敵人不斷湧入凡人世界，她那些巨人兒子也在召集軍隊來對抗你們，而且那些軍隊是你們怎麼殺也殺不死的。除非死神桑納托斯被釋放，重返他的崗位，否則你們將被打敗。你們必須找到桑納托斯，把他從巨人手中釋放出來；只有他，才能逆轉這波洪流。」

馬爾斯左右看看，注意到所有人仍跪在地上，又接著說：「噢，你們可以起來了。有任何問題嗎？」

蕾娜緊張地站起來，向天神靠近。屋大維跟在後面，卑躬屈膝的態度活像個馬屁精。

「馬爾斯大人，」蕾娜說：「我們很榮幸。」

「無比的榮幸，」屋大維補充，「比無比的榮幸還要榮幸……」

「是嗎？」馬爾斯打斷他。

「那麼，」蕾娜接口說：「桑納托斯就是死亡之神，也就是普魯托的助手？」

「沒錯。」天神回答。

「而您剛剛是說，他現在被巨人抓走了？」

「沒錯。」

「所以說，人們就不再死亡？」

「不是一下子全部如此，」馬爾斯回答，「然而，生命與死亡之間的障礙正不斷地降低消失，那些知道如何從中獲取好處的，就會拚命利用這點。現在已經很難打死怪物了，再過不了多久，他們會變得全面無法殺死。也有一些混血人會找到從冥界回來的路，比如你們的朋友，分隊長『掛的肉』。」

關德琳眨眨眼。「分隊長掛的肉？」

「如果再這樣沒人看管，」馬爾斯繼續說：「到最後連凡人都會發現，死亡是不可能的事。你們能想像嗎？從此以後，世界上沒有人會死掉？」

屋大維舉手問：「可是，嗯，至尊無上的馬爾斯天神大人啊，如果我們都不會死，不是一件很好的事嗎？如果我們能長生到永遠……」

「小子，別傻了！」馬爾斯怒斥他，「無盡的打鬥，然後沒有結果？大舉的屠殺，最後都是白工？敵人一而再、再而三的興起，可是永遠都殺不死、除不盡，這就是你想要的？」

「你是戰神，」波西開口了，「難道你不想要無止盡的殺戮？」

馬爾斯的紅外線眼鏡發射出更亮的光芒。「無禮呀！你這小子。或許以前我眞的和你打過，我可以理解爲什麼當時我會想殺你了。孩子，我現在是羅馬之神，是軍人之神，必須師出有名。我保護軍團，樂意將敵人踩爛在腳下，可是不能沒有理由就征戰。我不希望戰爭沒有結果。你會了解這點的，你會爲我效勞的。」

「不可能。」波西說。

法蘭克又一次等著看天神發火痛擊波西，但馬爾斯居然只是微笑，好像不過是兩個老朋友在拌嘴聊天。

「我要給你一個尋找任務！」天神突然宣布，「你們將要前去北方，到天神轄外之區尋找桑納托斯。你們要釋放他，破壞巨人的計畫。提防蓋婭，提防她的兒子，那個最老的巨人！」

站在法蘭克身邊的海柔突然發出尖細的聲音：「天神轄外之區？」

馬爾斯朝下瞪著她，握住M16步槍的手抓得更緊。「對，海柔．李維斯克，你知道我的意思。這裡的每個人都記得那片讓軍團榮耀盡失的土地！或許你們會成功完成這一次任務，並且在幸運節之前回來……那麼，你們就有可能恢復你們的光榮。如果你們無法完成，也不會有任何營區讓你們回歸；羅馬會被擊潰，所有偉大遺產將永遠消失。所以，我的忠告是：不准失敗。」

屋大維不知怎的，竟然有辦法鞠一個比之前更低的躬。「嗯，嗯，馬爾斯大人，只有一件小事提醒您。發動尋找任務需要一個神諭，也就是一首神祕的詩來引導我們！我們曾經靠西卜林書得到預言，但現在則是靠占卜師來得知天神的旨意。所以，如果我可以跑開一下，去拿七十隻塡充玩具動物，或許還要有一把刀……」

「你是占卜師？」天神打斷他的話。

「是……是的，大人。」

馬爾斯從他的工具腰帶拿出一個卷軸。「有人有筆嗎？」

軍團裡的所有人只會乾瞪眼。

馬爾斯嘆了一口氣。「兩百個羅馬人在此，竟然沒有人有帶筆？算了！」

他把M16步槍甩到背後，然後抽出腰際的手槍來。好多羅馬人開始尖叫，但那把手槍瞬間變成一枝原子筆。馬爾斯開始寫字。

法蘭克睜大眼睛看著波西，用嘴型無聲地問他：「你的筆劍可以變成手槍嗎？」

波西也用無聲嘴型回答：「不行，閉嘴！」

「拿去！」馬爾斯寫完，把卷軸丟給屋大維。「一個神諭，你可以把它加進你的書裡面，還是刻在你家地板上，隨便你！」

屋大維開始朗讀卷軸：「前往阿拉斯加，找到桑納托斯，釋放他。六月二十四日的日落前歸來，否則死亡。」

「對，」馬爾斯說：「很清楚吧？」

「這個嘛，大人……通常……通常神諭是講得不清不楚的。它們是隱含在謎語裡，有詩味，而且……」

馬爾斯輕鬆地從腰帶拔出另一支手槍。「是嗎？」

「神諭很清楚了！」屋大維趕快宣布，「是一個尋找任務！」

「很好。」馬爾斯用手槍輕輕拍打著下巴，「現在呢，還有別的事嗎？我記得還有一件事的……喔，對了。」

他轉頭看著法蘭克。「過來這裡，孩子。」

不，法蘭克心想，外套口袋裡燒了一半的小木棒突然變得更沉重。他的雙腿搖晃，心頭整個被恐懼占滿，比那天軍方人員來家裡通知媽媽陣亡時還嚴重。

他知道接下來會發生什麼事，但他無法阻止。他的腳步違抗他的心意，一步一步走向前。

馬爾斯露出微笑。「孩子，攻城做得很好。這次比賽的裁判是誰？」

蕾娜舉手。

「你看到他的攻擊了嗎，裁判？」馬爾斯問：「那才是我的孩子。第一個翻越城牆，為隊伍贏得勝利。除非你瞎了才看不出他就是這場比賽最有價值的選手。你眼睛沒瞎掉吧？」

蕾娜看起來就像正要吞下一整隻老鼠。「沒有，馬爾斯大人。」

「那就要確保他得到壁型金冠章，」馬爾斯命令。「我的孩子，來！」他對著全體軍團大喊，免得有人沒聽見他的訓示。法蘭克好希望自己能鑽進土裡。

「艾蜜莉・張的兒子，」馬爾斯繼續說：「艾蜜莉是一位優秀的軍人，一個好女人。這個孩子法蘭克・張，今晚證明了自己的實力。孩子，遲來的生日快樂。你擁有真正男人武器的時間已經到了。」

他把他的M16步槍丟向法蘭克。在那半秒間，法蘭克覺得自己鐵定會被巨無霸步槍的重量壓扁。然而那把槍在半空中開始變形，變得輕薄迷你。法蘭克抓住它時，那武器成了一支標槍，槍柄部分是帝國黃金，槍尖部分卻是一個像白骨的尖頭，還閃耀著鬼魅的光線。

「那個尖刺來自龍牙。」馬爾斯說：「你還沒有獲得你母親的天賦能力，是嗎？這個呢，在你學會它之前，那把標槍可以給你一些活命的機會。你可以擁有三次出擊的機會，所以，要謹慎使用它。」

法蘭克不明白這些話，但馬爾斯的表現就像他已經結束了這個話題。「現在，我的兒子法蘭克．張將要帶領這個尋找任務，出發解救桑納托斯。有人反對嗎？」

當然，沒人敢出聲，不過許多營隊成員立刻向法蘭克投以特殊的眼光，有羨慕嫉妒的，也有氣憤尖刻的。

「你可以帶兩個同伴去，」馬爾斯說：「那是規則。而其中一個，必須是這個人。」他指向波西。「他要在這趟旅程中學到對馬爾斯有一些尊敬，不然就會死。至於另一個人，我沒有意見，隨便你想挑誰。讓你們的元老院討論討論，你們向來最擅長這個。」

天神的身形開始閃爍，閃電橫劈過天空。

「那就是我的提示，」馬爾斯說：「下次見！羅馬人。不要讓我失望！」

火焰出現在他身邊，轉眼他就消失了。

蕾娜朝法蘭克走過去，表情既有驚喜也有錯愕，就好像終於把塞在嘴裡的那隻老鼠吞下去一般。她舉起手，行了一個羅馬式的敬禮。「歡迎你，法蘭克．張，馬爾斯之子！」

整個軍團立刻跟著她敬禮，但是法蘭克再也不想得到他們的注意了。他原本完美的夜晚已經被徹底摧毀。

馬爾斯是他的父親，這位戰神要送他去阿拉斯加。法蘭克得到的生日禮物不只是一支標槍，還有一個死刑的宣判。

13 波西

波西這一覺睡得像是梅杜莎的受害者，意思是說，睡得像顆石頭一樣。

他已經多久沒有陷在一張安全舒適的床裡面了？好吧，他連這個也不記得了。儘管有著瘋狂的一天與腦袋裡流轉的百萬個想法，但他身體的命令已經凌駕一切，他的身體說：「現在就睡覺。」

當然，他作了夢。他總是在夢境中，然而它們就像火車窗外的模糊影像般快速流逝。他見到一隻衣衫襤褸的鬈髮方恩在跑步，想要追上他。

「我沒有多餘的零錢。」波西對他喊。

「什麼？」那隻方恩說：「不，波西，是我，我是格羅佛！留在原地！我們一直在找你。泰森就在附近，起碼我們認爲他是最接近的，我們正試著要鎖定你的位置。」

「什麼？」波西又喊，但那隻方恩已消失在霧中。

然後是安娜貝斯在他身邊跑著，一隻手伸向他。「感謝天神！」她說：「已經好幾個月了，我們完全找不到你！你還好嗎？」

波西想起茱諾說的話：他已經休眠好幾個月，不過現在清醒了。女神顯然是故意要把他藏起來，但是爲什麼呢？

「你是眞實的嗎？」他問安娜貝斯。

他是多麼想相信她是真實的，他的整顆心就像被大象漢尼拔踩上去一樣。但她的臉孔開始融化，她哭喊著：「留在原地！這樣泰森比較容易找到你！留在你現在的地方！」

然後她也不見了。影像開始快轉，他看見一個乾的船塢裡有艘大船，一堆工人忙著打造船殼，有個人在船首那裡，拿著焊槍要將一個龍的頭焊接上去，那頭很像是銅製的。他又看見戰神踏浪而來，手中持劍，朝他接近。

背景變換，波西變成站在馬爾斯競賽場中，向上遠望柏克萊山。金色草原綿延起伏，一張睡臉竟出現在大地上；那是一個睡夢中的女人的臉，地形高低與陰影變化勾勒出她的五官。她的雙眼是閉著的，她的聲音卻傳進波西的腦海：

「原來這就是毀滅我兒子克羅諾斯的混血人，看起來不太像呀。不過，波西．傑克森，你對我很有價值。來北邊，見見奧賽俄紐斯。茱諾可以在羅馬、希臘之間玩弄小把戲，但到最後，你會是我的馬前卒，你會是眾神失敗的關鍵。」

波西的視線變黑。他現在站立的場景是一個有戲院那麼大的營隊總部，也就是「普林斯匹亞」，然而周圍的牆壁都是冰，冷冽的霧氣充盈。地上散落著骨骸，骷髏們的羅馬戰士盔甲與帝國黃金武器表面都結滿冰霜。這房間的後面有一個巨大的人影端坐在那裡，他的皮膚隱現著金和銀的光澤，宛如蕾娜那對金屬灰狗的人形版本。而他身後有一整排的陳列物，包括損毀的軍隊象徵、裂開的旗幟，還有一個立在鐵杆上的黃金大老鷹。

偌大的房間突然傳來巨人的聲音：「接下來會很有趣的，涅普頓之子。離我上次打倒像你這樣的混血人已經有幾萬年了，我等著你來到冰世界。」

波西醒過來，全身顫抖，一時不知自己身在何處。然後他想起來了，他在朱比特營，在第五分隊的軍營裡。他躺在自己的床位上，瞪著天花板，努力要控制狂奔的心跳。

一個黃金巨人等著打倒他，眞是好呀，但更讓他緊張的是山丘上那張沉睡女人的臉孔。

「你會是我的馬前卒。」波西不會下棋，不過他很確定當個馬前卒絕非好事，送死的居多。

就連夢中比較友善的部分也困擾著他。一隻名叫格羅佛的方恩在找他，那或許就是阿唐感覺到一種什麼東西存在的原因……是叫「共感連結」嗎？還有一個叫泰森的傢伙也在找他，而安娜貝斯警告他要留在原地。

他從床上坐起來，室友們已經在四周忙碌，穿戴衣裝、刷牙洗臉。達珂塔用一塊長長的、有紅點的布把自己包起來，顯然那就是他的長袍；一個拉雷斯正在指點他要怎麼塞皺褶才比較像樣。

「要吃早餐了嗎？」波西滿懷希望地問。

法蘭克的頭從下鋪探出來，眼袋浮腫，八成昨晚沒睡好。「快速早餐，然後我們要去元老會議。」

達珂塔的頭卡在長袍裡面，搖晃行走的樣子就像個被調味果汁染色的鬼魅。

「喔，」波西說：「那我應該把床單穿起來嗎？」

法蘭克噗哧一聲。「長袍只有元老才能穿。他們總共有十位，經由每年的選舉產生。你要進到營區五年以後，才具有參選的資格。」

「那爲什麼要邀我們去元老會議？」

「因爲……就是這個尋找任務。」法蘭克語氣隱含著擔心，彷彿害怕波西會想抽身不幹。

「討論這件事情時，我們必須在場，你、我，還有海柔。我是說，如果你願意的話……」

法蘭克或許沒有要讓波西有罪惡感的意思，但波西的心已經整個扭轉打結。他同情法蘭克，在全營的面前被戰神認領，眞是個超級惡夢。再說，他如何能拒絕那張又大又鼓的娃娃臉呢？法蘭克被交付了一個無比巨大的任務，那是大到可能會害他喪命的任務，他很害怕，他需要波西的幫忙。

而昨晚他們三人也確實形成一支優秀的團隊。海柔和法蘭克都是穩定、可依賴的人，兩人把波西當成家人般接納。然而，他並不喜歡這個尋找任務的想法，因爲它是出於馬爾斯的命令，更因爲他作了那些夢。

「我……嗯……我最好趕快準備一下……」他爬下床換衣服。他的腦子裡想的都是安娜貝斯、援兵上路了，以及他可以回到舊生活的事。而他所需要做的，就是留在原地。

早餐時間，波西感覺每個人都在看他，大家交頭接耳，輕聲談論昨晚的事。

「一天之內兩位天神……」

「非羅馬式打鬥法……」

「水砲射過我鼻頭……」

他餓到沒時間搭理那些話。他吃了煎餅、雞蛋、培根、鬆餅、蘋果，還有好幾杯柳橙汁。他本來可以吃更多的，可是蕾娜宣布元老們要集合進城了，所有身穿長袍的人立刻起身準備離開。

「我們該走了。」海柔心煩地把玩著一顆石頭，那石頭看起來很像兩克拉的紅寶石。

維特里烏斯這個鬼又突然現身在他們旁邊，紫光閃爍。「你們三個，祝你們好運！啊，元老院會議，我還記得凱撒被暗殺的那個會議，爲什麼他長袍上的血量會……」

「謝謝你，維特里烏斯，」法蘭克打斷他的話，「我們得趕快過去了。」

蕾娜和屋大維帶領元老隊伍離開營區，蕾娜的兩隻金屬灰狗在路邊前後快跑跟隨，海柔、法蘭克與波西則走在最後面。波西注意到尼克．帝亞傑羅也在這群人裡面，他穿著黑色長袍，在與關德琳談話。關德琳的臉色有一點蒼白，但想想她昨晚才因傷死掉過，如此氣色已經算好到讓人驚訝。尼克對波西揮揮手，轉頭回去繼續對話，這讓波西更加確定，海柔的這位兄弟是在盡量迴避他。

達珂塔一路上不斷被自己的紅點長袍絆到，其他元老也有好幾個穿長袍穿得很不習慣，猛拉著衣襬布邊，盡力不讓布從肩膀上滑下來。波西很高興自己只需要穿著尋常的紫色 T 恤和牛仔褲出門。

「羅馬人穿那種衣服要怎樣行動呀？」他很疑惑。

「那種衣服只有在正式場合才需要穿，」海柔說：「就像燕尾服。我打賭古羅馬人和我們一樣痛恨這種長袍。還有啊，你沒帶任何武器吧？有嗎？」

波西將手伸到口袋裡，那是他的筆永遠都會出現的地方。「為什麼？規定不能帶嗎？」

「進到波美利安界線之內，不允許攜帶武器。」她說。

「什麼界線？」波西問。

「波美利安，」法蘭克說：「那是城市的界線，裡面是神聖的安全區，軍團不可行軍入城，武器不可攜帶進去，所以呢，元老會議也不會出現血腥場面。」

「像是尤利烏斯．凱撒被暗殺那樣嗎？」波西問。

法蘭克點點頭。「別擔心，那樣的事已經好幾個月沒發生過了。」

波西希望他只是在開玩笑。

他們愈來愈接近城市時，波西終於可以好好欣賞它的美麗。陽光下，貼滿瓷磚的屋頂和金色圓頂閃耀著光芒；花園中，茂盛的忍冬花與玫瑰花爭豔吐芳。中央廣場的地面鋪著灰色與白色石板，雕像、噴泉、光滑列柱點綴其間。廣場附近連接著好幾條卵石街道，沿街排列著新漆的彩色樓房、餐飲店，還穿插著小公園。圓形競技場與賽馬場則矗立在更遠的地方。

當前面元老的隊伍慢下來，波西才注意到他們已經抵達城市邊界了。在路的這一邊豎立著一尊白色大理石雕像，那是一個真人尺寸的男子塑像，肌肉發達，頭髮捲曲，但沒有手臂，表情顯得有些生氣。他生氣的原因可能是雕像只雕到腰部，在那之下就只是個大理石塊而已。

「排成一列，拜託！」雕像說話了，「準備好你們的身分證。」

波西往自己的左右看看，這裡的情景是他之前從未發現到的。一排外觀完全相同的雕像，以每隔九十公尺左右的距離環繞整座城市。

元老們都順利通過邊界，男子雕像檢查他們前臂上的刺青，並且一一點名。「關德琳，元老，第五分隊，沒錯。尼克．帝亞傑羅，普魯托的使者，很好。蕾娜，執法官，當然囉。漢克，元老，第三分隊……喔，漢克，你的鞋子真好看！嘿，這裡還剩下的是誰呀？」

海柔、法蘭克和波西，就是剩下的三個人。

「特米納士[38]，」海柔說：「這位是波西．傑克森。波西，這位是特米納士，他是護界神，疆界的守護神。」

「新來的，咦？」護界神說：「對，有觀察期的牌子，好的。啊，口袋裡有武器，是嗎？

把它拿出來！拿出來！」

波西不知道特米納士是如何曉得的，但他乖乖把筆拿出來。

「很危險的東西，」特米納士說：「把它放到置物盤裡。等等，我的助理呢？茱莉亞！」

一個大概只有六歲的小女孩從雕像底座後面探出身子。她紮著兩條小辮子，一身粉紅洋裝，調皮的笑容中露出兩顆缺牙。

「茱莉亞？」特米納士往後瞧，茱莉亞卻一溜煙往反方向跑。「那女孩跑去哪兒啦？」

特米納士轉頭看，剛好在茱莉亞要躲起來之前瞥見她。小女孩開心地喊了一聲。

「哦，你在那裡，」雕像說：「很重要的事，快拿置物盤過來。」

茱莉亞拍拍衣服快速跑來。她拿了一個置物盤放到波西面前。置物盤裡已經有幾把水果刀、一個開瓶器、一個特大號防曬乳的瓶子，以及一個水壺。

「你可以在出城時拿回你的武器，」特米納士說：「茱莉亞會好好看護它的，她可是一位受過訓練的專業人士。」

小女孩點點頭，「專，業，人，士。」她一個字一個字慢慢唸，好像練習了很久。

波西看看海柔和法蘭克，他們似乎都不覺得這有什麼奇怪。然而，波西還是沒有半點把致命武器交給小朋友看管的念頭。

「事實是，」他說：「這枝筆會自動跑回我的口袋裡，所以就算我給你……」

「不用擔心，」特米納士向他保證，「我們會確保它不會離開。對吧，茱莉亞？」

㊳特米納士（Terminus），羅馬神話中的疆界守護神，代表了領域與界線。

「是的，特米納士先生。」

波西終究還是不怎麼情願地將筆放到置物盤上。

「現在，既然你是新來的，有些規定給我聽好，」特米納士說：「你要循規蹈矩進入城市疆界裡，維持界線……之內的和平，走在公共馬路要禮讓馬車。當你進入元老院，要坐在左側。還有，在那邊……有看到我手指的方向嗎？」

「嗯，」波西說：「你沒有手吧？」

顯然這是特米納士的痛處，他的大理石臉孔浮現灰色的陰影。「自以爲聰明，哼！這位藐視規定先生，就在廣場再過去……茱莉亞，麻煩替我指一下……」

茱莉亞很盡責地放下置物盤，舉手指向主要廣場。

「那間有藍色棚子的店，」特米納士繼續說：「是一家百貨店，裡面有賣捲尺，去買一個！我希望你的褲子長度要在腳踝之上剛好兩公分半，還有你的髮型要按規定剪！還有，把上衣塞進去。」

海柔說：「謝謝您，特米納士，我們該趕快進去了。」

「好，好，你們可以進去了，」護界神不耐煩地說：「不過走路要靠右邊走！還有，前面那塊石頭……不對，海柔，看我指的方向！那塊石頭距離旁邊的樹太近了，把它往左邊移五公分。」

海柔按照他的話去做，然後繼續往前走。茱莉亞在草地上推推車，特米納士仍繼續對他們喊出各種指令。

「他平常都是這樣嗎？」波西問。

「不是的，」海柔回答，「今天他算比較懶散，通常他的強迫症更誇張。」

「他棲身在城市四周的每一個界石上，」法蘭克說：「萬一城市遭受攻擊，他就像是我們的最後一道防線。」

「特米納士不算太壞，」海柔補充說：「就是不要惹他生氣，不然他會要求你去測量山谷裡每一根草的長度。」

波西記下這則訊息。「那個小女孩茱莉亞呢？」

海柔微微笑。「她呀，她是個小可愛，父母都居住在城裡。我們趕快走吧，要盡快趕上元老他們。」

當他們來到廣場，波西對於這裡人數之多感到非常訝異。看起來像是大學生的年輕人在噴泉邊群聚，好幾個人對著經過的元老揮手。麵包店裡三十歲左右的男店員在櫃檯和買咖啡的女生打情罵俏。一對老夫婦顧著正在海鷗旁邊搖晃走路的小男孩，而那個包著尿布的小男孩身上穿的是迷你版的朱比特營T恤。商家們都在準備開張，以迎接一天的生意；他們拉出各式各樣的拉丁文招牌，上面是陶器瓶罐、珠寶首飾的廣告，還有競賽場的半價門票。

「這些人全都是半神半人嗎？」波西問。

「或者是半神半人的後裔，」海柔說：「就像我之前告訴過你的，這裡是個好地方，你可以進修、成家而不用每天擔心怪物攻擊。這裡的居民恐怕有兩、三百位吧？退役的人可以是我們的宣傳者，必要時也是後備兵力，但大多數的人只是這裡的一般公民，過著尋常生活。」

波西想像那會是什麼樣的生活。在這個羅馬複製小城中擁有一間公寓，軍團會負責保護城市，還有那位強迫症患者護界神的守衛。他想像自己坐在咖啡店裡，握著安娜貝斯的手；

或許當他們年歲漸長，也可以在廣場上看著自己的孩子追逐海鷗……

他努力把這個想法甩出腦海，他沒有本錢讓自己沉浸在這樣的念頭裡。儘管多數的回憶都喪失了，但他還是知道這裡不是他的家。他屬於另外一個地方，那裡還有他的朋友。

況且，朱比特營也面臨著巨大危險。如果茱諾是對的，再過不到五天的時間，這裡就會遭受攻擊。波西想到那張在營區上方山丘出現的沉睡女人臉孔——蓋婭的臉，他想像成群結隊的怪物向下進攻山谷。

「如果你們無法完成，」馬爾斯是這麼警告，「也不會有任何營區讓你們回歸；羅馬會被擊潰，所有偉大遺產將永遠消失。」

他想到那個名叫茱莉亞的小女孩以及有孩子的家庭，他想到新交的第五分隊的朋友，甚至是那些無聊的方恩。他不願意再去想，萬一這裡被毀滅，他們會有什麼遭遇。

元老一行人開始進入位於廣場西邊的一棟白色圓頂大建築裡，波西在門廊前暫停腳步，揮掉腦中尤利烏斯·凱撒在元老會議被暗殺的畫面。然後他做了個深呼吸，追隨海柔和法蘭克步入室內。

14 波西

元老院內部很像一間高中的大講堂。半圓形的階梯坐椅面對著講壇，講壇上有一個講桌和兩張椅子，椅子都空著，但其中一張上面放了一個天鵝絨盒子。

波西、海柔和法蘭克坐在半圓形座位的左邊，十位元老和尼克．帝亞傑羅則坐滿了最前排的其他位子。上排的座位區坐了幾十個鬼，以及一些住在城裡的退伍軍人，大家都身穿正式長袍。屋大維站在前面，帶著一隻填充玩具小獅子與一把刀，萬一有人要找這位矯揉造作的天神諮詢時，就可派上用場。蕾娜走向講桌，舉手示意所有人注意。

「各位，這是一場緊急會議。」她說：「我們將不拘泥於正式程序來進行。」

「我喜歡正式！」一個鬼提出抗議。

蕾娜送給他一個凶狠的目光。

「首先，」她說：「我們開這個會並不是要選出尋找任務的成員。這個任務是由羅馬的守護神馬爾斯．烏爾托親自發派的，我們要遵守他的旨意，也不可在這裡爭論法蘭克．張對於同行隊員的選擇。」

「三個人全是第五分隊的？」第三分隊的漢克大聲說：「那不公平。」

「也不聰明，」他身旁的男孩說：「我們都知道第五分隊會搞砸一切，他應該挑個夠好的人才對。」

達珂塔迅速站起來，動作快到把自己隨身杯裡的調味果汁都打翻了。「賴瑞，昨晚我們打到你屁股，打得可真好！」

「夠了，達珂塔，」蕾娜說：「我們不用討論賴瑞的屁股。身爲尋找任務的領導者，法蘭克有權挑選同行的人。他已經選擇波西．傑克森與海柔．李維斯克。」

第二排的一個鬼突然大喊：「太離譜了！法蘭克．張根本還不是軍團的正式成員耶！他還在觀察期而已，尋找任務必須由分隊長或者更高官階的人來帶領，這簡直是……」

「卡托，」蕾娜打斷他的話，「我們必須遵從天神馬爾斯．烏爾托的旨意，那代表我們必須……有些調整。」

蕾娜拍拍手，屋大維走向前。他放下他的刀與塡充玩具，再將置於椅子上的天鵝絨盒子拿起來。

「法蘭克．張，」他說：「過來這裡。」

法蘭克先緊張地望著波西，然後站起來走向這位占卜師。

「我很……高興，」屋大維說，雖然最後那兩字言不由衷，「能將這個壁型金冠章頒贈給你，表揚你在圍城戰事中率先翻過城牆的表現。」屋大維交給他一個形狀像桂冠的銅獎章。「同時，執法官蕾娜也下令，升任你爲分隊長。」

他交給法蘭克另一面徽章，是一面彎月形銅牌，頓時整間元老院爆出抗議聲浪。

「他還在觀察期耶！」有人喊。

「不可能！」另一個大叫。

「水砲射過我鼻子！」第三個大吼。

「安靜！」屋大維的聲音聽起來比昨晚在戰場上威嚴多了，「我們的執法官認為，在分隊長軍階以下的人是不可以帶領尋找任務的。無論如何，法蘭克必須帶領這次任務。所以，我們的執法官已經裁定，法蘭克．張必須升為分隊長。」

突然間，波西意識到屋大維是一個多麼有效率的演講者。他的話聽起來很合理，態度也很支持，但他的表情卻帶著痛苦。他小心挑選講出來的字詞，把所有責任都推到蕾娜頭上。一切都是她的主意，他似乎就是這個意思。

如果情況變糟，蕾娜就是該負責的人。如果當初讓屋大維來作主的話，事情可以更明智地解決。偏偏他除了支持蕾娜以外別無選擇，因為屋大維是一個忠誠的羅馬軍人。

屋大維設法說服了大家，沒有直接說出心裡話，卻達到安撫元老的目的，而且對他們的想法表達了支持。這是波西第一次發現，這個長相好笑、骨瘦如柴、不起眼的小子，或許將會是個危險的敵人。

蕾娜想必也感覺到這點，一抹不悅閃過她的臉龐。「分隊長的職位目前有一個空缺，」她說：「我們的一位軍官，也是元老之一，已經決定卸任。經過十年的軍團生涯，她將要自軍團退役，到城裡念大學。第五分隊關德琳，感謝你過去的付出。」

所有人轉頭看向關德琳，她對大家露出一個勇敢的笑容。昨晚的磨難讓她看起來仍有些疲憊，但同時也顯得輕鬆許多。波西不怪她，與被重標槍插進身體比起來，去念大學聽起來實在非常美好。

「身為執法官，」蕾娜繼續說下去，「我有權任命軍官。我承認，讓一位還在觀察期的人直接升任到分隊長的位階，並不是尋常的事。不過我想大家應該同意……昨晚的事就非比尋常。法蘭克．張，你的身分證，麻煩一下。」

法蘭克將脖子上的鉛牌拿下來，交給屋大維。

「你的手。」屋大維說。

法蘭克舉起他的前臂，屋大維則伸手指向天。「我們接受馬爾斯之子法蘭克．張，成為福米納塔第十二軍團的成員，開啓他第一年的役期。你願發誓從此以生命效忠羅馬人民與元老院嗎？」

法蘭克嘴裡喃喃唸著：「無言耶。」然後才清清喉嚨說：「我願意。」

所有元老們一起高喊：「元老院與羅馬人民！」

火光在法蘭克手臂上燃起，那一瞬間他的眼光充滿恐懼，讓波西害怕他的朋友是否會就此嚇死。然後火花與熏煙都熄滅了，法蘭克的手臂烙印上了新的記號：SPQR、一對交叉長槍的圖形，當然還有代表他加入軍團第一年的一條槓。

「你可以回座位了。」屋大維瞥了全場一眼，彷彿在說：「從頭到尾都不是我的主意。」

「現在，」蕾娜說：「我們必須討論這次的任務。」

法蘭克回到座位上，元老們則交頭接耳。

「會痛嗎？」波西低聲問。

法蘭克凝望著自己依然冒著熱氣的前臂。「會呀，很痛。」他似乎也對手上的兩個徽章感到困惑，看著自己的分隊長章與壁型金冠章，不知道該拿它們怎麼辦。

「來，」海柔的眼裡有著驕傲，「我幫你。」

她把徽章別到法蘭克的T恤上。

波西笑了。儘管他才認識法蘭克一天，卻也替他感到驕傲。「嘿，這是你應得的榮譽。」他說：「你昨晚做什麼好事？天生的領導者呢！」

法蘭克卻沉著臉。「可是這個分隊長……」

「張分隊長，」屋大維叫道：「你有聽到問題嗎？」

法蘭克眨眨眼。「嗯……抱歉，什麼問題？」

屋大維看向元老，露出一種「我就說嘛！」的冷笑。

「我剛剛是在問，」屋大維的口吻就像在對三歲小孩說話，「你是否對這次的尋找任務有什麼計畫。你到底知不知道你要去哪裡呀？」

「嗯……」

海柔將手放到法蘭克肩膀上，然後站起來。「屋大維，你昨晚有沒有認眞聽啊？馬爾斯已經說得很清楚了，我們將前往天神轄外之區，也就是阿拉斯加。」

元老們個個在長袍之下扭動不安，有些鬼突然螢光閃爍，接著消失無蹤。就連蕾娜的那對金屬狗也在地上打滾低吠。

終於，元老賴瑞站起來。「我知道馬爾斯說了些什麼，但那太瘋狂了，阿拉斯加是個受詛咒的地方！他們稱它爲天神轄外之區是有道理的，它在北邊那麼遠的地方，羅馬天神在那裡根本沒有力量。那裡擠滿了怪物，從來沒有混血人能從那裡活著回來，自從……」

「自從你們失去了老鷹。」波西說。

賴瑞嚇壞了，嚇到一屁股跌坐下去。

「聽著，」波西繼續說：「我知道我在這裡是個新人，我知道你們都不喜歡提起一九八〇年代的大潰敗……」

「他提到了……」有個鬼開始呻吟。

「……但是，難道你們沒察覺嗎？」波西不停地說：「第五分隊帶領上次的探險，我們失敗了，我們有責任讓情況扭轉回來，那就是馬爾斯要派我們出去的意義。這個巨人，這個蓋婭的兒子，就是三十年前打倒你們軍隊的人，我很確定這點。他此時就在阿拉斯加，拴鎖了死亡之神，還有所有你們的舊裝備。他正在募集軍隊，準備大舉南征，攻打這個營區。」

「眞的嗎？」屋大維問：「你好像知道很多敵人的計畫呢，波西．傑克森。」

大多數的人身攻擊，波西都可以不予理會，比如被罵白癡、懦夫之類。但這次他實在太震驚了，屋大維竟然暗示他是間諜、是叛徒，這實在是他前所未有的感受，他根本不是這樣的人，這讓他幾乎無法再繼續說下去。他想要再一次打昏屋大維，然而他馬上明白，屋大維就是要故意激怒他，害他表現出衝動無能的樣子。

波西深呼吸一口氣。

「我們將要迎擊蓋婭的兒子。」他說，努力保持平靜。「我們會帶回你們的老鷹，釋放這位名叫……」他看看海柔，「桑納托斯的天神，對吧？」

她點點頭。「羅馬名字是雷特斯，希臘舊名則是桑納托斯。當講到死神……我們寧願叫他的希臘名字。」

屋大維很誇張地大嘆一口氣。「好吧，不管你們叫他什麼，你們要怎樣達成這些任務，又能在福爾圖娜節之前趕回來？那是六月二十四日，而今天已經是二十日了。你們究竟知不知道要去哪兒找到他？你們知不知道這個蓋婭的兒子到底是誰？」

「知道。」海柔的回答非常篤定，連波西都感到訝異。「我不確定最精確的地點，但我心裡有大概的方向。而這個巨人的名字，叫做奧賽俄紐斯。」

這名字一出現，似乎瞬間將室溫降低了三十度，元老們通通打顫起來。

蕾娜緊抓講桌。「海柔，你怎麼知道的？因爲你是普魯托的孩子嗎？」

始終保持沉默的尼克・帝亞傑羅此刻站了起來，他剛剛安靜到波西幾乎忘了身穿黑袍的他也有出席。

「執法官，恕我插嘴，」他說：「海柔和我……我們從我們父親那裡，得知一些關於這個巨人的事。每個巨人的誕生都是要來單挑反擊奧林帕斯天神，一一奪取他們十二位的領域。巨人之王是波爾費里翁[39]，他要對抗的是朱比特，但這些巨人當中最老的是奧賽俄紐斯，他是生來對抗普魯托的，所以，我們才會特別認識他。」

蕾娜皺起眉頭。「這樣嗎？聽起來你們似乎對他頗爲熟悉。」

尼克撩起長袍衣角。「總而言之……巨人是很難被殲滅的。根據神諭，只有在混血人與天神合作的情況下，才能打敗他。」

達珂塔打了個大嗝。「抱歉，你剛剛是說，天神和混血人要……比如說，並肩作戰嗎？那是永遠不可能發生的事吧？」

「發生過的，」尼克說：「在第一次巨人大戰時，大神召喚英雄加入他們的行動，他們贏

---

[39] 波爾費里翁（Porphyrion），是大地之母蓋婭所生的巨人族之一。受蓋婭慫恿攻打奧林帕斯推翻宙斯，最後遭宙斯與海克力士擊斃。參《混血營英雄——迷路英雄》二四七頁，註[62]。

了。這種事是否會再發生，我不知道，但面對奧賽俄紐斯……他很不一樣。只要他一直待在他的家鄉領域內，也就是他出生的地方，他就完全不會死，也不可能被天神或混血人殺掉。」

尼克暫停下來，給大家喘息理解的時間。「而如果奧賽俄紐斯已經在阿拉斯加重生……」

「那麼，他在那裡就不可能被打敗，」海柔做出結論，「永遠不可能，無論用什麼方法。這就是為什麼我們在一九八〇年代出兵注定要失敗的原因。」

另一波的爭吵和喊叫霎時爆發開來。

「這個任務根本是不可能的事！」一位元老大吼。

「注定會慘敗呀。」某個鬼哭喊。

「再來點果汁吧！」達珂塔嚷嚷著。

「安靜！」蕾娜命令，「元老們，我們要有羅馬人的樣子。馬爾斯既然賦予我們這個尋找任務，我們就必須相信它是可能的。這三位混血人必須前往阿拉斯加，他們勢必要在福爾圖娜節之前釋放桑納托斯；如果他們在這過程中可以取回我們失去的老鷹，當然是更好的事。我們能做的是給他們建議和提醒，確認他們的行動計畫。」

蕾娜看著波西，並不帶多少希望地問：「你有計畫嗎？」

波西想要站出來、放膽地說：「我沒有！」這是事實，然而環視在場所有緊張的臉龐，他知道不能講出來。

「首先，我需要了解一件事，」他轉身看著尼克，「我一直以為，普魯托就是死亡之神，現在我聽到的卻是另一個傢伙，名叫桑納托斯；還有關於死亡之門的預言，也就是那『七人大預言』，這些東西究竟代表什麼意義？」

尼克先做了一次深呼吸，然後說：「好的。普魯托是冥界之神，但眞正的死亡之神，也就是負責看管、確保死後靈魂去處的，卻是普魯托的助手桑納托斯。他就像……你可以想像生命和死亡是兩個國家，可以吧？所以在邊境就有守衛，防止人們未經允許就擅自出入。但這是一個非常大的邊界，圍籬上有許多孔洞；普魯托想要封緊這些缺口，偏偏總是有新的人想要鑽過去，這就是普魯托必須仰賴桑納托斯的原因，他就像邊境巡守、邊界警察。」

「桑納托斯會抓住靈魂，」波西說：「再把他們遣返回冥界？」

「完全正確。」尼克說：「但現在，桑納托斯被抓走了，被鏈住了。」

法蘭克舉手。「嗯……死神怎麼會被鏈住呢？」

「這事以前也發生過，」尼克說：「在很久以前，有個名叫薛西弗斯㊵的人，就曾經使計欺騙桑納托斯，把他綁起來過。還有一次，海克力士把桑納托斯打到摔落地面。」

「而現在一個巨人抓走了他，」波西說：「所以如果我們將桑納托斯釋放了，死人就會保持在死亡狀態囉？」他看一下關德琳，「嗯……我沒有冒犯的意思。」

「事情遠比那樣還複雜。」尼克說。

屋大維翻了個白眼。「為什麼這些事我都不覺得驚奇？」

「你說到死亡之門，」蕾娜開口，不理會屋大維的反應。「在七人大預言裡就有提到，那

㊵ 薛西弗斯（Sisyphus）是希臘神話中以詭計多端聞名的科林斯國王，由於欺騙死亡之神桑納托斯，還把他用鐵鍊拴住，所以遭宙斯懲罰。被打入冥界的他必須把巨石滾上山頂，但每次巨石一推上山頂便又滾落，他只好重新再推，永無止境。

導致第一次阿拉斯加遠征……」

那個叫卡托的鬼不屑地說：「我們都知道結果啦！我們拉雷斯記得很清楚！」

其他的鬼發出同意的吼聲。

尼克將一根手指頭放到嘴唇上，突然間所有拉雷斯都安靜下來。有些鬼看起來很驚恐，好像嘴巴突然被黏住一樣。波西眞希望自己對某些活人也有這樣的能力，比如說，屋大維。

「桑納托斯只是問題之一，」尼克解釋，「關於死亡之門……那是一個連我都還沒有辦法完全理解的概念。進入冥界的方式有很多種，有經由冥河的，也有像奧菲斯[41]之門，再加上許多三不五時會開啓的逃走小徑。隨著桑納托斯被監禁，所有的管道都變得很容易被使用。有時情況會變得對我們有利，讓我們親近的人可以重返人世，就像這裡的關德琳。但更常發生的會是邪惡的靈魂和怪物，那些狡猾的角色得以找到逃離的機會。現在說的死亡之門，是由桑納托斯個人掌控的許多扇門，是他專屬的生命與死亡之間的快車道；也只有桑納托斯本人才知道它們在哪裡，而且位置還會隨著時間遷移。如果我的理解正確，死亡之門已經被迫打開了，蓋婭的爪牙已經取得掌控權……」

「也就是說，蓋婭可以控制誰能從死亡復生？」波西猜測說。

尼克點點頭。「她可以決定要讓誰出來，像是最壞的怪物、最邪惡的靈魂。如果我們能救出桑納托斯，至少表示他又能抓住那些惡人的魂魄，把他們送回冥界；當我們殺掉怪物，怪物會死，就像以前一樣，讓我們能得到一點喘息的空間。但除非我們能幫助他奪回死亡之門，否則我們的敵人不會沉寂太久的，因爲他們有很容易回到人世的管道。」

「所以我們可以抓住他們，遣送回去，」波西想做個整理，「他們卻會不斷跨界回來？」

「概括地說，答案是令人沮喪的，沒錯。」

法蘭克抓抓頭。「但桑納托斯知道那些門在哪裡，對吧？如果我們釋放他，他就可以奪回那些門啦。」

「我不這麼認爲，」尼克說：「他無法獨自取回。他不是蓋婭的對手，那需要一個極大的任務編組，一支由最優秀的混血人組成的軍隊。」

「敵人擁有死亡之門的武器。」蕾娜說：「那是七人大預言說的……」她看著波西，這一瞬間，波西看到她眼裡有無比的恐懼，雖然她把恐懼隱藏得很好。但波西忍不住納悶，她是否也作過關於蓋婭的噩夢？她是否也夢到了營區被不死的怪物入侵的景象？「如果這是起始於古老的預言，我們並沒有可以派遣到死亡之門的人力，況且我們還要保護營區。我也不能想像，只有七個混血人的力量……」

「事情一樣樣來。」波西努力顯出有信心的樣子，雖然他感受得到屋內的恐慌程度不斷升高。「我不知道那七個人是誰，也不知道那個古老神諭的眞正意義是什麼，不過，首先我們要做的是放出桑納托斯。馬爾斯告訴我們，只需要三個混血人去阿拉斯加就好，讓我們集中精神在完成這個任務上，而且要在福爾圖娜節之前回來。之後，再來擔心死亡之門的事。」

「對，」法蘭克小聲地說：「以一個禮拜的時間來說，事情夠多了。」

「這麼說，你眞的有個計畫？」屋大維充滿懷疑地問。

---

41 奧菲斯（Orpheus）是希臘神話中的英雄人物，他是阿波羅和謬思女神卡莉歐碧（Calliope）之子，為了救回被毒蛇咬死的妻子而闖入冥界。

波西看看隊友。「我們會盡快前往阿拉斯加……」

「我們會見招拆招。」海柔說。

「任何招。」法蘭克補充。

蕾娜審視他們，表情就像在心裡寫著自己的訃聞。

「很好，」她說：「現在我們只剩下一件事，那就是決定我們能給這個任務小組什麼樣的支持：交通、金錢、魔法、武器。」

「執法官，我能發言嗎？」屋大維問。

「喔，眞好，」波西喃喃唸著，「又來了。」

「這個營區正面臨極大的危險，」屋大維說：「已經有兩位天神現身，警告我們即將在四天之後遭受攻擊。我們絕對不能把資源分得太散，特別是分到成功希望渺茫的地方。」

屋大維用同情的眼光看著他們三人，好像在說：可憐的小東西！「馬爾斯很明顯地選擇了三位最不可能的人去進行尋找任務，或許是因爲他認爲他們是最有發展性的，也或許他就是想賭一賭不可能的機率。不管是哪個，他都沒有命令一個大型的探險隊，也沒有要求我們集資支持他們的冒險。我要說，我們應該集合這裡的資源，保衛我們的營區，這裡才是要發生決勝戰爭的地方。如果他們完成任務了，很好！但他們應該憑自己的本事去完成它。」

群眾間散播著緊張的低語。法蘭克跳起來，但就在他要出手打人之際，波西先開口了：「好！沒問題！不過至少給我們交通工具吧。蓋婭是大地之母，對嗎？行經地表、橫過陸地……我想應該是我們要避免的。何況，那樣的速度會太慢。」

屋大維大笑。「要我們租一架私人飛機給你嗎？」

這點子讓波西頭暈。「不，不，空中旅行……我覺得也會有麻煩。但是一艘船，你們至少能給我們一艘船吧？」

海柔發出一絲呻吟聲，波西朝她看過去。她搖搖頭，用嘴型表示「沒事」。

「一艘船！」屋大維轉身面對其他的元老。「涅普頓之子想要一艘船。海上航行從來不是羅馬人的方式，但畢竟他也不大像個羅馬人呀！」

「屋大維，」蕾娜果決地說：「一艘船已經是最低的要求了，不提供任何其他援助似乎是非常……」

「傳統！」屋大維堅稱，「這是非常符合傳統的，讓我們看看這幾個任務成員在沒有支援的情況下，是否眞的有生存下去的力量，就像眞正的羅馬人！」

更多的低聲討論充滿整間講堂，元老們的眼光在屋大維和蕾娜之間來回移動，觀看這場意志的挑戰賽。

蕾娜在她的座位上坐直。「很好，」她的聲音緊繃，「我們來投票。元老們，在場動議如下：尋找任務即將前往阿拉斯加，元老必須提供支援，讓其順利抵達停泊於阿拉米達㊷的羅馬軍艦，此外將無其他支援，三位隊員憑藉本事，成敗自負。大家同意嗎？」

所有元老都舉手。

「動議通過。」蕾娜轉向法蘭克。「分隊長，你的隊伍可以離開了，元老們還有其他事情要討論。另外，屋大維，我可以和你談幾分鐘嗎？」

㊷ 阿拉米達（Alameda）是位於加州奧克蘭市南邊的海港基地，以海灣大橋與舊金山相連。

能夠見到陽光，波西眞是分外開心。在那間陰暗的講堂裡被所有目光盯視，讓他覺得好像整個世界都壓在他肩膀上。而他十分確定，這樣的經驗他以前也曾經歷過。

他讓新鮮空氣充滿他的肺。

海柔從地上撿起一顆頗大的綠寶石，塞進口袋。「所以，我們算是……被祝福的人？」

法蘭克悲慘地點著頭。「如果你們哪一個想要退出，我不會怪你們的。」

「你在開什麼玩笑？」海柔說：「然後剩下的一整個禮拜就都得出去站崗？」

法蘭克擠出一個笑容，轉頭看著波西。

波西的視線越過廣場。「留在原地。」安娜貝斯在夢裡告訴他；但如果他停留不動，這個營區就將被毀滅。他抬頭遠眺山丘，想像蓋婭的臉龐在山脊和陰影之間微笑。「你贏不了的，小小混血人。」她似乎這樣說：「留下來服侍我，不然出發去服侍我。」

波西靜靜在心中發誓：福爾圖娜節之後，我要去尋找安娜貝斯；但現在，我必須行動，我不能讓蓋婭贏。

「我會跟隨你，」他告訴法蘭克，「此外，我也想看看羅馬海軍。」

他們在廣場走到一半，就有人喊著：「傑克森！」波西轉身去看，屋大維正朝他們跑來。

「你要做什麼？」波西問。

屋大維微笑。「已經把我視爲你的敵人了嗎？決定得太魯莽囉，波西。我可是一個忠誠的羅馬人耶。」

法蘭克咆哮：「你這個背後捅人的人渣……」波西和海柔一起拉住他。

「喔，親愛的，」屋大維說：「這可不是一個新任分隊長該有的舉動。傑克森，我之所以跟過來，是因爲蕾娜囑咐我帶來一個訊息。她希望你過去普林斯匹亞報告，不過呢，不要帶你這兩位……跟班。蕾娜會在元老會議結束之後到那裡與你碰面，她想在你的尋找任務出發前和你私下談一談。」

「談什麼？」波西問。

「我很確定我不知道，」屋大維露出狡猾的笑容，「最後一位和她私下會談的人，叫做傑生．葛瑞斯，而那也是我最後一次見到他。波西．傑克森，祝你好運，後會……有期。」

15 波西

波西很高興波濤劍又重新回到他口袋裡，從蕾娜的表情看來，他覺得他相當需要可以自衛的東西。

她火速衝進普林斯匹亞，紫色斗篷在身後翻騰，金屬灰狗在腳邊追趕。而波西正坐在兩張執法官椅子當中的一張，只是他把椅子拉到訪客這一側，這或許是個不大恰當的舉動。波西開始想要站起來。

「你就坐著，」蕾娜的口氣並不好，「午餐後你就要出發，我們還有一大堆事要討論。」

她把短劍重重地丟到桌上，整個裝果凍糖的大碗都晃動起來。亞堅頓和歐倫各自站到蕾娜的左右，兩雙如紅寶石般的眼睛都盯著波西。

「我有做錯什麼事嗎？」波西問：「如果是和這張椅子有關……」

「與你無關，」蕾娜臉色陰沉，「我痛恨元老會議。當屋大維開始說話……」

波西點點頭。「你是個戰士，屋大維是個說客。把他放到元老的前面，突然間他就成為那個有力量的人。」

她瞇起眼睛。「你比你的外表聰明許多。」

「喔，謝謝。我聽說屋大維可能會被選為執法官，如果營區能撐下去的話。」

「那我們就來談談這個世界末日的話題，」蕾娜說：「以及你能如何幫忙避免它發生。但是，在我將朱比特營的命運交到你手中之前，我們需要把一些事情講清楚。」

她坐下來，把一只戒指放到桌上。那是一個銀環，上面蝕刻有劍與火把的圖樣，很像蕾娜自己的刺青圖案。「你知道這是什麼嗎？」

「你母親的標誌，」波西說：「是……女戰神……」他努力回想那個名字，不希望自己說錯。但到底是波隆那還是雅典娜？

「貝婁娜，沒錯。」蕾娜仔細端詳波西的表情。「你不記得以前在哪裡見過這戒指了嗎？你眞的不記得我，也不記得我姊姊海拉？」

波西搖搖頭。「對不起，不記得。」

「那已經是四年前的事。」

「在你來營區之前？」

蕾娜皺起眉頭。「你怎麼知……」

「你的刺青上有四條槓，代表四年。」

蕾娜看著自己的手臂。「的確，四年了，感覺卻像是更久。我想，就算你的記憶還在，大概也認不出我來，那時我還只是個小女孩，是水療館裡眾多服務生的一員。但你和我姊姊講過話，就在你和另一個名叫安娜貝斯的女孩毀掉我們家園之前。」

波西試著回想，他眞的很努力在想。爲了某種原因，他和安娜貝斯去一間水療館，然後決定毀掉它。他想像不出爲什麼有這種事，也許他們不滿意深層肌肉按摩的水準？還是他們的指甲被剪壞了？

「完全沒印象。」波西說：「既然你這兩隻狗沒有攻擊我，我希望你會相信我，我說的都是實話。」

亞堅頓和歐倫嚎叫兩聲，波西覺得牠們兩個一定是在想：拜託說點謊話吧，拜託。

蕾娜拍拍那只銀戒指。

「我完全相信你，」她說：「但並非每個營區裡的人都如此。屋大維認爲你是間諜，他認爲你是蓋婭派來的，來這裡挖掘我們的弱點，並分化我們。他相信那些關於希臘的舊傳說。」

「舊傳說？」

蕾娜的手放在桌上，介於她的短劍和果凍糖之間。波西有種感覺，萬一她突然有什麼動作，絕對不是去抓果凍糖。

「有些人相信希臘混血人仍舊存在，」她說：「那些追隨天神的英雄。是有一些傳說提到羅馬英雄和希臘英雄之間的征戰，而且是發生在比較近代的時期，比如美國的南北戰爭。我並沒有這方面的證據，即使我們的拉雷斯知道，他們也都拒絕談論。可是屋大維相信希臘人依然存在，他們和蓋婭合作，密謀推翻我們。而他認爲，你就是其中的一份子。」

「你也相信這些嗎？」

「我相信你來自某處。」她說：「你是個重要人物，也是危險人物。自從你來到這裡，已經有兩位天神出現，表達對你的特殊興趣，所以，我不相信你是反抗奧林帕斯的角色……或者，反抗羅馬。」她聳聳肩，「當然，我的判斷也有可能錯誤，或許天神把你送來是要考驗我的判斷力。不過我想……我想你被送到這裡，是要彌補我們失去傑生的缺憾。」

傑生……波西在這個營區不斷聽到這個名字。

「你談到他時的表情……」波西說：「你們兩個是一對嗎？」

蕾娜的雙眼直直射向他，彷彿餓狼的眼神。波西很熟悉這種眼神，因為他見過太多飢餓的狼了。

「我們或許曾經有可能，」蕾娜說：「如果有更多時間的話。執法官的工作需要密切的相處，所以衍生出愛情也是常見的事。可是，傑生擔任執法官的時間只有幾個月，然後就失蹤了。從那時起，屋大維便不斷糾纏我，鼓動我舉辦新的選舉，但我一直不從。我的確需要一個有權力的搭檔，然而我想要的是像傑生那樣的人；是一個戰士，不是謀士。」

她停下來等待。波西了解，她正送出一個無聲的邀請。

他的喉嚨一時乾癢起來。「喔……你是說……嗯……」

「我相信，天神是把你送來幫助我的，」蕾娜說：「我不知道你來自何方，我知道的不比四年前多。不過我想，你的到來是某種形式的補償。你曾經搗毀我的家園，現在你被送來這裡拯救我的家園。關於過去，波西，我對你沒有半點怨恨。我姊姊依然恨你，這是事實，但命運女神將我帶到朱比特營，而我在這裡做得很好。現在我要拜託你的只是和我一起迎接未來，我一定要拯救這個營區。」

金銀狗的眼睛都在瞪他，嘴巴則靜止在嚎叫模式。波西覺得，要面對蕾娜的眼神反而比較困難。

「聽著，我會幫忙。」他保證說：「但我畢竟是新來的，你有一大堆比我更熟悉這個營區的人選。如果我們的尋找任務能順利完成，海柔和法蘭克都會成為英雄，你可以請他們……」

「拜託！」蕾娜說：「沒有人會跟隨普魯托的孩子。關於那女孩，有一些事……一些關於她來自何處的傳聞，所以不行，她不適合。至於法蘭克．張，他有個好心腸，但他實在是天眞幼稚得無可救藥、缺乏經驗。再說，如果其他人發現他的家族史與營區的關係……」

「家族史？」

「重點是，波西，你是這個任務裡眞正的力量，你是個經驗豐富的老戰將。涅普頓之子本來不會是我的首選，但如果你成功完成任務歸來，軍團有可能得救，執法官的位子會在這裡等著你。我和你同心協力，可以擴大羅馬的力量，我們可以培養一支軍隊、找出死亡之門，我們可以一舉擊潰蓋婭的勢力。你會發現我是一個有很大幫助的……朋友。」

她說出最後那兩字時，好像裡面包含了多重意義，他可以隨邊挑一個意思去理解。

波西的腳開始在地上踩踏，心中亟欲逃離現場。「蕾娜，我……我很榮幸，眞的。不過我也很認眞地說，我有女朋友了，而且我不想要有權力，不想坐執法官的位子。」

波西超級害怕惹毛了蕾娜，但她只是挑了挑眉毛。

「一個拒絕權力的男人？」她說：「你還眞是不羅馬。你還是想一想吧，四天之後，我得做出決定。如果我們要擊退敵人的攻擊，勢必需要兩位很強的執法官，我傾向是你。可是如果你的任務失敗，或者沒有歸來，或者拒絕了我的建議……那麼，我就會和屋大維合作。我一定要拯救這個營區，波西．傑克森，現在的情況比你了解的還要糟很多。」

波西想起法蘭克提過的事，他說怪物的攻擊愈來愈頻繁。「有多糟？」

蕾娜的指甲切進桌面。「就連元老們都還不清楚全部的事實。我叫屋大維不要說出占卜的結果，不然會發生全面性的大恐慌。屋大維見到了一支龐大軍隊大舉南下，軍容壯盛到我們根本難以匹敵。他們的領導者是一個巨人……」

「奧賽俄紐斯？」

「我不這麼認爲。如果他在阿拉斯加可以刀槍不入地永遠存活，那他親自出征就有點愚蠢了。所以應該是他的其中一位兄弟。」

「那可好，」波西說：「我們要擔心的巨人有兩個了。」

執法官點點頭。「魯芭帶著她的狼群，試著要減緩他們的速度，但他們的力量強到連魯芭也很難應付。敵人很快就會到達這裡，最晚會在福爾圖娜節出現。」

波西全身顫慄起來。他見過魯芭行動，他清楚母狼神和她的狼群有多強。如果敵人強過魯芭許多，那麼朱比特營根本沒有機會。

蕾娜看得懂他的表情。「是的，很糟，但不見得全無希望。如果你能成功帶回我們的老鷹，如果你能釋放死亡之神，那我們就能把敵人殺死，這樣的話，我們就有機會。此外，還有一個可能……」

蕾娜把銀戒指滑過桌面。「我無法給你太多援助，但你的旅程將會接近西雅圖。我想請你幫個忙，或許也可以幫到你自己。去找我姊姊海拉。」

「你的姊姊……那個還在恨我的人？」

「喔，是的。」蕾娜也同意。「她的確很想殺你。不過把戒指拿她看，當做是我的信物，她可能會轉念幫助你。」

「可能？」

「我不能代表她講話。事實上……」蕾娜皺著眉說：「事實上，我已經好幾個禮拜沒和她講到話了。她突然沉默下來。而現在有這樣的大軍壓陣南行……」

「你希望我看看她是否還好，」波西猜測，「確定她是否安全？」

「嗯，那是部分原因。我無法想像她會被征服。我姊姊具有強大的力量，她的領域一向防衛得很好。但如果你能找到她，她可以給你非常寶貴的幫助，那或許就是你的任務成功與否的關鍵。還有，如果你告訴她這裡發生的事情……」

「她可能會提供支援？」波西問。

蕾娜沒有回答，但波西看見她眼裡那不顧一切的拚死心情。她是深深地恐懼擔憂，拚命抓住任何可能幫得上營區的機會。難怪她想要波西幫忙，她是唯一的執法官，營區的安危全落在她一個人孤獨的肩膀上。

波西收下戒指。「我會去找她的。可是我應該去哪裡找呢？她具有什麼樣的力量？」

「別擔心，儘管去西雅圖，他們會找到你。」

聽起來不怎麼鼓舞人心，但波西把銀戒指滑進他的皮革項鍊，和他的陶珠與觀察期牌子排在一起。「祝我好運。」

「好好打仗，波西．傑克森。」蕾娜說：「還有，謝謝你。」

他知道會談到此爲止。蕾娜面臨著困境，既要理清思緒、又要維持信心滿滿的指揮官形象，她需要一點時間獨處。

然而當他走到普林斯匹亞門口時，忍不住回頭了。「我們是怎麼毀掉你的家園，就是那間水療館？」

金屬灰狗嗥叫，蕾娜敲擊手指要牠們安靜。

「你破壞了我們女主人的力量。」她說：「你放了幾個被監禁的人出來，於是他們就對住在島上的所有人進行報復，我和姊姊……總之，我們倖存了。那是很艱辛的過程，但長期來說，我想我們遠離那個地方才是好事。」

「不過，我還是覺得很抱歉。」波西說：「如果我有傷到你，眞的很對不起。」

蕾娜盯著他看了好一會兒，彷彿想把他的話翻譯出來。「正式道歉嗎？波西．傑克森，這樣子完全不像羅馬人。你會成爲一個有趣的執法官，希望你好好考慮我的提議。」

16 波西

午餐好像一場送葬餐會。每個人都在吃，談話全用虛無飄渺的聲調，沒有人顯得特別開心。其他人不時朝波西看過來，宛如他是那具倍極哀榮的屍體。

蕾娜做了簡短的演說，祝福他們好運。屋大維又劃開一隻塡充玩具，喃喃唸著什麼重大的預兆、困難的前路之類的話，然而他竟然預測到，營區會被一位意想不到的英雄拯救（他的名字搞不好是屋大維）。然後其他營區成員前往下午的訓練課程，比如格鬥課、拉丁文課、漆彈對戰鬼魅、老鷹訓練，還有十幾種聽起來遠比自殺任務有趣的活動。波西卻只能跟著海柔和法蘭克，回到軍營收拾行囊。

波西沒有多少東西。他已經把背包裡南下旅途的東西清得差不多，保留了從納帕平價賣場拿的許多備用品。他有一條新的牛仔褲，還有一件營區軍需官多給他的紫色T恤，然後再帶一些神食、神飲與點心、凡人的錢，以及紮營必需品。午餐時，蕾娜交給他一個卷軸，裡面有從執法官到元老寫的介紹信。通常，如果在旅途中碰上任何退役的軍團成員，只要讓他看到這封信便會提供協助。他也帶了他的皮革項鍊，上面的陶珠、銀戒指、觀察期牌子樣樣不缺。當然，他的波濤筆一定會在他的口袋裡。他把那件破爛的橘色T恤摺好，留在自己的床位上。

「我會回來的。」他說。雖然他覺得對一件衣服說話實在有點愚蠢，但他眞的很想念安娜貝斯，還有他過去的生活。「我不是永遠離開，但我必須幫助這些人。他們收容我，他們應該要能夠存活下去。」

衣服沒有答話，幸好。

他們的一位室友巴布負責送他們出去，由大象漢尼拔載他們到山谷的邊界。從山丘頂上，波西可以見到下方一切景物。小台伯河蜿蜒流過金色草地，獨角獸低頭覓食，新羅馬的神殿和廣場在陽光下閃耀。馬爾斯競賽場的工程師又在認眞工作，推倒昨晚的堡壘，架設絕命球的障礙架，一切看起來又是朱比特營尋常的一天。可是往北邊天際線望去，風暴雲層卻在堆積聚集，陰影開始朝山區移動。波西可以想像蓋婭的臉孔愈來愈接近了。

「和我一起迎接未來，」蕾娜這麼說：「我一定要拯救這個營區。」

往下看著山谷，波西可以體會她爲什麼這麼在乎營區。即使他還是朱比特營的新人，他都感覺到自己體內那種想要保護此地的強烈衝動。這是一個安全的天堂，混血人可以建立自己生活的地方，他也希望自己的未來有那樣的情景。或許不是蕾娜想像的那種方式，但如果能與安娜貝斯分享這個地方……

他們從大象背上滑下來，巴布祝福他們一路順風，漢尼拔也用長鼻子摟住他們三個。這段免費搭載路程就此結束，大象朝山谷的方向回去了。

波西嘆了一口氣。他轉身看著海柔和法蘭克，想說些打氣的話。

一個熟悉的聲音卻先出現：「身分證請拿出來。」

山頭上出現一尊特米納士的雕像，護界神的大理石臉孔煩躁地皺著眉頭。「怎樣？快點過來啊！」

「又是你？」波西問：「我以爲你只守護城市而已。」

特米納士非常不悅。「這位藐視規定先生，我也很高興見到你。我通常是守護城市的，但每當有出國離境的情形，我會在營區邊界提供額外的安全檢查。你實在應該在預定離境時間的兩小時前抵達，知道嗎？現在我們也只好將就一下。過來一點，我才有辦法搜身檢查。」

「可是你又沒有……」波西意識到該住嘴了，「嗯，好的。」

他站在沒有手的雕像旁，特米納士用心智力量做了一個嚴密的「搜身」檢查。

「身上似乎沒有違禁品。」特米納士宣布，「你有沒有要申報的東西？」

「有，」波西說：「我覺得申報這個過程很愚蠢。」

「哼！觀察期牌子，波西．傑克森，第五分隊，涅普頓之子。好了，你可以走了。海柔．李維斯克，普魯托之女，好。有沒有外國現金或是什麼貴重金屬要申報？」

「沒有。」她喃喃地回答。

「你確定嗎？」特米納士問：「因爲上一次……」

「沒有！」

「呵，一群壞脾氣的傢伙，」護界神說：「尋找任務的隊員總是倉倉促促、緊張兮兮！現在換誰……啊，法蘭克．張，變成分隊長了？很好呀，法蘭克，你的軍人髮型就是最標準的樣子，我給你一百分！你也可以走了，張分隊長。你今天需要交通指示嗎？」

「不用，我想應該不用。」

「只要下到灣區捷運站，」特米納士還是很想指示，「在奧克蘭十二街站換車，坐到果谷站。從那邊，你可以搭公車或者步行前往阿拉米達。」

「你們難道沒有魔法捷運之類的東西嗎？」波西問。

「魔法捷運！」特米納士咆哮，「你下次是不是還想要專屬的快速安檢通道和貴賓室使用券？只要安全旅行就好。還有，要提防波呂玻特斯㊸。說到這個藐視規定，呸，我眞希望能親手掐死他。」

「等等……你在說誰？」波西問。

特米納士臉上做出用力的表情，就好像他那不存在的二頭肌正使出全力。「啊，喔……就是要提防他，我想他可以從兩公里外就聞到涅普頓兒子的味道。現在，你們該出發了，祝你們好運！」

一股無形的力量把他們踢出了邊界。當波西回頭張望，特米納士已經不見了，事實上，是整個山谷都消失無蹤了。柏克萊山區似乎根本沒有羅馬營這回事。

波西看著朋友。「你們明白剛剛特米納士說的話嗎？提防……玻璃剝到死還是什麼？」

「坡、綠、剝吐司？」海柔逐字回憶著，並且唸出來，「從來沒聽過。」

「聽起來很希臘。」法蘭克說。

「那可能範圍就縮小了。」波西嘆息。「好吧，我們大概就是會出現在任何怪物的八公里氣味雷達裡。還是趕快行動吧。」

他們花了兩個小時才抵達阿拉米達的碼頭邊。與波西前幾個月的旅程相比，這已經是非

㊸ 波呂玻特斯（Polybotes）大地之母蓋婭所生的巨人族之一，他在巨人與天神的大戰鬥中與海神波塞頓對戰。

常順利了，沒有怪物攻擊，沒有路人把他當遊民看待。

法蘭克把他的標槍、弓箭都藏在長條形的滑雪板袋子裡，海柔的騎兵劍則是捲在睡墊中，吊掛到背後去。他們三人在一起，看起來就像要出門玩到過夜的正常高中生。他們走到岩嶺站，用凡人的錢買了正常的票後，便跳上捷運車廂。

他們在奧克蘭市區下車。三個人雖然行經一些治安比較不好的區域，可是沒人找他們麻煩。每當有幫派份子接近他們，那些人只要見到波西的眼光便馬上轉身離開。波西偏好使出的眼色，是過去幾個月中學會的如狼一般凶狠的目光，它好像在說：你以為你有多凶，我比你更凶！在掐死海怪又開警車輾過戈耳工姊妹後，波西根本不怕幫派份子。應該說，凡人世界裡已經沒有多少事物可以嚇到他了。

靠近傍晚時，他們終於到達阿拉米達的港區。波西望向舊金山灣，呼吸著帶著鹽味的海邊氣息，立刻感到能量增強。這是他父親的領域，不論他們將要面對什麼，只要在海上，他就占了上風。

幾十艘船艇停泊在碼頭，從十五公尺長的遊艇到三公尺長的小漁船都有。他環視各個船塢，找找看有沒有任何魔法軍艦的影子，比如說有三列槳座的戰船、夢境裡面那種鑲著龍頭的戰艦。

「嗯……你們知道我們要找什麼嗎？」

海柔和法蘭克一起搖頭。

「我連我們有海軍都不知道。」海柔的語氣像是很不希望會有海軍這東西。

「喔……」法蘭克的手伸出來，「該不會是……」

在碼頭盡頭有一艘小船，就像是救生艇的大小，上面罩著紫色帆布。布邊褪色的金色鑲飾上面有四個字母：SPQR。

波西的信心一下子就動搖了。「不會吧？」

他掀開帆布，雙手靈活地處理繩結，彷彿他已經做了一輩子這樣的工作。這是一艘陳舊的鋼製划艇，可是沒有槳；雖然一度漆成深藍色，但現在船殼覆滿焦油和鹽粒，看起來比較像鼻青臉腫的航海器。

船頭上，小艇的名字還能夠辨識，是用金漆寫出的「和平號」。上漆的環扣在靠近水面處無精打采地下垂著，顯示出整艘小艇都快要睡著的模樣。小艇裡面有兩張板凳、一些鋼絲絨、一個很舊的冰桶，還有一堆磨損的粗繩，繩子一端綁在繫纜柱上。船艙底有一個塑膠袋，還有一抹汙水與浮在上面的兩個空可樂罐。

「看呀，」法蘭克說：「多偉大的羅馬海軍！」

「一定有什麼地方弄錯了，」海柔說：「這東西是一堆垃圾吧。」

波西想像屋大維會怎麼嘲笑他們，但他決定，絕對不要就這樣灰心喪志；至少和平號仍是一艘船。他跳上船，船殼在他腳下發出嗡嗡聲響，回應他的出現。他把垃圾都收到冰桶裡，再把冰桶放到碼頭上。他集中心力召喚汙水流動，讓它翻過船邊流到外面。然後他伸手指向鋼絲絨，鋼絲絨立刻在船艙底部飛來滑去，擦揉打磨的速度快到艙底都要冒煙了。當它工作完畢，小艇裡面已經完全乾淨。波西接著指向繩堆，繩子自動從繫纜柱上鬆綁。

沒有槳，但也無所謂了。波西感覺到這艘船已經準備好要出發，只是在等他下命令而已。

「這艘船可以的，」波西說：「跳進來吧。」

法蘭克和海柔顯得有些吃驚，但依舊爬進船艙裡，海柔似乎顯得特別緊張。當他們都坐好了，波西集中意念，小船就此滑離了碼頭。

「茱諾是對的，你要知道，」蓋婭沉睡的語氣在波西腦海裡呢喃，把他嚇了一跳，害得船身搖晃。「你曾經可以選擇在大海展開新生活，可以安全地遠離我，不過現在已經太遲了，你選擇了悲哀和痛苦。現在，你可是我計畫裡的一部分啊，我重要的小小馬前卒。」

「離開我的船！」波西吼叫。

「咦？什麼？」法蘭克問。

波西等待著，但蓋婭的聲音沉默下來了。

「沒事，」他說：「我們來看看這艘小划艇能快到什麼程度。」

他將船轉向北方，整艘小艇立即以十五節的速度快速前進，朝金門大橋駛去。

17 海柔

海柔痛恨坐船。

她超級容易暈船，簡直像得了船瘟一樣。她沒有對波西提起這件事，因爲她不想搞砸任務。然而她清楚記得與母親搬往阿拉斯加的那段生活有多可怕，她們去的每個地方都沒有公路直達，只能搭火車，或是搭船。

她希望她的情況會有些改善，畢竟她是走過死亡一遭才重返人世的。但事實顯然不是如此，而且這艘叫做和平號的小船，外觀實在太像她們在阿拉斯加曾經有過的那艘船，更讓所有不好的回憶一一湧出。

從他們一離開碼頭，她的胃就開始劇烈翻攪。當他們沿著舊金山安巴卡德羅碼頭外海航行時，她已經頭昏眼花到以爲自己出現幻覺。當小船滑過一群在碼頭休息的海獅旁，她發誓有見到一個老遊民，就坐在海獅群中間。那老男人用細如火柴的手指頭指向波西，嘴巴像是在說：你，想都別想！

「你有看到那個人嗎？」

夕陽將波西的臉映照成紅色。「嗯，我以前到過這裡。我……我不知道，那時候，我應該是在尋找我的女朋友。」

「找安娜貝斯？」法蘭克說：「你說的『以前』，是指在你來朱比特營的途中嗎？」

波西蹙眉。「不，是更久以前。」他努力眺望著城市，彷彿依然想找尋安娜貝斯的身影，直到他們穿過金門大橋的下方才放棄。小船轉往北行。

海柔試著想些開心的事來安撫她的胃，像是昨晚贏了戰爭遊戲的那種亢奮陶醉、騎乘漢尼拔直搗敵軍核心的經過，還有瞬間成爲領導人物的法蘭克。法蘭克在攀登城牆時，看起來彷彿是另一個人，呼喊著第五分隊進攻。他那掃蕩城垛守兵的方式……海柔之前從沒見過那樣的他。能替他別上分隊長徽章，海柔感到超級驕傲。

然後她的思緒轉到了尼克。在他們離開營隊前，弟弟把她拉到一旁要祝福她。海柔希望他能留在營區，幫忙抵禦敵人的侵略，他卻說他當天也要離開了，準備回去冥界。

「父親需要所有他能取得的協助，」他說：「刑獄[44]可能會有監獄暴動，復仇女神[45]已不大能掌控那裡的秩序。再說，我想嘗試去追蹤一些逃離的亡魂，或許可以從另一個方向找到死亡之門。」

「小心一點，」海柔說：「如果那些門是蓋婭在掌控……」

「別擔心，」尼克露出微笑，「我知道怎樣隱藏我自己。倒是你，要照顧好自己。當你離阿拉斯加愈近，我眞的不知道你的突發性暈厥會改善、還是會變糟。」

照顧好自己。海柔聽得心裡有些酸楚，就好像眞有什麼方式可以讓這個任務爲她帶來好的結果。

「如果我們眞能釋放桑納托斯，」海柔對尼克說：「或許，我就再也沒有機會見到你。桑納托斯會把我送回冥界……」

尼克握起她的手。他的手指是那麼蒼白，很難相信他和海柔竟然擁有同樣的天神父親。

「以前，我希望有機會送你去到埃利西翁，」他說：「那是我能夠替你做的最好的事。可是現在，我希望能有別的辦法。我不想失去我的姊姊。」

他並沒有再冒出那個名字，但海柔知道那是他心裡在想的事。就這一次，她不再忌妒碧安卡．帝亞傑羅了，她只希望能有更多時間與弟弟和朋友在營區相處，她不想要再死一次。

「海柔，祝你幸運。」他說，然後整個人消融到陰影中，如同七十年前父親離開的方式。

船身突然抖動起來，把海柔拉回現實。他們進到了太平洋洋流裡，開始沿著馬林郡[46]崎嶇的海岸線航行。

法蘭克把滑雪板袋橫放在自己的大腿上，長長的袋子也跨到了海柔的膝蓋上，感覺就像放下了雲霄飛車的保護桿。海柔不禁想到和山米在一起的時光，他帶她在紐奧良狂歡節的嘉年華會玩耍……她快速甩掉這些念頭，此時她實在不能承擔暈厥的風險。

「你還好嗎？」法蘭克問：「你看起來好像很反胃。」

「我會暈船，」她承認，「我沒想到會這麼嚴重。」

法蘭克繃起臉，好像這都是他害的。他開始往袋子裡翻找。「我有一些神飲，還有一些餅乾。嗯，我奶奶說，薑會有一點效果……我沒有薑，可是……」

「沒關係，」海柔硬撐著微笑說：「還是謝謝你，你真好心。」

---

[44] 刑獄（Fields of Punishment）位於地底的冥界，是作惡之人死後亡魂接受懲罰之地。參《混血營英雄——迷路英雄》三〇三頁，註[70]。

[45] 復仇女神（Furies），共有三位，是冥界裡刑罰的監督者。參《波西傑克森——神火之賊》一〇五頁，註[23]。

[46] 馬林郡（Marin County）位於加州舊金山灣區的北灣區，與舊金山市以金門大橋相連，西側鄰接太平洋。

法蘭克拿出一片薄鹽脆餅，結果他手指一壓，餅乾就裂開了，碎屑往四方飛濺。

海柔大笑。「天呀，法蘭克……對不起，我不應該笑的。」

「喔，沒關係，」他羞赧地回答，「我想你大概不要吃那一片。」

波西沒有太留意他們，他的眼光專注在海岸線。當他們經過史汀生海灘㊼時，他指著內陸綠野山丘中一座孤獨聳立的大山。

「看起來好熟悉呀。」波西說。

「塔瑪爾巴斯山㊽，」法蘭克說：「營隊的人不時會談論起那座山，它的山頂上曾經發生過大戰。那裡是老泰坦的基地。」

波西皺眉問：「你們兩個有在現場嗎？」

「沒有，」海柔說：「那發生在八月，是我還沒……還沒來到營區前的事。傑生告訴過我當時的事情，軍團毀掉敵人的宮殿，擊潰百萬隻怪物。傑生自己和克里奧斯㊾搏鬥，你可以想像嗎？面對面地與一個泰坦巨神直接交手。」

「我可以想像。」波西喃喃地回答。

海柔不確定這個回答的意思，但是波西的確會讓她聯想到傑生。即使他們外觀沒有任何相似之處，他們身上都顯現出一種無聲的力量與光環，再加上一抹憂鬱，彷彿他們已經看到自己的命運，總有一天會遇上無法打敗的怪物，只是時間早晚的問題。

海柔了解這種感受。她望著慢慢沉向海平面的太陽，知道自己剩不到一週可活。不管任務是否成功，她的旅程都將在幸運節終了。

她回想到自己的第一次死亡，想起那之前幾個月的日子：位在西華德㊿的家、阿拉斯加的生活，還有搭著小船去復活灣夜遊，造訪那個被詛咒的小島。

她發現自己犯下錯誤時已經太遲。她眼前一黑，瞬間墜入過去的時空。

她們租的房子是一棟水上房屋，夾板搭建的小木屋靠著細柱支撐在海灣上。當從安克拉治駛來的火車經過時，屋裡的家具也隨之搖晃，牆上的畫受到震動而嘎嘎響。到了夜裡，地板下面傳來冰與水衝擊礁石的聲音，常常讓她無法入眠。風呼嘯而過，小屋便嘎吱作響或搖晃呻吟起來。

這房子只有一個房間，所謂廚房僅是一個冰桶加上一個加熱板。房間角落用布簾圍起一個屬於海柔的小空間，裡面放的是海柔的床鋪與儲藏櫃。她把她畫的圖和昔日在紐奧良的照片都釘在牆上，但那只是讓她的思鄉之情更嚴重而已。

她媽媽在家的時間很少。她不再用那個「瑪莉王后」的稱謂了，她就是單純的瑪莉，是一個受雇於人的幫傭。她整天都在第三街的小餐廳裡打掃兼煮食，替漁夫、鐵道工和偶爾出現的海軍人員服務。當她回到家，身上的味道就像清潔劑混著油炸魚。

---

47 史汀生海灘（Stinson Beach），為馬林郡西岸的海灘，以潔淨彎月形沙灘著名，特別是附近海岸以岩岸居多，使它成為北加州主要戲浪景點之一。

48 塔瑪爾巴斯山（Mount Tamalpais），位於美國加州，區內大部分已劃入國家公園，以紅杉林和橡樹林著稱。參《波西傑克森—迷宮戰場》三十九頁，註11。

49 克里奧斯（Krios），泰坦巨神之一，掌管星辰和南方。參《波西傑克森—迷宮戰場》一一一頁，註41。

50 西華德（Seward）是位於阿拉斯加南部的漁港小鎮，人口不到三千人。

而在夜晚，瑪莉．李維斯克卻會變身。那個聲音會侵入她，然後對海柔發出命令，逼迫她去進行他們可怕的計畫。

冬天是最糟糕的。因爲長夜的關係，那聲音存在的時間變得極長。酷寒的天氣讓海柔覺得她可能再也感受不到溫暖。

當夏天來到，海柔還是得不到足夠的陽光。暑假的每一天，她能夠在外面待多久就待多久，但又不能在小鎮附近走走。那是一個很小的社區，其他孩子之間散播著關於她的種種傳言，什麼住在港邊陋屋的女巫小孩之類。如果她距離他們太近，他們不是出言奚落就是朝她丟擲瓶罐石頭。至於成年人的態度，也沒有好到哪裡去。

海柔明明有辦法讓那些人生活得很悲慘，她只要給他們珍珠、鑽石或黃金就好。北上到阿拉斯加來，黃金的出現變得很容易；山上蘊藏的礦產那麼多，海柔可以不費吹灰之力就埋掉整個小鎮。然而她眞的不怨恨當地人的排擠，她眞的不怪他們。

白天她就到山上走走。她會吸引渡鴉，牠們總是從樹梢對著她嘎嘎大叫，等待著她腳步邊必定會出現的閃亮物品，而那個詛咒似乎對牠們沒有任何影響。她也見過棕熊，不過反而是棕熊會與她保持距離。當她感到口渴時，便會去找融雪化成的小瀑布，暢飲清爽又冰涼的水，直到喉嚨受不了爲止。她會爬到自己能攀爬到的最高處，讓陽光溫暖她的臉龐。

如果是要殺時間，這些方式並不差。但她知道，她終究必須回家。

有時她會想起父親——那個身著銀黑色西裝的蒼白怪男人。海柔希望他會回來保護她，讓她遠離母親，或者用他的力量趕走那個恐怖的聲音。如果他是天神，他應該能夠辦到。

她抬頭看著渡鴉，想像牠們是父親的密使。牠們黝黑狂妄的眼神就跟他一樣，她猜想牠們是否會向父親報告她的行蹤。

但普魯托向母親警告過阿拉斯加的事，他說這裡是天神力量到不了的地方，他無法保護在這裡的她們。如果他有在觀望海柔，他也不曾對她說話，她常懷疑父親是否是自己想像出來的。她的舊日生活彷彿是她聽到的廣播節目一樣虛無飄渺，或者就和羅斯福總統的戰爭談話一樣遙不可及。當地人偶爾會討論到日本人，提及阿拉斯加外海島嶼上的一些戰事，然而就連這些話題也顯得十分遙遠，對她來說，遠不及自己的問題可怕。

夏日的某一天，她在外面流連到比平常還晚。原因是，她在追一匹馬。

她是先聽到身後有喀喀咀嚼的聲音，然後才見到牠。她轉過身去，一匹有著黑鬃毛的紅褐色駿馬出現在她眼前，就像是她在紐奧良最後一天去山米工作的馬廄騎乘的那匹馬。或許就是那同樣的一匹馬，儘管事實上明明不可能。牠正在啃食路邊的某種東西，霎時海柔腦中浮現出瘋狂的想法，該不會牠正在咬著永遠尾隨海柔足跡冒出的小金塊？

「嘿，小子！」她說。

馬匹警覺地看著她。

海柔判斷這匹馬應該有主人。牠的毛梳理得太漂亮，牠的皮比野生動物光滑太多。如果她能更接近牠一點……就能怎樣呢？可以找到牠的主人？還馬給他？

不，她想，我只想再騎一次馬。

她接近到只剩三公尺的距離，馬開始跑了。於是她接下來的整個下午都在追逐牠，每次都在快要接近時，牠又跑掉了。

她失去對時間的感覺，這在長晝的夏日是很容易發生的事。當她終於為了喝口水而在溪邊停下時，她看看天空，判斷此刻應該是下午三點左右。然後，她聽到山谷裡傳來的火車鳴笛聲，她知道，那必定是開往安克拉治的晚班車。也就是說，現在的時刻是晚上十點。

她盯著那匹馬，牠正在溪的對岸平靜地吃草。「你是要害我惹上麻煩嗎？」馬哀鳴一聲。接著就……一定是海柔自己想像的，那匹馬有如一片模糊的黑褐色影子般一閃即逝，速度比閃電還快，幾乎讓海柔的眼睛來不及反應。海柔完全不明白事情是如何發生的，總之，這匹馬的的確確消失了。

她瞧著剛剛馬匹停留的地方，地面只剩一抹輕煙飄捲。火車的笛聲再次在山谷間迴盪，海柔知道自己的麻煩大了。她拚命跑回家。母親不在家，海柔暫時鬆了一口氣；也許媽媽今天工作到比較晚，也許今晚她們就不用再出去了。

但接著她便看到了那片殘骸。海柔的窗簾被扯下來，衣櫃被打開，僅有的幾件衣服散落一地。她的床墊彷彿被獅子攻擊過那般傷痕累累。最慘的是，她的素描簿被撕成了碎片，彩色鉛筆通通斷掉；普魯托送她的生日禮物，也是她生活中僅有的一點奢侈品，已經被破壞殆盡。牆上釘著一張用紅筆寫的便條紙，那是從素描簿撕下來的最後一張紙，然而上面的字跡並非媽媽所留：「壞女孩，我在島上等你，別讓我失望。」海柔絕望地哭起來，她想要拒絕這個召喚，想要逃跑，但她真的無處可逃，何況，媽媽被綁架了；那個聲音說他們的任務已經接近完成，只要海柔繼續幫助他們，母親就會被釋放。海柔並不信任那個聲音，可是她完全沒有其他選擇。

她爬上小划艇；這艘船是媽媽用幾個小金塊向漁夫買來，結果那位漁夫隔天便發生被漁網纏繞的意外悲劇。雖然她們有這一艘船，但媽媽有時似乎不靠交通工具也能前往那座島，而海柔早已學會不去過問這種事情。

即使在夏天，復活灣裡依舊漂流著浮冰。海豹從小船旁邊掠過，滿懷期待地看著海柔，想要分一點殘留的漁貨。在海灣的正中央，一頭鯨的光亮背脊劃過了海平面。

一如往常，小船的搖晃讓她的胃翻騰。她一度停下槳，往船外嘔吐。太陽終於慢慢落到高山後方，天空轉為整片血紅。

她划向海灣口。幾分鐘後她轉個彎，往前方看。就在她的正前方，一座島嶼從霧中浮現。那是個僅約四千平方公尺大的地方，有松樹林、卵石地與靄靄白雪，還有一片黑色沙灘。

這座島嶼是否有名字，海柔並不清楚。她曾經很不智地詢問鎮上的人，但人們只有回應她「你瘋了」的眼光。

「那裡沒有島，」一個老漁夫說：「要不然我的船起碼會撞上去一千次。」

海柔離岸邊大約四十幾公尺時，一隻渡鴉飛來停在她的船尾。牠有老鷹那麼大，全身是油亮的黑色，彎折的尖嘴就像一把黑曜石刀。

渡鴉發亮的雙眼透露出智慧，所以當牠開口說話，海柔並不太驚訝。

「今晚，」牠用低沉的聲音說：「是最後一晚。」

海柔停下槳。她想要判斷這隻渡鴉是來給她警告、還是來給她建議或承諾。

「是我父親派你來的嗎？」

渡鴉歪歪頭。「最後一晚，今晚。」

牠往船頭方向一啄，朝小島飛去。

「最後一晚。」海柔自言自語。她決定要把它當做承諾，「不論她對我說什麼，我要讓今晚就是最後一晚。」

下定決心讓她有勇氣搖槳向前。小船劃過一層薄冰與黑泥，終於滑進岸邊。

過去幾個月來，海柔與母親已經踏出一條從海邊進到林間的小徑。她往內陸走，謹慎地追蹤足跡。小島內陸充滿危險，有自然的危險、也有魔法的危險。野熊在樹叢下急奔，發光的白色魂魄、模糊的人形在林木間飄移。海柔不知道他們是什麼東西，卻明白他們都在觀察她，希望她迷路，走進他們的掌心。

在小島的正中央，有兩顆巨大的圓形石頭矗立在一個隧道洞口，海柔稱這個山洞為「大地之心」。她往洞裡走進去。

自從海柔搬到阿拉斯加之後，這裡是她唯一覺得眞正溫暖的地方。洞裡的空氣有種新翻土壤的味道，香甜溼潤的溫暖讓她的睡意湧現，但她努力對抗睏倦，想要保持清醒。她心想，萬一眞的在這裡睡著了，她的身體可能會沉入泥地、化為堆肥。

這個山洞裡面很大，幾乎有一個教堂聖殿的規模，而且是像家鄉傑克生廣場的聖路易大教堂[51]那麼大。洞壁上長著散發冷光的苔癬，有紅光、綠光和紫光。整個空間迴盪著「砰、砰、砰」的震動能量，讓海柔聯想到心跳。那或許只是浪潮拍打小島的聲音，然而海柔卻不這麼想。這個地方有生命，雖然大地睡著了，依然有著夾帶力量的脈動；地面的夢是如此邪惡又片片段段，害海柔覺得自己快要失去對現實的掌握了。

蓋婭想要吞噬掉她的自我認同，如同征服她媽媽一樣。她想吞噬掉每一個人類、每一位天神與混血人，只要他們膽敢走過她的表面。

「你們全都屬於我，」蓋婭像是輕唱催眠曲般地呢喃著，「投降吧，回歸大地吧。」

「不，」海柔在心裡說：「我是海柔．李維斯克，你不能占有我。」

瑪莉．李維斯克站在一個坑洞上方。才不過六個月的時間，她的頭髮已經變成宛如麻棉絮般灰白，體重銳減，雙手因粗重的工作而起繭生瘤。她穿著雪靴和防水工作褲，上身則是早就不白的餐廳白襯衫。絕對不會有人把她誤認爲王后的。

「太遲了。」媽媽虛弱的聲音在山洞中迴響，海柔嚇了一大跳。那是媽媽的聲音，並不是蓋婭。

「媽？」

瑪莉轉過身來。她的眼睛是睜開的，神智清醒，意識清楚。這明明應該讓海柔感到放心一點才對，但海柔反而變得更緊張。因爲當她們在這座島上時，那聲音從來不曾鬆開過它的掌控。

「我到底做了什麼？」她的母親無助地說：「喔，海柔，我對你做了什麼？」

她眼神驚懼地望向坑洞裡面的東西。

這幾個月來，在那個聲音要求之下，她們每週有四、五個夜晚都得前來這裡。海柔哭泣過，她曾經累得癱倒暈厥，曾經哀求又絕望地讓步，但那個控制媽媽的聲音始終殘酷無情地催促使喚她。「從大地帶珍貴寶物過來，運用你的力量，孩子。把我最珍貴的財富帶來給我。」

---

51 聖路易大教堂（St. Louis Cathedral）位於紐奧良，是美國運作中的羅馬天主教堂裡最古老的一間。最早的磚造建築始於一七二五年，目前型式始建於一七八九年，後經多次改建。

一開始，她費盡力氣卻只換來不屑。地面的那個坑洞除了滿滿的黃金寶石外，基本上是一池冒著泡泡的濃稠石油狀液體，看起來很像龍的寶庫被丟到瀝青池塘裡。然後慢慢地，一個石柱彷彿超大鬱金香球莖般開始成長；它成長的速度很慢，海柔日復一日觀察，有時會不確定是否眞有進展。她常常整晚集中力氣來養護它，直到腦力與精神都耗費殆盡爲止，卻還是看不出有什麼差別。然而，這根柱子確實在長大。

現在海柔看出她成就了多大的結果了。這個東西有兩層樓高，石頭捲鬚向上旋轉突出，好像從油汙沼地穿出來的一根槍矛。在石柱裡面有個東西發出光熱，海柔雖然無法看得很清楚，心裡卻知道是怎麼一回事。金銀構成了身體，石油化爲血液，裸鑽變爲心臟；海柔讓蓋婭的兒子復活了，而他即將醒過來。

媽媽跪下來哭泣。「對不起，海柔，我眞的很對不起你。」此時的她看起來孤獨又無助，悲傷到了極點。海柔應該要生氣的。對不起我？這麼多年來跟母親同住，她完全是生活在恐懼當中。爲了媽媽倒楣不幸的生活，她被指責、被咆哮、被當成怪胎來對待，還從家鄉紐奧良被硬拖到這個酷寒荒地，像個奴隸被無情的邪惡女神使喚。一句對不起，無法減輕過去的任何痛苦，她應該要鄙視媽媽才對。

然而，她不能讓自己的怒火上升。

海柔也跪下來，伸手抱住媽媽。媽媽幾乎只剩下一身的皮包骨和髒舊的工作服，在溫暖的山洞中不停地發抖。

「我們能做什麼嗎？」海柔說：「告訴我怎樣停止它。」

她的母親搖搖頭。「她會讓我走，是因爲知道我們做什麼都來不及了。我們沒有辦法的。」

「她……你是說那個聲音嗎？」海柔還不敢有任何奢望，但是如果媽媽的心思眞的被釋放了，其他事情也就通通無所謂了。她們可以離開這裡，她們可以逃跑，回去紐奧良。「她離開了嗎？」

她的母親恐懼地環視洞穴。「不，她還在這裡，她只需要再從我這邊得到一個東西就好。那個東西是……我的自由意志。」

海柔不喜歡媽媽那樣的聲音。

「我們離開這裡，」她鼓勵媽媽，「在石頭裡的那個東西……會破繭而出的。」

「很快就會。」媽媽同意，然後用溫柔的眼神凝視海柔。海柔已經記不得上次媽媽這樣充滿關愛地看她是在什麼時候，她的胸口一陣抽痛。

「普魯托警告過我，」她的母親說：「他說我許的願望太過危險。」

「你……許的願望？」

「所有地表下的財富，」她說：「都由他控制，而我想要財富。我厭倦貧窮了，海柔，好厭倦。當我第一次召喚他時，我……我只是想試看看而已，我從來沒想過一個古老咒語會對天神有效。但他對我獻殷勤，說我好勇敢、好漂亮……」她望著自己乾枯粗糙的雙手，「當你出生，他非常驕傲、非常開心。他答應我可以得到任何想要的東西，還對著冥河發誓。我要求他所有的財富，他警告我，最貪婪的欲望會帶來最深沉的悲哀，可是我堅持要。我想像我可以活得像個王后，我可是天神的妻子呀！所以，你……你也被詛咒了。」

海柔感覺自己已經撐到快要爆開的臨界點，就跟那個石柱差不多吧。再撐不了多久，她的痛苦就會大到無法再隱藏於體內，她的皮膚將會崩裂。「那就是我可以從地下找到東西的原因嗎？」

「也是那些東西只會帶來悲哀的原因。」媽媽虛弱地指著山洞。「她就是這樣找上我的，就是因此才有辦法控制我。我太氣你的父親了，我把自己的問題都歸咎於他，也歸咎於你。我是那麼憤恨不平，竟然去聽蓋婭的聲音。我實在好愚蠢。」

「我們一定還可以做些什麼的，」海柔說：「告訴我怎樣才能阻止她。」

地面晃動了。蓋婭虛幻的聲音在山洞裡飄盪。

「我的長子將會升起。」她說：「大地裡最珍貴的東西，是你從地下帶給他的，海柔‧李維斯克，你已經讓他的生機重現了，他的甦醒任誰都阻擋不了。現在，只剩下一樣東西。」

海柔握緊拳頭。她的確很害怕，但現在媽媽是自由的，她感覺自己終於可以正面對抗這個敵人。就是這個怪物，或者是個邪惡女神，把她們的生活搗毀成這個樣子，海柔絕對不讓她贏。

「我不會再幫你的！」她吶喊。

「女孩，我已經不需要你的幫忙了。我把你帶過來只有一個原因，你的母親需要一點……獎勵。」

海柔感覺喉嚨束緊了。「媽媽？」

「我很抱歉，海柔，求求你原諒我。你要知道，我這樣做只有一個原因，因爲我愛你。她答應我會讓你活下去，只要我……」

「只要你犧牲你自己，」海柔說，這時她開始察覺出眞相了。「她需要你出於自願地放棄生命，好去培養那個……那個東西。」

「奧賽俄紐斯，」蓋婭說：「他是最年長的巨人，必須第一個升起；而這裡將成爲他的新家鄉，遠離天神管轄。他會走遍這些冰封的山脈森林，組成一支強大的怪物軍隊。當天神只會壁壘分明、利用凡人的世界大戰自相殘殺時，他將派出他的軍隊，前去摧毀奧林帕斯。」

大地之母的夢境力量非常強大，山洞內壁開始映射出一面面活動人影，慘烈的戰爭畫面一一浮現：納粹軍隊橫掃歐洲大陸、日本軍機炸毀美國諸城。海柔此時終於明白，原來在這場戰爭中，奧林帕斯眾神們也是各持立場，就和他們每次介入凡人的戰爭一樣。而當天神彼此血腥衝突、僵持不下之際，極北之地卻正興起一支怪物大軍。奧賽俄紐斯將會帶領他的巨人弟弟們重生，然後派遣他們去征服世界。這些因內鬥虛耗的天神將會垮台，凡人的征戰將會繼續，紛擾連年，直到文明毀滅爲止。而大地之母會完全甦醒，蓋婭將成爲永恆的統治者。

「這些事，」蓋婭繼續說：「都是因爲你母親的貪婪，詛咒你有發現財富的天賦能力。我處在沉睡狀態中，要找到足以讓奧賽俄紐斯復活的力量，本來還需要再幾十年、甚至幾百年的時間。但現在，他即將醒來了，很快的，我也會甦醒！」

海柔心中恐懼地相信，接下來就會發生一些事情。現在蓋婭需要的，只是一個自願的犧牲者，一個讓奧賽俄紐斯可以吸收的自由靈魂，好讓他眞正甦醒。而她的母親願意踏進那個坑洞，碰觸那根恐怖的石柱。她將被吞噬。

「海柔，你走吧。」媽媽踉踉蹌蹌地站起來。「她會讓你活下去，但你一定要快快離開。」

海柔相信這點，然而這才是最最可怕的事。蓋婭將會兌現這樁交易，讓海柔好好活著。於是海柔可以活著目睹世界末日，知道那是自己造成的。

她聆聽自己靈魂的最深處，她呼喚冥界之王的父親，並且召喚父親領域裡的所有寶石財富。山洞瞬間搖晃起來。

奧賽俄紐斯石柱周圍的液體湧出泡泡，然後劇烈翻騰噴濺，宛如一個沸騰的大汽鍋。

「別傻了。」蓋婭的聲音出現，但海柔感覺到那語氣裡隱含著擔心，甚至有些緊張。「你會毫無意義地毀掉你自己，然後，你媽媽一樣得死。」

海柔幾乎動搖了。她想起了爸爸的承諾，他說，總有一天她的詛咒會被洗掉，一位涅普頓的後代會帶給她和平。他甚至還說她也許可以找到一匹自己的馬，或許山上那匹怪馬注定是她的。如果她現在就死掉，這些好事就連一件也沒實現。她再也見不到山米，再也不能回去紐奧良。她的生命就只有短短十三年，裡面盡是艱辛的歲月，以及一個痛苦的結局。

她迎向媽媽的目光。這一刻，媽媽看起來不再哀傷或憤怒，她的眼中發出驕傲的光芒。

「你是我的禮物，海柔。」她說：「你是我最珍貴的禮物，我以前卻總想要其他的東西，我實在好愚蠢。」

她親吻海柔的額頭，將她緊緊抱在懷裡。她身體的溫暖帶給海柔堅持下去的勇氣，她們終究得死，但不是獻給蓋婭的祭禮。海柔本能地相信，她們的最後行動將可以抵擋蓋婭的力量，她們的靈魂會到達冥界；而奧賽俄紐斯將不會升起，起碼現在還不會。

海柔用她最後的一點意志力量發出召喚，空氣瞬間變得乾熱，石柱開始下沉。地面裂縫噴爆出寶石、金塊，力道大到撞裂了山洞岩壁，尖銳碎片漫天飛濺，刺穿了海柔的外套，直接劃進她的皮膚。

「停止！」蓋婭要求。「你阻止不了他升起的！你頂多只能延緩而已，就延緩個幾十年，或者是半世紀。你願意拿自己的生命換到這樣而已嗎？」

海柔給了她答案。

最後一晚，渡鴉是這麼說的。

裂縫爆炸，洞頂搖晃。海柔墜入媽媽的懷抱，也墜入無限的黑暗中。黑油灌進她的肺，小島沉進海灣中。

18 海柔

「海柔！」法蘭克搖著她的手臂，聲音充滿恐慌。「起來，拜託你醒過來！」

她睜開眼睛，夜空中繁星點點，也沒有搖晃的小船。她躺臥在堅實的地面上，裹著劍的睡墊捲與背包都在她身邊。

她全身無力地坐起來，整顆頭依舊有天旋地轉的感覺。他們現在是在一個斷崖上面，俯瞰下方海灘，離海岸約有三十公尺。月光將海面映照出光亮，他們停泊在海邊的小船則被浪潮輕輕拍打著船身。往右邊看去，斷崖邊緣有棟像小教堂的建築，有尖塔射出探照燈光，海柔猜那是座燈塔。而在他們的後方，整片長草在風中搖曳得沙沙作響。

「我們在哪兒？」她問。

法蘭克呼了一口氣。「感謝天神，你終於醒了！我們在門多西諾，金門大橋往北大約二百五十公里吧。」

「二百五十公里！」海柔驚訝地說：「我已經昏過去那麼久了？」

波西跪在她旁邊，海風吹得他頭髮飛揚。他將手放到海柔額頭，像是在確認她有沒有發燒。「我們叫不醒你，所以最後還是決定帶你上岸。我們想說，你可能是暈船。」

「不是暈船的關係。」海柔深呼吸，她不想再對他們隱瞞這個事實了。她記得尼克說過：如果這樣的回憶幻覺發生在戰鬥時……

「我……我一直沒有對你們說實話。」她說：「我的狀況是突發性暈厥，每隔一陣子就會發生。」

「突發性暈厥？」法蘭克抓住海柔的手，害海柔整個人都搖晃了，但也算是愉快的搖晃吧。「是健康問題嗎？我以前怎麼沒留意到？」

「因爲我努力掩飾，」海柔承認，「過去一直都算幸運，但最近情況變得比較嚴重。這並不是健康問題，尼克說，那是伴隨我的過去而出現的副作用，是從他發現我的地方而來的。」

波西深綠色的眼眸很難讀懂，她分不出他是關心或是警覺。

「尼克究竟是在哪裡發現你的？」他問。

海柔突然覺得自己的舌頭好像棉花。她害怕如果開始講起過去，又會墜入那個時空。可是這些朋友有權利知道，如果她害他們任務失敗，在他們最需要她幫助時恍神暈厥……她不敢再想下去。

「我會解釋的。」她承諾，然後開始翻找背包。該死，她竟然忘了帶水壺。「有沒有……什麼可以喝的？」

「啊，」波西用希臘文低聲罵了一句，「蠢蛋，我把東西都留在船上了。」

讓朋友來照顧她，海柔心裡十分過意不去，但她剛醒過來眞的是乾渴難耐、虛脫無力，好像過去幾個小時同時活在過去與現代兩個世界中。她將背包和劍背起來。然後說：「沒關係，我可以走……」

「想都別想，」法蘭克說：「除非你喝過水、吃了些東西才可以。我去拿東西來。」

「不，我去好了。」波西瞄一下法蘭克握著海柔的手，接著掃視整個地平線，彷彿感應到什麼麻煩。然而平野間沒有任何特殊景象，只有那座燈塔建築與往內陸綿延很遠的草原。「你們兩個留在這兒，我很快就回來。」

「你確定嗎？」海柔虛弱地說：「我不想讓你……」

「沒問題的，」波西說：「法蘭克，要小心留意一點。這個地方有點怪……我不知道。」

「我會保護她的安全。」法蘭克保證。

波西快速離開。

只剩下他們兩人，法蘭克才突然意識到自己一直握著海柔的手。他清清喉嚨，放下她的手。「我，嗯……我想我能理解你的暈厥，」他說：「還有，你是從哪裡來的。」

海柔的心跳猛然加速。「你懂？」

「你和我遇過的其他女孩非常不同，」他眨了眨眼，臉紅了起來。「不是……不是那種不好的不同，只不過你說話的方式、你會感到驚訝的事物，像是歌曲、電視節目和人們說的俚語。當你提起你的生活，彷彿他們都是發生在很久以前一樣。你出生在另一個年代，對嗎？你是從冥界來的。」

海柔好想哭，不是傷心的哭，而是終於聽到有人說出事實、可以大大鬆一口氣的哭泣。法蘭克既沒有面露反感，也沒有顯出懼色，他沒有用那種她是恐怖女鬼或活動殭屍的眼光來看她。

「法蘭克，我……」

「我們會想出辦法的，」他對她保證，「你現在活在這世上，我們會讓你就這樣存在的。」長草在他們後方翻騰，海柔的雙眼在寒風中刺痛起來。

「我不配擁有你這樣的朋友，」她說：「你不明白我是什麼……我又做了些什麼。」

「別再說了，」法蘭克沉下臉，「你是很棒的人！再說，又不是只有你一個人有祕密。」

海柔直視著他。「不是只有我？」

法蘭克想要接話，卻突然警覺地閉嘴。

「怎麼了？」海柔問。

「風停了。」

海柔看看四周，法蘭克說得沒錯，空氣已經完全靜止了。

「所以呢？」她問。

法蘭克嚥了一下口水。「所以，草爲什麼還會動？」

海柔從眼角一瞥，看到草原上有黑影起伏。

「海柔！」法蘭克想要抓住她的手臂，但已經來不及了。

有個東西把法蘭克往後擊倒，一道由青草形成的力量像颶風般將海柔團團包圍住，瞬間往原野拉去。

19 海柔

海柔是詭異事件的專家。她看過媽媽被大地之母附身，她用金塊培養出一個巨人；她毀滅掉一座島嶼，她死過，還從冥界重返人世。

不過被一整片草地綁架？這倒是新鮮。

她感覺自己好像陷入一個植物形成的漏斗雲中。她聽說現代流行歌手會跳進群眾裡，讓上千隻手輪流撐著在眾人頭頂上移動。她想像那就和她現在的感覺差不多，只差她被移動的速度有上千倍快速，而且那些葉片可不比瘋狂愛慕的歌迷。

她無法坐起來，也碰不到地面。她的劍還捲在睡墊裡，繫掛在背後，可是她拿不到。這些植物讓她無法平衡，她被甩來甩去，手臂與臉不斷被劃到。她從翻滾的綠、黃、黑色草葉間，隱約看到夜空星斗。

法蘭克的叫聲逐漸消失在遠方。

這時很難有什麼清楚的思緒，但海柔很確定一件事：她移動得非常快，無論她會被帶到哪裡，反正是以飛快的速度遠離，到一個朋友難以找到的地方。

她閉上雙眼，努力不理會翻滾晃動的感覺。她把心神灌注到她下方的地面，期待能出現金、銀之類的任何東西，只要能干擾綁架她的勢力就好。

她感覺不到反應，地底下沒有財寶。

就在她要放棄希望之際，突然察覺到下方閃出一個冰冷巨大的塊狀物，於是她將所有心力聚焦在它上面，彷彿拋下一個意志的錨。霎時地面轟隆隆地震動了，植物捲風鬆開她，她就像被投石機射出的石頭般飛往空中。

短暫的無重力狀態。她睜開眼睛，身體在半空中扭轉，離地面約有六、七公尺高，然後便開始下墜。她受過戰鬥訓練的能力此時爆發出來，以前曾經練習過如何從巨鷹身上落地，現在她立刻騰空蜷起身體，在快要接觸到地面時翻一個筋斗，然後站起來。

她解開睡墊，拔出她的劍。在她左邊只有幾公尺的地方，一個像車庫那麼大的裸露岩脈硬生生地從草原間迸出來。海柔了解那就是她的靠山，是她讓那塊巨石出現的。

長草在石塊四周翻騰，氣憤的聲音在草叢間嘶嘶散播，他們不敢相信那塊巨岩竟然會破壞他們的行動。在他們還沒來得及重新組織時，海柔已經跑向巨石，很快爬上頂端。

長草們圍繞著她扭擺起伏，就像水底巨無霸海葵的觸手一樣。海柔察覺得出這些綁架者的挫折感。

「你們長不上來，對吧？」她大喊：「走開，你們這些雜草！遠離我！」

「大便耶。」長草間冒出一個惱火的聲音。

海柔揚起眉毛。「你說什麼？」

「大片岩，一大坨片岩！」

在聖阿格尼斯學院時，曾有一個修女拿肥皂洗海柔的嘴，當時她就說過類似的話，所以她一下子不知該如何反應。這時，在她的巨石島四周，綁架者開始從長草中間現形。第一眼看上去，他們就像情人節天使，十二個嬰兒丘比特一起出遊。當他們邁步向前時，海柔才看清楚，他們絕不可愛，更不像天使。

他們的身材像是一、兩歲的學步兒，還帶著嬰兒肥，但是皮膚有一種偏綠的詭異色調，彷彿血液裡流的是葉綠素。他們有著乾枯脆弱的翅膀，看起來就像玉蜀黍的外皮，而一叢白髮則像玉米鬚一般。他們粗糙的臉上布滿了一顆顆乾穀粒，眼睛是純粹的綠色，嘴裡全都是尖銳的獠牙。

他們當中最大的一個站了出來。他身上纏著一條黃色纏腰布，頭髮如尖刺般豎起，就像麥稈上的麥芒。他不屑地對海柔噓兩聲，前後快速搖擺走動，海柔很怕他的纏腰布會掉下來。

「痛恨這塊大片岩！」那傢伙抱怨，「小麥不能長！」

「高粱不能長！」另一個尖叫。

「大麥！」第三個吶喊，「大麥不能長，詛咒這塊大片岩。」

海柔已經有些腿軟。這些小傢伙如果不是環繞在她身旁，也許還稱得上滑稽有趣；現在他們全都用飢餓的綠色眼睛狠狠瞪她，尖牙外露，簡直就像食人魚。

「你……你們是指這塊岩石？」她勉強開口說話，「這石頭叫大片岩？」

「對，很大的片岩！綠石！」第一個傢伙說：「可惡的石頭。」

「呸！」裹著黃色腰布的那個又說話了，「愚笨的原住民用它來做首飾，沒錯。值錢？或許，但比不上我們小麥。」

「比不上高粱！」

「比不上大麥！」

海柔開始了解她召喚出了什麼東西。「它是寶石耶，很值錢的喔！」

其他幾個全加入發言，叫喊著不同穀物的名稱。他們環繞巨石，卻沒人試著攀爬上去，起碼還沒出現動作。如果他們決定蜂擁而上，海柔鐵定無法招架。

「你們是蓋婭的僕役。」她說出她的臆測，只是爲了要讓他們繼續講話。也許波西和法蘭克離她不算太遠，也許她站在離地這麼高的地方，他們有可能看到她。她眞希望自己的劍像波西的劍那般閃亮。

黃腰布寶寶怒吼著說：「我們是卡波伊，穀物精靈。沒錯，我們全都是大地之母的孩子！我們一直是她的侍從，從亙古以前就是了。在可惡的人類開始耕種之前，我們都是野生的。現在我們又可以回復狂野了，小麥打敗一切！」

「胡說，高粱才是王！」

「大麥稱霸才對！」

其他卡波伊通通加入口水戰，每個都宣稱自己的種類最強。

「好的，」海柔吞下她的反感，「所以，你就叫『小麥』，因爲你穿著黃衣，有芒。」

「嗯。」小麥說：「從你的片岩上面下來吧，混血人。我們必須把你帶到女主人的軍隊去，他們會獎賞我們，而且會用緩慢的速度殺死你！」

「頗吸引人嘛，」海柔說：「不過謝啦，不用了。」

「我會給你小麥的！」小麥說，彷彿這是一個交換性命的値錢籌碼。「一大堆的小麥喔！」

海柔試著猜想她被帶到了多遠的地方？她的朋友需要花多少時間才能找到她？這些卡波伊開始愈來愈浮躁了，他們三三兩兩接近岩塊，刮著石頭表面，看自己是否會受傷。

「在我下去之前……」她提高聲調，希望聲音能夠傳過原野，「嗯，你們必須先跟我說明一件事，可以嗎？如果你們是穀物精靈，不就應該是屬於天神這一邊嗎？不就應該是那位農神席瑞絲[52]……」

「邪惡的名字！」大麥呼號。

「把我們拿去耕種！」高粱痛罵，「讓我們用噁心的排列方式成長，讓人類收割我們，呸！當蓋婭再度成爲世界女王，我們就可以放肆地生長了，對！」

「喔，自然囉，」海柔說：「那她的這支軍隊，要帶我去哪裡換小麥……」

「大麥也可以。」大麥插嘴。

「對、對，」海柔附和，「軍隊現在在哪兒呢？」

「就在山脊的另一邊！」高粱興奮地拍手說：「大地之母，喔，是的，她這樣對我們說：『去找普魯托復活的女兒，找到她！活捉回來！我有很多酷刑計畫在等她。』只要把你帶回去，巨人波呂玻特斯一定會好好獎賞我們的！然後我們就可以往南前進，摧毀羅馬。我們是殺不死的，你要知道；但你殺得死，你也要知道。」

「聽起來不賴嘛。」海柔努力讓聲音聽起來有些熱忱，在得知蓋婭對她有特殊復仇計畫後還要假裝興奮，這實在不容易。「這麼說，你們是殺不死的，那是因爲奧賽俄紐斯俘虜了死神，對嗎？」

「完全正確！」大麥回答。

「他把他關在阿拉斯加，」海柔說：「就在……我想想，那個地方叫什麼呀？」

高粱正要回答，小麥飛撲過去把他打倒。卡波伊開始互毆，形體消融成穀物漏斗雲。海柔想趁機逃走，但小麥又迅速恢復人形，把高粱的頭狠狠夾在他的腋下。「停下來！」他對其他精靈喊叫，「多穀物戰鬥是違反規定的！」

卡波伊全都現出實體形狀，變回嬰兒肥的丘比特食人魚。

小麥推開高粱。

「哼，聰明的混血人，」他說：「要計騙我們供出祕密！不可能的，你永遠找不到奧賽俄紐斯的。」

「我早就知道他在哪裡，」她裝出自信地說：「他在復活灣的那座小島上。」

「哈哈！」小麥嘲笑她，「那地方很久以前就沉沒在浪潮下了，這點你應該很清楚才對！蓋婭為了這件事可是很憎恨你的。當你阻撓了她的計畫，她被迫回到沉睡狀態，這麼多個十年就這樣過去了！而奧賽俄紐斯呢，直到那個黑暗年代，才終於得以升起。」

「一九八〇年代，」大麥附和，「恐怖呀，恐怖呀！」

「沒錯，」小麥說：「我們的女主人依然在睡眠狀態中，奧賽俄紐斯被迫留在北邊苦候時機，等待、計畫。現在蓋婭才終於開始有些騷動，喔，但她可是清楚記得你，她的巨人兒子也是！」

高粱開心笑著說：「你永遠無法找到桑納托斯的牢籠。整個阿拉斯加都是巨人的家，他可以把死神藏匿在任何地方呀！你可能得花幾年的光陰去尋找，但你那可憐的營隊只剩幾天的時間可活。你最好直接投降，我們會給你穀物的，一大堆、一大堆的穀物喔！」

---

52 席瑞絲（Ceres），農業之神、穀物之神，是宙斯的姊姊，也是冥王之妻泊瑟芬（Persephone）的母親。她的希臘名字為狄蜜特（Demeter）。

海柔感覺手中的劍變得好重。對於重返阿拉斯加，她有著無比的恐懼，不過起碼心裡還有個要從哪裡開始搜尋桑納托斯的想法。她本來假設那座小島沒有被完全摧毀，或者奧賽俄紐斯甦醒時可能跟著升出海面，她希望那裡會是他的基地。然而如果那座島嶼眞的不在了，她根本不知道要從何處找起。阿拉斯加那麼遼闊，他們可能花上幾十年也找不到巨人。

「對吧？」小麥察覺出她的煩惱，說：「放棄吧。」

海柔握緊她的古羅馬長劍。「不可能！」她再次提高聲調，希望聲音能夠傳到她的朋友那裡。「如果我必須毀掉你們全部，我會做到的。我是普魯托之女！」

卡波伊終於往前推進。他們抓附岩石表面、呼呼吐氣，彷彿石頭滾燙到足以傷人，但他們開始攀爬。

「現在你只有死路一條。」小麥咬牙切齒地向她保證，「你會嘗到穀物的憤怒！」

突然「咻」的一聲，小麥的怒吼頓時中止。他低頭看著自己的胸口，一支金箭已經穿進他的胸膛，然後他化爲一堆多穀物餅乾的碎片。

20 海柔

那一瞬間，海柔和卡波伊同樣震驚。緊接著，法蘭克和波西就從原野中躍出，開始狂攻眼前每一根、每一種型態的植物纖維。法蘭克射箭刺穿了大麥，大麥倒下化爲種子。波西揮舞著波濤劍，劃過高粱，再朝小米和燕麥進攻。海柔從巨石上跳下，加入戰鬥的行列。

不過幾分鐘的時間，卡波伊已經消退成幾堆種子和幾種營養早餐穀片。小麥又開始重組形體，但波西從背包裡拿出一個打火機，點起一個火苗。

「試試看，」他警告，「我會引燃整片草原。留在死亡的狀態，留在遠離我們的地方，不然你的草原就會毀於這把火！」

法蘭克後退幾步，彷彿被火焰嚇到。海柔不知道他爲何會這樣，不過她還是對著那些碎穀堆叫喊說：「他眞的會那樣做，他很瘋狂的！」

卡波伊的殘留物在風中飛散。法蘭克爬上巨岩，看著它們消失。

波西熄滅打火機，對著海柔微笑。

「要感謝你的大聲吶喊，不然我們根本找不到你。你怎麼能一個人撐這麼久？」

她指著巨石。「一大坨片岩。」

「你說什麼？」

「嘿，」法蘭克在巨石頂端喊他們，「你們快來看看。」

波西和海柔爬上岩石和法蘭克會合，海柔往法蘭克的視線方向看去，馬上就見到他關注的目標，她倒抽了一口氣。「波西，不要有光！收起你的劍！」

「見鬼了！」他輕觸劍尖，波濤劍頓時縮成一枝筆。

在他們下方，一支軍隊正在前行。

原野地勢驟降，形成了一片淺淺的峽谷，有條南北向的鄉間道路蜿蜒其間。在道路另一側，綠草山坡綿延到天邊，毫無人為開發的景象，只有一間老舊黯淡的便利商店孤立在最近的高地頂端。

整個峽谷充滿了怪物，一隊接著一隊往南邁進。他們的數量如此眾多，距離又如此接近，海柔很驚訝他們竟然沒聽見她剛才的吼聲。

海柔、法蘭克和波西貼著石頭蹲下來，不可置信地望著幾十個巨大多毛的人形怪物走過去。他們身穿破爛的鎧甲與動物的毛皮，每個都有六隻手臂，那一側三隻手的排列，讓他們看起來好像昆蟲演化而成的山頂洞人。

「吉吉尼[53]，」海柔低聲說：「就是地生族。」

「你以前遇過他們嗎？」

她搖搖頭。「只有在營區怪物課程中聽過而已。」她從來就不喜歡上怪物課，那些課程都是在研讀老普林尼[54]和其他老掉牙作家的作品，講述羅馬帝國前前後後所有的怪物傳說。海柔相信怪物的存在，但有些描述實在太過誇張，她一直認為那些鐵定只是荒誕無稽的傳言。

而現在，一整支傳言中的隊伍出現了。

「地生族和阿爾戈英雄對打過，」她喃喃自語，「那些排在他們後面的是……」

「半人馬，」波西說：「可是……不對勁，半人馬明明是好的呀。」

法蘭克發出驚訝的聲音。「我們營區教的可不是這樣。半人馬狂野瘋癲，總是喝得醉茫茫又亂殺英雄。」

海柔看著半人馬快步走過。他們腰部以上是人，以下則是淺色馬的身體，全都穿著用皮革和銅製成的蠻族戰甲，配備有矛和彈弓。起初海柔以為他們戴著維京人的頭盔，仔細看才發現，他們頭上的突起是從亂髮之間長出的角。

「他們不是應該長著像公牛的角嗎？」她問。

「也許他們是特殊品種，」法蘭克說：「別去問他們，好嗎？」

波西往下面道路更遠的方向看去，整張臉突然垮下來。「我的天啊……獨眼巨人！」

果然沒錯。在半人馬後面笨重移動的，是一群只有一隻眼睛的怪物大隊，裡面有男有女，每個人都超過三公尺高，身穿像是廢鐵回收做成的盔甲。還有六個怪物用軛連結在一起，宛如牛拉車般的拉著一個兩層樓高的攻城塔，塔上裝有一尊巨型蠍式砲。

波西雙手緊緊壓住頭的兩側。「獨眼巨人、半人馬……這是不對的，全部都不對。」

怪物大軍的確足以讓任何人恐慌絕望，但海柔看得出來，波西現在另有狀況。月光下的他臉色蒼白，變得像生病般虛弱，彷彿他的記憶努力要衝回來，卻將他的心智整個攪亂。

---

53 吉吉尼（Gegenee），希臘神話中有著六隻手臂的巨人族，是蓋婭的孩子，性格凶殘，在弗里吉亞附近小島上的熊山與阿爾戈英雄對戰過。

54 老普林尼（Pliny the Elder，23-79），古羅馬作家、博物學家，以《自然史》（*Naturalis Historia*）一書留名後世，書中亦收錄許多神怪故事。

她瞄了法蘭克一眼。「我們得把他帶回船上，大海會讓他感覺好一點。」

「我沒意見，」法蘭克說：「他們的數量實在太龐大了。營區……我們也得警告營區。」

「他們知道，」波西近乎呻吟地說：「蕾娜知道。」

海柔的喉嚨好像哽了一塊東西。軍團絕對沒辦法和這樣多的敵人對抗。如果他們才向朱比特營北邊走了幾百公里，那他們的尋找任務根本已經沒有希望。他們不可能到了阿拉斯加還來得及趕回營區。

「來吧，」她打氣地說：「我們來……」

這時她見到了巨人。

當他從山頭另一邊出現，海柔一時不大相信自己的眼睛。他的身高遠超過那座攻城塔，起碼有十公尺那麼高；腰部以下是一雙有鱗片的爬蟲類的腿，很像科摩多巨蜥，腰部之上則穿著藍與綠的戰甲。他的胸甲像是由一排排飢餓的怪物臉孔所組成，每張嘴都是渴求食物般大開。他雖然有張人類的臉孔，但頭髮狂亂，而且是綠色的，看起來就像一座海草山。當他的頭轉來轉去時，還會有蛇從髮辮間落下。毒蛇頭皮屑……噁心！

至於他的武器，則是一支巨無霸三叉戟和一張加重手拋網。光是瞥到那些武器一眼，海柔的胃已經開始抽痛。她在格鬥士訓練課程中面對這樣的戰士好幾回了，那是她所知最難纏、最刁鑽、最邪惡的一種戰鬥方式。這個巨人是一個超大尺碼的網鬥士[55]。

「他是誰？」法蘭克的聲音顫抖，「那該不會是……」

「不是奧賽俄紐斯，」海柔虛弱地回答，「應該是他的一個兄弟，我想。就是特米納士提起的那個巨人，穀物精靈也提到過他，他是……波呂玻特斯。」

海柔不知自己如何能確認這件事，但即使身處在這麼遙遠的石頭上，她都能感受到巨人力量的存在。她記得她在大地之心培養奧賽俄紐斯的感覺，那就像站在一個強力磁場旁，血液裡所有的鐵質都會被拉往那個方向去。而這個巨人是蓋婭的另一個兒子，是一個無比邪惡又強大的大地產物，他發散出一種屬於他自己的重力場。

海柔知道他們應該離開。他們現在躲在巨石頂端，對一個那樣高大的怪物來說，只要他朝這個方向看過來，絕對能清楚看見他們。然而，她又感覺到似乎有大事即將發生。於是她和朋友們稍微往下爬一點，繼續觀察大軍移動。

當巨人靠近時，一個獨眼女巨人穿過隊伍，跑回頭跟他講話。那是一個高大肥胖又奇醜無比的女怪物，身上鎖子甲的樣式很像夏威夷長裝；只不過當她站到更大的巨人旁邊，看起來卻變得像是小朋友。

她伸手指著附近山丘頂上那間已經打烊的便利商店，咕噥說了些和食物有關的話。巨人嗆她幾句，好像不喜歡她的問話。獨眼女巨人於是朝著同類吼叫，就有三個獨眼巨人跑出來，跟著她往山頭走去。

他們走去商店的半路上，一道炙烈的強光突然將夜色變得宛如白天。海柔暫時失去了視力，在她下方的怪物大軍也瞬間變爲一團混亂；怪物們痛楚地慘叫，激動生氣。海柔瞇起眼睛，覺得自己好像從黑暗的戲院裡突然步入下午的豔陽中。

「糟糕呀！」獨眼巨人尖叫：「灼傷我的眼睛了！」

55 網鬥士（retiarius）是古羅馬以模仿漁夫裝備（手拋網、三叉戟和匕首）進行搏鬥的格鬥士。

山頭的商店被一道彩虹包圍住，彩虹距離之近、亮度之強，都是海柔從來沒見過的。強光聚在商店處，向上射入天空，讓整片原野籠罩在詭異如萬花筒的光芒下。

那個獨眼女巨人舉起她的棍棒，衝去攻打商店。當她打到彩虹時，整個身體開始冒出蒸氣，她痛得淒厲哀號，棍棒也滑落地面。她往後撤退，但滿臉滿手已經生出一堆多彩的水泡。

「恐怖女神！」她對商店呼吼，「給我點心！」

其他的怪物通通瘋狂起來，他們朝便利商店猛攻，接著又因爲灼傷而紛紛退後。他們有的丟擲石塊，有的丟劍、矛，甚至也有把盔甲丟出去的。所有丟出去的物品都起火燃燒，發出美麗的光焰。

終於，巨人首領似乎意識到了現在的狀況，他的軍隊正在丟棄他們的武器。

「停下來！」他怒吼。

他又喊又推又打，費了好大力氣，才終於讓他的軍隊服從命令。當他們好不容易安靜下來後，他自己走進這間有彩虹防護的商店，在光束的邊緣來回跨步。

「臭女神！」他吶喊，「給我出來投降！」

店裡沒人應聲，彩虹依舊閃耀。

巨人高舉他的三叉戟和網子。「我是波呂玻特斯！在我面前跪下，我會讓你死得快一點。」

顯然這句話沒有嚇到店裡面的人。一個小小的暗色物體從窗口飛出來，直接落到巨人的腳邊。波呂玻特斯大叫：「手榴彈！」

他遮住臉孔。他的軍隊趴倒在地上。

但這個東西沒有爆裂。波呂玻特斯彎下腰，將它撿起來。

他火大地說：「一個巧克力蛋糕？你膽敢用一個巧克力蛋糕來攻擊我？」他把小蛋糕往店裡丟，蛋糕頓時蒸發在強光之中。

怪物們紛紛站起來，有幾個喃喃喊餓。「巧克力蛋糕？哪裡有巧克力蛋糕？」

「咱們攻擊吧！」那個獨眼女巨人說：「我好餓，我兒子要吃點心！」

「不可以！」波呂玻特斯說：「我們已經延遲了，奧賽俄紐斯要我們在四天之內到達那個營區，你們這些獨眼巨人的行動簡直是不可原諒地緩慢，我們沒有時間理會這種不重要的小天神！」

他故意把最後那句話對著店裡說，但裡面依舊沒反應。

換獨眼女巨人咆哮了：「對，營區，復仇！那些橘衣服、紫衣服的毀壞了我的家，現在大媽加斯棋要來毀掉他們的家！你們聽到了嗎？里歐、傑生、派波，我要來殲滅你們了！」其他的獨眼巨人一起吼叫附和，所有的怪物都跟著呼喊起來。

海柔全身顫抖激動。她看著朋友。

「傑生，」她輕聲說：「那人和傑生對打過，傑生可能還活著。」

法蘭克點點頭。「你聽過其他的名字嗎？」

海柔搖頭，她不認識營區裡有任何名叫里歐或派波的人。波西仍然是病懨懨又半昏迷的模樣，並沒有顯露出對這兩個名字有特別的反應。

海柔細細思量著獨眼女巨人的話：「橘衣服、紫衣服的。」紫色顯然是朱比特營的顏色，但橘色呢……波西出現時身上是一件破破爛爛的橘色T恤，這應該不是巧合。

在他們下方，怪物大軍重新集結成隊，準備往南出發。但波呂玻特斯站在一邊，皺著眉頭嗅聞空氣。

「海神。」他喃喃自語。海柔害怕的事發生了，他朝他們的方向看過來，「我聞到海神的氣味。」

波西在發抖，海柔的手按住波西的肩膀，想讓他躺平貼緊在巨石表面。

獨眼巨人大媽加斯棋又開口說：「你當然聞得到海神的味道！海就在這下面呀！」

「不只這樣，」波呂玻特斯堅持說：「我是生來毀滅涅普頓的，我可以感覺得到……」他的眉頭更皺了，轉頭之間甩出更多細蛇來。

「我們是要行軍去，還是要聞空氣？」大媽加斯棋破口大罵，「我拿不到巧克力，你也不可以去抓海神！」

波呂玻特斯回吼：「好，好！行軍去，行軍去！」他再看彩虹商店一眼，然後伸手搔抓綠色亂髮，從中拉出了三條蛇，三條似乎都比其他蛇來得大，脖子上有一圈白斑紋。「送你一個禮物，女神！我的名字叫波呂玻特斯，意思就是『很多可以吃』！這裡有些飢餓的嘴巴，留給你當紀念。看看有這幾個哨兵守在外面，你的小店會有多少客人上門。」

他奸詐地大笑，將三條蛇丟向山頭的長草中。

然後他邁開步伐向南方前進，巨大的蜥蜴雙腳撼動整個地表。漸漸的，最後幾列怪物也翻過山頭，消失在夜色裡。

當他們全部離開後，那超亮的彩虹也黯淡下來，只剩一道聚光燈的光。

海柔、法蘭克和波西三個人在黑暗中注視著道路對面那間關著門的便利商店。

「那很不一樣。」法蘭克喃喃說著。

波西顫抖得厲害。海柔深知他需要援助或休息，或者需要什麼東西來幫忙。目睹那支軍隊似乎刺激了波西記憶中的某些部分，讓他出現戰鬥疲勞症。他們應該把他帶回船上去。

但另一方面，在他們和海灘之間橫亙了一條綿延到很遠的長草地帶。海柔有種感覺，那些卡波伊不會離開太久，她不喜歡在暗夜中摸黑踏草走回船上的想法，而且，她甩不掉一個可怕的念頭：要不是她召喚了這塊片岩，她現在已經是巨人的俘虜了。

「我們過去那間店，」她說：「如果裡面有位女神，她或許可以幫助我們。」

「但是，現在有幾條蛇守在山上，」法蘭克說：「而且那灼人的彩虹有可能回來。」

他們兩個一起看著波西，他已經抖得像是失溫了。

「我們總得試試。」海柔說。

法蘭克憂心地點頭。「這個……不管是哪位女神，會對巨人丟巧克力蛋糕的應該不會太壞吧。我們走吧！」

21 法蘭克

法蘭克痛恨巧克力蛋糕，痛恨蛇，痛恨自己的人生。以上順序與痛恨的程度無關。

當他跋涉上山時，眞希望自己能像海柔一樣暈厥過去，直接進入昏睡狀態，體驗另一個時空，比如他被徵召到這個尋找任務前的時光，或是他發現父親是個狂妄自大的天神之前的日子。

他的弓與長槍在後面拍打著他的背。他也痛恨那把標槍，從他拿到它的那一刻起，他就暗自發誓絕不使用它。什麼「眞正男人的武器」，馬爾斯眞是個白癡。

或許是有什麼事情搞混了。難道沒有什麼天神小孩基因檢測之類的東西嗎？有可能是天神育嬰室不小心把法蘭克和馬爾斯的某個胖寶寶互換了，法蘭克的母親沒有理由和一個火爆戰神扯上關係。

「她是一個天生的好戰士，」奶奶的聲音蹦出來反駁，「天神會喜歡她並不奇怪，畢竟她有我們家族的血統，古老神聖的血統，來自於王子與英雄的血統。」

法蘭克想要甩開腦海裡跳出的這個想法。他既不是英雄，也不是王子，他只是一個有乳糖不耐症的傻瓜，連朋友被小麥綁架也保護不了。

他剛拿到的獎章冰涼地貼在胸口，一個是分隊長徽章，一個是壁型金冠章。他應該感到驕傲才對，然而他覺得自己之所以能得到它們，全是因爲父親恐嚇蕾娜的關係。

法蘭克不知道他的朋友如何能忍受和他相處。波西說得很明白了，他討厭馬爾斯，法蘭克不能怪他。海柔則老是用眼角瞄他，好像怕他會突然變成一個肌肉僵硬的怪物一樣。

法蘭克低頭看著自己的身體，忍不住嘆息。沒錯，他根本比一個肌肉僵硬的怪物還誇張。如果阿拉斯加真是一個天神管不到的地方，他也許還寧願留在那裡。他不知道自己有任何值得回去的理由。

「不准哭，」奶奶會這麼說：「張家的男人是不哭的。」

她說得對，法蘭克還有要務在身。他必須完成這個不可能的任務，以此刻來說，就是平安到達那間便利商店。

他們逐漸接近那間店，法蘭克很擔心店面會射出彩虹，一舉將他們蒸發，但小房子始終保持黑暗。就連波呂玻特斯丟出的那三條蛇，也似乎消失無蹤了。

他們距離門廊不到二十公尺時，身後的草叢赫然出現嘶嘶聲響。

「快跑！」法蘭克大喊。

波西被絆倒了。海柔扶他起來時，法蘭克轉身射出一支箭。

他是盲目亂射的。他以爲自己抓到的是一支火藥箭，結果卻只是一個信號箭。那支箭滑過長草中間，燃出一道橘色火焰與一聲「呼」的哨音。

至少箭的光讓怪物現形了。在一片枯黃的草叢中，一條如法蘭克手臂粗的萊姆色蛇就藏身在那兒，頭部還有一環白色棘刺。怪蛇盯著箭飛過去，就像在想：那是什麼鬼東西？

然後牠那巨大鮮黃的眼睛便緊盯著法蘭克，像隻毛毛蟲般拱起身體中段，蠕動前進。只要牠碰過的地方，青草立刻枯萎變黃。

法蘭克聽見朋友爬上店前階梯的聲音，但他不敢轉身跑開。他和蛇互望，那蛇伸出舌頭嘶嘶嚇他，火苗從牠口中竄出。

「好一隻蠕動小爬蟲，」法蘭克說，心裡想的都是口袋裡的那根小木棒，「好一隻有毒又有火的小爬蟲。」

「法蘭克！」海柔在後面呼叫他，「快過來！」

那條蛇朝他彈跳過來。牠劃過空中的速度之快，讓法蘭克根本來不及搭箭上弓。法蘭克揮出他的弓，直接把蛇打下山去。蛇飛出他的視線之外，只留下淒厲哭喊聲：「嘶──」

法蘭克頗為自傲，直到他看見自己的弓，才發現剛才和蛇接觸的地方正在冒煙。他不可置信地看著那部分的木條化為灰燼。

他又聽到激動的嘶嘶聲，是在下坡的另外兩條蛇發出的。

法蘭克丟下已經損壞的弓，趕快跑到商店門廊。海柔和波西將他拉上階梯，等到法蘭克轉過身來看的時候，那三隻怪物已經在草地上繞圈圈，一邊吐出火光，一邊用劇毒將整片山坡變成黃褐色。牠們似乎沒有意願也沒辦法更靠近商店，但這安慰不了法蘭克，因為他失去了他的弓。

「我們完全出不去了。」他悲慘地說。

「那我們最好就進去。」海柔指著門上手繪的招牌：彩虹有機生活食品店。

法蘭克不了解這個招牌的意義，但聽起來比有毒有火的三條蛇要好一點。於是，他跟著朋友的腳步走進去。

當他們走進大門，燈光頓時亮起。悠揚的笛聲開始奏起，彷彿他們正要走上舞台。寬敞的走道兩邊排列著各式各樣的堅果與水果乾、裝籃的蘋果，在衣服陳列區裡，則有手染襯衫與薄紗精靈洋裝。屋頂上掛滿風鈴，牆邊則放了幾個玻璃櫃子，展示水晶球、晶洞石、繩結捕夢網與其他許多怪東西。店裡某處一定在燃燒薰香，整個室內聞起來有種花束放在火上的味道。

「算命店？」法蘭克納悶。

「希望不是。」海柔低聲自語。

波西靠到她身上。他的狀況看起來糟透了，就好像突然得到嚴重流感一樣。他的臉因爲冒汗而發光。「坐下來……」他呢喃，「或者水。」

「好，」法蘭克說：「我們幫你找個休息的地方。」

他們腳下的地板發出嘎吱聲響，法蘭克走在兩尊涅普頓雕像噴泉之間。一個女孩從燕麥餅盒後面跳出來。「需要幫忙嗎？」

法蘭克倒退一步，撞倒了其中一個噴泉，石頭涅普頓摔在地上。海神的頭滾離身體，水從脖子處噴出來，濺到整排男士手染背包上。

「抱歉！」法蘭克彎下腰想清理這整片混亂，長槍卻差點打到那女孩。

「唉呀！」她叫著，「慢慢來，別急。」

法蘭克慢慢地直起身體，以免再製造破壞。海柔看起來很窘，波西在病中臉還會發綠，因爲看到父親斷頭的塑像。

那女孩拍拍手，噴泉剎那間化爲霧氣，水漬也都蒸發掉了。她轉過頭來看著法蘭克。「眞的沒有關係，那些涅普頓噴泉實在很醜，我看了就討厭。」

她的模樣讓法蘭克想到昔日在奶奶家後面林恩峽谷公園健行的大學生。她的身材不高，但肌肉發達，穿著綁帶靴子、登山短褲與一件亮黃色上衣，衣服上印著「ＲＯＦＬ彩虹有機生活食品」字樣。她看起來雖然很年輕，卻有一頭捲曲的白髮，白髮往兩側蓬鬆展開，好像一個特大號荷包蛋的蛋白。

法蘭克試著去想該開口說些什麼。那女孩的眼睛讓人非常容易分心，她的虹膜會由黑轉灰再變白。

「嗯……對不起，那個噴泉，」他擠出幾個字來，「我們只是……」

「喔，我知道！」女孩說：「你們想要逛一逛，沒問題的，歡迎混血人光臨。慢慢看，你們不像那些討厭的怪物，他們只想借廁所，從來都不買東西！」

她哼了一聲，眼裡亮出閃電。法蘭克偷瞧海柔一下，想確認那是否只是自己的幻覺，但顯然海柔也和他同樣驚訝。

從商店後面傳來一個女人的聲音：「芙莉絲，別再嚇客人了，把他們帶過來好嗎？」

「你的名字是芙莉絲？」海柔問。

芙莉絲笑笑。「嗯，如果用星雲語來說，我真正的名字是……」她迸出一長串破裂爆音和呼氣噪音，讓法蘭克直接聯想到冷鋒來臨前的大雷雨。「不過呢，你們叫我芙莉絲就好。」

「星雲……」波西昏昏沉沉地呢喃，「雲精靈。」

芙莉絲眼光一亮。「喔，我喜歡這傢伙！通常沒有什麼人會知道雲精靈呀。可是親愛的，他的狀況看起來不大好呢。快點到後面來，我的老闆想要見見你們。我們可以幫忙醫治你的朋友。」

芙莉絲帶領他們穿過兩邊陳列著茄子、奇異果、蓮蓬和石榴等商品的走道，來到商店更裡面的地方。那兒出現一個擺著舊式收銀機的櫃檯，櫃檯後面站著一位中年女士。她有橄欖色的皮膚與黑色長髮，戴著一副無框眼鏡，上衣印有「女神還活著」等字樣。她身上有琥珀項鍊與玳瑁戒指，還有玫瑰花瓣的香氣。

她看起來非常友善，但不知道爲什麼讓法蘭克感到顫抖不安，有種想哭的感覺。他愣了半晌，然後知道原因了。她只牽動一邊嘴角的微笑方式、像是在思考問題的歪頭角度，還有那雙眼睛的溫暖棕色，都讓法蘭克想起了媽媽。

「哈囉！」她傾身靠向櫃檯。檯面上排列著幾十個小雕像，比如東方的招財貓、靜坐的佛像、聖方濟的大頭塑像，還有戴禮帽喝水的笨拙小鳥。「眞高興見到你們，我是伊麗絲[56]。」

海柔眼睛頓時睜大。「不會是那個彩虹女神伊麗絲吧？」

伊麗絲扮個鬼臉。「這個嘛，是的，那算是我的正式工作啦。但我不喜歡用官方身分來定位我自己。閒暇時，我經營這間店！」她伸手比著四周，神情驕傲。「這家ROFL員工有限公司倡導健康生活的各種選擇，推展有機食品。」

法蘭克盯著她看。「可是你丟巧克力蛋糕給怪物耶。」

伊麗絲看起來嚇到了，「哦，那可不是市面上賣的那種巧克力蛋糕。」她趕快在櫃檯下面翻找，隨即抓出一包看起來就像一般巧克力蛋糕的包裝袋。「這些呢，是不含麥麩、不含黃

56 伊麗絲（Iris），希臘神話中的彩虹女神，也是使神者，沿著彩虹幫眾神向人間傳遞消息。

豆、無添加糖、有添加維他命，以羊奶和海藻為基底製作的小蛋糕代替品。」

「全部天然材料！」芙莉絲補充。

「我承認我錯了。」法蘭克突然覺得他和波西同樣頭昏腦脹了。

伊麗絲微笑說：「你應該吃一個看看，法蘭克。你有乳糖不耐症，是嗎？」

「你怎麼會……」

「我知道這些事的，身為傳遞訊息的女神……唉，一直在聆聽天神與種種事物間的溝通，我的確知道很多事情。」她把蛋糕丟到櫃檯上。「再說，能夠拿到健康的點心，那些怪物應該要感到開心。他們老是吃垃圾食物和混血人，總是野蠻不受教，我不能讓他們踩爛我的店、搗毀我的東西，不能讓他們破壞我的風水。」

波西倚靠著櫃檯，看起來好像快要吐到女神陳列好好的「風水」上。「怪物向南行進，」他勉強說出話，「要去摧毀營區，你不能阻止他們嗎？」

「啊，我是絕對禁止暴力，」伊麗絲說：「我可以自衛，可是不會再涉入任何奧林帕斯的爭鬥中，感恩感恩。我近來在研究佛學，還有道教，但還沒決定兩者到底哪種適合我。」

「可是，」海柔看起來十分困惑，「你不是一位希臘女神嗎？」

伊麗絲雙手交疊在胸前。「不要認為我一定是怎麼樣的人，混血人！我不是靠我的過去來定義我自己。」

「嗯，好吧。」海柔說：「那你至少可以幫幫我們這位朋友吧？我想他生病了。」

波西的手伸過櫃檯，法蘭克立刻擔心他是想拿巧克力蛋糕。「伊麗絲傳訊，」他說：「你可以傳訊嗎？」

法蘭克不確定他是否聽對了。「伊麗絲傳訊？」

「那是……」波西顫抖著說：「那不是你會做的事情嗎？」

伊麗絲仔細端詳著波西。「真有趣。你來自朱比特營，但你卻……喔，我懂了，是茱諾施的詭計。」

「什麼呀？」海柔問。

伊麗絲看看她的助理芙莉絲，兩人似乎在做無聲的交談。然後女神從櫃檯後面抽出一個藥瓶，接著便對著波西的臉噴灑一些忍冬香味的精油。「來，這個可以平衡你的氣卦。至於伊麗絲傳訊，那是很古老的溝通方式，希臘人會用，羅馬人卻從來不用，他們向來仰賴自己的道路系統和巨鷹之類的東西。不過呢，是的，讓我想一想……芙莉絲，你可以試試看嗎？」

「沒問題，老闆！」

伊麗絲對法蘭克使個眼色。「不要告訴其他天神喔，這陣子以來，大都是芙莉絲在處理傳訊的事了。她做得很棒，我個人也實在沒有那麼多時間回答種種問題，那會破壞我的卦。」

「你的『卦』？」法蘭克問。

「嗯，芙莉絲，你何不把波西和海柔帶到後面？你在安排傳訊事宜時，可以拿一些東西給他們吃。還有呢，波西……沒錯，是患了記憶暈眩。我想，要是他在失憶時被那個老傢伙波呂玻特斯碰到，可絕對不會有好事，畢竟他是波塞……應該說是涅普頓之子。芙莉絲，你幫他準備一杯綠茶，要加有機蜂蜜、小麥胚芽，還有一些我的五號藥粉。那樣應該可以讓他好起來。」

海柔皺眉問：「那法蘭克呢？」

伊麗絲轉頭面對他。她有些疑惑地微微歪著頭，很像媽媽曾有的表情，彷彿這房間裡最大的問題就是法蘭克。

「喔，別擔心，」伊麗絲說：「法蘭克和我有一大堆事要聊。」

22 法蘭克

法蘭克其實比較想和朋友在一起，即使那代表他得忍受含有小麥胚芽的綠茶。但伊麗絲居然拿繩子將他的手臂和她相連，把他帶到觀景窗前的咖啡桌去。他把長標槍放到地上，坐在伊麗絲的對面。窗外夜色中，仍可見到怪物蛇不停地在長草間巡邏，噴出火苗，毒害草原。

「法蘭克，我知道你的感覺，」伊麗絲說：「我能猜想，你口袋裡那根燒了一半的小木棒已經一天比一天還要重。」

法蘭克幾乎不能呼吸，他的手本能地伸進外套中。「你怎麼……？」

「我說過，我知道一些事情，我當茱諾的使者很久了。我知道她為何要給你一個緩刑。」

「一個緩刑？」法蘭克將木棒布包掏出來，打開包覆的布巾。就和馬爾斯給的笨重長槍一樣，但這根小木棒又更糟些。伊麗絲說得沒錯，它壓得他喘不過氣來。

「茱諾救你是有原因的，」女神說：「她要你替她的計畫效命。如果她沒有在你還是嬰兒的時候現身，警告你母親這根木棒的事，你大概早就死了。你生來具有太多天賦，那樣的力量很容易毀掉一個凡人的生命。」

「太多天賦？」法蘭克感覺耳根因為氣憤而熱起來，「我根本沒有任何天賦！」

「那不是事實，法蘭克。」伊麗絲舉起手，在自己面前晃來晃去，好像擦拭玻璃窗的動作，一道迷你彩虹出現了。「你想一想。」

彩虹中閃爍出一個畫面。法蘭克看到自己，那是他四歲時在奶奶家後院奔跑的景象。媽媽從高高的閣樓窗戶探出頭來對他招手，呼喊他，引他注意。法蘭克是不被准許在後院單獨玩耍的。他不知道媽媽為什麼要上去閣樓，但她有叫他乖乖待在家裡，不可以亂跑。可是法蘭克做了恰恰相反的事，他開心地溜出去，跑到樹林邊，然後在那裡和一隻大灰熊正面相遇。

在看到彩虹畫面之前，這段記憶已經非常模糊了，法蘭克幾乎以為那只是他作過的夢。現在，他可以領會到這整個經驗是如何的超現實。那隻灰熊凝望著法蘭克，很難判斷他們兩個到底是誰比較害怕。然後法蘭克的媽媽突然出現在他身邊，雖然她應該沒辦法如此迅速地自閣樓衝下來才對。她站到灰熊與法蘭克的中間，告訴法蘭克趕快跑回家。這一次法蘭克很聽話，當他跑到後門陽台回頭張望時，媽媽已經走出林子，灰熊則消失無蹤。法蘭克問媽媽發生了什麼事，媽媽微笑回答：「熊媽媽只是想問路。」

彩虹畫面改變了。法蘭克看見六歲的自己縮在媽媽的大腿上，儘管他已經長大到不太適合有這樣的動作。媽媽長長的黑髮放到背後，雙手環抱著他。她戴著法蘭克最喜歡偷偷拿來戴的無框眼鏡，毛茸茸的灰色套頭毛衣飄散出肉桂的香味。她正在講英雄的故事給他聽，還假裝所有的英雄都和他有關，像是有個叫徐福的人，出海尋求長生不老仙丹。彩虹畫面沒有聲音，但法蘭克記得媽媽說的一字一句：「他是你的曾曾曾曾……」媽媽每說一個「曾」，就會戳他的肚子一下；她一連說了幾十個「曾」，直到他被搔癢到笑得停不下來為止。

然後又有一個叫「充國」的人，也被稱為塞內加．格拉古，他在中國西邊沙漠打敗過十二條羅馬龍、十六條中國龍。「你要知道，他是史上最強的一條龍，」媽媽這麼說：「所以他才能打敗他們！」法蘭克不了解這些話的意義，不過聽來很讓人興奮。

然後她又說了一堆「曾」、戳了他肚子好幾回，法蘭克滾到地上逃離媽媽的搔癢。「而我們所知的最古老祖先，是皮洛斯的王子，海克力士[57]曾經和他對打過一次，很艱苦的一仗！」

「我們贏了嗎？」法蘭克問。

媽媽笑起來，但聲音裡有一絲傷感。「沒有，我們的祖先輸了，可是海克力士贏得並不輕鬆。想像和一窩蜂群對戰的樣子，狀況就是那樣。即使是海克力士都嘗到苦頭！」

法蘭克不能理解媽媽的說法，不論是當時或現在都不懂。他的祖先難道是個養蜂人？法蘭克已經有好多年沒有回想這些故事了，然而它們現在一股腦地湧出來，清晰的程度就和媽媽的臉龐一樣。再次看見媽媽，他心裡很難過，好想再回到當時的時光。他想當一個小小孩，縮在媽媽的腿上。

在彩虹畫面裡，小法蘭克問媽媽，他們的家族究竟是哪裡人。這麼多的英雄，他們是從皮洛斯、羅馬，還是從中國或加拿大來的呢？

媽媽微笑，微微歪著頭，好像在思索如何回答最好。

「驪軒，」她終於開口，「我們的家族來自許多地方，但我們的故鄉是在驪軒。法蘭克，你要永遠記得：你擁有一個特別的天賦，你可以成為任何東西。」

彩虹消失，只留下伊麗絲和法蘭克對坐。

「我不明白。」他的聲音沙啞。

---

[57] 海克力士（Hercules），宙斯與底比斯王后所生的兒子，是希臘神話中的大力士，曾完成十二項不可能的英雄任務。

「你母親解釋了，」伊麗絲說：「你可以成為任何東西。」

這句話就像任何家長要提振孩子自信時會說的蠢話，不過就是句老掉牙的口號，可以印到伊麗絲的衣服上，和「女神還活著」、「我的另一輛車是魔毯」並列。不過伊麗絲講話的口吻，卻好像它是個挑戰。

法蘭克伸手摸摸褲子口袋，那是他存放媽媽的烈士勳章的地方。銀質獎章冷得像冰塊。

「我沒辦法成為任何東西，」法蘭克堅決地認為，「我一項技能也沒有。」

「什麼事讓你厭倦了？」伊麗絲問：「你以前想當弓箭手，你就做得相當不錯。你才剛剛碰觸到最表面而已，你的朋友海柔和波西都在兩個世界之間延展努力，不管是在希臘與羅馬間，或是在過去與現代間；可是你能夠延展得比他們兩人還要好。你有很古老的家族淵源，有來自母親那裡的皮洛斯血統，還有你父親是馬爾斯，難怪茱諾希望你成為她的七位英雄之一。她希望你去攻打巨人和蓋婭，不過，你自己好好想一想，你想要做什麼？」

「但我別無選擇，」法蘭克說：「我是那愚笨的戰神的兒子，我必須參加這個尋找任務，還要……」

「必須要，」伊麗絲打斷他，「而不是『我想要』。我也曾經那麼想，後來我厭煩了，我討厭擔任所有人的侍者，整天遞酒杯給朱比特、送信給茱諾、來來回回透過彩虹傳達訊息，只要任何人拿得出古希臘金幣。」

「古希臘什麼？」

「那不重要。但我學會放下，我開了ROFL，現在我已經沒有那個負擔。你也可以學會放下，或許你逃脫不了命運，有一天那根木棒終究會燃燒。我可以預見它發生時你正握著它，而你的生命將會終止……」

「感謝提醒。」法蘭克咕噥抱怨。

「但那正讓你的生命顯得更加珍貴呀！你沒有必要成為父母或奶奶所期待的人，你沒必要遵從戰神的命令，或是茱諾的命令。法蘭克，你可以走出一條自己的道路！」

法蘭克思考這件事，這真是一個讓人興奮的點子：拒絕天神，拒絕命運，拒絕他的父親。他不想當戰神的兒子，他的母親就是死於戰爭，他失去的每樣東西都要歸咎於戰爭。馬爾斯根本對他沒有半點了解，法蘭克不想成為英雄。

「你為什麼要告訴我這些事呢？」他問：「你希望我放棄任務，任由朱比特營被毀滅嗎？我的朋友還要仰賴我呢！」

伊麗絲攤開雙手。「我不能告訴你要去做什麼，法蘭克，但你要做你想做的事，而非做他們叫你去做的事。順從的個性究竟怎麼找上我的？我花了五千年服侍所有人，從來沒有找出自己的定位。我最怕什麼動物？沒人有空丟給我半隻試試。我的神殿在哪裡？他們一間也沒蓋過。那麼，好吧！我在這間小商店裡找到了內心的不靜。如果你願意，也可以和我們留在這邊，變成ROFL合作社的一員。」

「合作社？現在？」

「重點是，你擁有選擇權。如果你繼續你的任務……當你釋放桑納托斯時，會發生什麼事？對你的家人會是好事嗎？對你的朋友呢？」

法蘭克記得奶奶說過，她與死神有個約會。雖然有時他會生奶奶的氣，但她畢竟是他唯一還活著的親人，唯一仍在世間愛著他的人。如果桑納托斯繼續被鎖鍊拴住，法蘭克或許就不會失去奶奶了。還有海柔，不知是什麼原因，讓海柔從冥界回到人世；可是如果死神再度帶走她的話，法蘭克也會受不了。更別說法蘭克自己的問題了。根據伊麗絲的說法，他早該在嬰兒時期就死掉，橫在他和死亡中間的只有那根燒了一半的木棒而已。桑納托斯會不會也將他一起帶走呢？

法蘭克試著想像和伊麗絲留在此地的生活。穿上ROFL上衣，對旅行的混血人販賣水晶和捕夢網，跟路過的怪物推銷不含麥麩的蛋糕代替品。在此同時，一支怪物大軍將會征服朱比特營。

「你可以成爲任何東西。」媽媽這樣說過。

不，他心想，我不能那樣自私。

「我必須去，」他說：「那是我的職責。」

伊麗絲嘆了一口氣。「我也很期待，但我總得試試。至於在你前方的挑戰……嗯，我實在不希望任何人去面對這樣的挑戰，尤其是像你這樣善良的好男孩。如果你眞的必須去，至少我可以給你一個建議。你需要有人幫忙，才能找到桑納托斯。」

「你知道巨人把他藏在哪裡嗎？」法蘭克問。

伊麗絲若有所思地看著屋頂上搖擺的風鈴。「我……不知道。阿拉斯加已經超出天神管轄的範圍，他的位置被遮蔽住，我無法看到。可是我確信，有一個人絕對會知道。去找菲紐斯㊽吧，他是一個瞎子，卻能看見過去、現在與未來。他知道許多事，可以告訴你桑納托斯被困在哪裡。」

「菲紐斯……」法蘭克說：「是不是有一個關於他的什麼故事？」

伊麗絲勉強點頭。「很久很久以前，他犯了可怕的罪刑。他利用自己預見未來的能力去做邪惡的事，所以，朱比特派了鳥身女妖去懲罰折磨他。阿爾戈英雄，順便告訴你，裡面包括你的祖先……」

「皮洛斯的王子嗎？」

伊麗絲顯得有點猶豫。「是的，法蘭克。只不過，他的故事、他的天賦……都必須靠你自己的努力去發掘。簡而言之，阿爾戈英雄是靠趕走鳥身女妖來換取菲紐斯的幫忙。那都是千百年前的事，但我知道菲紐斯已經重返人世，你可以在奧勒岡州的波特蘭找到他，就在你們北上的路途中。不過，你必須答應我一件事，如果他現在還繼續受到鳥身女妖的折磨，不論菲紐斯承諾你們什麼，都不可以殺掉鳥身女妖。請用一些別的方法贏得他的協助。鳥身女妖並不是壞人，她們是我的姊妹。」

「你的姊妹？」

「我明白，我看起來沒有蒼老到像是她們的姊妹，但那就是事實。此外，法蘭克……這裡還有另一個問題。如果你非走不可，你得要先清除掉山頭那些雞蛇。」

「你是指那三條毒蛇？」

「沒錯，」伊麗絲答：「牠們被叫做『雞蛇』，是因爲頭上有很像雞冠的東西，可惜這個可愛的名字用在一個非常不可愛的東西上。我是比較傾向不要殺掉牠們，畢竟牠們也是一種

---

58 菲紐斯（Phineas），色雷斯國（Thrace）國王，擁有太陽神阿波羅授予的預言能力，因洩露太多天機激怒了宙斯，於是令他雙目失明，並派鳥身女妖來處罰他。

生物。但是如果牠們不離開，你也走不了。如果你的朋友想和牠們決鬥……嗯，我可以預見會有不好的下場。只有你，有能力殺掉那些怪物。」

「怎麼殺？」

她的視線往地上看，法蘭克知道她正在瞧他的長槍。

「我希望能有別的方法，」她說：「比如說，有幾隻鼴鼠也行。鼴鼠是雞蛇的天敵。」

「半隻也沒有。」法蘭克承認。

「那麼，就使用你父親給的禮物吧。你確定不要留在這裡生活嗎？我們這裡會做最好喝的不含乳糖的米漿耶。」

法蘭克站起來。「這把長槍要怎麼用？」

「你必須自己摸索出用法，我不會給暴力行為任何建議。不過當你前去打鬥時，我會顧好你的朋友。我希望芙莉絲已經找到具有合適藥效的藥草，上次我們的綜合飲料……唉呀，我想那些英雄沒有人願意變成雛菊吧。」

女神也站起來。她的眼鏡閃著光，法蘭克從鏡片中看見自己的反射影像。他的表情嚴肅又冷酷，完全不像彩虹畫面裡那個天真的小男孩。

「最後一丁點忠告，」伊麗絲說：「你命中注定要抱著那根小木棒、看著它燃燒，然後步入死亡。但是，或許你不必自己保管它；或許你信任某個人，願意交給他保管……」

法蘭克的手指圍繞住小木棒。「你想幫忙嗎？」

伊麗絲溫柔地笑起來。「喔，親愛的，不是啦。我收藏品這麼多，會把它搞丟的。它會和我的水晶混在一起，不然就是不小心被當成木頭紙鎮給賣掉了。不要誤會，我的意思是，交給一位混血人朋友，一個接近你心靈的人。」

海柔。法蘭克心裡立刻想到她，世上再沒有其他能讓他更信任的人了，但他如何表白這個祕密呢？如果他承認自己是這麼懦弱，還有他的整條命不過就仰賴這根燒了一半的小木棒……海柔再也不會把他當成英雄，他將永遠無法成為她的白馬王子。況且，他又怎能期待她承擔這樣一個責任？

他把小木棒包起來，收進口袋裡。「謝謝……謝謝你，伊麗絲。」

她握住他的手。「不要放棄希望，法蘭克。彩虹永遠都站在希望這一頭。」

她朝商店後方走去，留下法蘭克在窗邊獨處。

「希望，」法蘭克喃喃唸著，「我寧願有幾隻鼴鼠在手上。」

他拿起父親送的長槍，邁出步伐，迎向外面的雞蛇。

23 法蘭克

法蘭克想念他的弓。

他想站在門廊之內，隔段距離射殺雞蛇。只要幾支瞄得準的火藥箭，在山坡上點起幾把火，問題就解決了。

不幸的是，有滿筒的箭卻無法射出去，實在無濟於事。何況，他現在根本不知道那些雞蛇在哪裡，從他一踏出商店，牠們就停止噴火了。

他走下門廊階梯，舉起金色長槍。他向來不喜歡近距離打鬥，因爲他塊頭過大又動作遲緩。雖然他在戰爭遊戲時表現不差，但現在是貨眞價實的戰鬥，萬一出錯了，也不會有待命的巨鷹飛過來救他。

「你可以成爲任何東西。」媽媽的聲音在他腦海裡迴盪。

太好了，他想。那我想要成爲一個很會使用長槍的人，成爲百毒不侵的人，還有，不怕火的人。

然而法蘭克心裡很明白，他的願望沒有被批准。長槍在他手中依舊感覺笨重。

山頭仍有幾處悶燒的火，刺激的煙熏得嗆鼻，枯萎的草葉在法蘭克的腳下塌伏。

他回想母親告訴過他的那些故事，歷代英雄都曾與海克力士對戰、與龍纏鬥，也曾經航行怪物出沒的海域。法蘭克不懂他怎麼會是來自這樣的家族，也不懂這個家族怎麼會從希臘遷移到羅馬、再到遙遠的中國。但一些模糊的想法開始在他心中萌芽，他終於開始對皮洛斯王子產生疑問，也開始認眞思索曾曾祖父愼龍在朱比特營造成的災難，與家族的天賦能力。

「那天賦從來沒有讓我們的家族獲得平安。」祖母警告過他。

就在法蘭克要去獵殺有毒有火又邪惡的怪蛇之際，這個念頭可眞鼓舞士氣啊！

這是個安靜的夜晚，四周只有草叢著火的爆裂聲。每當微風吹來，長草間便多了一陣窸窸窣窣的聲響，法蘭克不禁想到那些綁架海柔的穀物精靈。但願他們也跟著波呂玻特斯的大軍往南邊去了，此刻他眞的不想要面對更多問題。

他往下坡走，眼睛被煙熏得有些刺痛。突然間，他看見六、七公尺遠的前方冒出火苗。他考慮是否要將長槍丟擲過去。笨主意！那麼他馬上就沒有武器了。他決定繼續向火苗靠近。

他很希望身上有蛇髮女怪血液的小藥瓶，可惜都被他留在船上了。他納悶那血液是否能夠解雞蛇的毒……不過就算他藥瓶在手，又做了正確的選擇，他也懷疑自己是否來得及喝下它，或者會和他的弓一樣化爲煙塵呢？

他踏上一片草葉焦黑的小空地，赫然發現自己已經與一條雞蛇正面相對。

這條蛇將尾巴貼著地面昂起身體，吐信出聲，頸部的一環白色棘刺整個張開來。法蘭克記得，有頭冠就是牠們被稱爲雞蛇的原因。他以前以爲雞蛇是像龍一樣的大怪物，用眼睛一看就能將人變爲石頭。然而眞實的雞蛇更可怕，牠那細小的身體、迷你的火炬、帶著劇毒的邪惡，要比一隻笨重的大龍來得更難殺死。法蘭克已經見識過牠移動之快速。

牠爲什麼不攻擊呢？法蘭克的長槍握起來冰冷又沉重，龍牙做成的尖刺自顧自地朝地面垂下，彷彿是一根想要探測水源的占卜杖。

「別這樣。」法蘭克奮力想要舉起這把長槍。他光是要戳刺這個怪物已經不容易了，結果他的長槍還跟他作對。然後，他聽到左右兩邊草叢傳來聲響，兩條雞蛇瞬間已出現在空地上。

法蘭克直接踏進了敵人的埋伏。

24 法蘭克

法蘭克前後揮舞著長槍。「退後！」他的聲音聽起來很尖細。「我有……我有……一把強力的……東西。」

雞蛇張嘴吐舌，嘻嘻哈哈像是一組三重唱，可能是在笑他吧。

現在長槍的矛刺沉重到幾乎舉不起來，三角形的白色鋸齒就好像拚命想去碰觸地面一樣。法蘭克的腦中突然閃過一個念頭：馬爾斯特別強調矛刺是由龍牙做的，是不是有某個關於龍牙種在地面的故事呢？好像在營區的怪物課裡有讀過？

三條雞蛇環伺著他等待時機，或許牠們猶豫的原因就是這把槍，又或許，牠們只是無法相信法蘭克竟然這麼笨。

看起來似乎很瘋狂，但法蘭克索性讓矛刺往下墜去。他將長槍插入土中，喀！

當他再把槍拔出來，矛刺不見了。那根尖刺斷在土裡。

眞是好呀，現在他有根金箍棒了。

他個性中有些瘋狂的部分叫他乾脆拿出那根小木棒來。如果他終究得一死，不如乾脆引起一場大火，把雞蛇一起燒光光，至少還能讓朋友跑出去。

在他鼓起這樣的勇氣之前，腳下的地面突然震動起來，泥土到處噴濺，緊接著，一隻骷髏手掌朝上空伸出來。雞蛇嘶嘶叫著，畏縮後退。

法蘭克不怪牠們膽小，因為當他看到那個人類骷髏從泥土中冒出，也是驚駭到了極點。那是個帶著皮肉的骷髏，彷彿有人澆了凝膠在枯骨上，形成一層透明發亮的灰色皮膚。接著，鬼魅般的衣服裹覆其上，先是緊身T恤、迷彩長褲，最後是軍靴。整個形體上的東西都是灰色的：灰衣服穿在灰皮膚上，灰皮膚附在灰骨頭上。

骷髏轉身看著法蘭克，面無表情的灰色臉孔咧開了嘴巴。法蘭克一時像隻小狗般抽噎起來，雙腿發抖到快撐不住自己的身體，還得靠那根金箍棒幫忙穩住。骷髏武士在等待，法蘭克突然意識到，他在等他下命令。

「殺死那些雞蛇！」他脫口而出，「不是我！」

骷髏武士立刻跳起進攻。他抓住最接近的一條蛇，儘管碰觸到蛇的灰色皮肉立刻開始冒煙，他還是一手就將蛇扭轉絞昏，把那癱軟的身體往山底拋去。另兩條蛇激動不已，其中一條朝法蘭克飛躍過去，法蘭克用長槍的粗柄將牠打到旁邊去。

另一條雞蛇直接對骷髏武士的臉孔噴火，骷髏武士卻繼續向前，一腳把雞蛇的頭踩到他的靴子底下。

法蘭克轉過去找剛剛那條雞蛇，牠此刻蜷伏在空地邊緣研究他們。法蘭克的帝國黃金槍柄正冒出蒸氣，但與他的弓情況不同，這把長槍似乎不會因為碰觸到雞蛇就粉碎。骷髏武士的右手和右腳也因為碰到毒而在緩慢消融，頭部有些著火，除此之外看起來狀況都還不錯。

這條雞蛇做了個明智的決定，牠決定逃走。然而在一眨眼的瞬間，骷髏武士從上衣裡掏出一個東西，扔過空地把蛇打入土中。法蘭克本來想說那大概是把刀子，接著才發現，那東西竟然是骷髏自己的一根肋骨。

法蘭克慶幸自己的胃是空的。「這……這太噁了吧。」

骷髏武士衝到雞蛇旁邊，拔出自己的肋骨，用它砍下蛇的頭，雞蛇整個化爲灰燼。然後骷髏武士繼續抓出另兩條蛇的屍骸，同樣把牠們的頭砍下，並踢飛所有灰燼，讓它們分散各處。法蘭克記得戈耳工姊妹在小台伯河上被打敗時，河水也是強力將她們盡可能地打散開來，以免她們又重組成形。

「你是在確保牠們不會回來，」法蘭克理解地說：「或者是減緩牠們重組之類的吧。」

骷髏武士在法蘭克面前立正站好，他的右手和右腳幾乎都不見了，頭部還在燃燒。

「你……你是什麼東西？」法蘭克問，心裡很想加上一句：不要傷害我。

骷髏武士用殘存的手敬了一個禮，然後就開始崩裂粉碎，沉進土中。

「等一下！」法蘭克喊：「我還不知道該怎麼稱呼你耶！牙人？阿骨？小灰？」

骷髏武士的臉已經快消失在泥土上，但似乎在聽到最後一個名字時咧嘴笑了，又或許只是牙齒剛好露出來而已。然後他就徹底消失，空地上徒留法蘭克和那把沒有尖刺的標槍。

「小灰，」他喃喃自語，「好吧……可是……」

他檢查他的長槍。這時，一顆新的龍牙已經開始從黃金槍柄上面長出來。

「你可以擁有三次出擊的機會，」馬爾斯說：「所以，要謹愼使用它。」

法蘭克聽見身後出現腳步聲，原來是波西和海柔跑過來空地這裡。波西看起來已經好多了，不同的是，身上多了一個ROFL販賣的男士手染書包，和他的造型完全不搭。波西手持波濤劍，海柔也拔出她的古羅馬長劍。

「你還好嗎？」海柔問。

波西原地繞轉一圈，尋找敵人的蹤影。「伊麗絲告訴我們，你獨自出來攻打雞蛇。我們聽了嚇一跳，趕快用最快的速度衝過來。到底發生了什麼事？」

「我也不確定。」法蘭克承認。

海柔蹲下來，看著小灰消失的地方。「我感覺到死亡。如果不是我弟弟來過這裡，就是……雞蛇都死了嗎？」

波西嚇了一大跳，瞪著法蘭克說：「你殺光牠們？」

法蘭克嚥了一下口水。他還沒開口嘗試說明那位新任的不死部屬，就已經覺得一整個難爲情了。

三次機會，法蘭克還可以呼叫小灰兩次，但他已經感受到骷髏武士骨子裡的狠毒。他不是寵物，他是狂暴的、死不了的殺戮力量，勉強受到馬爾斯控制而已。法蘭克覺得骷髏武士雖然會按照他的命令去做，可是萬一他的朋友正好也在戰場上，那就……喔哦，而且，要是他命令下得慢一點，骷髏武士也有可能開始砍殺所有擋在他路上的東西，包括他的主人。

馬爾斯說，在他還沒有學到母親的天賦之前，這把長槍可以給他一些活命的空間。這就表示，法蘭克必須學會那些天賦，而且要快！

「多謝了，父親。」他咕噥著說。

「什麼？」海柔問：「法蘭克，你還好吧？」

「我晚點再跟你們解釋。」他說：「現在，我們必須趕快去見一個住在波特蘭的瞎子。」

25 波西

波西覺得自己已經成為廢人史上最廢的一個混血人，這個包包更是最後一擊。

他們匆忙地離開彩虹有機生活食品店，所以伊麗絲不見得是故意拿這個包包來羞辱他。她只是匆匆拿了一個包包，塞滿添加維他命的糕餅、天然乾果片、長壽牛肉乾，還有一些祈福水晶，然後就把包包推給他。「來，你會需要這些東西的。喔，這包包真是好看呀。」

這個包包，抱歉，應該稱為「男士萬用書包」，被紮染成彩虹的顏色，還有木頭珠子串成的和平圖樣，再加上「擁抱全世界」這句標語。波西反而希望上面寫的是「擁抱大馬桶」，他覺得這個包包是對他不可思議、極端沒用的一個註解。當他們航向北方時，他竭盡所能地讓這個書包離他遠一些；問題是，這艘船很小。

他不敢相信他竟然在朋友需要他時出了狀況。首先，他跑回船上，把朋友丟在那裡，害得海柔被綁架走。接著他觀望怪物大軍南行，竟然就精神耗弱崩潰。糗嗎？當然，但他沒辦法控制。當他看到邪惡的半人馬和獨眼巨人，就是感覺到超級不對勁、超級違反他的認知，讓他覺得腦袋快要爆炸。還有那個巨人波呂玻特斯……給他一種和他處於海上時完全相反的感覺。波西的能量像是被搾乾，只剩虛弱和發燒，彷彿整個內在都被侵蝕掉了。

伊麗絲的藥草茶讓他的身體恢復許多，但他心裡依舊有傷痕。他聽說截肢的人在失去肢體後，還會出現過去的疼痛幻影，而那正是他現在內心的感受：失去的記憶在傷痛。

最糟的是，愈往北行，他的記憶就愈消退。本來在朱比特營他開始覺得好一點，可以偶爾憶起一些臉孔與人名，可是現在，就連安娜貝斯的臉也開始模糊。當他在彩虹有機生活食品店嘗試要送伊麗絲訊息給安娜貝斯時，芙莉絲只能傷感地搖頭。

「就好像你想打電話給某人，」她說：「你卻忘了她的電話號碼，或是有人占線。很抱歉，親愛的，我就是無法幫你接上線。」

他很怕當他到達阿拉斯加時，就會忘記安娜貝斯的臉孔，或是某天當他醒過來，會連她的名字都記不得了。

然而，他還是必須專注在尋找任務上。看見敵人大軍經過，已經讓他知道將會面臨什麼樣的攻擊。此時是六月二十一日清晨，他們得要前往阿拉斯加，搜尋桑納托斯，找出軍團象徵，然後在六月二十四日傍晚前返抵朱比特營。四天的時間而已，在此同時，敵軍只剩幾百公里的路就到達朱比特營了。

波西靠著北加州外海的強烈洋流，將小船帶往北方。海風凜冽，可是波西的感覺反而不差，那風將他腦袋裡混亂的思緒都給吹散。他集中意志在導航小船上，盡全力航行。和平號破浪向北前進，船身嘎嘎作響。

同一時間，海柔和法蘭克則在交換彩虹有機生活食品店裡發生的故事。法蘭克說明了那位住在波特蘭的瞎子菲紐斯的事。他告訴他們，伊麗絲認爲那個人有可能透露桑納托斯的位置。法蘭克並沒有提到他是如何殺死雞蛇的，但波西覺得那應該跟他那把尖端斷過的長槍有關。不管究竟發生過什麼事，聽起來法蘭克害怕長槍的程度遠超過雞蛇。

當他說完，換海柔告訴法蘭克他們和芙莉絲在一起做了什麼。

「所以那個伊麗絲傳訊有成功嗎？」法蘭克問。

海柔同情地看著波西，沒有說出他聯絡安娜貝斯失敗的事。

「我聯繫上蕾娜了，」她說：「按理說，應該是要拋擲一塊金幣到彩虹中，嘴巴唸一些咒語，像是：『喔，彩虹女神伊麗絲，請接受我的請求。』不過芙莉絲稍微調整了程序，給了我們她的……怎麼說呢，她的直撥電話號碼？所以我就必須改唸：『喔，芙莉絲，請幫我一個小忙，顯示朱比特營的蕾娜。』我覺得這有點蠢，但還眞的奏效了。蕾娜的影像出現在彩虹中，好像雙方視訊電話。那時她正在浴場裡，把她嚇了一大跳。」

「那我願意付錢去看，」法蘭克說：「啊，我的意思是……看她的表情啦。你知道，不是看……浴場。」

「法蘭克！」海柔用手搧著臉，好像需要一點新鮮空氣；雖然這是很老派的動作，可是她做起來很可愛。「總之，我們告訴蕾娜關於怪物大軍的事，不過就像波西說的，她已經心裡有數了。沒有任何事爲此而改變，她正盡全力做好防禦準備。除非我們釋放了死神，帶著老鷹回去……」

「否則營區無法抵擋得了敵軍，」法蘭克下結論，「在毫無援助之下，是沒有辦法的。」

這之後，他們在一片靜默中航行。

波西不斷想到獨眼巨人和半人馬。他也回想起安娜貝斯、羊男格羅佛，還有他夢中出現的那艘半完成戰艦。

「你來自某處。」蕾娜這麼說。

波西好希望自己能記得那裡是哪裡，他就可以去求援。朱比特營不應該獨自對抗巨人的，一定有什麼盟友存在才對。

他摸摸項鍊上的陶珠，再摸摸觀察期的金屬名牌與蕾娜交給他的銀戒指。或許他到了西雅圖後，可以和她姊姊海拉聯絡上，搞不好她願意提供一些援助，只要別一見到波西就殺他的話。

幾小時的航行後，波西的眼皮愈來愈沉重。他擔心自己會累到昏睡過去。然後他逮到休息的機會了，一頭虎鯨正在船邊沿著海面游泳，波西開始用心語和牠對話。

其實並不完全像對話，但大概進行的方式是：「你能載我們一程嗎？」波西問：「比如往北到距離波特蘭最近的地方？」

「吃海豹，」虎鯨回應，「你是海豹嗎？」

「不是，」波西承認，「不過我有一整包長壽牛肉乾。」

虎鯨發抖。「你發誓不要餵我吃那種東西，我就載你去北方。」

「沒問題。」

波西立刻用繩子做了一個臨時的挽具，一頭纏在虎鯨的上半身。於是他們便靠「鯨力」快速北移，而且在海柔和法蘭克的堅持下，波西終於閉目休息。

他作了有生以來最可怕又最混亂的夢。

他想像自己是在舊金山北邊的塔瑪爾巴斯山上，正在老泰坦的大本營裡戰鬥。這不大合情理，因爲當羅馬人去攻打那裡時，他尚未加入他們的陣營，可是他見到的景象卻很清晰：有一個身穿戰甲的泰坦巨神，而安娜貝斯與另兩個女孩和波西同一陣線。其中一個女孩戰死了，波西跪在她身邊，看著她化爲天上的星斗。

然後他看見一個乾船塢裡有艘巨大的戰船，晨光中，船上的龍頭銅像閃閃發亮。這艘船的索具和武器裝備都已完成，但顯然有些地方仍有問題。甲板上有個艙口是打開的，黑煙從某種像是引擎的東西裡冒出來。一個黑色鬈髮男孩拿著扳手敲打引擎，嘴上像是在咒罵。另兩個混血人蹲在他旁邊，臉上盡是關切之情。其中一個是金色短髮的青少年，另一個是深色長髮的女生。

「你知道今天已經是夏至了，」那女孩說：「我們應該是今天要出發。」

「我當然知道！」鬈髮技工又拍打引擎好幾下，「可能是什麼鬼零件，還是什麼鬼器械，也可能是蓋婭又在找我們麻煩了，我也不確定！」

「還要多久？」金髮男子問。

「兩、三天。」

「他們恐怕沒有那麼多時間。」那女孩警告說。

波西有種感覺，他們是在說朱比特營，然後夢中景象又轉換了。

他看見一個男孩與他的狗在加州的金黃色山區遊走。當畫面變得更清晰時，他才發現那不是一個男孩，而是一個身穿法蘭絨襯衫與破爛牛仔褲的獨眼巨人。至於那隻狗，則像一大團蹣跚走著的黑毛，遠看和一頭犀牛差不多大。獨眼巨人肩上扛著一根巨大棍棒，波西卻不覺得他像敵人。他一直呼喊著波西的名字，叫他……哥哥？

「他聞起來好遠，」獨眼巨人哀怨地對大狗說：「爲什麼他的味道愈來愈遠？」

「汪汪！」大狗回應，波西的夢境又變了。

他看見一列白雪靄靄、高聳入雲的山脈，蓋婭沉睡的臉孔出現在岩石的陰影上。

「這麼有價值的人質，」她的聲音平和舒緩，「不要怕，波西．傑克森，到北邊來吧！你的朋友將會死亡，沒錯，但我暫且會讓你存活，我替你準備了偉大的計畫。」

群山間的峽谷是一大片冰原，冰原邊緣陡降入海，高低落差達上百公尺，成片的冰雪不斷崩落海中。冰原上駐紮了一個軍營，城牆、護城河、瞭望塔、營房一應俱全，就和朱比特營一樣，不過規模大了三倍。在那間「普林斯匹亞」外面的T字路口，站著一個身披暗色長袍的人影，被拴困在冰上。波西的視線掠過他，進入總部裡面。在那裡，一個比波呂玻特斯更龐大的巨人端坐於昏暗間。他的皮膚透出金光，身後展示著破爛不堪又結凍的羅馬軍團旗幟，還有一隻展翅的黃金大老鷹。

「我們等著你，」巨人的聲音如雷鳴傳出，「當你還在摸索北上的路、想要找到我的藏身處，我的軍隊就要摧毀你寶貴的營區了。先是羅馬營，接著還有其他。你贏不了的，小小混血人。」

在寒冷又灰濛濛的天光中，波西被一陣晃動震醒，雨絲打他臉上。

「我還以為我睡得最沉，」海柔說：「歡迎來到波特蘭。」

波西坐起身子，眨眨眼皮。周遭的景色和他的夢境迥異，他不確定哪個才是眞實的。和平號漂流在色澤暗黑如鐵的河面上，河流貫穿於城市中央。厚重的雲層低掛天空，凜冽的雨絲輕飄飄的，宛如懸浮在空氣間。波西的左邊有工業區的倉庫和鐵道，右邊則是小小的市區，幾棟高樓看起來很安逸地從河岸與山頭蓊鬱的霧氣間升起。

波西揉掉眼裡的睡意。「我們是怎麼到達這裡的？」

法蘭克給了他一個「我講了你也不會相信」的眼神。「那頭虎鯨把我們遠載到哥倫比亞河[59]，然後就把挽繩丟給一群超過三公尺長的鱘魚。」

波西以爲法蘭克說的是「神醫」，腦海頓時浮現巨人醫生戴著口罩消毒手臂，還把他們的船逆流拉上來的影像。然後他才突然意識到，法蘭克講的應該是某種叫「鱘魚」的魚。他很慶幸剛剛沒有接口，不然可就丟臉了，虧他還是海神的兒子。

「總之，」法蘭克繼續說：「鱘魚拉了我們好久，海柔和我輪流睡覺。然後我們便到達這條……」

「威拉米特河[60]。」海柔說明。

「對，」法蘭克說：「在那之後，小船就好像自己接手控制，獨力將我們帶到這裡。你睡得還好嗎？」

當和平號往南航行時，波西把自己的夢境告訴他們。他努力將重點放在正面的事情上：一艘戰艦可能會前來支援朱比特營，一個友善的獨眼巨人和超大的黑狗正在找他。然而他並沒有提起蓋婭的那句話：你的朋友將會死。

當波西講到冰上的羅馬式軍營時，海柔顯得很困惑。

---

[59] 哥倫比亞河（Columbia River）是北美洲西北太平洋岸最大的一條河，長達兩千公里，起源於加拿大英屬哥倫比亞省的洛磯山脈，由美國奧勒岡州出海。

[60] 威拉米特河（Willamette River）是哥倫比亞河的支流，起源於奧勒岡州西南邊，往北流經波特蘭市區注入哥倫比亞河。

「這麼說來，奧賽俄紐斯是盤據在冰河上面，」她說：「但這樣還是沒有縮小多少尋找範圍，類似的地方阿拉斯加有上百個。」

波西點頭。「也許這個可以預言的瞎子菲紐斯會告訴我們是哪一個。」

小船自動停泊到一個碼頭邊，三個混血人凝望著毛毛雨中的波特蘭市區。

法蘭克抹掉他頭上的雨水。

「所以現在我們要在茫茫細雨中尋找盲人。」法蘭克說：「有得忙了。」

26 波西

事實並沒有他們想像中的困難，尖叫聲和割草機幫了很大的忙。

他們三人都有準備輕薄保暖的風衣外套，所以穿上防雨裝備後便立刻出發進城。他們走過幾個街區，多是死寂得像沙漠的街道。這一次波西放聰明了，把多數的補給品從船上背下來，就連長壽牛肉乾也塞進外套口袋裡，萬一又需要威脅虎鯨時，就可隨時派上用場。

他們見到一些腳踏車通勤者和幾個窩在走道的遊民，但大多數的波特蘭市民似乎都留在室內。

當他們走到格利森街時，波西羨慕地看著在咖啡店裡喝咖啡、吃蛋糕的人們。他正想提議停下來吃早餐，突然聽見街角有人喊著：「嘿，吃那個呀，笨鳥！」緊接著又響起一個小型引擎的發動聲與一連串嘎嘎亂叫聲。

波西看看朋友。「你覺得……？」

法蘭克附和說：「有可能。」

他們朝聲音的方向快跑。

過了一個街口，他們見到一大片開放的停車場，旁邊是成排樹木的人行道，中間停了一排面向四方街道的餐車。雖然波西以前一定看過餐車，卻從未見過那麼多輛集中在同一個場所。有些餐車只是有輪子的白色貨櫃加上遮陽篷櫃檯，有些則漆成大藍、大紫或大斑點，前頭還掛上鮮明旗幟與彩色菜單，桌椅一擺，就像路邊的自助咖啡館。有一車在廣告巴西韓國混合風味玉米餅，聽起來好像某種極度機密的輻射食物；另一車在賣串燒壽司，還有一車是賣油炸冰淇淋三明治。幾十個廚房同時在烹煮食物，香味實在吸引人。

波西的胃咕嚕咕嚕叫。大多數的餐車都已經開張，但四周幾乎沒有人，他們可以輕易拿到各種想吃的食物。油炸冰淇淋三明治？噢，天呀，聽起來比小麥胚芽好太多了。

不幸的是，這裡進行中的事件不只是烹煮食物而已。在停車場中央、所有餐車的後面，有個身穿浴袍的老人正拿著割草機到處跑，對一群要偷吃餐桌上食物的鳥身女妖吼叫。

「鳥身女妖，」海柔說：「也就是說……」

「他是菲紐斯。」法蘭克猜說。

他們跑過街頭，躲在巴西韓國混搭餐車與中國式蛋餅攤中間。

餐車的背面可不像它的前面那麼誘人，塑膠桶堆疊了好幾落，垃圾桶塞到已經滿出來，臨時衣架上掛著溼答答的圍裙和抹布。這個停車場其實只是一片周圍長著草的柏油空地，在正中央有一張野餐桌，上面擺滿了各個餐車送過來的食物。

身穿浴袍的那個男人又老又胖，頭幾乎都禿了，只剩一圈稀疏的白髮和橫過額頭的傷疤。他的浴袍有好幾個地方沾到番茄醬，腳上的可愛粉紅小兔絨毛拖鞋害他頻頻絆倒，他還拚命揮舞他的氣動割草機，要趕走那六隻在他餐桌上盤旋的鳥身女妖。

他的確是個瞎子，一雙眼睛都是乳白色的，揮打落空的次數居多，但趕跑的成效其實也算不錯。

「走開，臭鳥！」他怒吼。

波西不知為什麼有種模糊的感覺，認為鳥身女妖應該要是豐滿圓潤的才對，然而這幾個看起來像是餓了很久。她們的人類臉孔全都眼窩深陷、雙頰瘦削，身上的羽毛脫落許多，翅膀尖端長出乾癟細小的手掌。她們身上穿著像粗麻袋的衣服，衝向食物的表情是死命渴求遠多於氣憤。波西替她們感到難過。

「嘩！」老頭子又一揮割草機，掠過一個女妖的翅膀。女妖痛苦哀號了一聲，拍翅離開，沿路掉下一些黃色羽毛。

有一隻鳥身女妖飛得比其他的都高，她看起來比較年輕嬌小，身上的羽毛是亮紅色的。她謹慎觀察、尋找空檔，當老男人的背一轉過去，她便大膽衝向餐桌，用鳥爪抓起一個蛋餅，但還沒來得及離開，老男人的割草機已經揮過來，重重打到她的背，看得波西忍不住皺眉蹙額。鳥身女妖嚎叫，放棄蛋餅離開。

「嘿！住手！」波西大喊。

鳥身女妖誤解了他的意思，她們瞥到三個混血人後便加速逃散，離開廣場中央，飛到四周的樹梢上暫停，並且沮喪地瞧著野餐桌。紅羽毛的那個背部傷得厲害，搖搖晃晃地往格利森街尾飛去，消失無蹤。

「哈！」老瞎子勝利歡呼，關掉割草機的引擎。他面無表情地朝著波西的方向一笑。「謝謝，非常感激你的幫忙。」

波西忍住自己的怒火。他本意並不是要幫助這個老傢伙，但他記得，他們需要這人提供消息。

「嗯，好吧。」他一邊朝老男人接近，一邊留意割草機。「我是波西．傑克森，你是……」

「混血人！」老男人打斷他，「我永遠都能聞出混血人的味道。」

海柔皺著眉頭問：「我們聞起來有那麼糟嗎？」

老男人大笑。「當然不是，親愛的。可是我瞎了之後，其他感官變得非常敏銳。我是菲紐斯，那你們……等等，先別告訴我……」

他靠近波西，伸手戳他眼睛。

「噢！」波西慘叫。

「海神之子！」菲紐斯宣布，「我就認為我在你身上聞到大海的味道，波西．傑克森。你應該知道，我也是涅普頓的兒子。」

「嘿……喔，是呀。」波西揉揉眼睛。他可眞是幸運，能和這個髒老頭扯上關係，但願涅普頓的兒子不會有同樣的命運。首先是背了一個男士書包，接下來，你知道的，就是穿著浴袍跑過大街，腳踩粉紅小兔鞋，手持割草機追打鳥群。

菲紐斯轉向海柔。「這一位呢……喔哇，黃金與地心的味道。海柔．李維斯克，普魯托之女。在你旁邊的是……馬爾斯的兒子，但你身上還有更多故事，法蘭克．張。」

「古老的血統，」法蘭克自言自語，「皮洛斯的王子等等等……」

「佩里克呂墨諾斯[61]，完全正確！噢，他眞是個好人，我愛那些阿爾戈英雄！」

法蘭克下巴頓時掉下來。「等等……佩里……什麼跟什麼？」

菲紐斯微笑。「別擔心，我知道你家族的故事，你那位曾曾祖父的事情。他並沒有眞正毀掉朱比特營。哇，你們眞是一個有趣的組合呀，餓了嗎？」

法蘭克看起來就像剛被一輛卡車輾過，但菲紐斯的話題已經轉移到別處了。他在野餐桌旁招手，附近樹上的鳥身女妖淒厲尖叫。即使波西已經餓壞了，也無法忍受讓那些可憐女妖觀看自己吃東西。

「嘿，我有點被弄糊塗了，」波西說：「我們需要某些消息。有人告訴我們……」

「鳥身女妖把我的食物都搶走了，」菲紐斯自己做結尾，「然後如果你幫助我，我就會幫助你。」

「差不多是那樣。」波西承認。

菲紐斯狂笑。「那是舊聞了，我現在看起來像是沒飯吃的人嗎？」

他拍拍他的肚子，完全就是一顆充氣過飽的籃球。

「嗯……不像。」波西說。

菲紐斯誇張地舞動他的割草機，他們三個趕緊蹲下身來。

「情況都改變了，我的朋友！」他說：「當我第一次擁有預言的天賦，也就是千萬年前，朱比特確實詛咒了我。他派鳥身女妖來奪走我的食物，你們看，我就是有張大嘴巴，我說了太多天神不欲人知的祕密。」他轉頭對著海柔說：「比如說，你應該是死人，」他又轉向法蘭克：「你的小命仰賴一根小木棒。」

波西皺起眉頭。「你到底在講什麼？」

海柔驚愕地彷彿被打了一個耳光，法蘭克則看起來像是輾過他的卡車又倒車回來再輾他

61 佩里克呂墨諾斯（Periclymenus），海神波塞頓的孫子，亦為阿爾戈英雄之一。海神波塞頓賦予他可以變身各種動物的能力，在皮洛斯與海克力士對戰時死亡。

一次。

「至於你，」菲紐斯轉身面對波西，「這個嘛，你連自己是誰都不知道了！我當然可以告訴你，可是……哈哈，那還會有樂趣嗎？《鳥梟喋血戰》62裡的女主角布里姬．歐香西尼殺了同伴邁爾斯．亞裘，還有《星際大戰》裡面黑武士達斯．維德是路克天行者的父親。而下一次超級盃的得主會是……」

「知道了，」法蘭克低語。海柔緊握她的劍，像是隨時準備揮向那老頭。「所以你說了太多話，天神就詛咒你？那他們又為何停止詛咒呢？」

「喔，他們才沒有停止呢！」老男人濃密的眉毛揚起，一副「你相信嗎？」的表情。「是我和阿爾戈英雄交易換來的。你看，他們也是想要打探消息，我跟他們說，殺死鳥身女妖我就合作。然後呢，他們就把那些討厭的東西趕走，但伊麗絲不讓他們殺死鳥身女妖。眞是可惡！所以這一次，當我的守護者帶我重返世間……」

「你的守護者？」法蘭克問。

菲紐斯給了他一個邪惡的微笑。「怎麼了？當然是蓋婭。你認為死亡之門為什麼要打開？你這裡的這位女朋友明白的。蓋婭不也是你的守護者嗎？」

海柔拔出劍。「我不是他的女……我也不明……蓋婭不是我的守護者！」

菲紐斯露出被逗樂的表情，就算聽到拔劍的聲音似乎也不大在意。「好吧，如果你只想保持高尚，死忠於快輸的那一邊，那是你自己的事情。但是蓋婭正在甦醒，她已經重新寫了生命與死亡的規則！我又活過來了，想得到我的幫忙，比如這裡要一個預言、那裡也要一個預言，我就要我最深切的願望成眞。可以這麼說，風水輪流轉啊，現在我可以吃任何我想吃的，鳥身女妖卻只能在旁邊餓肚子觀看。」

他發動割草機，鳥身女妖在樹上哭號。

「她們都被詛咒了！」老男人說：「她們現在只能吃我桌上的食物，而且不能離開波特蘭。如今死亡之門打開了，她們連想死也不行。眞是美好呀！」

「美好？」法蘭克抗議，「她們是活生生的個體，你爲什麼要這麼惡劣地對待她們？」

「她們是怪物！」菲紐斯說：「再說，惡劣？那些愚蠢的怪物欺負了我多少年！」

「但那是她們的職責，」波西說，努力保持心平氣和。「是朱比特命令她們那樣做的。」

「喔，所以我也很氣朱比特。」菲紐斯同意地說：「再過不了多久，蓋婭就會看見天神受到該有的懲罰，他們治理世界的方式實在太糟糕了。但此刻呢，我非常享受我在波特蘭的生活，凡人也不會特別注意我，只把我當成亂打鴿子的瘋老頭！」

海柔繼續指責菲紐斯：「你太可惡了！你該進入刑獄！」

菲紐斯不屑地說：「一個死人對另一個死人說話是嗎，女孩？要是我，我才不提這檔事。這整件事還不都是你引起的！如果不是你，奧賽俄紐斯也不會活過來！」

海柔踉蹌後退。

「海柔？」法蘭克眼睛睜得跟銅鈴一樣大，「他在說什麼？」

「哈！」菲紐斯說：「你很快就會發現的，法蘭克．張，到時我們再看看你還會不會這樣疼愛你的女朋友。不過，你來這裡並不是打算聽這個，對不對？你們要找桑納托斯，他被關

62《鳥梟喋血戰》（*The Maltese Falcon*）或譯《馬爾他之鷹》，一九四一年由小說改編拍成著名電影。

在奧賽俄紐斯的巢穴，而我可以告訴你們地點在哪裡。當然囉，我可以提供這個消息，但是你們必須幫我一個忙。」

「算了吧，」海柔打斷他的話，「你是敵人的走狗，我們應該努力把你送回冥界去。」

「你試試看呀。」菲紐斯微笑說：「但我懷疑我可以在那裡待多久。你想想，蓋婭已經告訴我重返人世的捷徑了，再加上桑納托斯被困住，根本沒有人能把我留在地底下啊！更何況要是你殺了我，就得不到我的祕密了。」

波西很想放任海柔揮劍，事實上，他更想親手砍了這個老傢伙。

「朱比特營，」他在心中提醒自己，「拯救營隊才是更重要的事。」他記得奧賽俄紐斯在夢中對他的恐嚇，萬一他們把時間都浪費在阿拉斯加尋找他的巢穴，那蓋婭的大軍就會毀滅羅馬……還有波西的其他朋友，不論他們是誰。

他咬緊牙根。「幫你什麼忙？」

菲紐斯面露貪婪地舔著雙唇。「有一隻鳥身女妖，速度比其他幾隻都快的那隻。」

「紅色那隻？」波西猜。

「我看不到耶！我哪裡知道顏色！」老男人抱怨。「無論如何，她是我現在唯一搞不定的一隻。她很狡猾，總是獨來獨往，從不和其他女妖同樹棲息。這些都是她給我的！」

他指著額頭的傷疤。

「逮住那個女妖，」他說：「把她帶來給我。我要將她綁起來，好能隨時看著她……嗯，留意她的意思。鳥身女妖最恨被人綁起來，那種痛苦對她們來說是最嚴重的一種。而我呢，就是喜歡那樣。我甚至還會餵她食物喔，這樣可以讓她痛苦地活久一點。」

波西看看朋友，他們全都無聲地同意一件事：絕不幫助這個令人毛骨悚然的怪老頭。但另一方面，他們必須得到他的協助。他們需要啓動備用計畫。

「噢，你們在討論事情呀？」菲紐斯輕鬆愉快地說：「反正我不在乎。你們只要記得一件事，沒有我的協助，你們的任務保證會耽誤，你們所愛的人通通會死。現在，滾開吧！去帶鳥身女妖回來！」

27 波西

「我們需要一些你的食物。」波西從老男人旁邊硬擠過去，搶了一些野餐桌上的食物，有一碗起司漢堡口味的泰式炒麵，還有一個捲餅，很像是墨西哥蛋肉餅和肉桂捲的混合版。

他差點要失去理智地把肉餅砸到菲紐斯臉上，還好他開口說：「走吧，夥伴們。」然後迅速帶他們離開那個停車場。

他們在對街停下來。波西深呼吸，試著讓自己冷靜下來。雨勢已經減緩成毛毛雨了，涼涼的水霧讓他的臉感覺很舒服。

「那個人……」海柔用力拍打公車站的候車椅背，「他該死，再死一次！」

或許因為下雨很難判定，但海柔眼裡似乎噙了幾顆淚珠。她長長的鬈髮貼著臉頰兩側滑落，灰濛濛的天色下，雙眼的金色顯得比較接近錫。

波西記得他第一次遇到海柔時，她表現得多麼勇敢。她控制住蛇髮女怪威脅的場面，護送他安全到達營區。她在涅普頓的神殿前安慰他，讓他在營區感覺到被接納。

現在他很想回報海柔，可是他不知該如何做。她看起來失神落魄，沮喪到了極點。

她從冥界重返人世這件事，波西並不感到驚訝。他已經懷疑一段時間了，畢竟她始終迴避談起過去，而尼克．帝亞傑羅又總是表現得神祕又緊張。

然而，這完全沒有改變波西對海柔的看法。她似乎……嗯，就是一個活生生的、尋常的超級好人，有權利長大，有權利擁有自己的未來。她不像菲紐斯，那人根本是個該死的惡鬼。

「我們一定可以制伏他的，」波西保證，「他和你完全不一樣，海柔。我不在乎他說的那些話。」

她猛搖頭。「你不了解全部的故事。我應該被送到刑獄。我……我也壞得跟……」

「不，你不會！」法蘭克握緊拳頭環視左右，就像要看看誰敢跟他有不同意見、誰是欺負海柔的可惡敵人。「她是好人！」他對著街頭大喊。幾個鳥身女妖在樹上嘎嘎回應，除此之外沒人理會他們。

海柔凝視著法蘭克。她試探性地伸出手，好像想握住法蘭克的手，可是又很害怕他會突然消失。

「法蘭克……」她結結巴巴，「我……我並不……」

只不過，法蘭克似乎還沉浸在自己的想法裡。

他將背上的長槍拿下來，不安地緊抓在手上。「我可以威脅那老頭子，」他說：「也許用這個嚇他……」

「法蘭克，別急，」波西說：「那可以當做我們的備用計畫，但我不認為用恐嚇的，菲紐斯就會合作。何況，你只剩兩次機會可以使用你的長槍了，是嗎？」

法蘭克看著龍牙尖刺，整張臉陰沉下來。那顆龍牙經過一夜，已經長回到原來的大小。

「大概吧。我想是的。」

波西不大了解那個老傢伙對法蘭克家族史的說法，什麼曾祖父毀掉朱比特營、阿爾戈英雄的祖先，還有一根小木棒掌握法蘭克生命等等，但那些話顯然動搖了法蘭克的心志。波西決定不去追問原因，他可不希望這個大塊頭哭成大豬頭，特別是在海柔面前。

「我有一個想法。」波西指著街道說：「紅羽毛的女妖往那個方向去，我們看看能不能找到她，和她談一談。」

海柔看著手上的食物。「你要拿這些當誘餌嗎？」

「比較像是求和獻禮，」波西說：「走吧，就是要小心點，別讓其他鳥身女妖奪走了食物，好嗎？」

波西掀起泰式炒麵的碗蓋，打開肉桂捲，香氣瞬間飄揚到空氣中。他們朝街道走去，海柔和法蘭克都將武器握在手中。鳥身女妖們振翅跟來，有的暫停在樹梢，有的在郵筒或旗桿上，全都在追隨食物的香味。

波西不知道凡人透過迷霧看到的景象是什麼樣子，也許他們會把鳥身女妖當成鴿子，把他們拿的武器當成像曲棍球棒的東西。搞不好他們會認爲是起司漢堡口味的泰式炒麵太好吃了，需要武裝巡守隊來護送。

波西把食物捧得很緊。他剛剛見識過女妖們搶奪東西的敏捷程度，他可不想在找到那位紅羽毛的女妖之前，就失去他的求和獻禮。

他終於瞄到她的身影。在成排古老石頭房舍之間，有一個綿延好幾個街口的帶狀公園，紅羽毛女妖就在那上面盤旋。公園裡的步道四通八達，穿過高大的楓樹與榆樹下方，也經過雕像、沙灘和遊樂場旁邊。這地方讓波西想起了……某個位在別處的公園，是他的家鄉嗎？他還是記不起來，但思鄉之情爬上心頭。

他們穿過馬路，找了一張椅凳坐下來，旁邊還有一尊巨型的大象銅雕。

「好像漢尼拔。」海柔說。

「不過它是中國的。」法蘭克說：「我奶奶也有一尊這樣的東西。」他猶疑了一下，「我的意思是，她那尊當然沒有四公尺高，但是，她……她從中國進口東西來。我們是華裔。」他看看海柔和波西，這兩人都在努力憋住笑意。「我現在不如丟臉丟個夠吧？」他問。

「喂，別擔心啦。」波西說：「來看看我們能不能和那個鳥身女妖做朋友。」

他把泰式炒麵舉高，搧風讓那刺激的辣椒與香濃的起司氣味飄揚。紅羽毛女妖盤旋的高度降低了。

「我們不會傷害你的，」波西用最平常的語氣呼喚，「我們只是想和你談談，泰式炒麵換面談一次，可以嗎？」

宛如一陣紅光劈下，鳥身女妖疾飛下來，停在大象銅雕上。

她瘦得很不健康，雙腳纖細如柴，本來應該是很漂亮的臉頰瘦凹下去。她移動時像小鳥般急促地顫動著，她的咖啡色眼睛投射出焦躁的神情，她的爪子扒抓著身上的羽毛、耳垂和蓬鬆黯淡的紅髮。

「起司。」她喃喃開口，眼睛往旁邊看。「艾拉不喜歡起司。」

波西猶豫了一下。「你叫做艾拉嗎？」

「艾拉，鳥身女妖。英文，拉丁文。艾拉不喜歡起司。」她一連串說下來，中間不喘一口氣，也不看他們一眼。她的手揮抓著頭髮、麻布衣服，甚至是雨絲，只要是眼前會動的東西都抓。

就在比波西眨眼還要快的剎那，她飛撲過來，搶走肉桂捲，而且立刻飛回大象雕像上。

「天呀，她動作真快！」海柔說。

「而且咖啡因吃很多吧。」法蘭克猜測。

艾拉嗅著肉桂捲，從邊緣開始小口地啃咬，全身從頭到腳都在顫抖，還像快死了般呀呀叫著。「肉桂好，」她說：「肉桂對鳥身女妖很好，好吃。」

她才開始要認眞吃，其他大隻的鳥身女妖也飛過來了。波西還來不及反應，她們的翅膀就已經打向艾拉，奪走她的肉桂捲。

「不！」艾拉想要躲到自己的翅膀下，她的姊妹們竟群起圍攻她，用利爪抓她。「不要！」她結結巴巴地喊著，「不……不！」

「不可以！」波西大吼，並且和他的朋友跑去幫忙，可惜已經來不及。一隻黃色的鳥身女妖抓走肉桂捲，整群女妖立刻散開，留下艾拉獨自在大象上面畏縮顫抖。

海柔碰碰她的腳。「我很抱歉，你還好嗎？」

艾拉的頭從翅膀下探出來，依然在發抖。從她拱起肩膀的姿勢，波西見到了剛才菲紐斯用割草機打她背部的傷口。她挑起一些羽毛，把它們拉出來。「小小艾拉，」她氣憤地說：「弱雞艾拉。艾拉沒有肉桂，只有起司。」

法蘭克望向對街，其他鳥身女妖都在另一棵楓樹上，把肉桂捲分成了碎片。「我們會去替你找別的東西來吃。」他保證。

波西放下泰式炒麵。此時他已經明瞭艾拉是個非常特別的女妖，即使在鳥身女妖當中也是個特殊份子。看到她被這樣欺負，他暗自下定決心：無論未來還會發生什麼事，他都要幫助她。

「艾拉，」他說：「我們想做你的朋友，我們可以幫你拿到更多食物，不過……」

「《六人行》[63]，」艾拉說：「十季，一九九四到二〇〇四。」她瞥向旁邊的波西，然後看著天空，開始對雲層朗誦：「『古老眾神的混血人之子，將會克服一切困難活到十六歲』，你十六歲。第十六頁，《精通法國烹飪藝術》[64]，食材：培根，奶油。」

波西的耳朵一陣嗡嗡作響。他頭暈目眩，就像剛剛跳入幾十公尺深的水底又迅速衝上來的感覺。「艾拉，你……你剛剛說了什麼？」

「培根，」她抓住空中一絲雨水，「奶油。」

「不是那個，是前面一段話。那些話……我聽過那些話。」

在波西旁邊的海柔也在顫抖。「聽起來好熟悉，好像……我不確定，是預言嗎？或許是她聽菲紐斯提起過的事情？」

一聽到菲紐斯的名字，艾拉恐慌地尖叫起來，立刻飛走。

「等一下！」海柔呼喊她，「我並不是要……喔，天呀，我真的好笨。」

「沒關係的，」法蘭克伸手比往一個方向，「你看。」

艾拉不再快速移動，她輕輕拍著翅膀，飛到一棟三層樓的紅磚建築上方，然後躲到屋頂後面。一根紅羽毛飄下街道。

[63]《六人行》（*Friends*），美國著名喜劇影集，自一九九四年連續播出十年。

[64]《精通法國烹飪藝術》（*Mastering the Art of French Cooking*），美國知名廚師與作家柴爾德（Julia Child）的著作。

「你覺得那裡會是她的巢嗎？」法蘭克瞇著眼研究那棟建築的招牌。「摩特諾瑪郡公共圖書館[65]？」

波西點著頭，「我們去看看有沒有開。」

他們跑到對街，直接進入大廳。

圖書館絕非波西出門參觀時的首選，身為一個有閱讀障礙的人，他連看懂路標指示都很有問題了。一棟裝滿書的建築，聽起來就跟水刑或拔牙一樣恐怖。

當他們跑過大廳，波西有種感覺，這裡會是安娜貝斯喜歡的那種地方。室內寬闊明亮，好多大型拱窗。書本與建築，那絕對是她的……

他猛然停下腳步。

「波西？」法蘭克問：「有問題嗎？」

波西試著集中心神。剛剛那些想法是從哪裡冒出來的？建築、書本……安娜貝斯曾經帶他去過圖書館一次，那是在他的家鄉，也就是在……記憶消退了。波西的拳頭狠狠敲向旁邊的書櫃。

「波西？」海柔溫柔地問他。

記憶的退散讓他感到無比憤怒與沮喪，他氣到想再敲打另一個書櫃。可是朋友們關心的臉龐，將他帶回現實。

「我……我還好，」他撒了謊，「突然感到有點頭暈而已。我們去找通往屋頂的路吧。」

他們稍微花了一點時間，才找到通往屋頂的樓梯間。樓梯間最頂端的門有個把手警鈴，但有人把它撬開了，還拿一本《戰爭與和平》[66]卡在上頭。

而在門的外面，的確就是鳥身女妖艾拉的家。她縮在一個由硬紙板撐起的巢中，裡面滿滿是書。

波西和朋友慢慢前進，小心不去嚇到她。艾拉卻完全沒有在注意他們，她整理自己的羽毛，口中喃喃自語，就好像獨自在排戲背台詞一樣。

波西接近到離她只有一公尺多的距離，輕輕跪到地上。「嗨，對不起，剛剛嚇到你。你看，雖然我沒有太多的食物，但是……」

他從口袋拿出一些長壽牛肉乾，艾拉立刻跳過來搶走它。她躲回她的巢裡，嗅聞著牛肉乾，嘆息一聲又丟開它。「不是從他桌子來的，艾拉不能吃。悲哀。牛肉乾對鳥身女妖很好。」

「不是從……喔，是這樣啊。」波西說：「那是詛咒的一部分吧，你只可以吃他桌上的食物。」

「總還有什麼辦法吧。」海柔說。

「『光合作用，』」艾拉又低聲唸著，「『名詞。生物學。形成複雜有機物質的化合作用。』『那是最美好的年代，也是最糟糕的年代；那是智慧的年代，也是愚昧的年代……』」

「她到底在說什麼？」

波西望著她身邊堆積如山的書，看起來都是老舊到發霉的樣子，有些上面還有手寫的價

---

65 摩特諾瑪郡公共圖書館（Multnomah County Library），位於美國奧勒岡州，一八六四年設立，是該州最大的圖書館，其借閱量排名全美第二。

66《戰爭與和平》（*War and Peace*），俄國文豪托爾斯泰（Leo Tolstoy）的經典著作。

錢標籤，像是圖書館清倉拍賣的淘汰品。

「她在引用書上的文字。」波西猜測。

「《一九六五年農民曆》，」艾拉說：「一月二十六日，宜飼養禽畜。」

「艾拉，」他說：「這些書你都看過了嗎？」

她眨眨眼。「更多，樓下還有更多。文字，文字讓艾拉平靜。文字，文字，文字。」

波西隨手撿起一本書，那是一本破爛的《賽馬史》。「艾拉，你記不記得……嗯，六十二頁第三段……」

「小祕書[67]，」艾拉立即回答，「一九七三年肯塔基賽馬，多數看好的情況下，以一分五十九秒二五跑完，保持紀錄。」

波西闔上書，雙手顫抖。「一字不差。」

「太神奇了。」海柔說。

「她是隻天才鳥。」法蘭克附和。

但波西心裡出現更多擔憂，他對於菲紐斯為何指名要抓艾拉，開始有一些不好的想法，菲紐斯其實不是因爲被抓傷才特別要她。波西想到剛剛她引述的話，「古老眾神的混血人之子」，他很確定那句話說的是他自己。

「艾拉，」波西說：「我們會找到破除詛咒的方法，你覺得好嗎？」

「絕無可能，」她回答，「派瑞．柯莫[68]的專輯，一九七〇年錄製。」

「沒有任何事是絕無可能的，」波西說：「現在，你聽好，我要說出那個名字了。你不需要跑開，我們會拯救你脫離那個詛咒，我們只是需要找出方法來打敗……菲紐斯。」

他等著她跳起來，然而她只是猛搖頭。「不！不！不要菲紐斯！艾拉很快速，他抓不到艾拉。但他想綁艾拉，他傷害艾拉。」

她又想去抓背上的傷口。

「法蘭克，」波西說：「你有帶急救用品出來嗎？」

「有的。」法蘭克拿出一個裝滿神飲的保溫瓶，向艾拉解釋它的神奇療效。當他要靠過去時，艾拉卻畏縮地顫抖起來。於是換海柔上場，艾拉願意讓海柔倒一些神飲在她背上。傷口很快開始癒合。

海柔微笑。「你看吧？傷口好很多了。」

「菲紐斯很壞，」艾拉繼續說：「還有割草機，還有起司。」

「沒錯、沒錯，」波西認同地說：「我們不會讓他再傷害你的。但是我們需要想出辦法，看看能夠怎樣騙過他。你們鳥身女妖一定比其他人更加了解菲紐斯，有沒有任何技倆可以騙倒他呢？」

「沒有，」艾拉說：「技倆只能騙小孩。《教導家犬的五十個技倆》，作者：蘇菲．柯林斯，電話是六三六……」

「好的，艾拉。」海柔用溫柔的口吻對她說話，彷彿在安撫馬匹。「可是菲紐斯沒有任何

---

67 小祕書（Secretariat）是一匹馬的名字，一九七三年贏得美國賽馬三冠王，是美國賽馬史上著名馬匹。二〇一〇年拍成電影，英文片就叫《小祕書》，中文片名為《奔騰人生》。

68 派瑞．柯莫（Perry Como, 1912-2001），美國著名流行歌手，一九七〇年初的專輯唱片名稱就是《絕無可能》（*It's Impossible*）。

弱點嗎？」

「瞎子，他是瞎子。」

法蘭克翻了個白眼，但海柔耐心地問下去。「很對，還有嗎？」

「賭注，」她說：「贏的機率，二分之一，機會太差。跟牌或棄牌。」

波西精神一振。「你是說，他是個賭徒？」

「菲紐斯預見……預知大事情。預言。命運。天神之事。不知道小事情，隨機發生，興奮。而且，他是瞎子。」

法蘭克搓搓下巴。「她的說法你聽懂多少？」

波西看著她撥弄自己的麻布衣服，心中替她感到萬分遺憾。可是，波西也開始察覺她其實具有超高的智慧。

「我想我懂了，」他說：「菲紐斯可以預見未來，他知道一堆重要大事，卻預測不了小事情，比如隨機發生的事、賭場牌局的機率。這使得賭博對他來說變成很興奮的事，如果我們可以激他下一個賭注……」

海柔緩緩點著頭。「你的意思是，如果他賭輸了，他必須說出桑納托斯的所在位置。但我們可以拿什麼當賭注呢？我們要賭什麼？」

「簡單的東西，很高的風險。」波西說：「像是二擇一的選擇，你死我活，或者反過來。而獎品必須是菲紐斯想要的東西……除了艾拉，這是不用考慮的。」

「視力，」艾拉小聲地說：「視力對瞎子是很好的。痊癒……不，不，蓋婭不會替菲紐斯做到這件事，蓋婭要讓他一直瞎，就靠蓋婭，對。」

法蘭克和波西交換一個肯定的眼神。「蛇髮女怪的血液。」他們倆同時脫口而出。

「什麼東西？」海柔問。

法蘭克拿出那兩個他在台伯河取得的小瓷瓶。「艾拉果眞是個天才，」他說：「除非是我們死掉。」

「不用擔心會死，」波西說：「我已經有計畫了。」

28 波西

那個老男人還在先前他們離開時的地方，也就是那個餐車停車場的正中央。他坐在野餐桌旁的椅子上，腳踩小兔拖鞋，大口吃著一盤油膩的土耳其烤肉串。他的割草機放在身邊，浴袍沾滿烤肉醬。

「歡迎回來！」他高興地呼喊，「我聽見小翅膀緊張拍動的聲音，你們幫我帶回女妖了？」

「她的確在這裡，」波西說：「但她不屬於你。」

菲紐斯吸吮手指頭上的肉汁，白濁的眼睛似乎定焦在波西的頭頂上。「我看看……哈，事實上我看不到，所以我不看。這麼說，你是要過來殺我的囉？如果是的話，先預祝你的尋找任務好運吧。」

「我是來跟你打賭的。」

老男人的嘴巴扭曲一下。他放下烤肉串，朝波西的方向靠過去。「打賭……眞有趣。拿鳥身女妖來交換消息？贏者全拿？」

「不，」波西說：「鳥身女妖和這個賭無關。」

菲紐斯大笑。「眞的？也許你不明白她多麼有價值。」

「她是一個人，」波西說：「不是拿來販售的物品。」

「喔，拜託，你是羅馬營的人耶。你是吧？羅馬是靠奴隸建立起來的，別唱高調來嚇唬我。再說，她連人也不是，她只是個怪物，是個風精靈，是朱比特的奴才。」

艾拉尖叫。光是讓她過來停車場就已經是很大的挑戰了，現在她又想畏縮逃走。「朱比特，是木星，氫與氦，六十三顆衛星。沒有奴才。沒有。」

海柔雙手環抱著艾拉的翅膀，她似乎是唯一能碰觸鳥身女妖的人，既不會引起她的尖叫，也不會被拉扯咒罵。

法蘭克守在波西身旁，長槍已經就位，隨時能夠應付老男人的攻擊。

波西將小藥瓶拿出來。「我有別的賭注。我這裡有兩瓶蛇髮女怪的血液，一瓶是致命毒藥，一瓶是萬能解藥。它們的外觀一模一樣，連我們都無法分辨。如果你做了正確的選擇，你的盲眼就可以痊癒。」

菲紐斯立刻激烈渴望地伸出雙手。「讓我感覺一下，讓我聞聞看。」

「還不行，」波西說：「你要先答應條件。」

「條件……」菲紐斯呼吸急促，波西可以感覺他對於這個賭注有多飢渴。「有了預言和視力……我將變得所向無敵。我可以擁有這座城市，可以在這裡建造自己的宮殿，讓一堆餐車環繞我，而我自己就可以去抓那隻女妖了！」

「不，不，」艾拉緊張地一直說：「不，不，不……」

當你穿著粉紅小兔拖鞋又想惡毒狂笑，本該是件高難度的事，但菲紐斯做到了。「很好，混血人，你的條件是什麼？」

「你得要選擇一個藥瓶，」波西說：「決定前，不可以打開，不可以聞。」

「那不公平，我又看不到。」

「但我也沒有你那靈敏的嗅覺，」波西反駁他，「你可以握握看這兩個瓶子。我可以對著冥河發誓，它們的外觀完全相同，裡面裝的就是我告訴你的東西：蛇髮女怪的血液。一瓶來自怪物的左半邊，一瓶來自右半邊。我發誓我們當中沒有人知道哪一瓶屬於哪一邊。」

波西回頭看一下海柔。「嗯，你是冥界專家，現在這麼多怪事圍繞著死神發生，我們對冥河發誓還有效嗎？」

「當然有效，」她毫不猶豫地回答，「要是打破這樣的誓言……嗯，最好別做這種事，會出現比死亡還要糟糕的事情。」

菲紐斯撥弄自己的鬍鬚。「所以，我選一瓶喝下去，你就喝另外一瓶。我們發誓要同一時間喝下去。」

「對。」波西說。

「輸的人就死，當然。」菲紐斯說：「那種毒藥會讓我無法重返人世，起碼很長一段時間不行。我的本體會被分散、瓦解，所以說，我要冒的險是很大的。」

「但如果你贏了，你可以得到每一項東西。」波西說：「如果我死了，我的朋友發誓會讓你平安過日子，絕不報仇。你會取回你的視力，這是連蓋婭都無法提供給你的。」

老男人的表情變得酸楚，波西看得出他講到菲紐斯的痛處了。無論蓋婭能供給他多少好處，他還是痛恨被困在黑暗中。

「如果我輸了，」老男人說：「我會死掉，不能給你任何消息，那你有什麼好處？」

波西很開心自己已經提前和朋友商討過這計畫，而法蘭克提出了一個好建議。

「你先把奧賽俄紐斯的巢穴位置寫下來，」波西說：「你自行保管那張紙，但是要對冥河發誓，上面寫的是精確無誤。此外，你也要對冥河發誓，一旦你輸了死掉，鳥身女妖的詛咒就會失效。」

「那些風險實在太大了，」菲紐斯抱怨著，「你要面對死亡耶，波西．傑克森。何不簡單一點，就把鳥身女妖交出來呢？」

「那不是我的選項。」

菲紐斯嘴角慢慢浮出笑意。「現在你知道她的價值了吧。一旦我擁有視力，你要知道，我會親自抓到她。只要能夠控制那隻女妖……哼，我也曾經是個王，這個賭注會讓我再次成爲王的。」

「你也想得太美了，」波西說：「我們達成協議了嗎？」

菲紐斯若有所思地敲打著自己的鼻頭。「我無法預見這個結果，眞是傷腦筋，會怎麼進展呢，一個完全無法預期的賭盤……讓未來呈現膠著。但我可以告訴你，波西．傑克森，一個免費的小忠告：如果你僥倖活過今天，你也不會喜歡你的未來。一個重大的犧牲就要來臨，而你將沒有勇氣去完成它。那會讓你付出很大、很大的代價，整個世界都會付出代價。如果你選到了毒藥，一切反而比較簡單。」

波西的嘴裡有種像伊麗絲酸苦綠茶的味道。他也希望這個老男人只是在打擊他的心志，可是他心裡有個聲音告訴他：老頭子的預言是眞的。他記得茱諾在他選擇前往朱比特營之前曾經警告過：「你會感受到痛苦、悲哀、失落，遠超過任何你能想像的狀況。然而，你或許會有一點機會去拯救朋友與家人，重拾你昔日的生活。」

其他的鳥身女妖已經聚集在停車場周圍的樹梢上，彷彿她們也感覺到有什麼東西在面對存亡關頭。法蘭克和海柔充滿關心地審視波西的臉，波西先前向他們保證說，他的機率不會差到只有一半，而且他是真的有個計畫。當然，他的計畫也有可能失敗，而且存活的機會其實就是一與零的選擇，只是他沒說。

「我們達成協議了嗎？」他再問一次。

菲紐斯嘴角揚起。「我對著冥河發誓，遵守上述你說過的這些條件。法蘭克．張，你是阿爾戈英雄的後代，我信任你的話。如果我贏了，你和你的朋友發誓會讓我平安過日子，絕不報仇？」

法蘭克的手握得超緊，波西很怕他會把那支金標槍折斷。但法蘭克仍舊勉強發出聲音：「好，我對冥河發誓。」

「我也發誓。」

「發誓，」艾拉喃喃說道：「不要指著月亮發誓，變化無常的月亮。[69]」

菲紐斯大笑。「這樣的話，可以幫我找張紙來寫東西了。咱們開始吧。」

法蘭克向附近餐車老闆借來餐巾紙和筆，菲紐斯在上面快速寫下幾個字，便把紙收到浴袍的口袋裡。「我發誓，這就是奧賽俄紐斯巢穴的位置，可惜你活不到可以讀它的時候。」

波西拔出劍，將野餐桌上的食物通通掃下去。菲紐斯坐在桌子一邊，波西坐到另一邊。

菲紐斯伸出雙手。「讓我感覺一下瓶子。」

波西的視線移向遠方山丘，他想像沉睡女人的陰影臉孔。他將他的想法傳往腳下的地面，期待那個女神有在聆聽。

「好吧，蓋婭，」他說：「我想你在唬人，你說我是個很有價值的人質，你說你有特別的計畫等著我，會等我抵達北邊時來用。所以，誰才是對你有價值的人？是我，還是這個老男人？我們兩個當中必定有一個要死。」

菲紐斯彎曲著手指頭，做出緊抓東西的手勢。「波西．傑克森，你在害怕了嗎？讓我拿拿看吧。」

波西把兩個藥瓶交給他。

老男人先用手掂掂它們的重量，手指又在瓷瓶表面滑來滑去。然後他把兩個瓶子都放在桌上，一隻手輕輕地分別靠到瓶身上。一股震動傳過了地面，那是輕微的地震，強度僅足以讓波西的牙齒打顫而已。艾拉緊張地嘎嘎叫出聲。

左邊的藥瓶似乎搖晃得比右邊的厲害一點點。

菲紐斯露出狡猾的微笑。他的手指環扣住左邊這一瓶。「波西．傑克森，你是個大笨蛋。我選這一瓶，現在我們開始喝吧。」

波西拿起右邊這一瓶，他的牙齒還在打顫。

老男人舉起他的小藥瓶。「敬所有涅普頓的兒子！」

他們同時打開瓶塞，張口喝下。

波西頓時彎下腰來，他的喉嚨像是在燒灼，嘴裡的東西彷彿是汽油。

「喔，天神呀。」海柔在他後面說。

---

69 這句話是莎士比亞名劇《羅密歐與茱麗葉》裡的著名對白。

「不！」艾拉說：「不，不，不……」

波西的視線變得模糊，隱約能見到菲紐斯臉上勝利的微笑，身軀坐得更挺直，期待地眨著眼睛。

「耶！」他大喊：「我的視力馬上就要回來了！」

波西做了錯誤的選擇，他實在有夠笨，才會拿這樣的事來冒險。他感覺好像一堆玻璃碎片正劃過他的胃，準備要進入小腸。

「波西！」法蘭克抓住他的肩膀，「波西，你不能死！」

他喘息著想要再吸一口氣……突然間，視線轉爲明朗。

同一時間，菲紐斯卻弓起整個身體，就好像挨了揍一樣。

「你……你不可以！」老男人哭喊，「蓋婭，你……你……」

他踉蹌起身，蹣跚地要離開野餐桌，手還摀著胃。「我這麼有價値！」

他的嘴裡冒出蒸氣，還有病態的黃色水霧從耳朵、鬍鬚、盲眼中冒出來。

「不公平！」他淒厲地抗議，「你要我！」

他想要把浴袍裡那張餐巾紙掏出來，但他的手已經開始碎裂，指頭正在崩解成沙。

波西搖搖晃晃地站起來。他並沒有任何身上毛病被治癒的感覺，他的記憶也沒有神奇地歸來，但是身體的疼痛已經停止。

「沒有人要你，」波西說：「剛才你是憑自由意志做選擇，我擁有你的承諾。」

這位盲眼王現在極度痛苦地哀號著，他原地打轉，身體冒出蒸氣，逐漸瓦解消散，最後全部消失了，只剩下一件染髒的舊浴袍和那雙粉紅小兔拖鞋。

「那些東西，」法蘭克說：「是有史以來最噁心的戰利品。」

波西的腦海中響起一個女人的聲音：「一場賭博，波西．傑克森。」那是睡夢般的囈語，「你強迫我做出選擇，對我的計畫來說，你現在比那個老頭子來得重要。但你也不要心存僥倖，當你的死期來到，我向你保證，那將會比蛇髮女怪的血液痛苦許多倍。」

海柔用她的劍戳弄那件浴袍，確認衣服之下已經沒有任何東西，也沒有跡象顯示菲紐斯正在重組成形。她用敬畏的眼光對著波西說：「那是我生平見過最勇敢的事，或許也是最愚蠢的事。」

法蘭克不可置信地猛搖頭。「波西，你怎麼會知道呢？你那麼確定他會選擇毒藥。」

「是蓋婭，」波西說：「是她希望我去阿拉斯加，她認爲……我不知該怎麼說，她認爲她的計畫裡需要有我的參與，所以她影響菲紐斯，讓他做出錯誤的選擇。」

法蘭克驚恐地盯著老男人留下的東西。「蓋婭寧願殺死自己的侍從來換取你的存活？這就是你的賭本？」

「計畫，」艾拉又開始喃喃自語，「計畫與陰謀，大地的女人。長壽牛肉乾給艾拉。」

波西趕快把整包牛肉乾拿給她，艾拉開心地叫起來。「不，不，不，」她半講話半唱歌地說：「不要菲紐斯。食物和文字，給艾拉，好耶。」

波西蹲到浴袍旁，把老男人剛剛寫的紙條從口袋裡抓出來，上面寫著：哈伯冰河[70]。

[70] 哈伯冰河（Hubbard Glacier）是北美最長的潮水冰河，起源於加拿大育空地區，跨越美加領地綿延一百二十二公里，再注入亞庫塔灣（Yakuta Bay）和覺醒灣（Disenchantment Bay）。

甘冒那麼大的風險，就爲了這幾個字。他把餐巾紙交給海柔。

「我知道這個地方，」她說：「那裡頗有名氣。但我們還有很長很長的一段路要走。」

停車場周圍樹梢上的鳥身女妖終於從震驚中恢復神智。她們雀躍地嘰嘎喊叫，飛向附近的餐車，開始在拿食物的窗口與廚房間肆虐突擊。廚師們的各國罵人語言紛紛出籠，餐車前後晃動，羽毛和餐盒到處飛舞。

「我們最好趕快上船，」波西說：「時間不多了。」

29 海柔

海柔還沒有上船前，就已經開始反胃了。

她不斷回想起菲紐斯眼裡冒出蒸氣、雙手粉碎成沙的樣子。儘管波西強調海柔與菲紐斯完全不同，她還是覺得他們是一樣的，她做過的某件事，遠比虐待鳥身女妖壞上千百倍。

「這整件事還不都是你引起的！」菲紐斯是這麼說她的：「如果不是你，奧賽俄紐斯也不會活過來！」

小船快速朝哥倫比亞河的下游航行，海柔努力要拋掉這些回憶。她幫艾拉在船上做出一個巢，材料是用他們從圖書館回收箱裡找出來的舊書與雜誌。

帶艾拉一起離開並不是他們本來的計畫，但艾拉表現出一種「這事早就決定了」的模樣。「《六人行》，」她喃喃說著：「『十季，一九九四到二〇〇四年。』」。朋友融化菲紐斯，還給艾拉肉乾吃。艾拉要和朋友走。」

她現在舒服地棲身於船內，啃咬著牛肉乾，隨興引述書本裡的話，像查爾斯．狄更斯的書與《教導家犬的五十個技倆》。

波西跪在船頭掌控方向，用他神奇的「意念引水能力」將小船往大海帶去。海柔與法蘭克坐在中間的板凳，他們的肩頭碰在一起，這讓海柔覺得自己變得像鳥身女妖一樣容易緊張。

她回想起法蘭克在門多西諾山頭的樣子。那時的他站在一片枯草空地上，手持長槍，火光圍著他燃燒，三隻雞蛇的灰燼散在他腳下。

一週以前，如果有人說法蘭克是戰神馬爾斯的兒子，海柔大概會大笑。法蘭克實在太溫和又太好心了，完全不像有那種身分的人。她始終有種想保護他的心態，因為他舉動笨拙，又很有惹出麻煩的本事。

但自從他們離開營區，她對他的看法逐漸改變。他擁有的勇氣超過她過去的了解，他是那個能夠保護她的人。海柔得承認，這種改變其實不錯。

河面變寬，河水湧入海洋，和平號轉向往北。當他們航行在海面上，法蘭克努力逗她開心，不斷講些古怪的笑話來提振精神，比如：為什麼彌諾陶⑦¹要過馬路？換一顆燈泡需要幾位方恩？他指著沿海的一棟棟建築，訴說自己看著它們就會想起溫哥華。

天色開始變暗，大海也轉為近似艾拉翅膀般的深褐色，六月二十一日即將結束。也就是說，福爾圖娜節即將在距離此刻剛好七十二個鐘頭的傍晚舉行。

法蘭克終於從背包裡拿出一些食物分給大家，那是從菲紐斯餐桌上搜刮來的汽水和蛋糕。

「你可以放心，海柔。」他平靜地說：「我媽媽說過，你不應該獨自承擔問題。不過如果你還不想說出來，也沒有關係。」

海柔顫抖著深吸一口氣。她害怕說出她的問題，不只是因為自己會感到很困窘，更因為她不想暈厥倒下，陷入過去的時空。

「你說得沒錯，」她說：「你曾經猜想我是從冥界回來的人，而我……我是從那裡偷溜出來的，我根本不該活著。」

她感覺就像水壩潰堤，所有的故事傾洩而出。她解釋她母親如何召喚出普魯托，然後與他墜入愛河。她解釋媽媽許願想要地底下的所有財富，而那如何轉變成海柔的詛咒。她也描述了在紐奧良生活的點點滴滴，只是沒有提到好朋友山米。看著眼前的法蘭克，她實在無法開口提起他。

她也形容那個盤據母親的聲音，以及後來母親如何連心志都慢慢被蓋婭侵占。她說明她們是怎樣搬遷到阿拉斯加、怎樣幫助巨人奧賽俄紐斯升起；她說明了她的死亡，說到小島最後沉入復活灣。

她知道波西和艾拉都在聆聽，但多數時候她是對著法蘭克說話。然而當她終於結束整個故事，卻不敢抬頭看他。她等著他撇過身去，也許會脫口說出：原來你是個怪物。

可是法蘭克沒有那樣做，他握住她的手。「你犧牲你自己來阻止巨人的升起。我永遠不可能像你這樣勇敢。」

她感到頸間脈搏在劇烈跳動。「那不是勇敢。我讓我媽媽死了，我和蓋婭合作了太久，幾乎幫助她勝利。」

「海柔，」波西說：「你完全靠你自己的力量，挺身反抗一個女神。你做了正確的……」他的聲音變弱，似乎出現什麼困擾了他。「那冥界發生了什麼事……我的意思是，在你死了以後？你應該去埃利西翁才對。但如果是尼克把你帶出來……」

「我並不是去到埃利西翁，」海柔的嘴裡乾燥如沙礫，「拜託，請不要再追問……」

然而已經來不及了。她只記得她墜入了無底的黑暗，後來就到達冥河岸邊。她的意識悄

---

71 彌諾陶（Minotaur），希臘神話中牛頭人身怪物。參《波西傑克森—神火之賊》七十五頁，註10。

悄消逝。

「海柔？」法蘭克問。

「〈悄悄消逝〉，」艾拉低語，「保羅．賽門[72]，全美單曲第五名。法蘭克，跟她走。賽門說，法蘭克，跟她走。」

海柔聽不懂艾拉的話，但她眼前也已經變暗，整個人突然倒入法蘭克懷中。

她發現自己回到了冥界，而這一次，法蘭克在她身旁。

他們站在卡戎[73]的渡船中，正要越過冥河。黝黑的河面上翻滾著殘骸垃圾，像是消氣的生日氣球、小孩奶嘴、結婚蛋糕上的迷你塑膠新人娃娃等，全是被切斷的人生殘存物品。

「我們……我們在哪裡？」法蘭克緊挨在她旁邊，身上散發著淡淡的鬼魅紫光，好像一位拉雷斯。

「在我的過去。」海柔出奇地冷靜。「這只是影像的回波，別擔心。」

船夫回頭對他們一笑。剛才他還是個穿著華貴絲質西裝的黑人型男，轉瞬間已變成一身黑袍的瘦削骷髏。「你當然不需要擔心，」他講話帶英國腔，但只對著海柔說話，彷彿完全沒見到法蘭克的存在。「我跟你說過，我會帶你過河，對不對？雖然你沒帶金幣，可是把普魯托的女兒留在河的那一邊，也是不對的呀。」

渡船滑上了黑暗的灘頭，海柔帶領法蘭克走向黑暗界的拱門入口。幽靈亡魂們感應到普魯托小孩的出現，紛紛散開來。巨大的三頭犬色柏洛斯[74]陰沉地吠吼，但也讓他們兩人直接通過。進入拱門之後，他們走到一個大棚子裡，站到法官審訊台前。三個戴著金色面具、身穿黑袍的人影往下瞪著海柔。

法蘭克低聲問：「他們是……」

「他們決定我的命運，」她說：「你注意看。」

一如過去，法官沒有提出問題。他們只是看進她的內心，將裡面的想法拉出來，然後就像檢視老照片般地檢驗那些想法。

「阻撓蓋婭，」第一個法官說：「避免奧賽俄紐斯的甦醒。」

「但是她餵養巨人在前。」第二個法官有不同的意見，「屈服、懦弱，是有罪的！」

「她年紀還小，」第三個法官說：「她母親的性命又懸在緊要關頭。」

「我的母親，」海柔鼓起勇氣說話，「她在哪裡？她的命運怎麼了？」

法官們凝視著她，金色面具上的笑容僵住了，那是令人不寒而慄的笑容。「你母親……」

瑪莉．李維斯克的影像閃爍出現在法官頭上。她停格在山洞崩塌的那一刻，緊抱著海柔，緊閉著雙眼。

「有趣的問題，」第二位法官說：「過失部門。」

「嗯，」第一位法官說：「這孩子死於高貴的原因。她延緩巨人的升起，因而避免了許多的死亡。她具有對抗蓋婭強大力量的勇氣。」

72 保羅．賽門（Paul Simon），美國著名流行音樂歌手，曾獲葛萊美獎的終身成就獎。

73 卡戎（Charon），冥河渡船的船夫，負責引渡亡靈進入冥界。

74 色柏洛斯（Cerberus），負責看守冥界的三頭狗。參《波西傑克森─神火之賊》三一五頁，註55。

「但她的行動太遲了，」第三位法官遺憾地說：「因爲她支持、協助了眾神的敵人，所以，有罪。」

「那是受她母親的影響，」第一位法官說：「這孩子應該可以去埃利西翁。至於瑪莉・李維斯克，則該得到永生的刑罰。」

「不！」海柔大喊，「不要，求求您！這樣太不公平了。」

法官們一致側頭思索。金面具呀，海柔心想，黃金永遠都是我的詛咒。她不禁納悶，黃金是否會毒化人心，所以他們才從來不給她公平的審判。

「海柔・李維斯克，你要搞清楚，」第一位法官警告她，「你想要承擔所有責任嗎？你可以將這個罪算到你母親的魂魄上，這是合乎情理的。你本該成就一番偉大事業，可是你的母親把你引向歧途。來看看你本來應該是……」

另一個畫面呈現在法官的頭頂上。海柔看見自己還是小女孩的樣子，滿臉笑容下面有雙滿是顏料的小手。時光荏苒，海柔看見自己長大了一些，頭髮變長了，眼神卻變憂傷了。她看出那是她十三歲生日當天，騎著借來的馬馳騁原野；山米追趕她時笑著說：「你在狂奔什麼呀？我沒有那麼醜吧，有嗎？」然後她看見在阿拉斯加的她，在黑暗中走過積雪的第三街，從學校拖著腳步回家。

接下來的她變得更大了，她見到二十歲的自己。她長得非常像她媽媽，編成細辮的頭髮紮在背後，金色眼眸閃爍出快樂的光彩。她穿著一身純白的洋裝……是新娘禮服嗎？她的微笑洋溢著無比的溫暖，海柔立刻知道自己一定正凝視著某個特別的人——一個她深愛的人。

這畫面不會讓她感到痛苦，因爲她根本沒想過自己可能會嫁給誰，她心裡想的只有：我的母親也可以這麼漂亮，如果她不是滿心怨恨，如果蓋婭沒有扭曲她的心靈。

「你喪失了這樣的生活，」第一位法官簡單地說：「這是特殊狀況。你去埃利西翁，你母親去刑獄。」

「不，」海柔說：「那不是她的過錯，她是被誤導的。她愛過我，到了最後，她想要保護我。」

「海柔，」法蘭克對她耳語，「你到底在做什麼？」

她捏捏他的手，示意他安靜。法官完全沒有注意他。

第二位法官終於又開口：「沒有結論。善行不夠多，惡行也不夠大。」

「責任必須分開，」第一位法官認同地說：「兩個魂魄都歸到日光蘭之境[75]。海柔・李維斯克，我感到很抱歉，你本來應該成爲英雄的。」

她通過柵子，進入一個沒有盡頭的黃色平野。她帶領法蘭克穿過一群幽靈亡魂，來到一叢黑色白楊樹林間。

「你放棄了埃利西翁，」法蘭克驚嘆，「爲了讓你的母親不用受到處罰？」

「她不該去刑獄的。」海柔說。

「但……現在發生了什麼事嗎？」

「沒事，」海柔回答，「沒事……就是永遠都沒事了。」

他們漫無目的地遊走。身旁的幽靈魂魄都像蝙蝠般叨叨絮絮，話語中只有失落與茫然。

---

[75] 日光蘭之境（Fields of Asphodel）位於冥界，平凡人的亡魂歸屬之處。

他們記不得過去，甚至也記不得自己的名字。

可是海柔記得這一切。或許因爲她是普魯托的小孩，她從來沒有忘記自己是誰，更不曾遺忘自己爲何會來到這裡。

「什麼都記得，反而讓我的死後人生更辛苦。」她告訴法蘭克，而法蘭克依然像個拉雷斯般散發紫光在飄移。「有好幾次，我想要走去父親的宮殿……」她指著遠方一棟高大的黑色城堡，「但我始終都到不了那裡。我無法離開日光蘭之境。」

「那你還有再見到你母親嗎？」

海柔搖頭。「就算我找到她，她也認不出我。這些幽靈般的亡魂……他們就像在作夢，永遠都在出神的狀態。而這就是我能替她做到最好的事。」

在見識過永恆後，時間是沒有意義的。她和法蘭克一起坐到一棵黑色白楊樹下，聆聽刑獄傳出的哭喊尖叫。遠處，埃利西翁的人工光線從高處灑落，安魂島[76]就像顆綠寶石，在藍光湖中閃耀。白帆橫越湖面，岸邊英雄的靈魂沐浴在永恆的祝福中。

「你不該到日光蘭之境的，」法蘭克抗議說：「你應該和那些英雄在一起才對。」

「這只是回波，」海柔說：「我們會清醒，法蘭克。只是現在感覺像是永恆。」

「那不是重點！」他繼續抗議，「你活生生的一條命，就這樣被剝奪了！你本來可以長大成爲美麗的女人，你可以……」

他的臉色轉爲暗沉的紫色陰影，「你可以嫁給某個人的。」他平靜下來說：「你本來可以擁有一段美好的人生，而你失去了那一切。」

海柔忍住啜泣。她第一次來到日光蘭之境時只有自己一個人，並不感到這麼難過。現在有了法蘭克的陪伴，反而讓她哀傷許多。但她對自己的命運並未感到憤怒。

海柔回想自己長大成人後浮現微笑與愛意的臉龐，她知道不需忍受多少痛苦，就可以變成和瑪莉王后一模一樣的怨懟臉孔。媽媽總是說：「我應該過更好的生活。」海柔絕對不願意讓自己變成那個樣子。

「我很抱歉，法蘭克，」她說：「我想你媽媽說得不對。有時候，把問題與人分享，並不會讓它變得比較容易承擔。」

「會的。」法蘭克的手滑進口袋裡。「事實上……既然我們有了永恆的時間說話，有一件事我想跟你說。」

他拿出一個用布包裹起來的東西，大小和一副眼鏡差不多。他打開包巾，海柔見到一根燒了一半、微亮著紫光的木棒。

她皺著眉問：「這是……」然後答案立刻像一陣凜冽刺骨的寒風拂過她腦海。「菲紐斯說你的生命仰賴一根木棒……」

「沒錯，」法蘭克說：「這就是我的生命線，眞的。」

他開始告訴她茱諾在他嬰兒時期現身家裡的事，奶奶又如何將壁爐旁的小木棒搶過來。

「奶奶說我有一些天賦，是從我祖先那裡遺傳來的，像阿爾戈英雄。然後，我的父親又是馬爾斯……」他聳聳肩膀，「於是，我似乎擁有太多力量之類的。所以，我的生命很容易燒起來。伊麗絲說我會看著它燃燒，握著它死掉。」

76 安魂島（Isles of the Blest），位於埃利西翁中心的小島，是英雄、好人死後居住的地方。

法蘭克把這根小木棒放在手指間轉動著。即使在這種紫色鬼魅的狀態下，他看起來還是又高壯又結實，海柔一直認爲當他長大成人時，一定會健康壯碩得像頭牛。她不敢相信他的生命竟然仰賴在一根如此細小的東西上。

「法蘭克，你怎麼有辦法一直隨身帶著它？」她問：「難道你不害怕它會發生什麼事？」

「所以我才要告訴你這件事。」他把小木棒翻出來，「我知道這樣的要求很超過，但是，你可以幫我保管它嗎？」

海柔頭暈了。她接納法蘭克進入她的突發性暈厥中，讓他一路隨行，麻木地重演過去情節，因爲似乎只有顯示眞相才是對他最公平的方式。然而現在她開始懷疑，法蘭克是不是眞的陪她經歷了這些事，或者他的存在只是海柔的想像？爲什麼他要把自己的生命交託給她？

「法蘭克，」她說：「你已經知道我是誰了。我是普魯托的小孩，我碰過的東西都會演變成不好的下場。爲什麼你還要相信我？」

「你是我最好的朋友。」他把小木棒放到她手中。「我對你的信任超過任何人。」

她很想告訴他，他這樣做是錯的。她想把木棒還給他，可是還來不及說出口，一抹陰影飄過來。

「我們的旅程只有到這兒了。」法蘭克猜道。

海柔幾乎忘記她是在重演過去。尼克．帝亞傑羅穿著一身黑大衣站到她旁邊，冥界黑銅劍則掛在他的側身。他沒注意到法蘭克，眼睛完全鎖定在海柔身上，彷彿要看清她的一輩子。

「你很不同，」他說：「你是普魯托的孩子，你記得你的過去。」

「是的，」海柔說：「而你是一個活人。」

尼克宛如閱讀食譜般研究著海柔，像是在決定要不要點菜一樣。

「我是尼克．帝亞傑羅，」他說：「我來這裡尋找我姊姊。死神失蹤了，所以我想……我以爲我可以把她帶回去，也不會被發現。」

「回去人世嗎？」海柔問：「有這種可能？」

「本來應該有的，」尼克嘆息，「可是，她離開了。她選擇以一個新生命來重生，我來得太晚了。」

「很遺憾。」

他伸出他的手。「你也是我的姊姊，你應該可以有另一個機會。跟我來吧。」

30 海柔

「海柔。」波西搖晃她的肩膀。「醒醒吧，我們到西雅圖了。」

她無力地坐起來，晨光讓她的眼睛幾乎睜不開。「法蘭克呢？」

法蘭克揉著眼呻吟說：「我們剛才是……我是……」

「你們兩個都昏過去了，」波西說：「我不知道爲什麼會這樣，但艾拉叫我不用擔心。她說你們在……分享？」

「分享。」艾拉同意道。她蹲在船尾，用牙齒整理自己的羽毛，這種方法看起來實在不太衛生，也不太有效率。她吐出一些紅色毛球，說：「分享是好的。再也不暈厥。美國電力大暈厥，二〇〇三年八月十四日。海柔分享，從此不暈厥。」

波西抓抓頭。「就是像這樣……我們一整晚就持續著類似的對話，不過我還是不明白她想要說什麼。」

海柔的手緊壓著外套的口袋，她感覺得到包裹在布裡的小木棒。

她看著法蘭克。「你也去了那裡？」

他點點頭，沒有說出任何話，表情卻已說得很清楚。他希望她保護那根小木棒的安全。

海柔不確定心中的感受是榮幸多還是恐懼多，畢竟從來沒有人託付給她這麼重要的東西。

「等等，」波西突然說：「你是說，你們兩個『分享』了暈厥？那你們兩個以後還會這樣一起暈過去嗎？」

「不，」艾拉說：「不，不，不，再也不暈厥。艾拉還要更多書，西雅圖有書。」

海柔遠眺海面。他們現在正航行在一個寬闊的海灣中，朝著一簇密集的城市建築駛去。城市周圍山巒起伏，最高的山丘上聳立著一座造型奇異的白色高塔，塔頂有個像是淺碟子的東西，很像山米以前喜歡的電影《飛天大戰》[77]裡的太空船。

不再暈厥？海柔心想，經過這麼久的折磨，這說法似乎太過美好，美好到不可能是眞的。艾拉如何能確定它們再也不會回來呢？然而海柔確實感到一些不同……她感覺自己心裡更踏實了，彷彿再也不需要在兩個時空努力掙扎。她身上的每一條肌肉都開始放鬆，宛如脫掉一件已經穿在身上好幾個月的鉛衣。不知怎地，法蘭克在她暈厥狀態中的陪伴眞的有所助益。她現在需要全心關注的，就只有她的未來而已，如果她還有的話。

波西掌控小船的前進方向，朝城市的碼頭接近。當他們離岸邊愈來愈近，艾拉開始緊張地翻找她巢裡的書籍。

海柔的心情也開始浮躁，她不知道爲何會如此。這天明明是一個晴朗明亮的日子，西雅圖看起來也十分美麗，橋梁、小港灣與蒼翠島嶼點綴著整個海面，還有覆蓋著白雪的山脈聳立在遠方。可是她依然有種感覺，就好像自己被監視了。

「嗯……我們要停泊在哪裡？」她問。

波西給他們看他頸上掛著的銀戒指。「蕾娜有個姊姊住在西雅圖，她拜託我前來找她，然

---

[77]《飛天大戰》（*Flash Gordon*），一九三六年的系列科幻電影，改編自暢銷同名連環漫畫。

後給她看這個。」

「蕾娜有個姊姊？」法蘭克問。這件事好像嚇到他了。

波西點頭。「顯然蕾娜認爲她姊姊可以提供營區一些支援。」

「亞馬遜[78]，」艾拉開始喃喃低語，「亞馬遜國，嗯，不要。艾拉要找圖書館。不喜歡亞馬遜。凶殘，堅盾，利劍，尖刺。好痛。」

法蘭克伸手去拿他的長槍。「亞馬遜國？就是……女戰士？」

「這樣說來有道理，」海柔說：「如果蕾娜的姊姊也是貝婁娜的女兒，我可以想像她爲何會加入亞馬遜。可是……我們來這裡安全嗎？」

「不，不，不，」艾拉說：「找書就好，不要亞馬遜。」

「我們必須試一試。」波西說：「我答應過蕾娜。何況，和平號狀況不大好，我費了好大力氣才讓它行駛到這裡。」

海柔低頭看著自己腳邊，船底板正在滲水。「唉呀！」

「狀況就是如此，」波西說：「我們要不是想辦法修好它，就是得換一艘新船，目前幾乎完全是靠我的意志力才將它撐住沒解體。艾拉，我們在哪裡才可能找到亞馬遜呢？你有任何想法嗎？」

「這個，嗯，」法蘭克緊張地插嘴說：「那些人不喜歡男……她們一見到男人就殺，是這樣嗎？」

艾拉看著城市碼頭，現在距離只剩一百多公尺了。「艾拉要去找朋友，艾拉現在要飛走。」她說到做到。

「這……」法蘭克抓住空中一根紅羽毛，「還真會打氣呀。」

他們把船停進碼頭。三個人才剛把所有背包備用品拿出來，和平號就突然晃動崩裂了。殘骸大都沉入水中，水面上只剩一片連著環扣的板子，以及一塊寫著和平號的「和」的板子在漂浮。

「我想我們也不用修它了。」海柔說：「接下來呢？」

波西凝視西雅圖城區的起伏山丘。「但願亞馬遜肯幫忙。」

他們探索了西雅圖市區幾個小時，在一家糖果店找到非常好吃的焦糖海鹽巧克力，也買了幾杯超濃咖啡，濃到讓海柔覺得腦袋變成動個不停的銅鑼。他們也在一家路邊餐飲店小歇，吃了幾塊棒極了的碳烤鮭魚三明治。他們還一度看見艾拉在高樓之間飛繞，兩腳各抓了一本大書，但他們就是沒見到亞馬遜的蹤影。在這段期間，海柔始終掛念著時間的流逝。現在是六月二十二日，而阿拉斯加還在很遠的地方。

後來，他們逛到城區的南邊，來到一個廣場，四周都是些小型的玻璃帷幕磚造建築。海柔的神經開始刺痛，她看看四方，確信自己正被監視。

「那裡。」她說。

在他們左側的辦公大樓門口，玻璃門面上刻著簡單幾個字：亞馬遜。

---

78 亞馬遜（Amazon），希臘神話中位於黑海邊的女人國，由一群剛猛剽悍的戰士組成，男人在這裡沒有地位。Amazon 同時也是世界最大網路書店的名稱。

「喔，」法蘭克說：「嗯，不是這個，海柔。這是現代社會的東西，是一家公司，對吧？他們專門做網路生意，不是那個眞正的亞馬遜國。」

「除非……」波西走進門裡。海柔對這個地方有種不好的感覺，但她和法蘭克還是尾隨波西進去。

大樓的大廳就像一個空魚缸，透明的玻璃牆、光滑的黑地板，除了幾棵植物之外，幾乎沒有別的東西。牆的背面有一座黑色石階梯，可以通往樓上與樓下。而在大廳正中央站著一位穿著黑色褲裝的年輕女士，她有一頭赤褐色長髮，耳邊戴著保全人員的耳機，名牌上寫著「金欣」。她的笑容十足友善，雙眼卻讓海柔想到紐奧良那些夜間巡邏法國區的警察。他們總想看穿你，總以爲你即將攻擊他們。

金欣對海柔點一點頭，但完全無視男生的存在。「請問有什麼需要幫忙的嗎？」

「嗯……是的，」海柔說：「我們在尋找亞馬遜。」

金欣看看海柔的劍，然後再看看法蘭克的標槍。這些武器透過迷霧理應看不到的。

「這裡就是亞馬遜的主要園區，」她帶著警覺地說明，「請問你們是否有和人預約，或者是……？」

「海拉，」波西直接插嘴，「我們要找一位女孩名叫……」

金欣的動作迅速到海柔連眼睛都幾乎來不及看清楚。她一腳踢向法蘭克的胸口，讓他往後飛越過大半個大廳。她又憑空掏出一把劍，先用劍刃將波西撂倒在地，再用劍尖抵住他的下巴。

太遲了，海柔才要抽出她的騎士刀，十幾個黑衣女孩已經從黑色石階湧出來。她們個個握著劍，一舉將她包圍。

金欣向下睥睨著波西。「第一條規矩：男性未經允許不得發言。第二條規矩：擅闖本國領域罪可致死。但你可以見到海拉女王，沒錯，她就是決定你命運的人。」

亞馬遜人沒收了他們三個的武器，帶他們下樓。他們走了一層又一層階梯，多到海柔已經數不清了。

好不容易他們終於進入一個大山洞，這個山洞寬敞到大概可以塞下十所高中以及一堆運動場吧。超亮的螢光燈從岩石屋頂上照下來，貨物輸送帶宛如滑水道般在室內蜿蜒繞轉，往每個方向輸送箱子。一列列的金屬櫃子無限延伸地排列出去，裡面全都堆滿販售的物品。吊車轟轟運作，機器人手臂隆隆運轉，翻摺紙箱、包裝輸送，將物品放進輸送帶。有些櫃子高聳到必須靠梯子和懸空廊道才能搆到，所以屋頂下那些懸空廊道複雜得和舞台鷹架沒兩樣。

海柔記得孩提時期看過的新聞影片，她總是對工廠打造戰爭武器、飛機的畫面印象深刻，成千上萬的武器就這樣每天從生產線冒出來。但那些畫面和此地的景象根本無法相提並論，尤其這裡幾乎所有的工作都靠電腦和機器人來完成。海柔只看到幾個人，是那些在巡邏空中廊道的黑衣女子保全人員，另有幾個身穿橘色連身衣、感覺像是監獄制服的男子，在走道間駕駛堆高機，運送整綑的紙箱。而那些男人的脖子上通通掛著鐵環。

「你們還有奴隸？」海柔知道開口說話也許很危險，但她實在氣到控制不住自己。

「那些男人？」金欣不屑地說：「他們不是奴隸，他們只是知道自己的地位。往前走！」

他們走了好遠，海柔的腳開始痛了。當金欣打開一扇寬大的雙扇門，海柔還以為他們終於走到倉儲的盡頭了，沒想到這扇門後面又是一個大山洞，而且同樣寬闊。

「連冥界都沒有這麼大。」海柔抱怨。儘管不見得是事實，但對她的腳來說，卻是如此。

金欣頗爲自豪地笑著說：「你很崇拜我們的營運基地嗎？是的，我們的銷售系統是世界性的，這可花了很久的時間與金錢才打造完成。現在我們終於開始有盈餘，而凡人卻不知道他們正在資助亞馬遜王國呀。過不了多久，我們就會比任何凡人國家都還要富有；接下來，當脆弱的人類任何事物都要仰仗我們時，革命就會展開！」

「你們要怎麼做？」法蘭克突然出聲，「取消免運費服務？」

一個保全用劍柄打法蘭克的肚子，波西想幫忙，卻又多了兩個保全拿劍逼他後退。

「你們必須學會尊敬，」金欣說：「就是有像你們這樣的男人，才會毀掉凡人的世界。世上唯一和諧的社會，是由女人來掌控的。我們更強壯，更有智慧……」

「更低等。」波西說。

保全又要打他，這次波西閃開了。

「停下來！」海柔喊。令人驚訝的是，保全們居然聽從了。

「海拉將要審訊我們，是吧？」海柔問：「所以請帶我們去見她，現在這樣是浪費時間。」

金欣點點頭。「或許你是對的，我們還有更重要的問題。而時間……時間是一件大事。」

「你這話是什麼意思？」海柔問。

一個保全抱怨說：「乾脆把他們帶去給奧翠拉[79]好了，這樣做可能會得到她的歡心。」

「不行！」金欣怒吼，「那我很快就會去戴頸圈、開堆高機的。海拉才是女王。」

「到今晚爲止。」另一個保全喃喃自語。

金欣抓緊自己的劍。這一刻，海柔覺得眼前幾個亞馬遜人大概要互相打起來了，但金欣似乎又把自己的怒火遏抑下來了。

「夠了！」金欣說：「我們走。」

他們穿過一整排的堆高機車陣，繞過迷宮般的輸送帶，蹲低身子，閃過成排正在包裝紙盒的機器手臂。

大多數的貨品看起來都是尋常物品，有書籍、電子產品、嬰兒尿布等。但牆邊擺了一輛戰馬車，側面貼著大型條碼。馬軛上有個牌子，寫著：「存貨僅剩一件，盡快下單！（新貨陸續入庫中）」

終於，他們進到一個較小的山洞，看起來很像裝貨區與王座廳的混合體。四周牆壁排列著六層樓高的金屬櫃子，壁面上有各種裝飾：戰旗、彩漆盾牌，以及塡充成立體形狀的龍頭、九頭蛇、巨獅、野豬等。兩側的衛隊則是由幾十輛堆高機改裝的戰車所組成，每輛都由配戴鐵頸環的男子駕駛，但另有一位亞馬遜戰士站在後面平台上，控制一個巨型十字弩砲。堆高機前方的耙子都已經打磨成鋒利的巨無霸劍刃。

這個房間的金屬櫃子裡擺放的都是獸籠，裡面關著活生生的動物：黑獒犬、巨鷹，還有一頭獅子與老鷹混合體的怪物，應該是葛萊芬[80]。然後她又看見一隻巨大的紅螞蟻，竟有一輛小客車那麼大。海柔不敢相信她眼前看到的景象。

[79] 奧翠拉（Otrera），希臘神話中的亞馬遜女王，戰神阿瑞斯的女兒。

[80] 葛萊芬（Gryphon），希臘神話中一種鷹頭、獅身、有翅膀的怪物。

接下來發生的事讓她更加驚恐：一輛堆高機開進來，抬起一個裝有美麗白色飛馬的籠子，然後在白馬嘶鳴抗議聲中，堆高機又快速掉頭離開。

「你們在對這些可憐的動物做什麼？」海柔高聲問。

金欣皺起眉頭。「飛馬嗎？牠不會有事的，一定是有人下單訂購呀。運費和處理費是很高，不過……」

「你們可以線上購買飛馬？」波西問。

金欣瞪著他。「很顯然的，你並沒有資格買，男人。但亞馬遜人可以，我們全世界都有追隨者，大家都需要配備。往這邊走。」

在倉儲最後面有一個高壇，是由一個個堆滿書籍的棧板架設而成，裡面包括成堆的吸血鬼小說與無數詹姆斯·派特森[81]寫的驚悚小說。高壇上的王座則由上千本書集合而成，書名好像是《塑造高度積極女性的五大習慣》。

在階梯底部，好幾個身穿迷彩服的亞馬遜戰士正在激烈爭執某件事，而一位年輕的女性坐在王座上觀察聆聽。海柔心想，她就是海拉女王吧。

海拉看起來大約二十幾歲，清瘦輕盈得像隻老虎。她穿著黑色皮革做的連身衣褲，腳上是一雙黑色長靴，頭上沒有王冠，但腰際環繞著一條奇特的腰帶。那是一條黃金鑲嵌的鏈條帶，裝飾著如迷宮般的圖案。海柔真不敢相信海拉和蕾娜長得如此相似，她或許年長一些，不過都有同樣的黑色長髮、暗色眼睛，以及同樣的冷酷表情，就像在判斷面前哪一個亞馬遜戰士最值得死。

金欣瞧了一眼她們的爭執，用不屑的口吻抱怨說：「奧翠拉的間諜，散播她們的謊言。」

「什麼?」法蘭克問。

這時海柔突然停下來，因爲動作太突然，害得後面的保全撞上來摔倒。就在距離女王王座不過幾公尺的地方，有兩個亞馬遜侍衛守護著一個籠子，裡面關的是一匹漂亮的馬。牠並非那種有翅膀的飛馬，而是一匹華美又充滿力量的坐騎，有著蜂蜜色的毛皮和黑色的鬃毛。牠銳利的棕色雙眼凝視著海柔，海柔可以發誓，牠正對她流露出急切的表情，彷彿在說：你終於來了。

「是牠。」海柔喃喃說著。

「牠?誰呀?」波西問。

金欣本來不悅地吼著，然而當她看到海柔是在注視馬籠後，臉上的表情立刻溫和下來。「呀，很漂亮，是不是?」

海柔猛眨眼，想確認自己不是出現幻覺。這匹馬正是她在阿拉斯加追逐的那匹馬……但這不太可能，沒有馬可以活得那麼久。

「牠是……」海柔連自己的聲音都不大能控制了，「牠也是要賣的嗎?」

所有保全侍衛全都笑起來。

「那是阿里昂，」金欣耐心地告訴海柔，彷彿能理解海柔的迷戀，「牠是亞馬遜王室的珍藏，只有我們最勇敢的戰士才有資格擁有牠，如果你相信預言的話。」

---

81 詹姆斯．派特森（James Patterson），美國知名驚悚小說作家，作品暢銷全球，多部創作翻拍成電影，近年也創作青少年與兒童小說。

「預言？」海柔問。

金欣的表情轉爲傷痛，幾乎是困窘的模樣。「算了，別提了。總之，牠是非賣品。」

「那爲什麼把牠關在籠子裡？」

金欣又變了個臉，「因爲……因爲牠很特別。」

就在這時，駿馬的頭部猛然撞向籠子的門，柵欄劇烈晃動，旁邊的守衛緊張地後退。

海柔很想過去放出那匹馬，她想要擁有牠的念頭簡直是有生以來最強烈的欲望。可是現在有波西、法蘭克與十幾個保全侍衛盯著她看，她勢必得隱藏自己的情緒。「只是問問，」她擠出這句話來，「我們去見女王吧。」

廳前爭執的聲音變大了，女王直到這時才注意到海柔一行人的出現。她突然出聲：「夠了！」

爭論不休的亞馬遜人頓時閉嘴。女王揮手命令她們退到旁邊，再招手示意金欣往前。

金欣把海柔和她的朋友往王座前一推。「報告女王，這些混血人……」

女王猛然站起來。「你！」

她用一種恨不得立刻殺了他的眼光怒視著波西。

波西嘴裡低聲呢喃了幾句古希臘語，海柔十分確定那是聖阿格尼斯的修女不會喜歡的話。

「寫字板，」他說：「水療，海盜。」

這些話讓海柔摸不著頭緒，女王卻頻頻點頭。她走下高壇的暢銷書台階，然後從腰帶拔出匕首。

「你會來這裡，眞是蠢到了極點。」她說：「你毀掉我的家園，害我和我妹妹被關進牢籠、流離失所！」

「波西，」法蘭克緊張地問：「這拿刀的恐怖女人究竟在說什麼事？」

「賽西[82]的島，」波西回答，「我剛想起來的。也許是蛇髮女怪血液的效果，我的記憶好像開始恢復一點了。是妖魔之海……海拉是那個在港口歡迎我們的女孩，帶我們去見她的女主人。那時候，海拉替一位女巫做事。」

海拉露出她完美排列的潔白牙齒。「你是在告訴我你有失憶症嗎？好吧，我可能會相信這說法，不然你怎麼會笨到跑來找我？」

「我們是抱著和平的心來這裡的，」海柔開口，「請問波西以前做過什麼事？」

「和平？」女王揚起眉毛對海柔說：「他以前做過什麼事情？這位男士搗毀了賽西島上的魔法學園！」

「但賽西把我變成一隻天竺鼠耶！」波西抗議。

「不要找藉口！」海拉說：「賽西是一位大方又有智慧的雇主，她提供我們食宿與完善的醫療保險，連牙科都包含在內，還給我獵豹寵物、免費魔藥試劑……任何的東西！然而這一位混血人與他的朋友，那個金髮的……」

「安娜貝斯，」波西拍著自己的額頭，好像希望記憶回來的速度再快一點。「沒錯，安娜貝斯和我一起去那裡的。」

[82] 賽西（Circe）是希臘神話中最著名的女巫，善用魔藥，法力高強。她的母親是魔法女神黑卡蒂（Hecate），父親是另一位太陽神赫利歐斯（Helios）。

「你放走我們的囚犯，就是黑鬍子那幫海盜。」女王轉向海柔。「你有被海盜綁架的經驗嗎？他們把我們的水療館放火燒光，把我和妹妹關進牢裡好幾個月。幸好我們是貝婁娜的女兒，我們很快就學會戰鬥，要不是我們……」她顫抖了一下，「總之，海盜後來知道要對我們尊敬一點。後來我們想辦法到了加州，在那裡……」她猶豫著是否要繼續說下去，彷彿那些記憶都是傷痛。「在那裡，我和妹妹也分開了。」

她朝波西走去，近到幾乎是面對面的距離。她用匕首抵著波西的下巴。「我存活下來，而且成功了。我被亞馬遜人推舉爲王，所以說，或許我應該感謝你才對。」

「不客氣！」波西回答。

女王的刀更接近他的喉頭。「別放在心上，反正我會殺了你。」

「等一下！」海柔大喊，「是蕾娜派我們來的，你的妹妹耶！看看他脖子上的戒指。」

海拉皺起眉頭。她將匕首稍微放低一點，直到刀尖剛好碰到銀戒指爲止。她臉上的光彩消失了。

「解釋一下。」她對著海柔說：「盡快。」

海柔努力快速地解釋。她說明朱比特營的現況，告訴亞馬遜人：蕾娜是現任的營隊執法官，而怪物大軍正在南下。她也說明他們身負尋找任務，目標是釋放在阿拉斯加的桑納托斯。

當海柔在說明時，另一群亞馬遜人也進到這個房間裡面。其中一位比其他人都來得高挑又年長，有一頭編辮的銀髮與一身精緻的絲袍，就像一位羅馬母親。其他的亞馬遜人都讓路給她，她們尊敬禮遇她的態度，讓海柔以爲那是海拉的母親，直到她看見海拉和年長女人在互望對方的武器。

「所以，我們需要你的幫助。」海柔把故事做個完結。「蕾娜需要你的幫助。」

海拉抓住波西的皮革項鍊，猛地一拉，它就離開了波西的脖子。陶珠、觀察期牌子、所有小東西一起……「蕾娜……那個笨孩子……」

「看吧！」年長女子插嘴，「羅馬人需要我們的幫忙？」她放聲大笑，她身旁的亞馬遜人一起加入。

「在我的年代，我們和羅馬人戰鬥過多少次？」那女人問：「他們殺過我們的姊妹多少次？當我還在位時……」

「奧翠拉，」海拉打斷她，「你現在是客人，你已經不是女王了。」

年長女子雙手一攤，然後嘲弄地敬了個禮。「就如你所說吧，起碼到今晚還不是。但我所言皆爲事實，海拉女王陛下。」她最後幾個字帶著恐嚇語氣。「我之所以能回來，是大地之母親自帶我回來的！我帶來一場新戰爭的訊息，爲什麼在我們可以追隨一位女王時，亞馬遜卻要去追隨愚昧的奧林帕斯之王朱比特呢？等我即位時……」

「如果你能即位的話。」海拉說：「但此刻女王是我，我的話就是王法。」

「了解。」奧翠拉看著身旁集結的亞馬遜人，她們都僵硬地站著，彷彿知道自己正夾在兩隻猛虎間的小縫隙裡。「難道我們已經衰弱到需要去聽男性混血人的話？難道你要饒了這個涅普頓兒子的小命，即使他曾經毀滅你的家園？搞不好，你會讓他把你的新家也一起毀滅掉！」

海柔屏住呼吸。亞馬遜人的視線在海拉與奧翠拉之間來回游移，看誰會出現弱點。

「我會做出結論，」海拉用冰冷的語氣說：「等我擁有全部資訊之後。這是我治理的方式，我靠的是道理，不是恐懼。首先，我要和這個人談一談。」她伸出一根手指頭，指向海柔。「我的職責是必須先聽取女戰士的說法，才能判她與她友人的死刑。這一直是亞馬遜的方式，還是你在冥界待太久就記憶混淆了，奧翠拉？」

年長女子不屑地哼了一聲，但也不再辯駁。

海拉轉頭對金欣說：「把男生帶到拘留所。其他人通通退下！」

奧翠拉舉起一隻手。「遵守我們女王的命令。但如果你們當中有人想對蓋婭有更多了解，想更清楚我們能與她共創的未來，請跟我來！」

大約有一半的亞馬遜人跟隨她步出房間。金欣露出厭惡不屑的表情，然後和她的保全幫手一起把波西與法蘭克拉走。

這裡突然只剩下海拉、海柔與女王的私人侍衛。海拉做了一個動作，連那些侍衛也退離到無法聽到對話的距離。

女王轉而面對海柔，臉上的怒火已經不見。海柔見到的是一雙充滿絕望的眼睛，彷彿某隻她關起來的動物突然在輸送帶上被抓走。

「我們必須談談，」海拉說：「我們沒有多少時間了，午夜以前，我八成會死掉。」

31 海柔

海柔考慮要逃跑。

她不信任海拉女王，當然更不信任另一位叫奧翠拉的年長女子。這個房間內只剩下三個侍衛，三人都退後到隔著一段距離。

海拉的武器只有一支匕首而已。在深入地底下這麼遠的地方，海柔也許有辦法在這間王座廳製造出地震，或者召喚出片岩、黃金等。如果她能弄出一點讓人分心的事物，也許有辦法逃走，然後去找朋友。

不幸的是，海柔見識過亞馬遜人出手的樣子。即使女王只有一支匕首，海柔判斷她應該有高超的技巧，而海柔自己卻沒有武器。她們並未搜她的身，這點還值得慶幸，因爲法蘭克的小木棒仍好好地躺在她的外套口袋裡，只是她的劍不在了。

女王似乎在研讀她的思緒。「不要妄想逃跑了。當然，你要嘗試我們還是會尊重，但那樣就一定得殺了你。」

「謝謝忠告。」

海拉聳聳肩膀。「那是我至少能做的事。我相信你抱著和平的心前來，我相信是蕾娜派你們來的。」

「但你無法幫忙？」

女王研究著她從波西身上奪來的項鍊。「這很複雜，」她說：「亞馬遜和其他混血人的關係一直不怎麼樣，尤其是和男性混血人。特洛伊戰爭[83]時，我們替普萊姆國王打仗，但阿基里斯殺了我們的女王潘查西拉[84]。在那之前，海克力士偷走了希波勒塔女王的腰帶[85]，也就是現在我身上這條，我們花了幾百年的時間才把它找回來。而在更久更久以前，在亞馬遜國成立之初，有一位名叫柏勒羅丰[86]的英雄，殺死我們的第一任女王奧翠拉。」

「你是說，那一位女士……」

「嗯，就是剛剛離開的那位。奧翠拉，阿瑞斯的女兒，我們的第一任女王。」

「馬爾斯的女兒吧？」

海拉擺出一張臭臉。「不，是阿瑞斯。奧翠拉活著的時代遠早於羅馬以前，那時所有的混血人都是希臘人。很不幸的，我們有些戰士仍偏好古老一點的方式。而阿瑞斯的小孩……他們永遠是最糟糕的。」

「古老的方式……」海柔聽過關於希臘混血人的傳言，屋大維就相信他們不但存在，而且還密謀推翻羅馬。可是她從未眞正相信過此事，就連波西來到營區也一樣。對她來說，波西並不像是一個邪惡的、滿腹陰謀的希臘人。「你的意思是，亞馬遜人是……希臘人與羅馬人混合組成？」

海拉繼續研究項鍊，仔細查看陶珠與觀察期牌子。她把蕾娜的銀戒指從皮革帶子上拿下來，套進自己的手上。「我想朱比特營顯然沒有教過你這些事。天神們有很多面向，馬爾斯、阿瑞斯，普魯托、黑帝斯。身爲永生不死的人，他們累積了各種性格。他們是希臘的，也是羅馬的、美國的，他們是有史以來所有被他們影響過的文化組合體。這樣說你懂嗎？」

「我……我不太確定。那所有的亞馬遜人都是混血人嗎？」

女王攤開雙手。「我們都擁有某種程度的永生血統，但許多戰士是混血人的後代，有些則是第幾代的亞馬遜人都數不清了。另外也有一些是較小天神的孩子，比如把你帶進來的金欣，她是精靈的小孩。啊……她來了。」

那位有著赤褐色頭髮的女孩走向女王，先行了一個禮。

「囚犯已經被安全地拘禁起來了，」金欣報告，「可是……」

「怎麼了？」女王問。

金欣有如口中含有怪味異物般地嚥了一下口水，才說：「奧翠拉堅持由她的跟隨者來看守拘留所。我很抱歉，女王。」

海拉噘起嘴。「無所謂。金欣，留在這裡陪我們，我剛好講到我們的……現況。」

「奧翠拉，」海柔猜說：「蓋婭把她從死亡帶回到這裡，好讓你們亞馬遜陷入內戰。」

女王呼了一口氣。「如果那就是她的計畫，現在已經奏效。在我們這群人之間，奧翠拉就

---

83 特洛伊戰爭（Trojan War），傳說在西元前十二或十三世紀發生於希臘人與特洛伊人之間的戰爭，長達十年。

84 潘查西拉（Penthesilea）女王，傳說中的亞馬遜女王，參加特洛伊戰爭時表現良好，引起阿基里斯的關注，後來被他打敗。傳說阿基里斯打敗潘查西拉後發現她竟是如此美麗，因而十分後悔。

85 在海克力士完成的十二項不可能任務當中，其中一件就是殺掉亞馬遜女王，並帶走她的腰帶。

86 柏勒羅丰（Bellerophon），被認為是大力士海克力士之前時代最偉大的英雄，其最偉大的事蹟是殺了《荷馬史詩》中具有獅身、羊頭、蛇尾的怪物凱迷拉（Chimera）。

是一個傳奇。她打算奪回王位，帶領我們攻打羅馬人。我的許多姊妹都將追隨她。」

「不是全部人。」金欣抱怨著。

「但奧翠拉是一個亡魂！」海柔說：「她甚至不是……」

「眞實的人？」女王審愼地看著海柔，「我跟在賽西女巫身邊工作很多年，我看人的時候，能分辨得出他是否爲重回人世的亡魂。海柔……你，你是什麼時候過世的？一九二〇年？一九三〇年？」

「一九四二，」海柔回答，「不過……我不是蓋婭送回來的。我回來是爲了阻止她，這是我的第二次機會。」

「第二次機會……」海拉望著成排的戰鬥堆高機，現在上面空無一人。「我懂什麼是第二次機會。那個叫波西．傑克森的男生，他毀掉我過去的生活。你們是絕對認不出過去的我，我總是穿洋裝、化濃妝，是個光彩奪目的女祕書，是個受詛咒的芭比娃娃。」

金欣伸出三根手指放在胸前，很像媽媽以前的巫毒手勢，用意是避開邪惡之眼。

「賽西的小島對我和蕾娜來說，是一個安全的地方，」女王繼續說下去，「我們是女戰神貝婁娜的小孩，而我想要保護蕾娜，遠離一切的暴力爭執。後來波西．傑克森把那些海盜放出來，他們抓住了我們，蕾娜和我才因此學著成爲堅韌嚴格的人，也才發現原來我們非常擅長使用武器。過去這四年來，我一直很想殺掉波西．傑克森，都是因爲他害我們承受了這麼多的苦。」

「但蕾娜當上了朱比特營的執法官，」海柔說：「而你，成爲亞馬遜的女王。或許這就是你們的命運。」

海拉撫摸手上那條項鍊。「我大概當不了多久女王了。」

「你會勝利的！」金欣堅持說。

「命運女神會決定這事。」海拉不露感情地說。

「你看，海柔，奧翠拉已經向我提出決鬥挑戰，這是每個亞馬遜人都有的權利。今晚午夜時分，我們將爲了王座而決鬥。」

「但……你很強，對吧？」海柔問。

海拉勉強擠出一個乾笑。「很強，算是吧。但奧翠拉可是亞馬遜的創始者。」

「她太老了吧，而且她有可能疏於練習，畢竟已經死了那麼久。」

「我希望你是對的，海柔。你要知道，這場決鬥是要一決生死的……」

她等待海柔意會這件事。海柔想起菲紐斯在波特蘭說的話：他能找到從死亡回來的捷徑，要歸功於蓋婭。她也想起蛇髮女怪在台伯河上是如何重組成形。

「就算你殺了她，」海柔說：「她還是會再回來。只要桑納托斯仍然被囚禁，她就永遠不會死。」

「完全正確，」海拉說：「奧翠拉已經告訴我們，她是不會死的。所以就算我今晚打敗她，她還是可以輕鬆地回來，明天繼續挑戰我。沒有法律規定不能連續挑戰女王，她可以堅持每晚和我對決，直到把我的精力耗盡爲止。我終究無法獲勝。」

海柔看著王座，想像奧翠拉頂著銀髮、穿著絲袍坐在那裡，命令她的戰士攻打羅馬的樣子。她想像蓋婭的聲音充滿這整個山洞。

「一定有什麼辦法的，」海柔說：「難道亞馬遜沒有什麼……特殊力量之類嗎？」

「我們並沒有比其他混血人多出什麼，」海拉說：「我們和凡人一樣會死。有一群跟隨阿蒂蜜絲[87]女神的弓箭手，常常有人將她們與我們搞混。她們是放棄男人的陪伴來換取長生不死；而我們亞馬遜呢，我們要活出最豐富飽滿的生命。我們戀愛，我們戰鬥，我們會死。」

「我以為你們痛恨男人。」

海拉和金欣一起笑起來。

「恨男人？」女王說：「不、不，我們喜歡男人，我們只是想表現給他們看是誰在掌權。但這些都不是現在的重點。如果我有辦法，我會集合所有亞馬遜軍隊前去援助我妹妹；不幸的是，此時的我力量微薄。等我在決鬥被殺之後，奧翠拉會成為女王，這是遲早的事。她將會率領我們的軍隊前往朱比特營，但絕非送上支援，而是去配合巨人的怪物大軍。」

「我們一定要阻止她，」海柔說：「我的朋友和我就殺死了菲紐斯，他是蓋婭在波特蘭的侍從之一。或許我們幫得上忙！」

女王搖頭。「你們不能介入。身為女王，我必須單獨面對自己的決鬥，何況你的朋友都被關起來了，如果我放了他們，就顯得我很弱。你們三人擅闖入境，如果不是由我負責判刑，就是會在奧翠拉登基之後處決你們。」

海柔的心整個下沉。「這麼說來，我們兩個都得死。我就要死第二次了。」

角落的籠子裡，阿里昂突然憤怒地嘶鳴。牠抬起腳，用蹄猛撞柵欄。

「那匹馬似乎感應到你的絕望了，」女王說：「很有趣。你知道嗎？牠是永生的馬，是涅普頓和席瑞絲的孩子。」

海柔眨眨眼。「兩個大天神生出一個馬小孩？」

「很長的故事。」

「喔。」海柔的雙頰不好意思地發燙起來。

「牠是世上跑得最快的一匹馬。」海拉說：「飛馬比較出名，因為牠們有翅膀，但阿里昂在陸地、水面都能像風一般奔馳，沒有生物能夠跑得比牠更快。我們花了好多年時間才抓到牠，這是我們最大的戰利品之一。不過我們也沒有得到什麼好處，因為這匹馬根本不讓任何人騎牠。我想，牠很恨亞馬遜，而且飼養牠是一件很花成本的事，雖然牠什麼東西都吃，但最愛的是黃金。」

海柔的頸背開始癢起來。「牠吃黃金？」

她記得許多年前在阿拉斯加跟隨她的那匹馬，那時她覺得馬匹好像在吃尾隨她腳步出現的小金塊。

海柔跪下來，一隻手按壓地面。石頭地面立刻出現裂縫，一顆李子大小的金礦石緊跟著迸出來。海柔站起來，檢視她的收穫。

海拉和金欣瞪著她。

「你是如何……」女王驚呼，「海柔，小心一點！」

海柔接近馬籠。她將手穿過柵欄縫隙，阿里昂動作謹慎又輕柔地吃掉她掌中的金塊。

「眞是不可思議，」金欣說：「上一個嘗試這樣做的女孩……」

---

87 阿蒂蜜絲（Artemis），希臘神話中的月亮女神，也是狩獵女神，有眾多仙女隨從。參《波西傑克森——泰坦魔咒》四十九頁，註13。

「現在裝著義肢。」女王說。她帶著新的興趣觀察海柔，好像在想是否要多說一些話。「海柔……我們花了好長時間獵捕這匹馬，因爲有預言說，一位最有勇氣的女戰士將能掌控阿里昂，騎乘牠贏得勝利，開創亞馬遜繁榮昌盛的新時代。但目前亞馬遜沒有人能觸摸牠，更別說控制了。就連奧翠拉也試過，同樣沒成功，還有另兩位在嘗試騎牠的過程中死亡。」

這些話應該要讓海柔有些擔憂才對，她卻完全無法想像如此美麗的駿馬會做出傷害她的舉動。她的手穿過柵欄間，撫摸阿里昂的鼻頭。阿里昂頂著她的手臂，滿足地低吟，好像在問：好好吃，還有黃金嗎？

「我還會再餵你一些的，阿里昂。」海柔的眼神刻意轉到女王身上，「可是我想我的處決時間已經排好了。」

女王的眼神在海柔和馬匹之間來回游移。「眞是不可思議。」

「那個預言，」金欣說：「有沒有可能是……？」

海柔幾乎看得出女王腦袋裡正快速運轉，形成計畫。「你很有勇氣，海柔．李維斯克。看起來，似乎阿里昂已經選擇了你。是嗎，金欣？」

「是的，女王。」

「你說現在是奧翠拉的跟隨者在看守拘留所？」

金欣點點頭。「我應該要提防的，實在很抱歉……」

「沒關係。」女王的雙眼發亮，就好像大象漢尼拔每次被放開去破壞堡壘時的神情，「如果奧翠拉的跟隨者失職，對奧翠拉來說可是一件丟臉的事。比方說，要是她們被一個外來者打敗，甚至被劫獄。」

金欣也開始微笑。「是的，女王，那超級丟臉。」

「當然，」海拉繼續說：「我的侍衛裡沒有人知道任何相關事情，金欣也絕不會洩露任何縱容逃跑的風聲。」

「絕對不會。」金欣附和。

「我們不能幫你，」女王揚起眉毛注視海柔，「但如果你有辦法壓制那些保全、放出你的朋友……比方說，你拿走一張保全人員的亞馬遜卡……」

「要有附加快速購買功能的，」金欣說：「那種卡可以快速開啓拘留所的鎖。」

「如果……呵，天神請原諒我！……如果像那樣的事發生了，」女王決定說下去，「你可以在拘留所隔壁的保全間裡找到朋友的武器和用品。總之，誰會知道呢？如果你能回到這間王座廳，我又剛好離開去準備決鬥……嗯，記得我說的，阿里昂是匹飛快的馬。如果牠被偷走，還被當成逃獄的工具，將會是個奇恥大辱。」

海柔感覺自己就像插頭插上了插座，電流頓時湧竄全身。阿里昂……阿里昂或許有可能成爲她的。她需要做的，只是救出朋友，同時從一堆訓練精良的戰士中殺出一條路。

「海拉女王，」她說：「我……我其實不是一個很好的戰士。」

「呵，海柔，戰鬥的方式有很多種。我感覺得出你相當機智且有謀略。而且如果預言是正確的，你將會幫助亞馬遜昌盛繁榮。要是你的尋找任務成功，桑納托斯能被釋放，那麼……」

「那麼奧翠拉被殺死之後，將再也無法回來。」海柔說：「你只需要每晚打敗她……直到我們成功爲止。」

女王嚴肅地點著頭。「看來我們兩個面前都有不可能的挑戰。」

「但是你相信我，」海柔說：「而我也相信你。你會贏的，打幾次贏幾次。」

海拉將波西的項鍊拿出來，放到海柔的手上。

「我希望你是對的，」女王說：「不過，你們愈早成功愈好，是吧？」

海柔把項鍊放進口袋。她握住女王的手，心想：是否有可能這麼快速交到一位朋友，尤其她剛剛還準備把自己送進大牢。

「這段對話從沒發生過。」海拉告訴金欣，「將我們的犯人帶到拘留所，把她交給奧翠拉的人。還有，金欣，確保你自己在任何不好的事發生前離開。我不希望有任何忠於我的人被扯進劫獄這件事。」

女王露出一個淘氣的笑容，海柔第一次對蕾娜有所嫉妒了。她希望自己也能擁有這樣一個姊妹。

「再見了，海柔．李維斯克。」女王說：「如果我們倆今晚都會死……那麼，我很高興認識了你。」

32 海柔

亞馬遜的拘留所位在儲藏廊道的最頂端，離地快二十公尺。

金欣帶她爬了三段不同的階梯，上到一個空中金屬廊道。她將海柔的手寬鬆地綁在背後，推著她前進，從一堆裝著珠寶的木箱前走過去。

就在三十公尺的前方，刺眼的螢光燈光線之下，一排由鐵鍊相接的籠子懸空掛在粗纜線上。波西和法蘭克分別被關在兩個籠子中，正用壓低的聲音彼此交談。他們旁邊的廊道上站了三個亞馬遜保全，看起來很無聊，身體倚靠著她們的標槍，眼神都在自己手中的黑色小平板上，好像在閱讀。

海柔覺得那些板子薄到不像書，然後她才突然想到那也許是某種小型的……現代人怎麼稱呼？筆記型電腦吧，又或許那是某種亞馬遜祕密科技。想到這裡，海柔覺得它們幾乎與戰鬥堆高機一樣令人不安。

「快往前走，女孩。」金欣命令，聲音響亮得足以引起保全們的注意。她用劍頂著海柔的背，催促她前行。

海柔盡可能用最慢的速度前進，腦子裡的念頭卻在快速運轉。她需要趕快想出一個絕佳的救援計畫，偏偏到現在仍然想不出來。金欣向她保證她可以輕鬆解開束縛，但她仍舊得空手抵抗三個訓練精良的戰士，而且必須在自己被關進籠子之前行動才行。

她經過一整個棧板的木箱前面，木箱外標示著「二十四克拉藍黃玉」，接著她又看到一箱「純銀友誼手鐲」的標示。友誼手鐲旁邊有一個電子告示板，上面出現：「購買此項物品又同時購買花園土地公太陽能陽台燈與火焰死亡標槍者，享有合購價八八折優惠！」

海柔停住了。奧林帕斯眾神呀，她還眞笨呢。

純銀，黃玉。她張開所有感官，搜尋著貴重金屬寶石。然後她的腦袋幾乎要被回應撐到爆開，原來她就站在一個六層樓高的珠寶山旁。只不過在她的正前方，從她的腳邊到保全之間，除了籠子之外就別無他物。

「怎麼了？」金欣輕聲說：「快往前走！她們會起疑心的。」

「讓她們過來這裡。」海柔轉頭過去低聲說。

「爲什麼……」

「拜託。」

保全朝她們的方向皺眉看過來。

「你們看什麼看！」金欣對她們大吼，「這是第三個犯人，快過來押解她。」

最接近的那個保全放下手中的平板。「金欣，你爲何不再走個三十步就好？」

「嗯，因爲……」

「噢！」海柔跪下來，努力裝出一臉最虛弱的病容，「我好暈，我……我不敢走……亞馬遜……好可怕……」

「你看，」金欣對那些保全說：「現在，是你們要過來帶這個犯人，還是我回去稟告海拉女王你們根本不盡責？」

最靠近的那個保全翻了個白眼後，終於跨出步伐走過來。海柔原本希望另外兩個保全也能一起過來，但現在她顧不了那麼多了。

第一個保全抓住海柔的手臂。「好，我會監管這個犯人。但如果我是你，金欣，我才不會去顧慮海拉，她當不了多久的女王了。」

「咱們等著瞧，桃樂絲。」金欣轉身離去。海柔等待她的腳步聲從廊道消失。

名叫桃樂絲的保全拉拉海柔的手。「怎麼啦？快走。」

海柔將意念集中到身旁整面的珠寶牆，整整有四十箱的銀手鐲。「我……不大舒服。」

「你可不要吐到我身上。」桃樂絲怒斥她。她想把海柔扯到她的腳邊，但海柔身體一癱，就像小孩在店裡鬧彆扭般地倒下。在她旁邊，木箱已經開始震動。

「露露！」桃樂絲對其中一個同僚叫喊，「過來幫我扶這個癱軟的小女生。」

亞馬遜戰士名叫桃樂絲和露露？海柔心想，好吧……

第二個保全跑過來，海柔認爲最佳的時機到了。在她們準備抓起她的腳之前，她大喊：「噢——」然後全身癱平在廊道上。

桃樂絲剛要說：「喔，給我……」

整牆整箱的珠寶爆裂出來，瞬間產生巨大的聲響，彷彿上千台小鋼珠機器同時洩出了鋼珠。純銀友誼手鐲如潮水般湧向廊道，一把將露露和桃樂絲沖過欄杆邊緣。

她們本來會摔死，但海柔沒有壞到那種程度。海柔召喚幾百條手鐲跳到保全身邊，環繞住她們的腳踝，讓她們頭下腳上地懸空倒掛在廊道地板，換成她們兩人像癱軟的小女生般尖叫不停。

海柔轉向第三個保全。她鬆開手上的束縛，那束縛的「堅實」程度的確只像廁所衛生紙。她撿起摔下去那個保全的一把標槍，儘管她的標槍技巧一向很遜，但她希望眼前這個亞馬遜人看不出來。

「我應該從這裡殺了你，」海柔咆哮，「還是你要讓我靠過去？」

第三個保全轉身就跑。

海柔對欄杆外的桃樂絲和露露大喊：「給我亞馬遜卡！把它遞上來，除非你希望我鬆開那些手鐲讓你們掉下去！」

四秒半後，海柔拿到兩張亞馬遜卡。她衝向籠子前刷卡，籠門迅速開啓。

法蘭克震驚地看著她。「海柔，這眞是……太神奇了。」

波西點點頭。「我再也不想戴任何首飾了。」

「除了這個以外。」她把他的項鍊丟給他。「我們的武器用品都在廊道底端，我們動作要快，非常快……」

整個山洞的警鈴開始大作。

「嗯，」她說：「總是會發生的，我們快走！」

第一部分的逃獄算是容易。他們毫無阻礙地順利取回武器用品，開始從樓梯往下衝。每次只要有亞馬遜追兵過來要求他們投降，海柔就會製造一次珠寶首飾大爆炸，用金銀組成的尼加拉瀑布淹沒她們。當他們抵達樓梯最底部，發現自己就好像身處在末日戰場的狂歡節：亞馬遜人被珠寶項鍊淹沒到頸部，有幾個人則是陷在紫水晶耳環小山中倒立，還有一輛戰鬥堆高機卡在純銀手鐲裡。

「你呀，海柔．李維斯克，」法蘭克說：「真是超級無敵得不可思議。」

海柔真想當下就親吻他一下，不過他們沒有這種時間。他們快步跑向王座廳。

他們經過一位亞馬遜戰士身旁，這人想必是忠於海拉的，她一見到這幾個逃犯就掉頭走開，彷彿他們並不存在。

波西開口問：「這是怎麼……？」

「她們當中有人希望我們逃走，」海柔說：「晚一點我再解釋。」

他們碰到的第二位亞馬遜人就沒那麼友善了。她全身穿著戰甲，堵在王座廳入口。她用閃電般的速度旋轉著標槍，但這次波西準備好了。他拔出波濤劍，加入戰鬥。當亞馬遜戰士砍向他，他往旁一閃，瞬間出手，將她的標槍劃成兩段，再用劍柄頂撞她的頭盔。

保全倒地不起。

「萬能的馬爾斯呀，」法蘭克說：「你剛剛是如何……那完全不是羅馬人的打法！」

波西微笑。「親愛的朋友，『怪咖死』是有幾手功夫的。我跟在你後面！」

他們跑進王座廳。如同海拉所承諾，她與她的侍衛已經離開。海柔衝向阿里昂的籠子，在鎖頭上刷過亞馬遜卡，裡面的駿馬立刻衝向前，高舉勝利的馬蹄。

波西和法蘭克趕緊退後。

「嗯……這傢伙……是馴服過的嗎？」法蘭克問。

駿馬火大地嘶鳴。

「我想不是，」波西猜，「牠剛剛說：『我會踩你到死，變態小白臉，華裔加拿大人。』」

「你通馬語？」海柔問。

「小白臉？」法蘭克氣急敗壞地說。

「跟馬說話是波塞頓在行的事，」波西說：「嗯，我的意思是，涅普頓的事。」

「那你和阿里昂應該會相處得不錯，」海柔說：「牠也是涅普頓的小孩。」

波西臉色發白。「你說什麼？」

如果他們不是在這麼危急的狀態中，海柔應該會被波西的表情逗得大笑。「重點是，牠奔跑的速度很快，可以把我們載出這裡。」

法蘭克看起來一點都不興奮。「我們三個不可能同時騎上一匹馬，可能嗎？我們會摔下來，或者害牠變慢……」

阿里昂又叫了。

「唉唷，」波西說：「法蘭克，這匹馬說你是一個……好吧，我不要替牠翻譯了。總之，牠說倉庫裡有一輛馬車，牠願意拉車。」

「在那裡！」王座廳後面傳出人聲，十幾個亞馬遜戰士衝進來，後面跟著穿橘色連身服的男子。當他們見到阿里昂，全都快速後退，跑向戰鬥堆高機。

海柔跳上阿里昂的背。

她朝下對著朋友微笑。「我記得剛剛有看到馬車，跟在我後面！」

她朝較大的山洞奔馳過去，一群男子趕忙散開來。波西打昏一個亞馬遜戰士，法蘭克的長槍則撂倒兩個人員。海柔可以感覺到阿里昂非常想奔跑，可是牠需要更大的空間。他們必須出去。

海柔跑進一隊亞馬遜保全人員中間，她們看到馬就紛紛走避。終於有這麼一次，海柔覺得她的古羅馬長劍長度剛剛好。她將她的騎士劍揮向所有要朝她而來的人，根本沒有任何亞馬遜人膽敢挑戰她。

波西和法蘭克跟在她後面跑，他們終於跑到馬車旁。阿里昂在馬軛邊停下腳步，波西趕緊把韁繩挽帶都繫好。

「你以前做過？」法蘭克問。

波西不需要回答。他的手快速移動著，轉眼間馬車已經就位。他跳上車大喊：「法蘭克，快上來！海柔，走！」

一陣戰爭呼吼從他們後面響起，是一整支亞馬遜軍隊衝進了這間大倉庫。奧翠拉本人站在一輛戰鬥堆高機上，她對準馬車轉動十字弩砲，銀髮飄揚。「擋下他們！」她大喊。

海柔催促阿里昂加速。他們跑過大山洞，在貨物棧板與堆高機間迂迴繞行。一支箭飛過海柔耳邊，某個東西在她後面爆炸，然而她完全不回頭。

「樓梯！」法蘭克尖叫，「這匹馬不可能拉著馬車爬上那麼多階的……哎唷，我的天啊！」

感謝這些樓梯寬敞得足以容納馬車，因爲阿里昂絲毫沒有減速的趨勢。牠衝上階梯，不管馬車的晃動呻吟。海柔往後瞄了好幾次，確定波西和法蘭克沒有摔出車外。他們倆緊抓馬車邊緣的指節已經發白，牙齒就像萬聖節的發條骷髏頭拚命打顫。

他們終於抵達大廳。阿里昂衝破大門，跑進廣場，把一些西裝筆挺的人全都嚇得跑開。

「艾拉！」海柔對著天空大喊，「你在哪裡？我們該走了！」

她心中一時有些恐慌，深怕那隻鳥身女妖會距離太遠而聽不到呼喚。她也許迷路了，又或者已經被亞馬遜人俘虜了。

他們後面出現了戰鬥堆高機喀拉喀拉爬樓梯的聲音，接著戰車又轟隆隆地行過大廳。一整群的亞馬遜戰士跟在車後躍出。

「投降吧！」奧翠拉高聲喊叫。

堆高機舉起雷射般鋒利的前叉。

「艾拉！」海柔絕命地呼吼。

一道紅色羽毛如閃光降落，艾拉已經站上馬車。「艾拉來了，亞馬遜有尖刺。快走。」

「抓穩了！」海柔警告。她身體往前一傾，說：「阿里昂，衝吧！」

世界好像變形了，日光在他們旁邊彎曲。阿里昂飛速奔離亞馬遜，衝進西雅圖市區。海柔回頭望，只見阿里昂馬蹄踏過的地方通通留下一道冒煙的路面。牠奔過碼頭，躍過車陣，騰空彈越交流道的大路口。

海柔放聲尖叫，震動傳進她的肺腑。但那是開心滿足的吼叫，是她人生中頭一次感受到……在兩段人生中，她第一次感覺沒有任何事能阻擋她前行。阿里昂已經來到海邊，牠直接跳離碼頭。

海柔感覺耳朵就要爆開。她耳內突然一聲巨響，後來她才明瞭那是超越音速而產生的音爆。阿里昂已經劃過普及灣[88]的海面，海水在牠蹄下變為蒸氣，西雅圖的城市天際線飛快遠離。

---

[88] 普及灣（Puget Sound）是美國華盛頓州的一個海灣，濱臨大西洋，西雅圖就位在此海灣邊。

33 法蘭克

當車輪脫落時，法蘭克鬆了一口氣。

他已經在馬車後面吐了兩回，這在以音速前進的情況下可一點都不好玩。這匹馬跑起來時，似乎能讓時間與空間都轉彎，讓四周景物變模糊，讓他感覺好像剛喝進一整桶五公升的牛奶，卻忘了服用乳糖不耐症的藥。艾拉在一旁毫無幫助，她只會不斷呢喃：「時速一千二百公里。時速一千二百八十公里。時速一千三百公里。非常快。」

馬奔騰往北，穿過普及灣，掠過小島漁船與驚訝的鯨群。前方的景色變得愈來愈熟悉，有新月海灘、界限灣，都是法蘭克曾在校外教學航行過的地方。他們已進入加拿大的領域。

阿里昂衝上陸地，沿著九十九號高速公路北上，速度快到讓路上車輛相對顯得靜止。終於在他們要進入溫哥華時，馬車的輪子開始冒煙。

「海柔！」法蘭克大喊，「馬車要解體了！」

海柔收到訊息，立刻拉緊韁繩。馬兒顯然不大高興，但還是把步伐減緩到音速以下的速度，以便穿過溫哥華的市街。他們通過鋼鐵工人紀念橋，進入北溫哥華，馬車開始出現危險的晃動。阿里昂終於在一座林木茂密的小山頭停了下來，牠滿足地呼著氣，好像在說：「笨蛋們，這就是我們跑步的方式。」冒煙的馬車猛然垮下，把波西、法蘭克和艾拉直接甩到潮溼生苔的地面上。

法蘭克掙扎著站起來，努力要把跑進眼裡的黃土眨出去。波西呻吟了一會兒後，便開始解下阿里昂身上連接到馬車的韁繩。艾拉暈頭轉向地繞圈拍翅，撞到樹之後又自言自語：「樹。樹。樹。」

只有海柔似乎沒受到這段車程的影響。她帶著愉快的笑容滑下馬背，說：「眞有趣呀！」

「對，」法蘭克硬是忍住暈眩，「太過有趣了吧。」

阿里昂跟著長嘯一聲。

「牠說牠要吃東西，」波西翻譯，「也難怪，牠大概燃燒掉六百萬卡路里了。」

海柔研究地面，皺起眉頭。「我感覺不到這裡有黃金……別擔心，阿里昂，我一定會幫你找到的。現在呢，你何不去散散步、吃青草？我們約在……」

馬兒已經一溜煙跑掉，只在原地留下一縷蒸氣。

海柔的眉毛糾結。「你們認爲牠會回來嗎？」

「我不知道，」波西說：「牠似乎有點……過度興奮了。」

法蘭克幾乎期待那匹馬不要再回來，但他當然沒說出口。他看得出海柔正因爲可能失去新朋友而傷神，可是阿里昂眞的嚇到他了，法蘭克也很確定，那匹馬知道他的感覺。

海柔和波西開始從馬車殘骸裡搶救出他們的物品。有幾個是從亞馬遜販賣品中隨手抓來的盒子。艾拉發現裡面有書籍時，開心地尖叫起來，她抓起一本《北美野鳥全書》，立刻飛到最近的樹枝上開始快速翻閱，翻頁速度快到法蘭克不確定她究竟是個閱讀機還是碎紙機。

法蘭克倚著樹幹，想要平息自己的暈眩感，其實他根本還沒從亞馬遜的拘留經驗中恢復過來。被踢飛過整個大廳、被迫繳械、被關進籠子，然後又被一匹自大狂妄的馬匹嘲笑是個小白臉，這些對他的自尊建立真是毫無助益呀。

在那些事以前，他和海柔共享的視覺景象讓他很不安。現在他感覺和海柔更親密，他也知道自己做對了一件事，就是把那根小木棒託付給海柔。他肩上的重量如今卸下一大部分。

然而另一方面，他也第一次見識到冥界的模樣。他覺得那就像是永遠沒有正事可做地呆坐在一個地方，只能不斷悔恨自己曾經犯下的錯誤。他仰頭看著那些可怕的金面具死亡法官，心中明瞭，自己總有一天會真正站在他們面前，而那一天或許並不遠。

法蘭克總是夢想著他死後就能夠再見到母親。但對混血人來說，或許這是不可能的事。海柔在日光蘭之境待了快七十年，從來沒遇見過她媽媽。法蘭克希望他和母親最終都能到埃利西翁去，但那是連海柔都達不到的境界。海柔可是犧牲了自己的性命去阻止蓋婭，又為她之前的行動擔起責任，好讓母親不用去刑獄。這樣看來，法蘭克會有什麼機會呢？他根本從來沒有過那麼英勇的行為。

他挺起身子看看四周，想要掌握一些方向感。

他往南邊看，從溫哥華港再過去就是溫哥華市的鬧區，夕陽下的城市天際線紅得發亮。往北看，林恩峽谷公園的山丘和雨林在北溫哥華的市鎮之間盤繞延伸，最後終成一片荒野。

法蘭克已經在這座公園裡探險了好多年，他瞄見一個熟悉的河流彎道，認出旁邊空地有棵因雷擊裂成兩半而乾枯的松樹。他認識這座山。

「我算是回到家了，」他說：「我奶奶的家就在那裡。」

海柔瞇著眼睛問：「距離這裡多遠？」

「跨過那條河，穿過樹林就到了。」

波西揚起眉毛。「你是認真的？那我們就去你奶奶家囉？」

法蘭克清清喉嚨。「也好，隨便吧。」

海柔握緊雙手像要禱告。「法蘭克，拜託你告訴我，你奶奶會讓我們在她家過夜。我知道我們的時間很趕，可是我們眞的需要休息，對不對？阿里昂幫我們節省了一些時間，也許我們可以吃到一頓剛煮好的熱騰騰大餐？」

「再沖個熱水澡？」波西也加入請求行列。「還有一張床，有鋪床單和枕頭的那種？」

法蘭克試著想像奶奶的表情，如果他眞的帶著兩個武裝朋友和一個有翅膀的女人回家的話。從媽媽的葬禮之後，從那匹母狼來帶他南行的那個早晨之後，每件事都改變了。他曾經爲了離家而憤怒，現在，他則無法想像返家的情景。

只是，他與朋友們實在累壞了。他們已經旅行超過兩天，不曾好好睡一場覺、吃一頓飯。奶奶可以給他們一些補給，或許她也願意回答一些在他腦海深處醞釀的問題：關於他日漸存疑的家族天賦。

「値得一試。」法蘭克做出決定，「我們就去我奶奶家吧。」

法蘭克的心神太過不安，差點就直接走進食人魔的營地，幸好波西把他拉了回來。他們兩人蹲爬到海柔和艾拉旁邊，躲在一棵倒下來的樹幹後面，往空地偷瞄。

「不好，」艾拉喃喃說著，「這對鳥身女妖很不好。」

現在天色已經完全暗下來，在一堆熊熊燃燒的營火周圍，坐了六個毛濃髮粗的人形怪物。他們站起來約有兩公尺半高，雖然比起波呂玻特斯或他們在加州見到的獨眼巨人算是嬌小，但可怕的程度絲毫不減。他們身上只穿著一件及膝的衝浪短褲，皮膚是曬傷般的紅色，上面滿是龍、心臟、比基尼女郎圖形的刺青。營火上方有根烤肉叉，上面叉著一隻去皮的動物，或許是一頭野豬。食人魔正用他們銳利如爪的手撕下一塊塊的肉，一邊啃食一邊談笑，尖牙不時露出來。在他們旁邊有好幾個網袋，裡面裝著銅色球體，很像砲彈。那些球體的溫度想必頗高，因爲它們在晚上寒冷的空氣中不斷冒出蒸氣。

這塊空地再過去兩百公尺有一棟大宅，燈光穿過了樹林，那就是張家。這麼接近，法蘭克心想。他想看看能否繞路溜回去，然而左右張望了一會兒後，便看到兩邊都有營火，似乎食人魔已將整個家園都包圍了。法蘭克的手指不禁掐進樹皮裡，他奶奶可能獨自待在屋內，完全被困住了。

「這些怪物是什麼人？」他低聲問。

「加拿大人。」波西說。

法蘭克從波西身旁倒彈開。「你說什麼？」

「喔，我沒有冒犯的意思，」波西說：「那是安娜貝斯的說法。以前我們打過這種怪物，她說他們住在北邊的加拿大。」

「好吧，嗯，」法蘭克咕噥抱怨，「我們是在加拿大，我是加拿大人，但我以前從來沒見過這樣的怪物。」

艾拉從翅膀拔下一根羽毛，在手中繞轉著。「勒斯岡巨人[89]，」她說：「食人族，北方巨

[89] 勒斯岡巨人（Laistrygonians）是體型十分巨大的食人族。參《波西傑克森—妖魔之海》四十三頁，註[4]。

人，薩斯科奇傳說。對，對，他們不是鳥，北美洲野鳥沒有他。」

「對，那就是他們的名字，」波西認同地說：「勒死……什麼的，艾拉說得對。」

法蘭克看著空地各處的怪物。「他們可能被誤認為是大腳雪怪，或許傳說其實是這樣來的。艾拉，你很聰明呢。」

「艾拉很聰明。」艾拉十分同意，她害羞地送給法蘭克一根羽毛。

「喔……謝謝你。」他把羽毛塞進口袋，然後發現海柔正瞪著他。「怎麼了？」他問。

「沒事。」她轉頭看著波西。「看來你的記憶回來不少了。你記得當時是如何打敗這些傢伙的嗎？」

「記得一點，」波西說：「印象還是很模糊，我想那時候我有人支援。我們用神界青銅殺死他們，可是當時並沒有……你該知道的。」

「那時還沒有死神被綁架的事，」海柔說：「所以，他們現在根本死不了。」

波西點點頭。「那些青銅砲彈……不是好惹的東西。我想我們當時有利用它來回擊巨人，它會噴出火焰然後爆炸。」

法蘭克的手伸進外套口袋，然後才想起那根小木棒已經託給海柔保管了。「如果我們引起爆炸，」他說：「其他營地的食人魔就會跑來這裡。我猜想，他們應該已經將這棟房子整個包圍了，如果這樣，樹林裡大概共有五、六十個巨人怪物。」

「所以這是個陷阱，」海柔關心地靠著法蘭克，「那你的奶奶呢？我們得幫幫她才行！」

法蘭克的喉嚨好像被什麼東西哽住了。他從來、從來都沒想過奶奶會有需要別人解救的一天，但他現在心中也開始推演對戰情節，就像在營區推演戰爭遊戲那樣。

「我們需要聲東擊西，」他說：「如果可以將眼前這一群怪物引到林子裡去，我們或許就可以鑽進屋內，但不驚動到其他營地。」

「真希望阿里昂在這裡，」海柔說：「我就可以讓那些食人魔過來追我了。」

法蘭克拿下背上的長槍。「我有另一個想法。」

法蘭克並不願意這麼做，對他來說，召喚小灰現身遠比面對海柔那匹馬還可怕。可是眼前他實在想不出其他方法。

「法蘭克，你不可以就這樣出擊！」海柔說：「這樣是自殺！」

「我不是要出擊，」法蘭克說：「我有一個朋友。就是……拜託不要尖叫，好嗎？」

他將長槍往地上猛插，龍牙尖刺斷了。

「喔哦，」艾拉說：「沒矛刺，不，不。」

地面震動，小灰的骷髏手掌破土而出。波西笨拙地抓不穩劍，海柔發出像是小貓在玩毛線球的輕呼。艾拉瞬間消失，一會兒又在最近的樹梢上現形。

「沒問題的。」法蘭克向他們保證，「他受我控制。」

小灰爬出地面，身上沒有留下任何和雞蛇對戰的痕跡，是一個完整嶄新的迷彩軍裝武士，腳上同樣穿著軍靴，透明的灰色皮肉仍然像果凍般覆蓋著骷髏骨幹。他的鬼魅眼神望向法蘭克，等待他下令。

「法蘭克，那是骷髏武士耶，」波西說：「骷髏武士是邪惡的，他們的專長就是殺戮，他們……」

「我知道，」法蘭克苦澀地說：「但這是馬爾斯給我的禮物，是我現在唯一能使上力的東西。好了，小灰，你的任務是攻擊那一群食人魔，把他們帶往西邊，引開他們好讓我……」

可惜，小灰從「食人魔」三個字之後就不再認眞聽了。或許他只聽得懂最簡單的句子，所以他直接往食人魔的營火殺出去。

「等一下！」法蘭克說，不過已經來不及了。小灰拔了兩根自己的肋骨，在營火旁狂奔，從背後襲擊食人魔，以迅雷不及掩耳的速度讓他們連呼救的時間都沒有。六個表情極度驚訝的勒斯岡巨人往旁邊倒去，就像一圈骨牌傾倒，隨即化成煙塵。

小灰繼續繞圈踩踏，將那些灰燼踢散開來，阻止他們重新成形。當他們終於不再試圖重返時，小灰似乎很滿意自己的成果，他立正站好，聰明地朝著法蘭克的方向敬禮，然後便沉入泥土地裡。

波西瞪著法蘭克。「怎麼……？」

「沒有勒斯岡巨人。」艾拉拍著翅膀飛下來，降落到他們身邊。「六減六等於零。長槍對減法很好，對！」

海柔凝視著法蘭克，眼神卻好像法蘭克本人也成爲一具骷髏殭屍。法蘭克覺得自己的心快碎了，可是他不怪海柔。馬爾斯的孩子就是和暴力有關，馬爾斯的象徵就是一支要正確使用的帶血長槍。海柔怎能不感到心驚呢？

他往下看著自己斷了頭的長槍，眞希望他的父親是馬爾斯以外的任何人都好。「我們走吧，」他說：「我奶奶可能有麻煩了。」

34 法蘭克

他們停在前門門廊，一如法蘭克之前的憂慮，林問隱約可見一圈繞著房子升起的營火。整片地方都被圍困了，不過房子本身似乎還沒受到影響。

奶奶的風鈴在夜晚的微風吹拂下叮噹晃動，她的藤製搖椅空蕩蕩地正對道路，樓下的燈光從窗戶透出來，但法蘭克決定不按門鈴。他不知道現在的時間是多晚，也不知道奶奶是否睡了，甚至不知道她在不在家。他先去檢查角落的大象石雕，也就是波特蘭那尊雕像的迷你複製版，備用鑰匙果然仍藏在它的腳下。

他在門前猶豫起來。

「有什麼不對嗎？」

法蘭克記得那天他打開這個門時，軍官帶來了關於母親的消息。他記得走下這些階梯去參加媽媽的葬禮，也是在這裡第一次把小木棒放在自己外套內出門。他記得站在這邊看到狼群從樹林出現，魯芭率領同伴來帶他前往朱比特營。那些事情似乎都發生在好久以前，事實上也不過隔了六週而已。

現在，他回來了。奶奶會擁抱他嗎？她是否會說：「感謝天神呀！法蘭克，你終於回來了！我被怪物包圍了耶！」

然而比較可能的狀況，大概還是對著他大聲斥責，要不就是誤以為他們是來闖空門，手持炒菜鍋把他們趕跑。

「法蘭克？」海柔問。

「艾拉緊張。」鳥身女妖站在圍籬上碎碎唸起來，「大象……大象盯著艾拉看。」

「不會有事的。」法蘭克的手抖得很厲害，差點連鑰匙的孔都對不準。「就是大家要跟緊一點。」

房子裡面聞起來像是緊閉了很久，飄著一股霉味。通常房裡會點著茉莉花香的薰香，但現在所有香爐香瓶都是空的。

他們檢視了客廳、餐廳與廚房。水槽裡骯髒的碗盤堆積如山，這就非常不對勁了，奶奶的傭人應該是每天會來整理才對，除非她被巨人嚇跑了。

或者傭人已經成為巨人的午餐，法蘭克忍不住這麼想。艾拉說過，勒斯岡巨人是食人族。他暫且把這個想法拋開，怪物應該不會理會凡人的；至少，他們「通常」不理會的。

在客廳裡，佛祖和道家仙人的雕像咧嘴微笑相迎，彷彿幾個精神不正常的小丑。法蘭克想起那位開始涉獵佛教、道家的彩虹女神伊麗絲，如果她有機會來到這間詭異的老宅拜訪，大概就不再好奇渴望了。

奶奶的瓷器大花瓶上面結滿蜘蛛網，這同樣很不對勁，奶奶向來堅持她的收藏品必須定期清理。看著這個瓷器，法蘭克心裡浮出一絲罪惡感，他在葬禮那天竟然破壞那麼多的收藏品，此刻看來那真是無聊的舉動。當時他只是很生奶奶的氣就亂來，現在他憤怒的對象可多了：茱諾、蓋婭、巨人、他的父親馬爾斯，尤其是馬爾斯。

壁爐漆黑冷清。

海柔抱著胸，彷彿想保護那根小木棒，不讓它跳進壁爐裡。

「嗯，」法蘭克說：「就是這個。」

「這個什麼？」波西問。

海柔的表情充滿同情，但這只讓法蘭克感覺更糟。他記得剛剛召喚出小灰時，海柔是多麼的驚恐又反感。

「這個壁爐。」他回答波西，乍聽之下眞是愚蠢的答案。「來吧，我們去檢查樓上。」

階梯在他們腳下發出嘎吱嘎吱的聲響，法蘭克的房間和以前一模一樣。他的東西都沒被動過，那副備用的弓與箭筒也還在，他提醒自己晚一點要記得帶走。他在學校得到的拼字比賽獎牌有好幾個，或許那是世上唯一的無閱讀障礙混血人拼字冠軍，這好像可替他怪胎的程度再加上一筆。房間裡媽媽的照片通通還在，有她穿著防彈衣、戴鋼盔的模樣，那是在阿富汗坎大哈省坐悍馬車時拍的；也有她一身足球教練裝的照片，那年她來學校指導法蘭克的球隊。還有一張是在學校的「各行各業日」拍的，媽媽穿著正式軍裝，雙手放在法蘭克的肩上。

「你母親嗎？」海柔溫柔地問：「她好漂亮。」

法蘭克答不出話來。他覺得有點不好意思，一個十六歲的大男生，房間裡卻有一堆媽媽的照片，世上怎麼會有這麼沒希望又沒用的傢伙？然而他覺得更多的是悲哀。他離開這裡只有六個禮拜，就某些方面來說，卻像是永遠離開了。當他看著照片裡媽媽的笑臉，失去她的痛苦依舊那麼強烈。

他們再去檢查其他房間。中間兩間是空的，最後一間的門後方則有微弱燈光在閃爍，那是奶奶的房間。

法蘭克輕輕敲門，無人回應。他推開門，奶奶躺在床上，看起來憔悴又虛弱，滿頭白髮披散在臉頰旁，就像雞蛇的頭冠。床頭小桌上有一根燃燒中的蠟燭，床邊則坐著一位身穿淺棕色加拿大軍服的高大男子。儘管房間昏暗，他卻還戴著太陽眼鏡，鏡片後面閃著血紅色的光芒。

「馬爾斯。」法蘭克說。

戰神面無表情地抬起頭。「嘿，孩子，進來吧。叫你的朋友去附近走走。」

「法蘭克？」海柔壓低聲音說：「你在說什麼，馬爾斯？你的奶奶……她還好嗎？」

法蘭克看著朋友。「你們沒看見他？」

「看見誰？」波西的手已經抓住劍。「馬爾斯嗎？在哪裡？」

戰神乾笑兩聲。「他們看不見我的，我想這次這樣比較好。只是一個私人談話，父子的對話，可以嗎？」

法蘭克握緊拳頭。他默數到十，才敢讓自己開口說話。

「嘿，各位……沒事的。我想，你們何不利用中間的房間休息一下？」

「屋頂，」艾拉說：「屋頂對鳥身女妖很好。」

「好呀。」法蘭克茫然地回答，「廚房裡也許還有些食物。你們可以給我和奶奶一點獨處的時間嗎？我想，她……」

他的聲音沙啞了。他不確定自己是想哭、想尖叫，還是想痛打馬爾斯的墨鏡。或許三者皆有。

海柔將手放到他的臂膀上。「當然可以，法蘭克。我們走吧，波西、艾拉。」

法蘭克等到朋友的腳步聲都消失後，才跨步走進奶奶的房間，把門關上。

「眞的是你嗎？」他問馬爾斯，「不是什麼把戲、幻影之類的？」

戰神搖搖頭。「你比較希望不是我嗎？」

「嗯。」法蘭克承認。

馬爾斯聳聳肩。「我不怪你，沒有人歡迎戰爭的，除非是夠聰明的人。可是戰爭遲早會找上每個人，這是難以避免的。」

「那樣說眞蠢，」法蘭克說：「戰爭不是難以避免的，戰爭害人死亡，它……」

「帶走你的母親。」馬爾斯替他講完。

法蘭克眞想打飛那張冷酷的臉孔，但或許那只是戰神的光環，好讓他感覺起來很有侵略性。他低頭凝視奶奶，奶奶正安詳地睡著。他好希望奶奶能夠醒來，如果世上有人能夠忍受一位戰神，奶奶絕對是其中之一。

「她已經準備好要死了，」馬爾斯說：「她做好準備幾個星期了，就是爲了你而硬撐。」

「爲了我？」法蘭克震驚到幾乎忘記剛剛的氣憤。「爲什麼？她怎麼會知道我要回來？我不懂！」

「外面的勒斯岡巨人也知道呀，」馬爾斯說：「我想，有某位女神告訴他們。」

法蘭克眨眨眼。「茱諾？」

戰神放聲大笑，窗戶都跟著震動起來，但奶奶完全沒被驚擾到。「茱諾？還豬髮哩，孩子。不是茱諾！你是茱諾的祕密武器，她不會出賣你的。我說的是蓋婭，顯然她一直在追查你的行蹤，她擔憂你的程度遠超過對波西、傑生，或者七人裡的任何一人。」

法蘭克感覺整個房間都傾斜了，他希望這裡還有另一張椅子能讓他坐下。「七人……你是說那個古老的大預言，關於死亡之門的嗎？我是七人裡面的一個？那個傑生？還有……」

「對，沒錯，」馬爾斯不耐煩地揮著一隻手。「來，孩子，你應該是一位偉大的戰術家，你仔細想想看！顯然你的朋友也都在為那個任務琢磨修鍊中，假如你們能活著從阿拉斯加回來的話。茱諾的目標是要聯合希臘人和羅馬人，派他們一起去對抗巨人，她相信這是唯一能抵擋蓋婭的方式。」

馬爾斯又聳聳肩，顯然他本人並不大信服這個計畫。「總而言之，蓋婭不希望你成為這七人中的一個。波西．傑克森……蓋婭相信她能控制他，其他的幾個人也都有她可以搞定的弱點。然而就是你，你讓她擔憂。她寧願立刻將你殺掉，這就是她喚出勒斯岡巨人的原因，他們已經來這裡好幾天了，就是在等你。」

法蘭克甩甩頭，是馬爾斯在使詭計嗎？法蘭克根本不可能讓女神有什麼好擔憂的，尤其還有像波西．傑克森這號人物要讓她傷神。

「沒有弱點？」他問：「我什麼都沒有，就只有弱點而已！我的生命仰賴著一根小小的木棒耶！」

馬爾斯笑笑。「你太小看你自己了。總之，蓋婭說服這些勒斯岡巨人，她說如果他們吃下你，也就是這個家族裡的最後一人，他們就可以繼承你的家族天賦。我不知道那是真是假，但這些巨人巴不得立刻試試看。」

法蘭克的胃翻滾到快打結了。小灰剛剛已經殺掉六個食人魔，但從圍繞整片地方的營火來看，起碼還有幾十個巨人在附近，而他們全都等著要把法蘭克當早餐。

「我要吐了！」他說。

「不，你不會的。」馬爾斯手指頭一搓，法蘭克的反胃立刻消失。「戰鬥焦慮，每個人都會發生的。」

「可是我奶奶……」

「嗯，她一直等著要跟你說話。食人魔留她活口留到現在，就是拿她當誘餌，你懂嗎？現在你已經來了，我想他們應該已經嗅到你的出現，明天早上就會發動攻擊吧。」

「那就把我們弄出這裡！」法蘭克要求著，「再搓一下你的手指頭，讓那些食人族通通都爆掉。」

「哈哈！那會很有趣的。只不過，我不能替我的孩子打仗，命運女神分得很清楚，哪些工作屬於天神，哪些工作要由凡人完成。這是你的尋找任務，孩子。還有，我怕你還沒發現這件事，就是你的長槍得要相隔二十四小時之後才能再次使用。我希望你已經學會如何利用你的家族天賦了，要不然，你很快會成爲食人族的早餐。」

家族天賦，法蘭克就是想要和奶奶談談這件事。但現在他沒有別人可以問，就只有馬爾斯知道實情。他瞪著戰神，而他則報以毫無同情的微笑。

「佩里克呂墨諾斯，」法蘭克清楚唸出這名字，就像參加拼字比賽時一樣精準。「他是我的祖先，是一位希臘王子，也是阿爾戈英雄。他死於和海克力士的對戰。」

馬爾斯手掌翻面，做出一個請繼續說下去的手勢。

「他具有一種特別的能力，能在戰鬥中發揮助力。」法蘭克繼續說：「那是某種得自天神的禮物，媽媽說，他可以像一群蜜蜂那樣戰鬥。」

馬爾斯大笑。「說得很對。還有呢？」

「這個家族以某種方式到了中國，我想，大概是在羅馬帝國的時候，有一位佩里克呂墨諾斯的後代在軍團服役。我媽媽提過一位名叫塞內加．格拉古的人，他也有中國名字，好像是『充國』。嗯……這部分我並不清楚。不過蕾娜經常說，史上有許多失蹤的軍團，第十二軍團成立了朱比特營，但也許有其他軍團消失後往東方去。」

馬爾斯靜靜拍了兩下手，「孩子，說得不錯。你聽過卡雷戰爭[90]嗎？那是羅馬人的大災難，他們在帝國東部邊界和一群帕提亞人打仗，結果共有一萬五千名羅馬士兵喪生，上萬人被俘虜。」

「而其中一位，就是我的祖先塞內加．格拉古？」

「完全正確。」馬爾斯說：「因爲被俘虜的軍團成員都是相當優秀的戰士，所以帕提亞人命令他們上戰場。但是後來，帕提亞又被別人從另一個方向侵略。」

「就是中國，」法蘭克猜測，「於是，羅馬俘虜又再度被抓去了。」

「沒錯，說來有些丟臉，總之，這就是羅馬軍團爲何遷移到中國的緣由。那些羅馬人後來在中國生根，建立了新的家園，取名爲……」

「驪軒，」法蘭克說：「媽媽告訴過我，那是我們祖先的故鄉，而中文的『驪軒』正是軍團的諧音[91]。」

馬爾斯顯得頗開心。「現在你愈來愈進入狀況了。就是那位塞內加．格拉古，他擁有你們的家族天賦。」

「我媽媽說，他和龍對打過，」法蘭克回憶著，「她說他是……是史上最強的一條龍。」

「他的確很強，」馬爾斯承認，「雖然他沒能避免軍團的厄運，但他確實是一個高手。他在中國安頓下來，也將這種家族天賦傳承給他的子子孫孫。後來，你的家人移民到北美洲，又和朱比特營扯上了關係……」

「圓滿的循環，」法蘭克自己說出結論，「茱諾說，我會圓滿家族的循環。」

「我們拭目以待吧。」馬爾斯朝奶奶點點頭，「她本來希望能親口告訴你一切，但我想，我也該稍微做些提醒，因爲這位老人家已經沒有多少氣力了。所以，你現在了解你的家族天賦了嗎？」

法蘭克猶豫不語。他有了個概念，但自己覺得很瘋狂，比一個家庭從希臘搬到羅馬、再搬到中國、然後又搬到加拿大還要瘋狂。他不想大聲說出口，更不想說錯了被馬爾斯恥笑。

「我……我想我了解。可是要去對抗一整群食人魔……」

「對，是很困難，」馬爾斯站起來伸伸懶腰，「等你奶奶早上醒過來後，她會給你一些幫助，我想在那之後她才會過世。」

「什麼？我一定要救她！她不能就這樣離我而去！」

「她已經活出圓滿的人生了。」馬爾斯說：「她已經準備好要邁入下一個階段，你不要那麼自私。」

---

⑩ 卡雷戰爭（Battle of Carrhae），西元前五十三年，羅馬當時三位執政官之一的克拉蘇（另兩位就是凱撒、龐培），率領七個軍團遠征位於西亞幼發拉底河上游的帕提亞王國，羅馬大軍慘敗，克拉蘇被斬首。

⑪ 軍團原文 legion，發音近似「驪軒」。

「我自私？」

「這個老女人之所以能夠撐這麼久，全是爲了一份責任感。你的母親也是這個樣子，那正是我會愛上她的原因。她總是把自己的責任放在第一位，放在所有事情之前，甚至是自己的生命。」

「甚至是我。」

馬爾斯拿下他的太陽眼鏡。在那應該是眼睛的位置，出現的卻是兩顆小火球，宛如核爆般劇烈燃燒著。「自艾自憐是沒用的，孩子，不值得那樣做。就算沒有這個家族天賦，你的母親仍然留給你最重要的特性：勇敢、忠誠、智慧。現在你必須決定如何使用它們。到了早上，聽你奶奶的話，採取她的忠告。你們依然可以前去釋放桑納托斯，拯救營區。」

「然後留我奶奶在這裡等死？」

「生命因有終點而珍貴。孩子，要相信天神的話。你們凡人不知道自己有多幸運。」

「對啦，」法蘭克咕噥抱怨，「有夠幸運！」

馬爾斯大笑，聲如洪鐘。「你母親曾經告訴我一句中國成語，什麼苦盡……」

「苦盡甘來，」法蘭克說：「我討厭那個成語。」

「但那是眞的。現在人們是怎麼說的？『天下沒有不勞而獲的事』？都是同樣的意思。你淨挑簡單的事、討人喜歡的事、只求和平的事去做，到後來結果常常變得很痛苦。可是如果你選擇走一條難走的路，哈，那就是日後可以得到甜美回報的過程。責任、犧牲，它們都是具有意義的。」

法蘭克已經厭惡作嘔到了無法回話的地步。這個人眞的是他父親？

當然，法蘭克明白媽媽成爲英雄的原因，他了解媽媽拯救別人的性命是無比的勇敢，然而她留下他孤獨地活在世上，這不公平，也不對。

「我會離開，」馬爾斯說：「但首先，你說你只有弱點，那完全不正確。你知道爲什麼茱諾會饒了你的小命嗎，法蘭克？爲什麼那根小木棒到現在還沒燒起來？因爲還有重要的角色等著你去扮演。你以爲你沒有其他羅馬人優秀，你以爲波西．傑克森比你強？」

「他是呀！」法蘭克抱怨，「他和你對打還會贏呢。」

馬爾斯聳聳肩。「或許吧。不過每個英雄都有一個致命的弱點。波西．傑克森，他對朋友太過忠誠，他無法放棄他們，無論如何都不行。多年前他就被這樣評論過，而在可預見的未來，他即將面對一件他無法犧牲奉獻的事。如果沒有你……沒有你的責任感的話，想必他會失敗，這整場戰爭的態勢便會改變，蓋婭會毀滅我們的世界。」

法蘭克猛搖頭，他不想聽到這些。

「戰爭是一種責任，」馬爾斯繼續說：「你只能選擇接受與否，以及爲什麼而戰。羅馬的偉大傳奇此刻已危在旦夕，五千年的律法、秩序與文明，塑造出今日世界的眾神、傳統與文化，通通都會化爲塵土，除非你能打贏，法蘭克。我認爲這是值得一戰的，你好好想一想。」

「我的弱點是什麼？」法蘭克問。

馬爾斯挑起眉毛。「你的什麼？」

「致命弱點，你說每個英雄都有一個。」

戰神乾笑了一下。「你必須自己找出答案，法蘭克。但你終於問出一個像樣的問題了。現在，去睡一下吧，你需要休息。」

戰神手一揮，法蘭克的眼皮立刻沉重起來。他身體軟下去，眼前世界全黑了。

「法義！」一個熟悉的聲音響起，嚴厲又沒耐心的聲音。

法蘭克眨眨眼，陽光已經透進這個房間裡。

「法義，起來了。儘管我實在很想過去打醒你那張無奈的臉，可惜我現在的狀況離不開這張床。」

「奶奶？」

他的視線開始清晰，看到了奶奶正從床上往下望著他。他蜷縮睡在地上，夜裡有人幫他蓋了一條毯子，還把枕頭塞到他頭下，但他完全不知道這些事是怎麼發生的。

「是我，我的大笨牛。」奶奶看起來仍然是無比蒼白虛弱，聲音卻一如以往嚴厲。「現在立刻起來。食人魔已經包圍了這個家，如果你和你的朋友還想活著逃出去，我們可有很多事得談。」

35 法蘭克

法蘭克只看了窗外一眼，便知道自己的麻煩大了。

在草坪邊緣，勒斯岡巨人已經開始堆疊青銅砲彈。他們紅得發亮的皮膚、濃密散亂的毛髮、一身的刺青與利爪，在晨光照耀下並沒有顯得美麗一點。

有些巨人拿著棍棒或標槍，有些搞不清楚狀況的則拿著衝浪板，好像跑錯派對。所有巨人都沉浸在一種過節的氣氛中，彼此擊掌歡呼，頸間綁上塑膠圍兜，刀叉全都準備妥當。有個食人魔已經打開可攜式烤肉爐，穿著圍裙跳舞，圍裙上印著：「來吻廚師吧。」

這畫面看起來應該很有趣，只除了法蘭克知道他們的主菜就是他。

「我讓你的朋友上到閣樓去，」奶奶說：「等我們談完，你就可以和他們會合。」

「閣樓？」法蘭克轉身，「你以前跟我說絕對不可以上去那裡的！」

「那是因爲閣樓是我們藏匿武器的地方，傻小子。你以爲這是第一次遭受怪物攻擊嗎？」

「武器，」法蘭克語帶怨氣，「沒錯，我以前從來沒有碰過武器。」

奶奶的鼻孔突然變大。「張法義，你說這話是在挖苦我嗎？」

「是的，奶奶。」

「很好，那你也許還有點希望。現在，坐起來，你必須先吃一點東西。」

她的手比向床頭小桌，已經有人擺了一杯柳橙汁與一盤培根吐司加水煮蛋。這正是法蘭克最喜歡的早餐。

撇開種種麻煩不談，法蘭克瞬間感到超級餓。他驚訝地看著奶奶。「你怎麼做……」

「做你的早餐？佛祖的猴仙做的？當然不是！也不是家裡的幫傭，這裡太危險不適合他們進來。都是你的女朋友海柔替你做的，昨晚她還替你蓋被子、放枕頭，又從你的房間幫你找了些乾淨衣服。還有，你應該去洗個澡，你聞起來好像燒焦的馬毛。」

法蘭克的嘴像魚般地張張閉閉，卻發不出半點聲音。竟然是海柔替他做了這一切？法蘭克以為昨晚他召喚小灰時，已經徹底毀掉他和海柔之間的任何機會了。

「她……嗯……她……不是我的……」

「不是你的女朋友？」奶奶臆測，「哼，應該是的，你這個白癡！不要放她走，你的生活裡需要有一個堅強的女人，你自己到底知道了沒？好了，現在來講正事。」

法蘭克一邊吃早餐，一邊聆聽奶奶發表的類似軍事簡報。在白天的光線中，她的皮膚顯得很透明，裡面的血管好像在發光。她的呼吸聲彷彿易碎的紙袋膨脹又收縮，她的話語卻是堅定又清楚。

她說明食人魔包圍的情形，他們已經來這裡三天，等待法蘭克出現。

「他們想要烹煮你、吃下你，」她顯得很氣憤，「這實在很荒唐，你一定很難吃。」

「謝謝喔，奶奶。」

她點點頭。「我承認，當他們說你要回來時，我心裡多少有些開心。我很開心能有最後一次親眼見到你的機會，就算你衣服髒亂、頭髮沒理。但這是你足以代表家族的外型嗎？」

「我近來有點忙，奶奶。」

「邋遢是沒有藉口的。無論如何，你的朋友都吃飽睡足了，現在上去閣樓拿武器，我告訴他們你很快也會上去。不過，這裡的食人魔實在太多了，即使花很多時間也很難趕跑全部。我們必須討論出你們的脫逃計畫，過來看我的床頭櫃裡面。」

法蘭克打開抽屜，拿出一個密封的信封。

「你知道公園底的那個小機場嗎？」奶奶問：「你有沒有辦法再找到它？」

法蘭克沉默地點頭。那是往北約五公里遠的地方，由大馬路穿過峽谷後就會抵達。奶奶曾經帶他去過幾次，因爲她包機將特殊物品從中國運來這裡。

「那裡會有一位值班飛行員，隨時待命準備立即出發，」奶奶說：「他是我們家族的老朋友，信封裡面有一封信是給他的，請他載你們去北方。」

「可是……」

「不要爭論，孩子，」她低聲說：「馬爾斯最後這幾天都有過來看我，和我作伴。他告訴我你的尋找任務，說你要去阿拉斯加找到死神，釋放他出來。你要盡到你的職責。」

「但如果我成功了，你就會死，我以後就再也見不到你了。」

「確實如此，」奶奶同意地說：「但我終究是要死的，我老了，我想我已經說得很清楚。來，你的執法官是否有給你任何介紹信呢？」

「有，可是……」

「很好，把那些信一起拿給飛行員看，他是從軍團退役下來的。萬一他有所懷疑，或臨時打退堂鼓，那些憑證會讓他感到很榮幸，會盡可能提供所有他能辦到的協助。你們要做的，就是想辦法到達機場。」

房子突然震動了。屋外有一團火球在半空中爆炸，整個房間突然一片光亮。

「食人魔已經蠢蠢欲動，」奶奶說：「我們要趕快。現在，關於你的力量，我希望你已經有所了解。」

「這個……」

奶奶像機關槍一樣低聲咒罵了幾句中文。「你的祖先的天神啊！孩子，難道你什麼都沒學到嗎？」

「有的！」他開始結結巴巴地把昨晚和馬爾斯討論的細節說出來，只是在奶奶的面前，他覺得舌頭更加不靈活。「佩里克呂墨諾斯……他的天賦……我想他是波塞頓的兒子，我的意思是涅普頓，我的意思是……」法蘭克攤開雙手，「是海神。」

奶奶勉強點頭。「他是波塞頓的孫子，但是他很強。你那聰明的腦袋瓜是如何發現這件事的？」

「在波特蘭有個預言者……他說了一些關於曾祖父愼龍的事。他說曾祖父背負了引起一九〇六年舊金山大地震的罪名，那場地震毀掉了當時的舊金山與舊的朱比特營。」

「說下去。」

「在營區裡面，他們曾經提到說有個涅普頓的後代引起了大災難，涅普頓是地震之神。可是……我不認爲曾祖父確實做出那樣的事，製造地震並不是我們的天賦。」

「的確不是。」奶奶認同地說：「但沒錯，大家都歸咎於他。身爲涅普頓的後代，他不受歡迎。而他不受歡迎的原因還很多，因爲他的眞實天賦比製造地震還要奇怪，因爲他是中國人，過去從來沒有華裔小孩宣稱自己有羅馬血統。這是很醜陋的事實，但無可否認。他被誤控罪名，強迫離開，非常不光彩。」

「這麼說……如果他並沒有做錯事，爲什麼你要我替他說抱歉？」奶奶的兩頰變紅。「因爲替沒做過的事說抱歉，絕對比因它而死要來得好！我不確定營區會不會逮捕你、要你負責，我不知道羅馬人的歧視偏見是否已經消除。」

法蘭克嚥下嘴裡的早餐。過去在校園裡或在街頭上，他偶爾會被欺負，可是不常發生，在營區裡更是從來沒有過。從來沒有任何人拿他是亞裔來開玩笑，沒人在乎這件事。他們會取笑他，都只和他的笨拙遲緩有關。他難以想像曾祖父的遭遇：被控摧毀營區，爲他不曾做過的事而被逐出軍團。

「那我們的眞正天賦呢？」奶奶問：「你至少也該知道是什麼了吧？」

媽媽說的那些故事在他腦袋裡打轉，什麼和一窩蜂群對戰、史上最強的一條龍等等。他記得媽媽突然出現在後院，站到他身邊，快得像從閣樓飛下來一樣。他記得她從樹林裡走出來，說熊媽媽只是想問路。

「『你可以成爲任何東西。』」法蘭克說：「媽媽總是這樣對我說。」

奶奶呼了一大口氣。「好不容易呀，終於有一點微光進到你的腦子裡。是的，張法義，你母親不是單純要提高你的自信心而已，她說的話都有實際意義。」

「可是……」另一個爆炸震撼了房屋，天花板的石膏開始如雪片掉落，然而法蘭克滿心困惑到無暇關注這些狀況。「任何東西？」

「在合理的範圍內，」奶奶說：「活的東西。如果你對那種生物有充分了解，這種天賦就會對你有所幫助。如果你在生死交關之時，比如戰鬥當中，它也幫得上忙。你爲什麼看起來這麼驚訝，法義？你總是說，你對自己的身體感到不自在，我們全都有這種感覺呀，所有擁有皮洛斯血統的人都有。這種天賦，史上只給過凡人家族一次，所以我們在混血人中是很獨特的。波塞頓賜福給我們的祖先時想必是特別大方，要不然就是懷有特別的恨意吧。這項天賦常常演變爲詛咒，比如，它就沒能拯救你的媽媽……」

屋外響起一陣歡呼聲。某個人高喊：「姓張的！」

「傻孩子，你該走了。」奶奶說：「我們的時間已到。」

「可是……我不知道該如何使用我的力量。我從來沒……我不會……」

「你可以的，」奶奶說：「否則你就無法活到了解你的命運。我並不喜歡馬爾斯告訴我的七人大預言，對中國人而言，七是不幸的數字，是一個鬼的數字，但我們全然無法改變預言這件事。現在，出發吧！明晚就是幸運節的慶典，你們沒有時間可以浪費。不用擔心我，我會在自己的時間、用自己的方式離開。我可完全不想被這些荒唐的食人魔吃掉。快走吧！」

法蘭克在門口回頭，他感覺自己的心臟就像被送進果汁機裡打成汁了，不過他仍舊敬了一個非常正式的禮。「謝謝你，奶奶。」他說：「我會讓你感到驕傲的。」

她輕聲說了幾個字，法蘭克覺得她幾乎是在說：「你已經是了。」

他驚訝地凝望奶奶，但她的表情已迅速轉爲不耐。「別再耽擱了，孩子！快去洗澡更衣！我最後看到你的畫面，你竟然給我一頭亂髮就出現？」

他趕緊壓壓自己的頭髮，再鞠一次躬。

他看到奶奶的最後畫面，是她望向窗外的模樣，好像在思考：當食人魔衝進房裡時，要如何痛罵他們。

36 法蘭克

法蘭克洗了一個最快速的澡，換上海柔幫他準備好的衣服。那是一件橄欖綠上衣，下半身搭配淺褐色工作褲。眞的這樣穿嗎？然後他趕緊抓了備用的弓與箭筒，直接衝向通往閣樓的樓梯。

閣樓裡面塞滿了武器。他家族收藏的古代兵器大概足以供應一支軍隊所需，整面牆上掛滿盾牌、標槍、弓箭，幾乎和朱比特營軍械庫的庫藏一樣多。後面窗口設有一尊蠍式弩架，而且已經準備好隨時可以發射。前面窗口則豎立著另一種東西，看起來像是有著一簇槍管的機關槍。

「火箭炮？」他大聲問。

「不，不，」角落冒出一個聲音，「馬鈴薯，艾拉不愛馬鈴薯。」

鳥身女妖艾拉已經在兩個木製大行李箱間築出一個巢。她坐在一堆中國卷軸之中，一次閱讀七、八卷。

「艾拉，」法蘭克問：「其他人在哪裡？」

「屋頂，」她眼睛往上瞄一下，然後又立刻回到她的閱讀中，不時夾夾羽毛翻看書頁。

「屋頂，監視食人魔。艾拉不愛食人魔。馬鈴薯。」

「馬鈴薯？」法蘭克直到轉動了機關槍，才明瞭她在說什麼。原來這八個上膛的槍管裡面都是馬鈴薯，在槍座底部還有一整袋同樣的可食用砲彈。

他往窗外看出去，這正是他當年遇到熊時媽媽探出頭的窗口。食人魔在下面的院子裡亂跑亂繞，幾個人互相撞來撞去，偶爾對屋子吼叫兩聲，把青銅砲彈朝天空丟擲。

「他們有砲彈，」法蘭克說：「而我們有馬鈴薯槍。」

「澱粉，」艾拉若有所思地說：「澱粉對食人魔不好。」

房子又被爆炸震得晃動了。法蘭克必須上去屋頂看看波西和海柔準備怎麼做，但他又覺得把艾拉獨自留在這兒不好。

他跪到她旁邊，小心不敢靠太近。「艾拉，這裡有這麼多食人魔，留在這裡不安全。我們很快就要飛去阿拉斯加，你會跟我們一起去嗎？」

艾拉不自在地抽動身體。「阿拉斯加，一百六十萬平方公里，州動物，北美麋。」

突然間，她說出口的話變成拉丁文，法蘭克要感謝朱比特營的教導才勉強能聽懂。「極北之地，天神轄外之區，軍團冠冕在此。從冰墜落，涅普頓之子會淹沒……」她停下來抓抓凌亂的紅髮。「喔呵，燒掉。其他的燒掉了。」

法蘭克快要停止呼吸。「艾拉，那是……那是預言嗎？你從哪裡讀到的？」

「北美麋，」艾拉說，然後反覆咀嚼著這個字，「北美麋，北美麋，北美麋。」

屋子再度撼動，大梁上的灰塵如雨落下。屋外的食人魔大聲咆哮：「法蘭克．張，快給我出來！」

「不，」艾拉說：「法蘭克不可以，不。」

「你……你就乖乖待在這裡，好嗎？」法蘭克說：「我必須去協助波西和海柔了。」

他把通往屋頂的便梯拉下來。

「早安，」波西堅定地說：「美麗的一天，是吧？」

他穿著和前一天同樣的衣服：牛仔褲、紫T恤、保暖夾克，但顯然都已清洗乾淨了。他一手握著劍，另一手拿著澆花用的水管。爲什麼屋頂上會有澆花水管，法蘭克不得而知，但只要巨人的砲彈送上來，波西便召喚出強力水流，把砲彈打到半空中爆炸。這時法蘭克突然想到，他的家族也是波塞頓的後代。奶奶說以前家裡也曾被怪物攻擊過，或許這就是他們會把水管放在閣樓的原因。

海柔在閣樓山形牆間的瞭望台巡守，她看起來那麼美，美到令法蘭克心痛。她穿著牛仔褲與米色外套，裡面一件白色上衣襯托出她溫暖的可可色皮膚，捲捲的頭髮落在肩膀周圍。當她走過來，法蘭克聞得到茉莉花香洗髮精的氣息。

她緊握她的劍。當她看見法蘭克，眼裡流露出關心。「你還好嗎？」她問：「爲什麼面帶微笑？」

「喔，沒事，」他勉強回答，「謝謝你做的早餐，還有衣服，還有……謝謝你不恨我。」

海柔看起來頗困惑。「爲什麼我會恨你？」

法蘭克的臉頰頓時熱起來，他眞希望自己剛才沒說話，可惜已經來不及了。「不要放她走，」奶奶這麼說：「你的生活裡需要一個堅強的女人。」

「只是因爲……昨晚……」他結巴起來，「當我召喚骷髏出來，我……我以爲你以爲我……我很惹人厭……大概吧。」

海柔挑起眉毛，不可置信地搖頭。「法蘭克，當時我或許很驚訝，或許很畏懼那種東西。不過，討厭你？你下命令的方式是那麼有自信又……好像在說：『喔，朋友們，順便一提，我有這個全能的骷髏武士可利用。』我簡直不敢相信，我完全不討厭你，法蘭克，我很感動。」

法蘭克不確定自己有沒有聽錯。「你很……感動？因為我？」

波西大笑。「好傢伙！那真的是頗讓人驚喜呀。」

「你說真的？」法蘭克問。

「完全真心，」海柔保證，「不過現在我們有其他要擔心的問題，對吧？」

她指著食人魔軍隊，他們愈來愈躁動囂張，朝房子步步逼近。

波西準備好園藝水管。「我還有另一個妙計。你家的草坪有灑水系統，我可以讓它們都爆開，製造一些混亂。但這樣就會破壞這裡的水壓，水壓不夠，水管就不能用，那些砲彈便會直接射進房子裡。」

海柔的讚美還在法蘭克的耳朵裡嗡嗡作響，讓他難以思考。幾十個食人魔在他家的草地紮營，等著將他分屍，而他卻幾乎不能控制想笑的念頭。

海柔不恨他，她被他感動。

他強迫自己集中精神。他回想奶奶告訴他家族天賦是什麼樣子，告訴他如何離開並獨留她等死。

「有重要的角色等著你去扮演。」馬爾斯這麼說。

法蘭克不敢相信自己是茱諾的祕密武器，也不敢相信那個七人大預言需要仰賴他。但現在波西和海柔是非仰賴他不可，他必須竭盡所能才行。

他思索艾拉在閣樓引述的片段預言，關於涅普頓之子會淹沒的事。「你不明瞭她多麼有價值。」菲紐斯在波特蘭這樣告訴過他們。那個瞎老頭認為，控制住艾拉，就能成為王。

所有的事件如拼圖般在法蘭克腦海裡飛旋，他有種感覺，當這些拼圖小碎片終於連接起來時，會組出一幅他並不喜歡見到的畫面。

「嘿，我有一個逃離計畫。」他告訴朋友，在機場有一架待命的飛機，還有他奶奶寫給飛行員的信。「他是軍團退役下來的人，他會幫我們的。」

「可是阿里昂還沒回來，」海柔說：「而且你奶奶呢？我們不能把她丟在這裡呀。」

法蘭克忍住想哭的念頭。「或許，或許阿里昂會自己找到我們。至於我奶奶……她很清楚這一切，她說她會沒事的。」

這不盡然是事實，但法蘭克也只能這麼說。

「還有另外一個問題，」波西說：「我對飛行這種事很不在行，對涅普頓的小孩來說，飛行是危險的。」

「你必須冒這個險……我也是。」法蘭克說：「順便告訴你，我們兩個算是遠親。」

波西差點摔下屋頂。「什麼？」

法蘭克說了一個五秒鐘快速理解版。「佩里克呂墨諾斯，是我母親這邊的祖先，他是阿爾戈英雄，也是波塞頓的孫子。」

海柔的下巴快要掉下來。「你……你是……涅普頓的後代？法蘭克，那是……」

「很瘋狂嗎？對，還有一種據說只有我的家族才擁有的特殊力量，可是我不知道該如何使用它，如果我想不出來的話……」

又一陣喧鬧的歡呼從勒斯岡巨人群中響起。法蘭克知道他們是往上瞧見了他，整群人開始又比劃又揮手嘲笑。他們終於看見他們的早餐了。

「姓張的！」他們大喊，「姓張的！」

海柔站到他身邊。「他們不斷這樣叫囂，爲什麼他們要喊你的名字呢？」

「這不重要，」法蘭克說：「聽好，我們也要保護艾拉，把她帶在身旁。」

「當然囉，」海柔說：「那個可憐的小東西需要我們的幫助。」

「不，」法蘭克說：「我的意思不僅僅是要幫助她而已。她剛才在下面引述了一段預言，我想……我想是和這個尋找任務有關。」

他並不想告訴波西不好的消息，也就是關於涅普頓之子會淹沒的事，但他終究還是複述了艾拉的話。

波西緊緊抿著嘴。「我不懂海神的兒子如何會淹沒，我可以在水面下呼吸。但是，軍團的冠冕……」

「一定是那隻老鷹。」海柔說。

波西點頭。「艾拉之前在波特蘭時也引述過類似的話，是古老大預言裡的一句嗎？」

「古老的什麼？」法蘭克問。

「晚點再說吧。」波西將園藝水管一轉，立刻讓另一個砲彈射往天空。

它爆開來，變成一團橘色的火球。食人魔非常讚嘆地拍手叫好：「眞美！眞美！」

「事實是，」法蘭克說：「艾拉記得所有她讀過的東西，她提到有的書頁被燒掉了，似乎她讀過一本被焚毀的預言書。」

海柔的眼睛頓時睜大。「焚毀的預言書？你該不會以爲……但那應該不可能！」

「是在營區時，屋大維想要的那本書嗎？」波西猜測。

海柔輕輕吹了聲口哨。「消失的西卜林書，裡面記載了羅馬的完整命運。如果艾拉眞的有辦法讀到那本書，還把它背誦下來……」

「那她就是世界上最有價值的鳥身女妖。」法蘭克說：「難怪菲紐斯想盡辦法要抓到她。」

「法蘭克．張！」一個食人魔在下面大喊，他比其他巨人更高大一些，身披獅皮斗篷，很像羅馬軍隊裡持軍旗者的衣服，不過他還多穿了一件畫有龍蝦的塑膠圍兜。「下來，馬爾斯的兒子！我們已經等你很久了，快下來，當我們的貴賓！」

海柔抓著法蘭克的手臂。「爲什麼我有種感覺，他們口裡所說的『貴賓』和『大餐』是同樣的意思？」

法蘭克眞希望馬爾斯還在這裡，他可以手指頭一搓，就把他的戰鬥焦慮趕走。

海柔相信我。他心想，我辦得到的。

他看著波西。「你會開車嗎？」

「會呀，怎麼了？」

「奶奶的車在車庫裡，是一輛老舊的凱迪拉克。它就像一部坦克，只要你能發動它……」

「我們還需要穿過一整群的食人魔。」海柔說。

「灑水系統，」波西說：「用它來分散注意。」

「完全正確，」法蘭克說：「我會盡量幫你拖延時間，去找艾拉，進到車子裡。我會想辦法與你們在車庫會合，但不用特別等我。」

波西皺眉。「法蘭克……」

「快回答，法蘭克．張！」下面的食人魔又在吶喊，「快下來，那樣我們就會饒了其他的人，比如你的朋友、你可憐的老奶奶。我們只要你！」

「他們在說謊。」波西低聲說。

「嗯，我知道。」法蘭克同意，「快去吧！」

他的朋友跑向階梯。

法蘭克試著控制自己的心跳。他努力微笑，然後大喊：「喂，樓下的，誰的肚子餓了？」下面的食人魔群起歡呼，觀望法蘭克在屋頂瞭望台漫步，像個巨星般揮舞手臂。

法蘭克嘗試召喚家族能力。他想像自己是一隻會噴火的龍，他用力握緊拳頭，拚命想著龍，拚命到額頭上豆大的汗珠一顆顆冒出來。他想橫掃下面所有敵人，將他們全數殲滅，那一定會是酷斃了的事。然而，沒有任何事發生，他沒有半點可以讓自己成功變身的線索，他連真正的龍都沒有看過。就在極度恐慌的剎那，他真的懷疑奶奶跟他開了一個殘忍的玩笑。也許他誤解天賦的意義，也許法蘭克是家族中唯一沒有遺傳到這個天賦能力的人，那是他的運氣。

食人魔開始騷動了，歡呼轉成了噓聲。有幾個巨人高舉他們的砲彈。

「等一下！」法蘭克大吼，「你們不想烤焦我吧。想嗎？那樣的話我吃起來味道很差喔。」

「下來！」他們吶喊，「我們餓了！」

該是備用計畫上場的時候了。法蘭克希望他還有備用計畫。

「你可以保證饒過我的朋友？」法蘭克問：「你們可以對著冥河發誓嗎？」

食人魔狂笑起來。有個巨人丟出砲彈，劃過法蘭克頭頂，在煙囪上面爆開。可能是某種奇蹟，法蘭克沒被砲彈碎片傷到。

「我想那是在回答不可以。」他喃喃說著。接著他對下面大喊：「好吧，算你贏了，我現在就下去，在那裡等著！」

食人魔歡呼，但他們那位獅皮斗篷領袖卻起疑地沉下臉。法蘭克沒有多少時間了，他爬下階梯回到閣樓，艾拉已經離開，他希望這是個好徵兆，也許他們已經帶她進到凱迪拉克裡了。他又多抓了一筒箭，上面貼的標籤是媽媽的工整筆跡：雜項物品。然後他衝向機關槍。

他轉動槍管，瞄準食人魔的頭子，然後扣下扳機。八個強力砲彈一起射向巨人胸口，把他們用力往後推倒，撞進一堆青銅砲彈中，這些砲彈立刻同時爆炸，轉眼間，草地上只剩下冒煙的坑洞。

很明顯的，澱粉果然對食人魔很不好。

當其他怪物還在困惑地亂跑時，法蘭克拉開弓，開始以箭雨攻勢襲擊他們。有些砲彈在這樣的衝擊下就爆開了，另有一些是裂解成鉛彈碎片，害食人魔身上多了許多痛苦的新刺青。有支箭直接射中食人魔，立刻把他變成一叢薔薇灌木。

不幸的是，食人魔的恢復速度很快，他們開始丟擲砲彈，一次就丟出幾十個。整棟房屋在這樣的震撼下開始發出哀號，法蘭克跑向階梯，閣樓就在他後面跟著解體。火焰煙霧衝下二樓走廊。

「奶奶！」他尖叫，但熱度實在太高了，他到不了她的房間，只好衝向一樓，緊貼著扶手移動。房子搖晃，大塊的天花板墜落。

樓梯間的底部是個冒煙的坑洞，他跳過去爬向廚房。即使被煙和灰燼嗆得很難受，他還是往車庫急衝。凱迪拉克的車頭燈已經亮起，引擎也發動了，車庫的門正在開啓。

「快上車！」波西呼喊。

法蘭克鑽進後座，旁邊是海柔。艾拉縮在前座，頭藏在翅膀之下，咕噥著說：「討厭，討厭。」

波西踩油門加速，在車庫門還沒全開之際就衝出去，留下一個車子形狀的大洞。

食人魔跑過來阻擋，但波西用盡全力大聲呼吼，整個灑水系統頓時爆開。上百個噴水設施向空中沖灌，連帶噴出一塊塊的泥巴、一截截的水管，還有非常沉重的澆水噴頭。

凱迪拉克開了快四十公尺，終於撞到第一個食人魔，衝撞的力道讓他瞬間解體。在其他巨人還沒搞清楚這片混亂前，凱迪拉克已經開上馬路幾百公尺了，火焰砲彈在他們後方接連爆開。

法蘭克回頭看，他家的大宅已經陷入整片火海，牆壁往內塌陷，黑煙衝向天空。他看到一個大黑點在火焰之上盤繞，也許是一隻鷲。或許一切都是法蘭克自己的想像，但他認爲那隻鷲好像是從二樓窗戶飛出來的。

「奶奶嗎？」他喃喃自語。

雖然很不可能，但她保證過會用自己的方式死亡，絕不死於食人魔之手。法蘭克希望她說的是對的。

他們穿過樹林，朝北前進。

「再四公里多，」法蘭克說：「你不會錯過那地方的！」

在他們後面，一波波的爆炸穿越樹林襲來，煙霧直上雲霄。

「勒斯岡巨人跑得有多快？」海柔問。

「我們不用知道。」波西說。

機場的閘門出現在他們眼前，剩不到兩百公尺的距離了。一架私人飛機停在跑道上，登機的梯子已經放下來。

凱迪拉克撞到一個大坑洞，車子飛彈起來。法蘭克的頭撞到車頂，等輪子再度落回地面，波西猛踩煞車，車子打轉後才停住，剛好進入閘門裡。

法蘭克爬出車子架好弓。「快上飛機！他們過來了！」

勒斯岡巨人以可怕的速度飛快接近中。最前面的食人魔從樹林裡蹦出來，衝向小機場，五百公尺、四百公尺、三百公尺……

波西和海柔好不容易把艾拉弄出車子，但是當艾拉一見到飛機就開始尖叫。

「不，不！」她哭喊，「用翅膀飛行！不要飛機。」

「沒問題的，」海柔向她保證，「我們會保護你。」

艾拉發出一聲驚恐又痛苦的哀號，好像被火紋身一樣。

波西焦急地伸出雙手。「我們該怎麼辦？又不能強迫她。」

「是不行。」法蘭克也同意。食人魔的距離剩不到三百公尺。

「她的價值非凡，絕不能單獨留下她。」海柔說，然後她突然覺得自己這樣說很不應該，

「天神呀，我很抱歉。艾拉，我剛剛說的話就像菲紐斯一樣壞。你是活生生的生命，不是一個

寶物。」

「不要飛機，不要飛機。」艾拉喘著氣說。

食人魔快要近到可以丟砲彈的距離了。

波西的眼睛一亮。「我有個主意，艾拉，你可以藏身在樹林中嗎？你可以和食人魔保持安全距離嗎？」

「藏身，」她同意說：「安全。藏身對鳥身女妖很好。艾拉動作快，體型小，速度快。」

「那好，」波西說：「你就待在這附近，我可以派個朋友來找你，把你帶去朱比特營。」

法蘭克鬆開弓，一支箭飛射出去。「朋友？」

波西揮揮手，就是「晚點再跟你說」的標準動作。「艾拉，你喜歡這樣嗎？你想要讓我的朋友帶你去朱比特營，給你看看我們的家？」

「營區。」艾拉低語著，突然又用拉丁語說：「智慧的女兒單獨走，雅典娜的記號燒遍羅馬。」

「嗯，對，聽起來很重要，但我們可以晚一點再來討論。你在營區會是安全的，那裡有你想要的書和食物。」

「不要飛機。」她堅持。

「不用飛機。」波西同意。

「艾拉現在就去躲。」她話一說完就消失了，化成一道紅光鑽進樹林去。

「我會想念她的。」海柔憂傷地說。

「我們一定能夠再見到她的。」波西保證，卻也憂慮地緊皺眉頭，好像艾拉說的最後幾句預言確實困擾到他，那是有關雅典娜的事。

一顆砲彈飛來爆開，把機場的閘門炸飛上天。

法蘭克將奶奶的信拋給波西。「快拿給飛行員看！還有蕾娜給你的信。我們該起飛了，就是現在！」

波西點頭，與海柔衝向飛機。

法蘭克以凱迪拉克做掩護，開始對食人魔開火。他先瞄準最大一群敵人，射出一支鬱金香形狀的箭，這支箭如他所願是支九頭箭，多條繩子如烏賊觸手般往各個方向飛射開來，整排前導巨人全都一頭栽進泥土裡。

法蘭克聽見飛機引擎的發動聲。

他以最快的速度再射出三支箭，在食人魔的隊伍中製造出一個個巨大的坑洞。倖存的巨人距離他不到一百公尺了，裡面有些比較聰明的趕緊停下腳步，因爲發現自己已進入會被砲火打到的範圍。

「法蘭克！」海柔尖叫，「快來！」

一顆火球砲彈呈拋物線朝他緩慢接近中，法蘭克立刻明白它將會落到飛機上。他安上一支箭，告訴自己：「我一定能做到。」於是他放出箭，箭在半空中與砲彈交會，頓時爆發成一團巨大火球。

另兩顆砲彈朝他飛來，法蘭克拔腿狂奔。

在他後面，凱迪拉克爆炸了，金屬崩解哀號。他在登機梯拉起的瞬間跳進了機艙。

這位飛行員想必了解情況，於是沒有登機安全說明，沒有在起飛前提供飲料，也沒等跑道淨空就按下油門，飛機立刻在跑道上奔馳。又一陣爆炸從跑道後方追趕過來，但他們已經在空中了。

法蘭克往下望，只見小機場到處坑坑洞洞，就像一塊火烤瑞士起司片。林恩峽谷公園裡有幾塊地著火了，往南邊過去幾公里，烈焰與黑煙從張家宅邸的斷垣殘壁升起。

讓法蘭克印象深刻的事情太多了。他拯救奶奶失敗，使用家族能力失敗，他連他的鳥身女妖朋友都救不了。當溫哥華消失在雲層之下，法蘭克將頭埋進雙手間，終於開始哭泣。

飛機向左飛行。

透過對講機，飛行員的聲音出現：「敬羅馬人民與元老院，我的朋友，歡迎登機。我們的下一站是：阿拉斯加，安克拉治。」

37 波西

飛機或砲彈？無可比較。

波西還寧願駕駛張奶奶的凱迪拉克，一路開到阿拉斯加，就算後面始終尾隨著會砸砲彈的食人魔，這樣也比坐在豪華灣流私人飛機要好。

他有過飛行經驗，雖然細節仍是一片模糊，但是他記起一匹名叫黑傑克的飛馬，甚至也記得曾經坐過一、兩次飛機。然而身爲海神的兒子，管他是涅普頓還是波塞頓，他絕對不屬於天空。每次只要飛機一遇上亂流，波西的心跳就急速狂飆，他確信那是朱比特在他們附近干擾拍擊。

他努力集中精神在法蘭克與海柔的對話上。海柔一再說服法蘭克，要他相信自己眞的盡力救過奶奶。是法蘭克把他們從勒斯岡巨人圍攻中解救出來，又帶他們離開溫哥華，他已經勇敢到不可思議了。

法蘭克的頭始終低垂，像是爲了自己的哭泣感到丟臉，但波西一點都不怪他。這可憐的傢伙剛剛失去了自己的外婆，又目睹家園陷入火海。在波西心裡，爲了某件事而滴下幾滴男兒淚，並不會讓你少掉任何男子氣概，特別是你才剛擊退一支要把你吃掉的食人魔大軍呀。

波西還不能完全接受法蘭克是他遠親的事實。這樣說來，法蘭克算是他的……曾曾曾幾千代的姪子？太難以釐清了。

法蘭克不願意解釋清楚他的「家族天賦」究竟是什麼，可是當他們往北飛行的途中，他倒是說明了前一晚與馬爾斯的對話內容。他說出茱諾在他嬰兒時期的預言，就是關於他生命繫在一根小木棒的那件事，還說他已經將木棒交給海柔保管。

其中有些事波西其實已經察覺出來，比如海柔和法蘭克一起暈厥時，顯然共同經歷了某些瘋狂的事，同時達成某種協議。這也解釋了法蘭克爲什麼會三不五時檢查外套口袋，即使現在依然如此；還有爲什麼他一遇上火就緊張無比。然而，波西實在無法想像法蘭克具有何等大的勇氣，才能明知一撮小火焰就能中斷他的生命，卻依然踏上任務之旅。

「法蘭克，」波西說：「有你這樣的親人，我很驕傲。」

法蘭克的耳根紅起來。他的頭低垂，那尖削的軍人短髮造型變得好像朝下的黑色箭頭。「茱諾有某個針對我們的計畫，與七人大預言有關。」

「喔，」波西抱怨，「當她還是希拉時我就不喜歡她。她變成了茱諾，我的感覺也沒有好一點。」

海柔把腳抬起來縮到自己身體下。她用她發亮的金色眼睛審視波西，波西忍不住納悶爲何她能這麼冷靜。她是這次任務中年紀最小的一個，卻總是能把大家凝聚在一起，安撫鼓勵大家。現在他們已經要飛往阿拉斯加了，那是她曾經喪失生命的地方；而他們要去釋放桑納托斯，又可能讓她重返冥界。可是她面無懼色，讓波西覺得自己會怕亂流眞的很丟臉。

「你是波塞頓的兒子，對吧？」她問：「所以，你是希臘的半神半人。」

波西抓抓脖子上的皮革項鍊。「我在波特蘭喝了蛇髮女怪的血液後，開始有多一點的記憶。從那時起，記憶慢慢回來。有另外一個營區，叫做混血營。」

光是提到那個名字，波西的心裡就浮起一股暖流。美好的回憶洗過他全身：夏日溫暖陽光下的草莓園香氣、七月四日晚上海邊的燦爛煙火、羊男在夜間營火旁吹奏蘆笛，還有獨木舟湖底的一個親吻。

法蘭克和海柔都在瞪他，好像他滑進另一種語言的世界。

「另一個營區，」海柔重複，「一個希臘營？喔，天呀，要是屋大維知道的話……」

「他會宣戰，」法蘭克說：「他一直確信有希臘人的存在，策畫要推翻我們。他認為波西是間諜。」

「所以茱諾才送我過來，」波西說：「嗯，我的意思是，不是要來當間諜，而是有點類似人員交換。你們的朋友傑生，我猜應該是被送到我的營區去了。在我的夢裡，我看到一個有可能是他的混血人，正和一些其他混血人忙著打造飛行戰艦，我想他們是準備前往朱比特營幫忙。」

法蘭克緊張地敲打椅背。「馬爾斯說，茱諾想要聯合希臘人和羅馬人來對抗蓋婭。但是，唉呀……希臘和羅馬之間有著很長的交戰歷史。」

海柔深呼吸一口氣。「或許因爲這樣，天神才會把我們兩邊隔開這麼久。如果希臘的戰艦出現在朱比特營的天空，而蕾娜不知道他們是善意的訪客……」

「對，」波西說：「所以我們回去時，必須非常謹慎地說明這件事。」

「如果我們回得去的話。」法蘭克說。

波西無奈地點著頭。「我想說的是，我信任你們幾個，我希望你們也信任我。我感覺……我眞的感覺與你們兩人的親近程度，就和我在混血營的老朋友一樣。可是對其他混血人來說，不論是哪個營區，未來都將會有許多猜忌懷疑。」

海柔做了一件波西想都想不到的事，她往波西靠近，親吻他的臉頰一下。那是一個完全屬於兄妹般的親吻，但她的笑容裡帶有那麼多情感，頓時將波西從頭溫暖到腳底。

「我們當然信任你，」她說：「我們現在是一個家庭了，不是嗎，法蘭克？」

「是的，」他說：「那我也可以有親親嗎？」

海柔大笑，但裡面有著些許的緊繃。「好吧。總之，我們現在打算怎麼做？」

波西深呼吸。時間飛逝，六月二十三日幾乎要過去一半了，明天就是福爾圖娜節。「我得先聯絡一位朋友，做到我答應艾拉的事。」

「怎麼聯絡？」法蘭克問：「也是某種伊麗絲訊息嗎？」

「那還是沒有用的，」波西難過地說：「昨晚我在你奶奶家試過，失敗了。也許因為我的記憶還太過凌亂，或者天神還不准許我有聯絡。我現在是希望能夠在夢裡聯絡上友人。」

突然又一陣亂流襲擊，他趕緊抓住椅子。在他們下方，已經有白雪覆蓋的山頭突破雲層出現了。

「我不確定能不能睡得著，」波西說：「不過總得試試。我們不能把艾拉留在食人魔附近太久。」

「對，」法蘭克說：「我們還要再飛幾個鐘頭，你去坐那張大沙發吧。」

波西點點頭，能有海柔和法蘭克替他留意一切，他真的覺得很幸運。他剛剛說的話都是真的，他非常信任他們。在這恐怖詭異又驚駭的失憶過程中，在這個過去生活全被撕裂的日子裡，海柔和法蘭克就是全部的亮點。

他伸伸懶腰，閉上雙眼，想像自己從冰山上墜落到酷寒的海中。

夢境改變了。他回到溫哥華，站在張家廢墟前面，勒斯岡巨人都已經離開，大宅只剩焦黑的殘骸。有一組消防隊員正在整理設備，準備撤離現場。院子草坪像是一個戰場，有冒煙的坑洞，也有炸開的水管形成的戰壕。

在樹林邊緣，有隻長毛大黑狗晃來晃去，嗅聞著樹木。消防隊裡沒有人理會牠。

而在一個坑洞旁邊，有一個獨眼巨人跪在那裡。他身穿超大牛仔褲與格子襯衫，腳上也是無比大的靴子，頭頂的棕色亂髮上有很多雨水和泥巴。當他抬起頭來，僅有的一顆棕色大眼睛哭得紅通通的。

「接近了！」他哭喊著，「這麼接近，但是又走了！」

聽到這個大塊頭語氣裡的傷心和擔憂，波西的心快碎了。但他知道僅能有幾秒的對話時間，因爲影像的邊緣已經開始模糊。波西明白，如果阿拉斯加眞的是天神管轄不到的地方，那麼他們愈往北去，要和朋友聯絡就會更加困難，即使作夢也一樣。

「泰森！」他喊。

獨眼巨人瘋狂掃視四周。「波西嗎？哥哥！」

「泰森，我還好，我在這兒……嗯，不算眞的啦。」

泰森猛抓著空氣，動作彷彿是在捕捉蝴蝶。「看不到你！我的哥哥在哪裡？」

「泰森，我正要飛去阿拉斯加，我現在很好，我會回去的。拜託你去找艾拉，她是一隻紅羽毛的鳥身女妖，藏身在屋子附近的樹林裡。」

「找一隻鳥身女妖？紅羽毛？」

「對！保護她，可以嗎？她是我的朋友。把她帶回加州，在奧克蘭山區有一個混血人的營區，叫做朱比特營。跟我在凱迪克隧道上方碰頭。」

「奧克蘭山……加州……凱迪克隧道。」他對那隻狗喊著，「歐萊麗女士！我們要找鳥身女妖！」

「汪汪！」大狗回答。

泰森的臉開始消散。「哥哥還好嗎？哥哥要回來了嗎？我想你！」

「我也想你。」波西努力不讓聲音變成哭調。「我很快就會見到你的，千萬要小心！有一支巨人軍隊正在往南走，告訴安娜貝斯……」

夢境變換了。

波西發現自己置身於朱比特營北邊的山頭，眺望著馬爾斯競賽場與新羅馬。在軍團的堡壘裡面，號角響起，營隊隊員衝去集合。

巨人大軍在波西的左右邊整隊，有長著公牛角的半人馬、六隻手的地生族、穿著鎖子甲的邪惡獨眼巨人。獨眼巨人的攻城塔形成了一片陰影，陰影延伸到波呂玻特斯腳下，而他正帶著笑意往下望著朱比特營。他腳步急切地橫過山丘，蛇從他的髮辮中掉落，小樹被他那雙蜥蜴腳掌踩扁。他藍綠色戰甲上的飢餓怪物臉孔圖形，似乎都在陰影中發出閃光。

「是呀。」他大笑說，把他的三叉戟插在地上。「吹響你的小小號角吧，羅馬人！我就是來毀滅你們的！絲西娜！」

蛇髮女怪從樹叢中鑽出，她亮綠的蛇髮和平價賣場的背心，與巨人身上的色調形成恐怖不搭的畫面。

「是的，主人！」她說：「您要來一隻『包裹小狗狗』嗎？」

她舉起一盤免費試吃品。

「嗯，」波呂玻特斯說：「什麼樣的小狗？」

「喔，那不是真正的小狗，是可頌裡面包著小熱狗，本週大特價……」

「呸！不管什麼小狗了！我們的軍隊已經準備好出擊了嗎？」

「喔……」絲西娜趕緊退後，免得被巨人的腳掌踩扁。「快好了，大人。只是大媽加斯棋和一半的獨眼巨人還停留在納帕，好像去什麼……葡萄酒莊巡禮。他們說保證明天傍晚前一定會趕到。」

「什麼？」巨人巡視四周，彷彿才剛發現他有一大部分的軍隊都不見了。「呸呸呸！那個獨眼胖女人會害我胃出血！葡萄酒莊巡禮？」

「我想那裡還有起司和餅乾，」絲西娜補充說：「雖然我們的平價賣場賣得更便宜。」

波呂玻特斯扯下一棵橡樹，又一把將它丟向山谷。「獨眼巨人！我告訴你，絲西娜，等我打敗涅普頓、掌控海洋之後，我一定會重新簽署獨眼巨人的工作合約，大媽加斯棋要學會自己拿捏分寸！現在，有沒有北方來的消息？」

「那些混血人已經往阿拉斯加出發了，」絲西娜說：「他們要直接飛去找死，哈，是真正去死，可不是找我們的囚犯死神喔。不過我想那也是他們飛去的原因啦。」

波呂玻特斯怒吼著：「奧賽俄紐斯最好記得他的承諾，把涅普頓的兒子留給我折磨！我希望把那傢伙拴在我腳下，以便時機成熟時可以殺了他。我要用他的血來澆淋奧林帕斯山的石頭，喚醒大地之母！有沒有亞馬遜來的消息？」

「完全靜音中，」絲西娜說：「我們尚未得知昨晚的對決是誰勝利，不過奧翠拉的勝利只是早晚的問題，她遲早會加入我們的。」

「哼……」波呂玻特斯心不在焉地抓弄他頭髮裡的蛇。「看來或許等等比較好。明天日落之時，就是真正的福爾圖娜節慶典，在那之前，我們必須出擊，不管亞馬遜人來了沒。在此同時，給我認真一點！我們就在這裡紮營，就在這片高地上！」

「是的，大人！」絲西娜向軍隊宣布，「每個人都有包裹小狗狗！」

怪物齊聲歡呼。

波呂玻特斯在他面前伸展雙手，像拍全景照片般想把山谷整個包下來。「是呀，吹響你的小號角，混血人們。過不了多久，羅馬的傳奇就要面臨終極毀滅！」

夢境消失。

波西突然驚醒，飛機正在下降。

海柔的雙手扶住他的肩膀。「睡得還好嗎？」

波西無力地坐直。「我睡了多久？」

法蘭克站在走道中間，正在將長槍與弓打包到滑雪袋裡。「有幾個小時吧，我們快到了。」

波西往窗外看去，一個發光的海灣蜿蜒伸進白雪山頭間，遠處一座城市從曠野中拔起，一側是蓊鬱蒼翠的森林，一側是冰冷黑暗的海濱。

「歡迎來到阿拉斯加，」海柔說：「我們已經超過天神可以幫助的範疇了。」

38 波西

飛行員說這架飛機無法等待他們返航，但對波西來說，這並不成問題。如果他們能僥倖活到明天，他希望他們有其他回去的方式。怎麼樣都好，就是別搭飛機。

他應該要很憂鬱的。他被困在阿拉斯加，這裡是巨人的家鄉，他好不容易恢復些許記憶，卻又得斷絕與老友的聯繫。他看到波呂玻特斯大軍準備進攻朱比特營的畫面，也知道巨人打算獻祭他的血來換取蓋婭的甦醒。此外，明天傍晚就是福爾圖娜節的慶典，那是他與海柔、法蘭克這趟不可能任務的期限。最好的結局是能釋放死亡之神，但那可能將這兩個好友送進冥界。放眼未來，實在沒有什麼值得期待的事。

然而，波西奇怪地感受到一種振奮之情，夢到泰森顯然提振了他的士氣。他記起泰森了，那是他的弟弟，他們曾經一起戰鬥、慶祝勝利，一起享受混血營的快樂時光。他記得他的家，而這帶給他勇敢前行的決心。現在他要為兩個營區奮戰，那也是他的兩個家庭。

茱諾偷走他的記憶、把他送到朱比特營都是有目的的，現在他終於明白了。他仍然想要賞那個天神的臉一拳，但起碼他已了解茱諾這樣安排的原因。如果這兩個營區能夠合作，他們就有機會去抵擋共同的敵人；如果兩邊都是單打獨鬥，則同樣沒有前途。

波西想拯救朱比特營其實還有其他原因。他沒膽將它說出來，或者應該說，還不到能說的時機。他只是突然發現他和安娜貝斯的未來，原來可以有之前從沒想像過的發展。

當他們搭計程車前往安克拉治市區時，波西告訴海柔和法蘭克自己的夢境。在他說出巨人大軍已經逼近營區時，他們只是焦急，卻不顯得驚訝。

法蘭克聽到泰森的事時差點嗆到。「你有個同父異母的兄弟，是個獨眼巨人？」

「沒錯！」波西說：「也就是說，他是你的曾曾曾……」

「拜託，」法蘭克摀住耳朵，「夠了。」

「只要艾拉還沒被他送到營區，」海柔說：「我還是很替她擔心。」

波西點點頭。他仍舊在思索艾拉引述的那幾句預言：「涅普頓之子會淹沒，雅典娜的記號燒遍羅馬。」他不確定前一句話的意義，卻對後面那部分有些想法。他努力把這個問題拋到一邊，畢竟得先完成這次的任務才對。

計程車轉上一號公路，對波西來說，這條路其實比較像是一條小街，往北續行就可以抵達安克拉治市區。此時已是下午較晚的時刻，然而太陽依舊高掛天空。

「我真不敢相信這地方發展成這樣。」海柔喃喃說著。

計程車司機從後照鏡露出微笑。「小姐，離你上次來有多久了？」

「大概有七十年吧。」海柔回答。

司機把前後座的分隔玻璃屏障關起來，從此沉默地開車。

根據海柔的說法，幾乎沒有一棟建築和以前是一樣的，但她還能指出地形上的特徵，比如環繞城市的森林、庫克灣冰冷灰暗的海水、海灣深入到城市的北緣，以及楚加奇山脈。那座灰藍色的山脈雄踞在遠方，即使現在已是六月下旬，山頭依舊有著白雪。

波西從來沒有呼吸過如此清新的空氣。儘管城市本身有種被天氣打敗的景觀，路邊不時出現關門的商店與生鏽廢棄的汽車，老舊的公寓社區沿街排列，但它依舊是個美麗的地方。湖泊與樹木隨處轉進城市帶來生機，北極的天空更呈現著藍綠與金黃的奇妙組合。

然後巨人就出現了。幾十個身高快十公尺的亮藍色巨人頂著灰白頭髮，有的在森林中穿梭漫步，有的在海邊釣魚，也有跋涉上山的。凡人似乎都沒有注意到他們的存在，有個巨人在路旁幾公尺的湖邊洗腳，但司機從他身邊開過，也絲毫不緊張。

「嗯……」法蘭克指著藍色巨人。

「海玻柏里恩人[92]。」波西說，自己都很驚訝能把這名字記得那麼清楚。「北方巨人，我曾經在克羅諾斯攻打曼哈頓時遇到過他們。」

「等等，」法蘭克說：「你是說什麼時候、哪些人在哪裡發生了什麼事？」

「很長的故事，不過這些傢伙看起來……我不知道，我覺得他們頗友善的樣子。」

「他們通常都是這樣，」海柔同意，「我記得他們。阿拉斯加到處都有這種巨人，就和熊一樣。」

「熊？」法蘭克緊張地問。

「凡人是看不見巨人的，」海柔說：「巨人也從來不曾打擾過我，只有一次，有個傢伙不小心踩到我。」

這對波西來說聽起來頗奇怪，但計程車司機繼續往前開，確實也沒有任何巨人對他們特別留意。有一個巨人站在極光路與一號公路的交叉口，兩腿開開，他們的車就這樣行過他的

[92] 海玻柏里恩人（Hyperborean），居住在極北方的長壽巨人族。參《混血營英雄—迷路英雄》二五五頁，註[65]。

胯下。另有一個巨人輕輕搖著裹毛皮的美洲原住民圖騰柱，嘴裡還哼哼唱唱像在哄寶寶。要不是這個人高得像座大樓，波西大概會覺得他很可愛。

計程車開進了市區，經過許多專做觀光客生意的店家，店門外都是毛皮、原住民藝術品與黃金的廣告。波西希望海柔不會突然焦躁起來，讓那些珠寶店都爆炸。

當司機轉了一個彎、朝海邊開去時，海柔敲敲玻璃隔屏。「到這裡就好，可以讓我們下車了嗎？」

他們付了車錢，踏上第四街。和溫哥華比起來，安克拉治的鬧區小巧許多，比較像是大學校園而不像城市，但海柔仍然十分驚奇。

「眞是寬廣呀，」她說：「那是……是以前吉切爾旅館所在地，我們搬來阿拉斯加的頭一個禮拜就是住在那裡。現在連市政廳都搬家了，它過去是在那邊。」

她有些茫然地帶領他們走過幾個街頭。他們除了希望以最快的方式到達哈伯冰河，並沒有什麼實際的計畫。然而波西聞到附近有某種烹煮食物的味道，也許是臘腸吧？然後他才想到，從那天早上在張奶奶家吃過東西後，他們就再也沒有進食了。

「食物耶，」他說：「走吧。」

他們發現緊臨海邊就有一家餐飲店，裡面擠滿了人，但他們搶到一張窗邊的桌子，開始研究菜單。

法蘭克興奮地高喊：「二十四小時供應早餐耶！」

「現在比較接近晚餐時間吧。」波西說。他往外看出去，可是不大判斷得出來。太陽高掛天空，感覺就像中午。

「我最愛早餐了，」法蘭克說：「如果可以的話，我願意三餐都吃早餐。不過我很確定這裡的早餐不會有海柔做的好吃。」

海柔用手肘撞他，臉上卻是開玩笑的笑容。

波西看著他們這樣相處，心裡也很高興，這兩個人絕對應該在一起的。但他多少有些傷感，他想起安娜貝斯，懷疑自己是否還能活著再見她一面。

要正面思考呀，他提醒自己。

「對呀，」他說：「早餐聽起來很不錯。」

他們都點了特大號早餐，有雞蛋、煎餅和馴鹿肉香腸，不過法蘭克對馴鹿肉有些遲疑。

「你們覺得我們眞的可以把魯道夫[93]吃下去嗎？」

「老弟，」波西說：「我還可以吃另外幾隻名叫騰躍和閃電的呢。拜託，我餓了。」

這裡的食物很完美，波西從來沒見過像法蘭克吃東西這麼快的人，紅鼻子馴鹿根本沒有逃脫的機會。

海柔一邊咀嚼著藍莓果醬煎餅，一邊在她的餐巾紙上畫下一道彎彎曲曲的弧線，然後再畫上一個小叉叉。「這是我的想法，我們在這裡。」她點著那個小叉叉。「就是安克拉治。」

「這看起來很像一隻海鷗的臉，」波西說：「我們是眼睛。」

海柔瞪他。「波西，這是地圖！安克拉治是在這片銀色海面的庫克灣頂端，在我們之下有

[93] 魯道夫（Rudolph），西方童話中幫聖誕老人領頭拉車的紅鼻子馴鹿，牠後面還有八隻馴鹿，每一隻都有各自的名字。

一整片遼闊的半島陸地，我從前住的地方叫『西華德』，是在這個半島的底部。這裡。」她在海鷗的喉頭畫上另一個叉叉。「那就是距離哈伯冰河最近的城鎮。我們可以從海上繞過去，我猜啦，但那會花上非常久的時間，我們沒有那種閒工夫。」

法蘭克舔乾淨最後一點的魯道夫。「可是走陸路很危險，」他說：「陸地代表蓋婭。」

「我不覺得我們有太多選擇。我們原先可以拜託那位飛行員載我們過去……但我不大肯定……小小的西華德機場大概容不下他的飛機。而如果我們包下另一架飛機……」

「不要再坐飛機了，」波西說：「我求求你們。」

海柔舉起手做出安撫的姿勢。「沒問題，這裡還有火車可以到達西華德，或許今晚我們趕得上，只要幾個小時就到了。」

她在兩個叉叉之間連出一條線。

「你把海鷗的臉砍掉了。」波西說。

海柔嘆氣。「這是火車的路線。聽好，從西華德出發，哈伯冰河差不多就在這裡，」她指著餐巾紙右下角，「這就是奧賽俄紐斯的藏身處。」

「但你不確定距離有多遠？」法蘭克問。

海柔皺著眉搖頭說：「我很確定那裡只有飛機或船才能到達。」

「船。」波西立刻接口。

「好吧，」海柔說：「應該不會距離西華德太遠，如果我們能平安抵達西華德的話。」

波西凝視窗外。有這麼多事要做，卻只剩下二十四小時的時間。明天此時，福爾圖娜節的慶典就要展開，除非他們能釋放死神又趕回營區，否則巨人的大軍將會衝去搗毀山谷，羅馬人即將成爲怪物晚餐的主菜。

跨過這條街，結霜的黑色沙灘一路連到大海，海面平靜得像鋼鐵。這裡的海洋感覺起來很不同，雖然同樣富有力道，但是冰凍、緩慢又原始。沒有天神控制這片水域，起碼沒有波西認識的天神。在這裡，涅普頓無法保護他，他也懷疑自己能否操控這裡的水流，或者在水面下呼吸。

有個海坡柏里恩人跨越這條街，店裡吃飯的人都沒有注意到他。巨人走向海邊，冰塊在他涼鞋下面破裂碎開。他把手伸進水裡，只憑一隻手就拉出一頭虎鯨，但顯然那並非他想要的，於是把虎鯨丟回海裡，繼續涉水前進。

「早餐不錯，」法蘭克說：「誰準備好要坐火車了？」

火車站並不遠，他們及時買到最後一班南下的火車票。當法蘭克和海柔爬上車時，波西說：「我馬上就回來。」便轉身跑回車站去。

他在禮品店換了銅板，走到公用電話前。

他從來沒用過公用電話，對他來說這是一種奇怪的骨董，就像他媽媽的唱盤或是奇戎的法蘭克·辛納屈[94]錄音帶一樣。他不大確定該投進多少銅板，也不確定能否打得通，前提是他記得的電話號碼必須正確。

莎莉·傑克森，他想。

[94] 法蘭克·辛納屈（Frank Sinatra），著名美國男歌手和電影演員。

那是他媽媽的名字，他還有一位繼父……保羅。

他們會怎樣看待發生在波西身上的事呢？或許他們已經替他辦了告別式吧。以他所能理解的最大程度，他的生活消失了七個月的時間，當然，類似這樣浪費生命的事在學期中也常常發生，但這……一點都不酷。

他拿起話筒，按下一組紐約市的號碼，是媽媽公寓的電話。

答錄機，波西早該想到的。現在大概是紐約的午夜吧，何況他們可能認不出電話號碼。波西聽到保羅在答錄機裡的聲音，內心彷彿受到重重一擊，讓他在嘟聲之後幾乎說不出話。

「媽，」他說：「嗨，我還活著，希拉讓我睡了一段時間，又拿走我的記憶，還有……」他暫停留言，這一切的一切如何能解夠釋清楚呢？「總之，我現在還好。很抱歉。我在出任務……」他又畏縮了，自己不該提這事的，媽媽很清楚出任務是什麼狀況，這樣一說保證會讓她擔心。「我會回家的，我跟你保證，我愛你。」

他放回話筒，盯著電話，希望有人打過來。火車汽笛響起，車掌高喊：「都上車了！」

波西快跑，多虧朋友們在車門階梯拉他一把，他才得以趕上。然後他上到雙層車廂的上層，坐進他的位子。

海柔皺眉問他：「還好嗎？」

「嗯，」他低沉地回答，「我只是……打通電話。」

海柔和法蘭克似乎都能理解，不再過問任何細節。

他們很快就沿著海岸南行，一路觀看窗外的景色飛逝。波西試著思考這次的尋找任務，但對一個像他這樣有注意力不足的過動孩子來說，這班火車不是一個容易專心思考的地方。

很酷的事情在車外不斷發生。禿鷹在上空翱翔，火車行過一座座的橋、一道道的斷崖，冰河瀑布就從幾千公尺高的岩石上一瀉而下。他們經過埋在雪堆裡的森林，看到大型槍砲（這是用來製造小型雪崩以避免無預警雪崩的，多虧了海柔的說明）。他也見到超級清澈的湖泊，湖水澄淨得像鏡子，將山脈反射在湖面，整個世界看起來彷彿顛倒了。

棕熊在草原上漫步，海坡柏里恩人則不斷出現在奇怪的地方。有一個斜坐在湖裡像是享受熱水澡，另一個拿松樹當牙籤，還有一個坐在雪堆裡，和兩隻活生生的麋鹿玩起來，彷彿把牠們當成活的玩偶。整列火車裡坐了滿滿的觀光客，不停尖叫讚嘆，不停按下快門。波西替他們感到遺憾，這些凡人看不到海坡柏里恩人，錯失了太多珍貴的鏡頭。

在此同時，法蘭克則在研究椅背口袋裡附送的阿拉斯加地圖。他定位出哈伯冰河，很沮喪地發現它距離西華德頗遠。他的手指頭一直沿著海岸線游移，緊鎖眉頭，專心之至。

「你在想什麼？」波西問。

「只是……一些可能性。」法蘭克答。

波西不大懂他的意思，但也不再追問。

大約過了一小時，波西開始放鬆自己。他們去餐車買了熱巧克力回來，再加上車裡的座椅溫暖又舒服，波西覺得自己快要睡著了。

這時，一個陰影突然出現在他們上方。觀光客興奮地交頭接耳，開始拚命拍照。

「老鷹耶！」一個人喊。

「老鷹嗎？」另一個問。

「巨鷹呀！」第三個答。

「那不是老鷹。」法蘭克說。

波西抬起頭，剛好在那動物第二次接近時瞥見牠了。牠絕對比老鷹還要巨大，有著清瘦的黑色身體，身形大約和拉不拉多獵犬差不多，翼展則至少有三、四公尺寬。

「又來了一隻！」法蘭克伸出手指，「看那個。第三隻，第四隻。這下好了，我們的麻煩來了。」

那些怪物像禿鷹在火車上方盤旋，取悅著觀光客。波西一點都不開心，那些怪物都有發光的紅眼睛、銳利的尖喙，還有惡毒的爪子。

波西摸摸口袋裡的筆。「那些東西有點面熟……」

「在西雅圖，」海柔說：「亞馬遜人的籠子裡有一隻，牠們是……」

好幾件事同時發生了。刺耳的緊急煞車聲中，他們通通從座位上往前衝，觀光客尖叫，摔跤絆倒在走道上。怪物飛旋下來，狠砸玻璃車頂，接著整列火車就傾斜脫軌了。

39 波西

波西進入無重力狀態。

他的視線朦朧了。利爪抓住他的手臂，將他抬到空中。下方有輪子尖銳摩擦與金屬撞擊的聲音。玻璃粉碎，乘客尖叫。

當他的視線變清晰，他終於看清楚這個把他抓起來的怪物模樣。牠有著美洲獅的身體，瘦削流線，全身黝黑，卻又有老鷹的頭部與一對翅膀，雙眼則是閃亮的血紅色。

波西試著扭動自己。這怪物的前爪就像鋼圈一樣環繞住他的手臂，讓他無法自行脫身，也拿不到他的劍。他的高度在冷風中不斷爬升，他完全不知道怪物要把他帶到哪裡去，但他很確定，絕對不會是他喜歡到達的地方。

他放聲叫喊，主要是因為心裡充滿了挫折感。這時突然有東西咻的飛過他耳邊，一支箭就插進了怪物的脖子，怪物在哀號中鬆開了爪子。

波西掉落下來，撞上層層樹枝後掉進雪堆裡。他一邊呻吟，一邊仰望被他扯斷樹枝的巨大松樹。

他勉強站起來，應該沒有骨折。法蘭克站在他的左邊，用最快的速度射殺那些怪物，海柔則站在他背後，揮舞長劍，擊退任何靠近的怪物。然而朝他們進逼的怪物實在太多了，至少有十幾隻吧。

波西掏出波濤劍，砍下一隻怪物身上的翅膀，再把牠打飛去撞樹。然後他又揮劍劃向第二隻怪物，將牠分屍爆開化為煙塵。然而這些戰敗的怪物，都能迅速重組成形。

「這些是什麼東西？」波西大聲問。

「葛萊芬！」海柔回答，「我們要想辦法讓牠們遠離火車！」

波西看出她的意思。火車已經翻覆，車頂碎成一片，觀光客嚇傻地在附近手足無措。波西沒看到嚴重傷亡，但那些葛萊芬會從空中俯衝直下，捕抓任何會動的東西。能阻止牠們靠近凡人的只有一個東西，也就是發亮的迷彩軍裝灰面武士——法蘭克的寵物骷髏小灰。

波西往法蘭克身邊看去，注意到他的長槍已經不見了。「你把最後一次機會用掉了嗎？」

「嗯，」法蘭克拉開弓，又將另一隻葛萊芬射下天空。「我一定得幫幫那些凡人，而我的長槍……就消失了。」

波西點點頭。他心裡多少感到放鬆一點，因為他並不喜歡骷髏武士。可是他或多或少也覺得失望，畢竟他們少了一樣可以任由他們處置的武器。然而他不怪法蘭克，他已經做了該做的事。

「我們轉移戰場吧！」波西說：「離鐵軌遠一點！」

他們跋涉過雪地，被殺的葛萊芬不斷重組成形，他們也不斷拍打劃破那些粉塵形體。

波西從來沒有與葛萊芬交手的經驗，他一直以為牠們是種巨大的高貴動物，像是有翅膀的獅子。但此時在他眼前的這些東西，只會讓他聯想到更凶狠惡毒的掠食動物，就像會飛的土狼。

距離鐵軌大約五十公尺處，森林消失了，出現一片沼澤地。這裡的地面既鬆軟又冰冷，波西覺得自己彷彿是在氣泡紙上跑步。法蘭克的箭快用完了，海柔愈來愈喘，波西自己的揮劍動作也變得遲緩。波西知道他們之所以還活著，全是因爲葛萊芬並不想殺死他們。葛萊芬只打算活捉他們，然後帶到某個地方去。

或許是牠們的巢，波西想。

這時，波西突然被長草中的某個東西絆倒。那是一個大到像拖拉機輪胎的環狀金屬塊，一個巨大的鳥巢，就是葛萊芬的巢吧。巢底閃閃發光，有陳年珠寶首飾、帝國黃金匕首，有變形的分隊長徽章，還有兩個南瓜大小的葛萊芬蛋，看起來像百分之百純金。

波西跳入巢裡，把箭尖抵住一顆蛋。「後退！不然我敲裂它！」

葛萊芬生氣地大叫，牠們在巢邊振翅拍跳、敲擊尖喙，但都不敢出擊。海柔和法蘭克站過來保護波西，武器全都就位。

「葛萊芬會搜集黃金，」海柔說：「牠們迷戀黃金。你們看，那裡還有更多的巢。」

法蘭克射出最後一支箭。「所以，如果這些是牠們的巢，那牠們想把波西帶到哪裡去？剛剛那傢伙應該是要帶波西飛離這裡。」

波西手臂上被葛萊芬抓住的地方仍然會痛。「奧賽俄紐斯吧。」他猜，「或許牠們替他工作。這些東西有聰明到會聽別人的指令嗎？」

「我不知道，」海柔說：「我住在這裡時沒和牠們打過，只有在營區讀過牠們的事蹟。」

「那牠們有弱點嗎？」法蘭克問：「拜託你告訴我們，葛萊芬是有弱點的。」

海柔的臉色黯淡下來。「馬。牠們痛恨馬，那是牠們的天敵之類的。眞希望阿里昂也在這裡！」

葛萊芬尖叫。牠們在巢的上方盤旋，紅眼激動發亮。

「喂，」法蘭克緊張地說：「我看到巢裡面有軍團以前的東西。」

「我知道。」波西說。

「那表示曾有其他混血人在這裡死掉，或者……」法蘭克說。

「法蘭克，不會有事的。」波西向他保證。

有一隻葛萊芬飛下來。波西舉起波濤劍準備砍向黃金蛋，那隻怪物立刻轉向。但其他葛萊芬已經開始不耐煩，這種僵持狀態波西大概撐不了太久。

他掃視四周，拚命要想出一個計畫。大約四百公尺遠的地方，有一個海坡柏里恩人正坐在沼澤中，平靜地用一根斷掉的樹幹去撥弄腳趾間的泥巴。

「我有辦法了，」波西說：「海柔，這些巢裡所有的黃金……你認為你有辦法用它來讓葛萊芬分心嗎？」

「大概可以吧。」

「只要給我們足夠的起跑時間就好。當我說跑，立刻跑向那個巨人。」

法蘭克吃驚地看著他。「你要我們跑向一個巨人？」

「相信我，」波西說：「準備好了嗎？跑！」

海柔用力將雙手舉高，溼地上十幾個巢的黃金寶石頓時一起衝向天。珠寶首飾、黃金武器、金塊……還有最重要的東西也飛起來了，那就是葛萊芬的蛋。怪物們驚慌吼叫，拚命追逐自己的蛋，全部陷入瘋狂搶救行動中。

波西和朋友們拔腿狂奔。他們跑過冰凍的沼澤地，踩碎冰霜，濺起水花。波西拚命加速，但也聽到葛萊芬在後面漸漸逼近的聲音。此時，這些怪物的火氣可是漲到了最高點。

巨人依然沒有注意到這些騷動。他還在檢視腳趾頭上的泥土，安詳的臉上帶點睡意，白色的鬍碴因有冰晶而閃耀。他的脖子上掛了一大串的大件物品，有垃圾桶、汽車門、麋鹿角、露營用具，甚至還有一間流動廁所。顯然他是荒野的清道夫。

波西實在不願意打擾他，尤其這代表他們得在巨人的胯下尋求庇護，然而他們的選擇眞的不多。

「到下面去！」他告訴朋友，「爬到下面！」

他們鑽到兩隻巨大的藍腿中間，盡量貼平在泥地上，靠近他的纏腰布。波西努力想用嘴巴呼吸，總之，這裡絕對不是一個舒適芬芳的藏匿點。

「你的計畫是什麼呀？」法蘭克輕聲問：「被藍色屁股壓扁嗎？」

「趴低一點，」波西說：「只有在不得已時才能動。」

葛萊芬過來了，憤怒的尖喙與利爪長翅如浪潮般朝巨人逼近，每隻都想要飛到他腳下。巨人驚訝地晃動了。他挪移一下身體，波西趕忙滾往旁邊，才沒被多毛的肥臀擠到。海坡柏里恩人發出一聲低吟，似乎有些生氣。他用手拍打葛萊芬，但牠們依然激動憤怒地尖叫，甚至開始猛啄他的腿和手。

「呵啊？」巨人怒吼，「呵啊！」

他深呼吸一口氣，然後吐出一道劇烈的冷空氣。即使在巨人雙腳的保護之下，波西都能感到溫度陡降。葛萊芬的叫聲突然中止，四周的聲音轉變成硬邦邦物體落到泥巴的啪啦啪啦聲響。

「走吧，」波西對朋友說：「小心一點。」

他們迅速從巨人腳下溜走。整片沼澤地上，樹木全部結滿冰霜，冰凍的葛萊芬突出地面，宛如有羽毛的冰棒。牠們的羽翼伸展，尖啄張開，雙眼因驚愕而圓睜。

波西和法蘭克、海柔小心翼翼地快步離開，以免引起巨人的注意。不過那個龐大的傢伙根本忙到沒時間搭理他們，他正在研究如何將冰凍的葛萊芬也掛到他的頸間項鍊上。

「波西，」海柔抹開臉上的冰霜與泥巴。「你怎麼會知道巨人有那種能力？」

「我以前差點被海坡柏里恩人的氣息打敗，」波西說：「我們還是快點走吧，葛萊芬不會永遠停在冰凍狀態。」

40 波西

他們在陸地上走了快一個小時，保持看得到鐵軌但又在樹林保護下的距離。他們曾經聽到一次直升機的聲音，是飛往火車殘骸的方向。他們也聽到兩次葛萊芬的喊叫，不過聽起來已經相隔很遠了。

以波西的判斷，現在大概是午夜了，太陽終於下沉。樹林裡變得更冷，天上星星繁密到讓他好想停下來觀看。這時，一道極光突然扭動著出現，它讓波西想起了家裡媽媽的瓦斯爐；當她開啓小火時，那藍色火焰就像鬼魅般輕飄飄地扭動晃蕩。

「眞是奇特呀。」法蘭克說。

「熊。」海柔伸手指向前方。沒錯，在兩、三百公尺遠的草地上有幾隻棕熊緩慢移動著，毛皮在星光下閃耀。「牠們對我們沒有影響，」海柔保證說：「給牠們寬闊一點的空間就好。」

波西和法蘭克沒有回話。

當他們跋涉在酷寒中，波西開始回想所有他去過的瘋狂地方，沒有一處像阿拉斯加這樣讓他難以用言語形容。他可以理解這裡爲何是天神轄外之區了，這裡的所有東西都是原始、尚未被馴服過的。這裡沒有規則、沒有神諭、沒有注定的命運；這裡只有粗曠的荒野，以及許多動物和怪物。凡人與混血人來到此地，都要承擔自己的風險。

波西懷疑這是否就是蓋婭想要的，要讓全世界都像這樣。他也不禁懷疑，這種狀況是否眞的很糟呢？

然後他拋開這個想法。蓋婭從來就不是一位溫和的女神，波西聽過她的計畫，她可完全不是童話裡那種大地之母的樣子，她復仇心重又崇尚暴力，萬一她眞的全然甦醒了，絕對會毀滅掉人類所有的文明。

幾小時之後，他們來到一個夾在鐵道與雙線道馬路間的迷你小鎭，鎭界的界標上寫著「麋鹿徑」，旁邊還站了一隻眞實大小的麋鹿。波西原本以爲那是某個廣告雕像，但那動物突然跳進樹林裡。

他們經過幾戶住家、一間郵局，還有幾個貨櫃屋，全都一片漆黑、門戶緊閉。小鎭另一頭有家商店，外面擺放了一張野餐桌，屋前還有一個老舊生鏽的加油幫浦。

店家有一個手繪的招牌，上面寫的是：麋鹿徑加油站[95]。

「那不是吧。」法蘭克說。

他們二話不說就坐到野餐桌旁癱倒，波西覺得自己像個大冰塊，不過是個非常痠痛的大冰塊。海柔的頭往手臂一擱，立刻昏睡到打起呼來。法蘭克拿出他的最後一瓶汽水和幾塊火車上買的燕麥棒，和波西一起分著吃。

他們一邊觀看夜空星斗，一邊安靜地吃東西。後來法蘭克突然開口：「你之前說的話是什麼意思？」

波西看著對面的法蘭克。「關於什麼的話？」

在星光的映照下，法蘭克的臉孔雪白光潔，就像一尊羅馬雕像。「關於……你很驕傲有我這種親人。」

波西用燕麥棒敲打著桌面。「這個嘛，你想想看，當我在喝小麥胚芽綠茶時，你一個人跑去單挑三隻雞蛇成功；你拖延住一整支勒斯岡巨人的軍隊，才讓我們得以搭機離開溫哥華；你射了那隻葛萊芬，救了我一命；然後你放棄魔法長槍最後一次出擊的機會，因爲要幫助手無寸鐵的凡人。毫無疑問地，你是我碰過的戰神小孩中最好的一個……或許是唯一一個溫和的好人。你自己覺得呢？」

法蘭克看著天空，北極光仍像藍色小火焰在燃燒著群星。「我只是……我只是認爲我理當要爲這次的任務負責，像個分隊長什麼的。可是我覺得，都是你們在替我擔待。」

「不是吧。」波西說。

「我理當擁有某些能力，但我搞不懂如何使用它，」法蘭克痛苦地說：「現在，我沒有長槍，箭也要射完了。而且……我會怕。」

「如果你不怕，我才擔心呢。」波西說：「我們都很害怕呀。」

「可是福爾圖娜節……」法蘭克想到這件事，「現在已經過了午夜，是吧？也就是說，現在是六月二十四日了，慶典會在今天日落時開始。我們得要找路前往哈伯冰河，打敗一個在家鄉永遠不敗的巨人，然後在朱比特營被擊潰前趕回去……全都要在十八小時內完成。」

「還要釋放桑納托斯，」波西說：「他也許會宣判你的壽命，還有海柔的。相信我，我也一直在思考這件事。」

法蘭克看著海柔，她依舊輕輕地打呼，整張臉埋在棕色鬈髮裡。

95「麋鹿徑加油站」的原文為Moose Pass Gas，有「麋鹿放屁」的意思。

「她是我最好的朋友，」法蘭克說：「我失去了母親，失去了奶奶……我不想再失去她。」

波西想起自己以前的生活，在紐約的媽媽、混血營、安娜貝斯。即使現在記憶慢慢回來，他也已經失去他們長達八個月了……他從來沒有離家這麼久、這麼遠過。他去過冥界又回來，他面臨過死亡危機幾十次，可是坐在這張野餐桌旁，離家幾千里遠、離開奧林帕斯天神管轄之區，卻讓他感受到前所未有的孤獨，除了有海柔和法蘭克的陪伴。

「我絕對不要失去你們兩個中的任一人，」他承諾，「我不會讓那種事發生。法蘭克，你就是我們的領導者，海柔也會這麼說的，我們都需要你。」

法蘭克低下頭，似乎陷入思緒中。終於，他的身體也往前傾斜，額頭撞擊到桌面，開始與海柔的鼾聲唱和了。

波西嘆了一口氣。「又一次振奮人心的演講呀，傑克森。」他對自己說：「好好休息吧，法蘭克，精彩的一天等著你。」

❖

黎明時，店家開門了。店主很驚訝地發現有三個青少年竟然癱在他的野餐桌上。但波西告訴他，他們是從昨天出事的那班火車上長途跋涉過來。店主很替他們感到難過，還弄了早餐給他們吃。他打電話給一個印紐特[96]原住民朋友，據說那人在西華德附近有間小屋。很快的，他們就坐進一輛福特貨卡車出發上路了。這輛搖搖晃晃的老車，可能在海柔出生當年算很新吧。

海柔和法蘭克坐在後面，波西則坐在前面陪伴著滿臉皺紋、全身是燻鮭魚味的老駕駛。

他告訴波西有關大熊、寒鴉和印紐特神明的故事，而波西的感想只有一個：希望不要遇見任何故事裡的主角，他的敵人已經夠多了。

卡車在離西華德還有幾公里的地方拋錨了，但駕駛似乎不怎麼驚訝，彷彿這種事本來一天就會發生好幾次。他說他們可以等他修好引擎，不過既然距離只剩幾公里，他們決定直接步行過去。

上午過了一半時，他們走到這條路的最高點，終於看見一個群山包圍的小海灣。海灣右邊是個小鎮，整個鎮呈現窄窄的半月形，碼頭延伸進入水中，有一艘郵輪停在港口。

波西聳聳肩，他向來對郵輪有不好的感覺。

「西華德。」海柔說，聲音聽起來並不開心見到老家。

他們已經花掉很多時間了，而波西可不喜歡現在太陽高升的速度。馬路在山邊蜿蜒繞轉，但要到鎮上看起來似乎直接滑下草地還快一點。

波西離開馬路。「來吧。」

地面溼溼軟軟的，波西沒有想太多，直到海柔尖叫：「波西，不要！」

下一步，波西變成垂直進入土中，像顆石頭般深深陷進土裡，直到土地蓋過他的頭……

大地將他吞噬了。

---

96 印紐特族（Inuit）是住在美洲北極圈內的愛斯基摩人，分布於阿拉斯加、加拿大冰洋區與格陵蘭。

41 海柔

「你的弓！」海柔吶喊。

法蘭克沒多問，趕緊卸下背包，把弓從肩膀上拿下來。

海柔心跳狂奔。她從那時死去之後，就再也沒有想過這種人們稱爲「泥岩沼澤」的溼地土壤。現在，她想起那些當地人跟她說過的可怕警告，但已經太遲了。沼澤汙泥和腐化植物會共同形成一層看似堅硬的表面，實際上卻比流沙還恐怖。泥岩沼澤的深度可能達到六、七公尺以上，根本不可能脫身。

她盡量不去想萬一弓的長度遠不及沼澤的深度該怎麼辦。

「你抓緊一端，」她對法蘭克說：「千萬別鬆手。」

她抓住另一端，深深吸了一大口氣，縱身跳進沼澤中。泥土掩蓋上她的頭。

就在這當下，她被凍在回憶裡。

「不要是現在！」她內心呼喊著，「艾拉說我已經不會再暈厥了！」

「喔，親愛的，」蓋婭的聲音出現，「這不是你的突發性暈厥，這是我送你的禮物。」

海柔回到紐奧良，和媽媽一起坐在家附近的公園裡，享受著晨間野餐。她記得這一天，當時她只有七歲，母親才剛賣掉海柔的第一顆寶石，那是一顆小小的鑽石，而那時她們兩人都還不知道海柔的詛咒是怎麼一回事。

瑪莉王后的心情超級好，她替海柔買了柳橙汁，替自己準備了香檳，又買了好幾個撒滿巧克力和糖霜的甜甜圈；她甚至還幫海柔添購一盒新蠟筆、一疊圖畫紙。她們貼近坐著，瑪莉王后快樂地哼唱歌謠，海柔則拿著筆畫畫。

法國區在她們旁邊甦醒了過來，狂歡節的準備正要開始。爵士樂團在練習，剛截切的鮮花一朵朵插到花車上，孩子們追逐嬉笑，有的戴了太多鮮豔項鍊以至於走路都有困難。太陽升起，將天空染成一片微紅的金色，溫暖的朝霧飄散出木蘭與玫瑰的芬芳。

那是海柔有生以來最快樂的早晨。

「你可以停留在這裡。」她媽媽微笑著，可是眼神空洞茫然。那聲音是蓋婭的。

「這是假象。」海柔說。

她想要爬起來，但整片柔軟的草讓她又懶又累。烤麵包與融化巧克力的香味讓人興奮，在這個狂歡節的早晨，世界似乎充滿了各種可能。海柔幾乎相信她可以擁有光明的未來。

「什麼才是眞實？」蓋婭透過母親的臉孔問她，「你的第二段人生是眞實的嗎，海柔？你理應死掉了才對。你現在沉入一片沼澤中，是眞實的嗎？窒息了沒？」

「讓我去救我的朋友！」海柔努力逼自己回到眞實中。她可以感覺自己一隻手緊抓住弓的一端，但就連這種感覺也開始模糊。她的手在放鬆，木蘭和玫瑰的氣味太強烈了。

母親遞給她一個甜甜圈。

不對，海柔心想，這個人不是我媽媽，是蓋婭在騙我。

「你希望你昔日的生活能夠回來，」蓋婭說：「這我辦得到。這個時刻可以維持好幾年，你可以在紐奧良成長，你的母親會疼愛你，你永遠不需要去面對那個詛咒，你可以和山米在一起……」

「都是幻象！」海柔說，她被花朵的香甜氣味嗆到。

「你自己就是個幻象，海柔．李維斯克。你被帶回人世，只是因為天神有任務要你去做。我本來也是可以利用你的，但尼克利用了你還說了謊。你應該開心我把他逮住了。」

「逮住他？」一陣恐慌從海柔胸口爬升。「什麼意思？」

蓋婭微笑，啜飲一口她的香檳。「這孩子早該知道不要去尋找死亡之門的，但不管……反正那不是你真正關心的事。一旦你釋放桑納托斯，你又會被丟回冥界，從此腐壞。法蘭克和波西阻止不了這件事發生的，真實的朋友會要求你放棄自己的生命嗎？告訴我是誰在說謊，是誰在說真話？」

海柔開始哭泣，痛苦湧上她心頭。她已經失去過生命一次，她不想再死一遍。

「這就對了，」蓋婭滿意地說：「你本來應該注定要嫁給山米才對。你知道你在阿拉斯加過世後他怎麼樣了嗎？他長大後搬去德州，娶妻生子，可是他從來沒有忘記你，他始終納悶你為何會消失。他早已過世，一九六〇年代因為心臟病發走的。想和你共度一生的念頭，始終縈繞在他心底。」

「別再說了！」海柔厲聲喊著，「是你把那一切從我身上帶走的！」

「而你現在可以再次擁有它。我讓你在我的懷抱裡，海柔。你總是會死的，如果你肯放棄，至少我可以讓事情平順美好。別去拯救波西．傑克森吧，他是屬於我的，我一定會讓他安全留在地裡，直到我需要他的時候。你可以在最後這段時間擁有完整的人生，可以成長、嫁給山米。你現在唯一需要做的事，就是放手。」

海柔把弓握得更緊了。在她下方有個東西握住她腳踝，但她並不驚慌，她知道那一定是波西，他在快要窒息之際，死命地攀抓任何可能的生機。

海柔瞪著女神。「我絕對不會跟你合作的。讓—我—走！」

她母親的臉孔消失了，紐奧良的早晨融化在一片黑暗裡。海柔淹沒在泥巴中，一手握弓，波西的雙手環抱住她腳踝，他的人在更深的黑暗裡。海柔瘋狂地搖晃手中的弓，法蘭克則竭盡所能地將她拉上來，力道大到海柔覺得手臂快要脫臼了。

當海柔睜開雙眼，發現自己躺在草地上，身上沾滿汙泥。波西則是四肢攤開躺在她腳邊，拚命咳嗽並吐出泥土來。

法蘭克在他們身邊徘徊、大呼小叫：「喔，天神呀！喔，天神呀！喔，天神呀！」

他從背包裡挖出幾件衣服，開始幫海柔擦臉，但效果有限。他接著又把波西拖到離泥岩沼澤遠一點的地方。

「你們下去好久！」法蘭克幾乎是哭喊著，「我以爲你們……喔，天神呀！絕對不要再做出這種事了！」

他以熊抱的方式緊緊裹住海柔。

「我不能……呼吸了。」她邊咳邊說。

「對不起！」法蘭克趕緊繼續幫忙擦拭清理，好不容易才把他們都帶到馬路邊坐下。他們繼續打顫、吐出泥巴。

海柔發現自己的雙手失去知覺，她不確定是凍僵了或嚇壞了，但她勉強自己開口，解釋泥岩沼澤的情況，還有她在地底下所看見的影像。她依然沒有提到山米的部分，把它講出來對她來說實在太傷痛。然而她有說到蓋婭可以提供虛幻人生，還有她宣稱逮到她弟弟尼克。海柔不想將這事保留成自己的祕密，她害怕絕望的感覺會占領她全身。

海柔瞇起眼睛看太陽，此時太陽已高掛天空。溫暖的感覺雖然很好，卻止不住海柔的打顫。「蓋婭就這樣讓我們離開，是不是太容易了一點？」

波西從頭髮間抓出泥巴塊。「或許她還是想利用我們當她的馬前卒，又或許她只是利用言語來擾亂你的心智。」

「她知道要說些什麼，」海柔認同地說：「她知道要如何煽動我。」

法蘭克把自己的外套披到海柔肩膀上。「這才是眞實的生活，你知道的，對吧？我們絕對不會讓你再死一次。」

他的話充滿堅定的決心，海柔不願反駁，可是她實在看不出要如何阻止死亡。她按一按自己的外套口袋，法蘭克那根燒了一半的小木棒依舊安穩躺在裡面。她不禁納悶，如果她永遠沉陷在泥土裡，法蘭克將會變成怎樣？或許那樣反而拯救了他，火焰不可能燒到地底下面的小木棒的。

她甘願爲了法蘭克的安全做出犧牲。她並不是一直都這麼堅強勇敢的，但法蘭克是用自己的生命來相信她、信賴她，她無法忍受有任何不好的事發生在他身上。

她望著爬升中的太陽……時間一分一秒在消逝。她想到西雅圖的亞馬遜女王海拉，如果她還活著，至今已與奧翠拉連續對決兩晚。她也等著海柔去把桑納托斯放出來。

海柔努力撐著站起來。從復活灣吹來的風與她印象中的一樣凜冽。「我們該出發了，我們的時間在流失。」

波西看著下坡的路，嘴唇已經恢復血色。「有沒有什麼類似旅館的地方，可以讓我們清理一下？我想……要可以接受泥巴人的地方。」

「我不確定。」海柔承認。

她眺望小鎮，難以相信這地方從一九四二年後竟然成長了這麼多。整個城鎮擴大了，主要港口也跟著往東邊移去。大多數的建築對她來說都是新的，但那棋盤式的鬧區街道仍有些許熟悉感。她覺得自己認得出海邊的幾座倉庫。「我知道一個地方，或許可以讓我們梳洗整理一下。」

42 海柔

進入市區後，海柔照著七十年前她曾走過的路徑走，就和她上一段人生的最後一晚一樣。那時她從山區衝回家，發現母親不見了。

她帶著波西和法蘭克走過第三大道。火車站仍在原地，西華德旅館的兩層樓白色建築也還繼續營運，不過已擴張到原本的兩倍大。他們是有想過來這裡梳洗，但海柔認爲他們全身泥巴地走過大廳，恐怕不是個好主意，再說她不確定旅館是否會讓三個未成年人開房間。

所以他們轉向別處，朝海邊過去。海柔幾乎不敢相信，她的老家竟然還在那裡，就懸在覆滿藤壺的碼頭水面上。老家的屋頂微微塌陷，牆壁有許多像被鉛彈打穿的孔洞，大門被釘上木板條，上面有個手寫的牌子：雅房──倉庫──出租中。

「來吧。」海柔說。

「嗯，你確定這樣安全嗎？」法蘭克問。

海柔發現有扇窗戶是開著的，便翻身爬進去，兩個朋友跟在她後面。這個房子顯然已經多年沒人使用，他們的腳踢起塵埃，塵土在彈孔透進的光束中飛舞。靠牆處疊放了整堆塌軟的厚紙箱，上面褪色的標籤寫著「問候卡片，佳節賀卡」。爲什麼幾百箱年節卡片最後會送到阿拉斯加的小倉庫來積灰塵，海柔無法理解，只覺得這像個殘酷的笑話，就好像這些卡片是要補給她所有昔日沒歡慶到的節日，一共有幾十年的聖誕節、復活節、生日，還有情人節。

「至少這裡面感覺溫暖一點，」法蘭克說：「但我猜沒有自來水吧？或許我可以去買些東西回來，我身上不像你們那麼泥濘，而且可以替大家找點衣服。」

海柔只有聽進去一半。

她翻過牆角的一堆盒子，那個角落就是她以前睡覺的地方。有個老舊的「黃金探勘設備」招牌掛在牆上，她以為那後面的牆壁空無一物，但當她把招牌移開，當年的許多照片與圖畫竟然依舊釘在那兒。這個大招牌想必阻擋了日照與風吹雨打，所以它們的狀況都沒有變差。她用蠟筆畫的紐奧良看起來好孩子氣，眞是她畫的嗎？她母親從一張相片裡朝她看過來，媽媽微笑地站在她的小店招牌前，招牌上寫著「瑪莉王后——販售護身符，細說命運路」。

更旁邊的一張照片是在嘉年華會中的山米。他狂野的笑容、捲曲的黑髮及美麗的雙眼停格在那個時刻，如果蓋婭說的是事實，山米早就已經過世超過四十年，他眞的終其一生都記得海柔嗎？還是他早就忘記那個曾經和他一起騎馬的奇怪女孩，那個和他共享一個親吻與一塊蛋糕後就永遠消失的女孩？

法蘭克的手指頭在相片上移動。「這是……？」他看見海柔在掉淚，立刻吞回自己的問題。「對不起，海柔，這對你來說一定很難過。你想要單獨……」

「不，」她用沙啞的聲音說：「不用，我還好。」

「那是你母親嗎？」波西指著相片裡的瑪莉王后說：「她看起來好像你。她很美。」然後波西開始研究山米的照片。「這個人是誰？」

海柔不了解波西為什麼一副看到鬼的樣子。「那是……那是山米。他是我的……我的……紐奧良朋友。」她的眼光盡量避開法蘭克。

「我見過他。」波西說。

「不可能，」海柔說：「那是一九四二年的照片，他已經……他應該已經死了。」

波西皺起眉頭。「是沒錯，只是……」他搖搖頭，好像裡面有什麼令他不自在的想法。

法蘭克清清喉嚨，說：「聽著，我們剛剛在前一個街角有經過一家商店，我們也還有一點錢。我可以去買點食物和衣服回來，還有呢，或許再買個……一百盒溼巾夠不夠？」

海柔把黃金探勘設備的招牌掛回去，遮住她的紀念品。法蘭克這樣的貼心與支持，讓她覺得光是看一眼山米的照片都有罪惡感。追憶過去的時光，對她沒有半點好處。

「很好呀，」海柔說：「你是最好的人了，法蘭克。」

他腳下的地板吱嘎響起來。「啊……只是因為我身上的泥巴最少啦。我會很快回來。」

法蘭克一離開，波西和海柔馬上弄了一個臨時營區。他們脫下外套，努力刮除身上的泥土。他們在一個板條箱裡找到一些舊毯子，便拿出來擦拭髒汙。他們也發現那些卡片紙箱如果好好擺放，可以鋪成像床墊一樣舒服的休息區。

波西把劍放到地上，發亮的銅劍帶出一點光線。波西躺在「一九八二聖誕快樂」的紙箱床上休息。

「謝謝你救了我，」波西說：「我早該對你說這句話的。」

海柔聳聳肩。「換做是我，你也會這樣做。」

「對，」他說：「但我沉進土裡時，想起艾拉引述預言裡的那句話，就是關於涅普頓之子會淹沒的事。我想：『大概就在講這個吧，我淹沒到大地裡了。』我以為自己必死無疑。」

他的聲音有些顫抖，就像海柔在他來到朱比特營的頭一天帶他去看涅普頓神殿時的樣子。她記得那個時候，她曾懷疑波西是否就是她所有問題的解答，因爲普魯托說，有一位涅普頓的後代會洗刷掉她的詛咒。而波西始終顯得這麼有力量、有膽識，就像一位眞正的英雄。

直到現在，她才知道法蘭克也是涅普頓的後代。法蘭克不是那種最讓人印象深刻的人間英雄，但他以自己的生命來信任她，那麼拚命地要保護她，就連他的拙相也變得可愛迷人。她的心思感到前所未有的混亂。而她的一生本來就很混亂了，所以這個空前的混亂有著很大的意義。

「波西，」她說：「那個預言也許還沒有完成。法蘭克認爲艾拉記得的那段文字是來自燒毀的書頁，也許你還會淹掉別人。」

他好奇地看著她。「你這麼認爲嗎？」

海柔覺得由她來跟波西確認有點奇怪，因爲波西大她許多，又是比較常發號施令的人，不過她還是很有信心地點頭了。「你一定可以回到家，一定可以見到你的女朋友安娜貝斯。」

「你也可以回去的，海柔。」波西說：「我們絕對不會讓任何事發生在你的身上，你對我來說太珍貴了，對營區也是，特別是對法蘭克。」

海柔撿起一張陳舊的情人節卡片，白色蕾絲般的紙在她手中化爲碎片。「我並不屬於這個世紀，尼克帶我回來，只是讓我可以改正之前犯下的過錯，這樣或許可以進到埃利西翁。」

「你的命運絕對還有更多事可做，」他說：「我們即將一起迎戰蓋婭，我的陣線需要你的協助，不是只有今天而已。還有法蘭克，你也看得出來，他一顆心都在你身上。這段人生是值得你爲它而戰的，海柔。」

她闔上雙眼。「拜託，不要讓我的期待變高，我不能……」

窗戶打開了，法蘭克爬進來，高舉勝利的購物袋。「成功！」

他展示他的戰利品。他從一家打獵店裡替自己買了一些新的箭，還有口糧和繩索。「下一次經過泥岩沼澤時可以用。」他說。

他在一家觀光商店裡買了三套新衣服、幾條毛巾與肥皂、幾瓶飲用水，當然，他也買了加量包的溼巾。這當然不如熱水浴，可是海柔躲在滿牆問候卡後方清潔更衣，也很快感覺舒服自在得多。

「這是你的最後一天，」她提醒自己，「別讓自己自在過頭了。」

今天是福爾圖娜節。所有在今天將要發生的運勢，是好是壞，代表接下來一整年的預兆。無論如何，今晚他們的尋找任務就要終結。

她把那根小木棒放進新外套的口袋，不管自己發生了什麼事，她都要確保它的安全。只要朋友能活著，她就能承受自己的死亡。

「所以，」她說：「現在我們去找船，前往哈伯冰河。」

她試著讓聲音充滿信心，但那並不容易。她希望阿里昂還在她身邊，她多麼情願騎著牠衝向戰場。自從他們離開溫哥華後，她已經在心裡呼喚阿里昂好多次，期待牠會聽到，然後過來找她，但這也只是內心的奢望。

法蘭克拍拍自己的肚子。「如果我們就要面臨生死之戰，那我一定要先吃午餐。我發現一個完美的地方。」

法蘭克帶他們走進碼頭附近的一個購物廣場，那裡有一間由舊火車廂改裝的簡餐店。海柔不記得一九四〇年代這裡有這樣的地方，但此處的食物聞起來實在很香。

法蘭克和波西點菜時，海柔晃到碼頭去問事情。她回到餐廳，一副很需要打氣的樣子，連起司漢堡加薯條都沒法讓她開心起來。

「我們有麻煩了，」她說：「我想要去弄艘船，可是……我估算錯誤。」

「沒有船？」法蘭克問。

「喔，我弄得到船，」海柔說：「但是冰河的位置比我想像中還要遠。即使用最快的速度航行，也要明天早上才能到達。」

波西臉色瞬間轉白。「或許，我有辦法讓船跑快一點。」

「就算你可以，」海柔說：「根據那位船長的說法，那裡的地表海象變幻莫測，要在迷宮般的水道與冰山間航行，你必須確知自己要去的是哪裡。」

「飛機呢？」

海柔搖頭說：「我向那個船長打聽過了，他說我們可以試試看，不過這裡的機場很小，一般包機都要在兩、三週以前先預約才行。」

這之後，他們完全安靜地進食。海柔的起司漢堡很完美，可惜她無法專心享用。她吃了三口後，一隻渡鴉飛到附近電線桿上，開始朝他們嘎嘎叫。

海柔忍不住打顫，她害怕牠會像上次那隻渡鴉一樣講起話來。許多年前，那隻渡鴉說：「最後一晚，今晚。」她懷疑渡鴉是否總在普魯托小孩將死之際出現。她希望尼克還活著，蓋婭只是為了讓她心神不寧而說謊。但海柔有種不好的感覺：蓋婭說的是事實。

尼克跟她說過，他要從另一個方向去尋找死亡之門。如果他被蓋婭的人馬抓走了，海柔就會失去她在世上唯一的親人。

她望著面前的漢堡。

突然間，渡鴉粗啞的聲音變成一種奇怪的吠吼。

法蘭克飛快起身，差點掀翻整張餐桌。波西也拔出劍來。

海柔順著他們的視線看，就在渡鴉待過的電線桿頂端，一隻又肥又醜的葛萊芬停棲在上面，朝下怒視著他們。牠打了個嗝，只見渡鴉的羽毛從牠的嘴巴飄出來。

海柔站起來，拔出她的羅馬長劍。

法蘭克搭上一支箭。他瞄準目標，但那隻葛萊芬突然放聲尖叫，聲音大到四周所有山脈都傳來回響，他退縮了一下，結果箭射偏了。

「我想牠在呼叫支援，」波西警告，「我們得趕快離開這裡。」

他們沒有什麼計畫，就先衝向碼頭。葛萊芬緊跟在他們後面，波西揮劍砍牠，但牠立刻溜出長劍能打到的距離。

他們跑向通往最近碼頭的階梯，就在快跑到盡頭時，葛萊芬追了過來，前爪已經伸出呈獵殺姿勢。海柔舉起她的劍，但一道冰冷的水牆突然從旁邊湧起，搶先撲向葛萊芬，把牠直接沖進酷寒海灣裡。葛萊芬慘叫，猛拍翅膀。牠勉強爬上碼頭，像隻落水狗般猛甩著身上的黑毛。

法蘭克低吼：「波西，做得好！」

「嗯，」他說：「我不曉得原來我在阿拉斯加還有這種力量。壞消息是……看看那邊。」

大約一公里半之遙的山頂上，一大團黑雲在盤繞。那是整群的葛萊芬，數量起碼有幾十隻。他們不可能打贏那麼多怪物，也沒有船隻可以將他們帶離這裡。

法蘭克射出一支箭。「沒有打過，絕不認輸！」

波西舉起波濤劍。「我與你同在。」

這時，海柔聽見遠方傳來一個聲音，好像馬的嘶鳴。她一定是在作夢，但她拚命大聲喊出來：「阿里昂，快來這裡！」

一道棕色旋風拂過市街衝向碼頭，然後就在葛萊芬後方變成一匹實體的駿馬。牠高舉前腳馬蹄，猛力一踩，葛萊芬頓時化為塵土。

海柔一輩子從來沒這麼開心過。「我的好馬！超級棒的好馬！」

法蘭克倒退兩步，差點摔出碼頭。「怎麼會……？」

「牠跟蹤我！」海柔雀躍大喊，「因為牠是有史以來最棒最棒的一匹馬！快點，上來吧！」

「我們三個一起？」波西問：「牠可以嗎？」

阿里昂火大地吼回去。

「好，好，我不該沒禮貌。」波西說：「我們走吧。」

他們爬上馬背，海柔坐在前面，法蘭克和波西努力保持平衡地坐在後頭。法蘭克雙手環抱著她的腰，海柔心想，如果這真是她活在世上的最後一天，這樣的離開方式也不錯。

「出發了，阿里昂！」她吶喊，「前往哈伯冰河！」

駿馬往大海噴射出去，馬蹄將海面踏出蒸氣。

43 海柔

騎上阿里昂，海柔就感覺充滿力量、無可阻擋，一切都在掌控之中，那是人馬之間的最高境界。她忍不住懷疑這會不會就是身爲半人馬的感覺。

西華德那位船長警告她，前往哈伯冰河的距離約五百五十公里，而且保證是趟艱苦危險的航程，但這對阿里昂來說完全不成問題。牠以音速在海面上奔馳，他們身邊的海水也因此加熱到海柔不覺得冷的程度。靠雙腳行走，她不覺得自己這麼有勇氣；然而靠馬的奔馳，她迫不及待要加入戰場。

法蘭克和波西看起來就沒那麼愉快了。當海柔回頭看他們時，只見兩人牙關緊咬、眼球快速轉動。法蘭克的雙頰在高速移動產生的重力下抖動，坐在最後面的波西則緊繃地撐在那裡，拚命防止自己從馬屁股後面摔出去。海柔希望那種事不要發生，因爲按照阿里昂的跑法，可能波西被摔飛了八、九十公里遠她也不會察覺。

他們穿過結冰的狹窄水道，經過藍色峽灣與水瀑斷崖。阿里昂跳過一頭浮出水面的座頭鯨，馬不停蹄地向前行，把一群在冰山上休息的海豹嚇得掉進海裡。

好像才過了幾分鐘的時間，他們已呼嘯來到一個狹窄的海灣。這裡的海水就好像整片的冰塊浮在藍色的濃稠糖漿裡。阿里昂終於停下來，站在一片結凍的藍綠色浮冰上。

在八百公尺遠的前方就是哈伯冰河了。即使海柔以前見過冰河，此時也對眼前的景象十分驚嘆：高聳的山脈往兩邊延伸，山頭覆蓋的冰雪呈現紫色，雲朵飄浮在半山腰，就像是大山蓬鬆的腰帶。在兩大山峰之間夾著一片廣闊的峽谷，一道犬牙交錯的冰牆從海中升起，塡滿了整個峽谷的出海處。冰河的顏色有藍有白，再夾雜著一道道黑色，看起來好像鏟雪車走後留在人行道上的髒雪堆，只是放大了四百萬倍。

阿里昂一停下來，海柔就感覺到溫度下降了。所有的冰一起送出一波波的寒氣，把這個海灣變成世上最大的冰箱。而最奇特的現象，是從水面傳來彷彿雷鳴的聲響。

「那是什麼？」法蘭克看著冰河上方的雲團。「風暴？」

「不是，」海柔說：「冰在裂開移動。幾百萬噸的冰。」

「你的意思是，那東西正在崩裂？」法蘭克問。

就在此時，一片冰靜悄悄地從冰河側壁崩落，掉進海裡，海水與冰凍的碎片飛濺幾層樓高。剎那間，他們便聽到了巨大的「轟」一聲，刺耳的程度幾乎和阿里昂到達音速屏障時的音爆一樣。

「我們不能靠近！」法蘭克說。

「我們非靠過去不可。」波西說：「巨人就在那上面。」

阿里昂嘶鳴幾聲。

「喂，海柔。」波西說：「告訴你的馬，注意牠的用詞。」

海柔忍住笑意。「牠說了什麼？」

「去掉那些不雅的話嗎？牠說牠可以帶我們上去。」

法蘭克顯出不大敢相信的樣子。「我以爲這匹馬不會飛！」

這一次阿里昂吼得很激動，連海柔都猜牠是在罵人。

「好小子，」波西對馬說：「我髒話說得比你少就被踢出學校了耶！海柔，牠答應說，只要你給牠命令，你就會看到牠能做到什麼程度。」

「嗯……各位，你們要抓緊囉，」海柔緊張地說：「阿里昂，出發！」

阿里昂衝向冰河，就像一架失控的火箭，直接高速狂奔在融雪的泥漿上，彷彿要向冰山挑戰。

空氣變得更冷，冰塊的崩裂聲更大了。當阿里昂奔馳靠近時，前方的冰河赫然聳立，規模大到讓海柔光是眼見就暈眩起來；冰壁上布滿裂縫與洞穴，有如斧頭的刀鋒般突起。冰塊持續崩落海中，有些碎片不比雪球大，有些卻大到和一棟房子差不多。

當他們大約攀爬五十公尺高時，一陣霹靂雷鳴震撼了海柔全身，一大片足以覆蓋整個朱比特營的冰正在崩落，朝他們的方向掉下來。

「小心！」法蘭克尖叫，雖然這句提醒對海柔好像有點多餘。

阿里昂反應迅速遠超過他。牠瞬間加速，東閃西躲地越過殘冰，騰躍過大冰塊，攀登上冰河表面。

波西和法蘭克都像剛才的馬那樣，開始罵髒話了。當然，他們還是死命地夾緊馬背，海柔則是雙手環繞在阿里昂的脖子上。總之，他們都努力不讓自己摔出去，不論是在阿里昂攀爬斷崖之際，還是以驚人的速度在立足點之間跳躍時。這整個過程，就好像把墜落山谷的動作反過來走。

終於，這個過程結束了，阿里昂驕傲地站在孤寂聳立的冰山山頂。大海已在一百公尺之下了。

阿里昂對空鳴叫，聲音在群山間迴盪。波西沒有翻譯，但海柔十分確定牠是在對其他可能在海灣內的馬匹呼叫著：「贏得過我嗎？你這個笨蛋！」

然後牠轉向，橫越過冰河，還跳過一道十幾公尺寬的裂口，往內陸疾衝。

「那裡！」波西指向前方。

馬停下來了。在他們正前方矗立了一個冰凍的羅馬營，彷彿朱比特營的鬼魅放大版。壕溝裡鋪著尖銳的冰刺，雪磚堆出的城牆發出刺眼的白光，瞭望塔上懸掛著結凍的藍色布旗，在北極的陽光下閃爍著光芒。

這裡完全沒有生命的跡象，閘門大開，城牆上見不到巡邏的哨兵。然而，海柔心裡還是有種不安的感覺。她記得在復活灣那個餵養奧賽俄紐斯的地方，充滿一種壓迫性的敵意，又迴盪著彷彿是蓋婭心跳的規律聲響。現在這裡也有類似的氣氛，就好像大地想要醒過來吞噬所有的事物，好像兩邊的高山想要將他們與冰河一起壓迫到粉身碎骨。

阿里昂似乎有些膽怯地放慢腳步。

「法蘭克，」波西說：「要不要我們兩個從這裡開始下馬走路？」

法蘭克鬆了一口氣。「我還以爲你永遠不會提這件事呢。」

他們滑下馬背，嘗試踏出幾步。這裡的冰似乎是穩固的，上面又蓋了一層薄雪，所以並不會太滑。

海柔鼓勵阿里昂向前，波西和法蘭克就走在牠的兩邊，弓與劍都準備好了。他們沒有遇到任何阻礙便來到閘門口。海柔一向擅長檢查坑洞、圈套、絆倒線之類的各種羅馬軍團陷阱，但她現在看不到任何一種，只有裂開的冰閘門和隨風喀喀作響的冰凍旗幟。

她可以直接看到普勒托利亞大道，還看到路口處由雪磚建成的普林斯匹亞。一個身穿黑袍的高大人影站在前方，被冰鎖鏈困住。

「桑納托斯。」海柔自言自語。

她感覺自己的靈魂被往前拉去，彷彿塵埃受到吸塵器的吸力般朝死亡接近。她差點摔下馬背，但法蘭克抓住她，把她推回馬背上。

「我會保護你，」他保證，「絕不讓任何人帶走你。」

海柔緊抓他的手，完全不想鬆開。法蘭克是這麼可靠、這麼努力地安撫她，然而他是無法保護她脫離死亡的，他自己的生命也脆弱得像根燒掉一半的小木棒。

「我很好。」她撒謊。

波西緊張地左右張望。「沒有守兵？沒有巨人？實在像個陷阱。」

「顯然就是，」法蘭克說：「但我想我們也沒有別的選擇。」

海柔決定在轉念前趕快叫阿里昂向前，於是他們穿過閘門。這裡的設置排列令人感到非常熟悉，分隊營房、浴場、軍械庫，完全就是朱比特營的翻版，唯一的不同是尺寸放大了三倍。即使坐在馬背上，海柔仍然隱約有種感覺，好像他們是走在一個由鬼魂建造出來的模範城市。

他們在距離黑袍人影三公尺的地方停下來。

現在她真的來到這裡了，海柔心裡有種只想趕快結束這個任務的衝動。她知道此時自己面臨的危險遠超過在亞馬遜的苦戰、遠超過擺脫葛萊芬糾纏或騎馬攀登冰壁。她本能地認爲，桑納托斯只要碰觸她，她就死定了。

但是她也有種感覺，即使她沒有完整經歷任務、沒有勇敢面對命運，她也一樣會死，而且是死於儒弱與失敗。冥界法官不會再一次對她仁慈的。

阿里昂感受到她的焦慮，也跟著腳步躊躇起來。

「哈囉，」海柔鼓起勇氣說：「死神先生？」

戴帽的人影抬起頭。

瞬間，整個營區有了動靜。穿著羅馬戰甲的人影從營房、總部、食堂、軍械庫一舉衝出來，但他們全都不是人，他們只是「人影」，就是海柔幾十年來在日光蘭之境見到的碎碎念鬼魂。他們的身體不過是一束黑色蒸氣，卻有辦法承受一身的戰甲、護脛與頭盔。覆滿冰霜的劍繫在他們的腰際，煙霧般的雙手則拿著變形的盾牌與羅馬重標槍，分隊長頭盔上的羽毛已經殘缺結凍。多數人影都是用跑的出來，只有兩個士兵坐著黃金馬車從馬廄衝出來，拉車的則是鬼魅黑馬。

當阿里昂看到鬼馬，憤怒地猛踏地面。

法蘭克握緊弓。「是呀，果然是陷阱！」

44 海柔

這些鬼排好陣勢，包圍住整個路口，全部大約有一百「人」，雖不及一個軍團的兵力，但也已超過一個分隊的人數。其中有些鬼拿著破爛的閃電火旗幟，那是屬於第十二軍團第五分隊的，也就是麥克·瓦魯斯於一九八〇年代探險失敗的遺留物。其他鬼拿的軍徽、佩章，海柔就不認得了，好像他們是死於不同時代、出不同任務，甚至不見得出身於朱比特營。

他們大多數的武器都是用帝國黃金打造的，數量遠超過第十二軍團目前所擁有。海柔感覺所有黃金集合的力量圍繞著她轟轟作響，比冰崩的裂聲更加可怕。她不知道自己是否有力量控制這些武器，這樣或許就能解除鬼魅們的武裝。但她還是不敢嘗試。帝國黃金不只是一種貴重金屬，它對混血人和怪物都有著致命效果。試圖控制那麼多的帝國黃金，就好像試圖控制核子反應爐裡的鈽一樣；如果失敗了，可能會把整個哈伯冰河從地圖中移除，連同朋友也一起消失。

「桑納托斯！」海柔轉而面對黑袍人影，「我們是來救你的。如果你可以控制這些鬼影，請告訴他們……」

她突然住嘴。這位天神的帽子滑落了，在展開雙翼的同時，整件黑袍脫落在地，身上只剩一件繫著腰帶的無袖黑長衫。他是海柔有生以來見過最俊美的男性。

他的膚色宛如柚木，就和瑪莉王后那張舊算命桌一樣，暗沉得發亮。他的眼睛有蜂蜜般的金黃色澤，和海柔的很像。他瘦而結實，面容高貴，黑髮披下肩頭，雙翼閃爍出黑、藍、紫的色調。

海柔提醒自己要呼吸。

「俊美」才是對桑納托斯最適當的形容詞，絕對不是帥氣、性感那一類。他的美是天使般的類型：超越時空，完美無瑕，遙遠飄渺。

「呵。」她輕聲說。

死亡之神的手腕被銬上冰手銬，手銬連接著固定在冰河地表的鏈條。他赤腳站立，腳踝上同樣被腳鏈桎梏了。

「這是丘比特吧。」法蘭克說。

「高壯的丘比特。」波西同意地說。

「你們在恭維我。」桑納托斯說，他的聲音也和他的人同樣美好，低沉而悅耳。「我的確常常被誤認為愛神。死神與愛神的共通處之多，遠超過你們的想像。但我就是死神，我可以向你們擔保。」

海柔完全不懷疑。她覺得自己好像是由塵埃組成的人，隨時可能塌散，然後被吸到吸塵器裡。她現在懷疑桑納托斯根本不用碰她就能殺她了，他只要開口叫她去死，她大概就會倒在這裡，魂魄也乖乖的遵守美妙聲音與溫和雙眼的指示。

「我們……我們是來這裡解救你的。」她勉強說出，「奧賽俄紐斯在哪裡？」

「救我……？」桑納托斯瞇起眼睛，「你了解自己在說什麼嗎，海柔．李維斯克？你知道那代表什麼事嗎？」

波西往前站。「我們在浪費時間。」

波西把劍揮向鎖住死神的鏈條，神界青銅在冰上發出清脆的聲響。但接下來，波濤劍像被膠水黏住般卡在鏈條上。波西瘋狂地拉扯擺動，法蘭克也過來幫忙。在兩人合力下才勉強拔出波濤劍，但冰霜已經差點凍壞他們的雙手。

「那是沒有用的。」桑納托斯明白地說：「至於巨人，他就在附近。這些影子不歸我管，通通歸他管。」

桑納托斯雙眼掃視過所有的鬼魂士兵。他們不安地跺著腳，彷彿有道北極風吹進他們的行列中。

「那我們怎樣才能釋放你呢？」海柔問。

桑納托斯把注意力放回她身上。「普魯托的女兒，主人的孩子，你們這些人應該不希望我被放出來才對。」

「你以爲我不知道會怎樣嗎？」海柔的眼睛有些刺痛，可是她已經不再害怕了。七十年前的她是個恐懼的小孩，她會失去母親是因爲行動太慢。而現在的她是羅馬軍人，她不想再度失敗，她絕不辜負她的朋友。

「聽好，死神。」她把她的騎士劍拔出來，阿里昂也挑釁地舉起前腳。「我從冥界返回人世，千里迢迢來到這裡，並不是要聽你說我怎麼會笨到跑來釋放你！如果我會死，我就死；如果我必須迎戰這整批大軍，我就戰！你只要告訴我怎樣解開你的鏈條就好。」

桑納托斯端詳她一秒鐘。「有趣。你要知道，這些鬼魂曾經是像你一樣的混血人，他們爲羅馬而戰，沒有完成他們的英雄尋找任務就死了。跟你同樣的，他們被送到日光蘭之境。現在蓋婭向他們保證，只要他們今天爲她而戰，就可以享有第二次人生。當然了，如果你釋放我、又打敗他們，他們就得回到原本歸屬的冥界；而因爲背叛天神，他們也將面臨刑獄的懲罰。海柔．李維斯克，他們和你沒什麼不同。所以你確定要放走我，讓那些魂魄受到永遠的折磨嗎？」

法蘭克握緊了拳頭。「那太不公平了！你到底想不想被釋放呀？」

「公平……」死神沉吟了一會兒，「你一定會驚訝我有多常聽到這個字眼，法蘭克．張，還有這個字眼又是多麼沒有意義。你的生命燃燒得這麼短暫又光亮，公平嗎？當我引導你的母親走向冥界，公平嗎？」

法蘭克腳步踉蹌，好像被人重擊了幾拳。

「不，」死神哀傷地說：「不公平。然而，那就是她的期限。死亡是沒有公平可言的，如果你釋放我，我還是得盡忠於我的職責。不過那些鬼影當然會努力阻止你們。」

「也就是說，如果我們釋放你，」波西總結地說：「我們會被一整群黑影死鬼用帝國黃金圍攻。好吧，那我們該如何破壞這些鏈條呢？」

桑納托斯微笑。「唯生命之火可融化死亡枷鎖。」

「別打謎語，好嗎？」波西追問。

法蘭克顫抖地倒抽一口氣。「那不是謎語。」

「不要，法蘭克，」海柔虛弱地說：「一定還有其他的方法。」

狂放的笑聲傳過冰河，一個低沉震撼的聲音出現了：「我的朋友，我等了好久呀！」

奧賽俄紐斯站立在營區閘門口。他竟然比他們在加州見到的波呂玻特斯還要高大，皮膚是金屬般光亮的黃金色，穿著由白金鎖片做成的盔甲，手持一根大小有如圖騰柱的鐵製權杖。他往營區走來，鐵鏽色的龍腳重重踩踏在冰面上，紅色髮辮中的珍貴寶石閃耀出光芒。

海柔過去從未見到他完全成形的模樣，但她對他的了解比對自己的父母還多，因爲她餵養了他。好幾個月的時間，她從地底召喚黃金珠寶，就爲了製造這個怪物。她知道他的心臟是鑽石做的，他血管裡流的是石油而非血液。而她最最想做的事情，就是親手毀掉他。

巨人靠過來，對著她露出笑臉，嘴裡的牙齒是純銀的。

「啊，海柔．李維斯克，」他說：「你浪費了我好多時間！要不是你，我早該在幾十年前就升起，這世界也早就屬於蓋婭了。不過現在都沒差了！」

他攤開雙手，比向全部陣列的鬼士兵。「歡迎光臨，波西．傑克森！歡迎來訪，法蘭克．張！我是奧賽俄紐斯，普魯托的剋星，新任的死亡掌門人。這邊就是你的新軍團。」

45 法蘭克

「死亡是沒有公平可言的。」這句話一直在法蘭克腦海裡迴盪。黃金巨人沒有嚇到他，鬼影軍隊沒有嚇到他，但一想到釋放桑納托斯，卻讓他急欲蜷縮回胎兒的姿勢。這個天神把他媽媽帶走了。

法蘭克完全理解，要解開鎖鏈就必須有所行動。馬爾斯曾經解釋他那麼愛艾蜜莉・張的原因：「她總是把自己的責任放在第一位，放在所有事情之前，甚至是自己的生命。」

現在輪到法蘭克了。

媽媽的烈士勳章依然溫暖地躺在他胸口。他終於能理解媽媽的選擇——用自己的生命來拯救同袍。他完全明白馬爾斯想要告訴他的事情：「責任、犧牲，它們都具有意義。」法蘭克的胸口有一團氣惱與憤慨交織成的結，那是從媽媽葬禮之後就一直壓在他心中的大疙瘩，這時終於開始化解。他終於明白爲什麼媽媽再也沒有回家，有些事情是值得你爲它而死的。

「海柔，」他努力讓聲音顯得鎮定，「你幫我保管的包裹呢？我現在需要它。」

海柔沮喪地看著他。坐在阿里昂背上的海柔看起來像一位女王，美麗又有力量；她的棕髮垂落過肩，頭頂飄著一圈冰霧。「不，法蘭克，一定還有其他方法的。」

「我請求你，眞的，我知道自己在做什麼。」

桑納托斯露出微笑，舉起他被銬住的雙手。「你是對的，法蘭克．張，犧牲是必要的。」

太好了，如果死神本人也認可了他的計畫，法蘭克很確信自己一定不會喜歡最後的結果。

巨人奧賽俄紐斯往前一站，蜥蜴腳踩得地面都在搖晃。「法蘭克．張，你說的包裹是什麼？那你有帶禮物給我嗎？」

「沒有你的禮物，黃金小子，」法蘭克說：「我只替你準備了一大堆痛苦。」

巨人放聲大笑起來。「講話果然很像馬爾斯的孩子！真可惜我還是必須殺你。至於這一位……喔，喔，我已經期待好久了，終於可以見到鼎鼎大名的波西．傑克森。」

巨人咧嘴微笑，純銀牙齒讓他那張嘴看起來好像車子的水箱柵欄。

「我一直有注意你的發展，涅普頓之子，」奧賽俄紐斯說：「你和克羅諾斯對打過？不錯嘛。蓋婭對你的痛恨遠超過對其他人……或許只有那個新竄起的傑生．葛瑞斯例外。真抱歉我不能馬上殺了你，我兄弟波呂玻特斯希望留你做寵物，他覺得毀滅涅普頓的同時，順便把他最愛的兒子拴上狗鏈，一定很美妙。當然，那之後蓋婭對你另有計畫。」

「喔，不敢當。」波西舉起波濤劍。「不過事實上我是波塞頓的兒子，我來自混血營。」

鬼影一陣騷動，有些還拔刀舉盾。奧賽俄紐斯舉起一隻手，示意大家稍安勿躁。

「希臘還是羅馬，都不重要了。」巨人輕鬆地說：「兩個營我們都會將它粉碎。你看看，泰坦他們就想得不夠遠，他們只計畫要毀滅眾神在美洲的新家，但我們巨人想得更清楚！斬草要除根，雖然現在我的軍隊只是要搗爛你們小小的羅馬營，可是我的兄弟波爾費里翁已經在準備古老土地上的真正戰役了！我們會在眾神的根源地毀滅眾神。」

所有的鬼影用劍敲打盾牌，聲音在山谷間不斷迴盪。

「根源地？」法蘭克問：「你是指希臘？」

奧賽俄紐斯呵呵笑起來。「你不用擔心，馬爾斯之子，你又活不到目睹我們終極勝利的時候。我會取代普魯托，成爲冥界之王。現在死神已經被扣留在我這裡，再加上海柔．李維斯克的服務，我還會擁有地底下全部的財富！」

海柔緊握她的長劍。「我才不提供任何服務！」

「喔，但你給了我生命呀！」奧賽俄紐斯說：「沒錯，我們希望能在二次世界大戰時喚醒蓋婭，那應該會是很棒的事。不過老實說，現在世界的狀況幾乎和那時候一樣差，所以很快的你們的文明就要被趕出場啦。死亡之門將會大開，爲我們服務的人將永遠不死。你們三個不管是生是死，終將加入我的陣營。」

波西搖著頭。「不可能，黃金小子，你會失敗的。」

「等等，」海柔策馬向前靠近巨人。「我從地底餵養出這個怪物，我是普魯托的女兒，殺掉他是我的職責。」

「啊，小小海柔，」他將權杖插在冰上，髮間價值百萬的寶石閃閃發光。「你確定不趁著還有自由意志時加入我們嗎？你對我們可是相當……相當珍貴啊，何苦要再死一次呢？」

海柔的雙眼充滿怒火。然後她往下看著法蘭克，從外套中掏出那包著小木棒的布包。「你確定嗎？」

「是的。」法蘭克說。

她噘著嘴說：「法蘭克，你也是我最好的朋友，我早該跟你說這句話的。」她將木棒拋給他。「做你該做的事。還有，波西……你能保護他嗎？」

波西看了羅馬鬼兵的陣隊一眼。「對抗一小支軍隊，當然沒問題！」

「那我就來收拾黃金小子。」海柔說。

她朝巨人進攻了。

46 法蘭克

法蘭克打開小木棒的包巾，跪到桑納托斯的腳邊。

他知道波西在替他留心狀況，揮劍怒斥靠過來的鬼兵。他聽見巨人的吼聲與阿里昂的激動嘶鳴，但他不敢抬頭看。

他的雙手顫抖，把小木棒放到死亡之神右腳的鏈條旁。他心裡想著火焰，火焰就立刻出現在小木棒的一端。

可怕的溫暖開始在法蘭克的身體蔓延，冰凍鏈條開始融化，火光亮到比冰還要刺眼。

「很好，」桑納托斯說：「非常好，法蘭克．張。」

法蘭克聽說過「你的人生會在你面前閃耀」這類的話，現在他可是實際體驗那句話的字面意義。他看見母親出發前往阿富汗的那一天，她笑著擁抱他。他努力想吸進她身上的茉莉香氣，才可以永遠不會忘記。

「我會永遠爲你感到驕傲的，法蘭克。」媽媽說：「有一天，你會旅行到比我還要遠的地方，你會替我們家帶來圓滿的循環。以後，我們的子子孫孫會說著英雄的故事，那位英雄法蘭克．張是他們的曾、曾、曾、曾……」她像從前講故事給他聽那樣戳弄他的肚子，那是法蘭克好多個月以前的最後一次大笑。

他看見他坐在麋鹿徑加油站外的野餐椅上，海柔輕柔地在他身邊打呼。他觀望夜空的繁星與極光，波西對他說：「法蘭克，你就是我們的領導者，我們都需要你。」

他看見波西消失在泥沼中，接著是海柔。他記得他緊握弓時感覺到多麼孤獨、多麼無助。他請求奧林帕斯眾神，甚至包括馬爾斯，要幫助他的朋友。然而他也知道，他們身處在天神力量管不到的地方。

鏗啷一聲，第一條鏈子斷了。法蘭克立刻將小木棒移往另一腳的鏈條旁。

他冒險回頭張望一下。

波西像旋風一般在戰鬥。事實上……他確實就是旋風！一個由水氣與冰氣組成的迷你颶風圍繞著他打轉，隨他游移於敵軍之間，打飛羅馬鬼兵，彈退長槍弓箭。他從何時開始擁有那種能力的呀？

他在敵軍行列間移動，好像獨留法蘭克在一邊毫無守備，但敵軍的確集中全力只對付波西。法蘭克不大確定爲什麼會這樣，不過他很快就看到波西的目標。有一個穿著掌旗人獅皮斗篷的黑色氣體鬼魂，手上拿著一根棍子，棍子上有一隻黃金老鷹，老鷹的雙翼結滿冰晶。軍團的象徵。

法蘭克看著波西費力地穿過整排軍團的鬼兵，利用氣旋打散他們的防護，然後扳倒掌旗鬼，奪下金老鷹。

「想拿回去嗎？」他對那些鬼大喊，「來拿呀！」

波西把他們引開了，法蘭克實在忍不住敬畏起他這個勇敢的策略。這些鬼兵的確非常想要讓桑納托斯永遠被拴起來，但他們可也都是羅馬靈魂，他們就像法蘭克在日光蘭之境看到的那些漿糊腦袋，能清楚記得的只有一件事：一定要保護他們的老鷹。

然而，波西不可能永遠和這麼多敵人對打下去，要維持那樣的風暴想必很困難，所以，儘管天寒地凍，他的臉上已經都是汗珠。

法蘭克想要看看海柔的狀況，但他沒看到她，也沒看到巨人。

「看好你的火，孩子。」死神警告他，「你完全沒有可以浪費的本錢。」

法蘭克咒罵一聲，他太分心了，沒注意到第二條鏈子已經斷開。

他趕緊將火移到天神右邊的手銬上，小木棒已經燒掉一半。法蘭克開始發抖，更多畫面閃過他腦中。他看見馬爾斯坐在奶奶的床邊，用那雙核爆眼睛瞪著他問：「你是茱諾的祕密武器，你搞懂你的家族天賦沒？」

他聽見媽媽說：「你可以成為任何東西。」

然後他看見奶奶的臉，皮膚薄得像是米漿做的紙，白髮披散在枕頭上。「是的，張法義，你母親不是單純要提高你的自信心而已，她說的話都有實際意義。」

他想到媽媽在樹林邊緣碰到的灰熊，想到在張家焚毀的大宅上盤旋的大黑鳥。

第三條鏈子斷開，法蘭克火速將木棒移往最後一個手銬。他的身體已經感覺到痛苦，黃色斑點在眼裡跳動。

他看見波西在普林斯巴里大道的盡頭拖延住一整支軍隊。他已經搶走馬車、搗毀幾棟建築，但每當他以旋風之姿打敗一群敵軍後，他們又能迅速恢復、重新進擊。每次波西揮劍刺倒一個鬼影，散掉的影子也同樣立即重組成形。波西已經盡可能將他們帶往最遠的地方，在他後面就是營區的側門，再過去不到六、七公尺，就是冰河的斷崖。

至於海柔，她和奧賽俄紐斯之間的戰鬥已經破壞掉營區裡大多數的營房了，現在移到主鬧門的殘骸間拚鬥。阿里昂在玩一場危險的抓鬼遊戲，牠不斷在巨人身旁襲擊移動，而巨人則不時以權杖掃向他們，敲毀了城牆，又在冰上劈出許多巨大的裂縫。靠著阿里昂的速度，才讓他們還能活著打架。

好不容易，死神身上最後的鏈條也解開了。法蘭克發出絕命的驚呼，立即將木棒插向旁邊的雪堆；火焰熄滅了，身上的痛楚也退卻了，而他還活著。當他將剩餘的木棒從雪堆中拿出來，卻只剩下一個細短如菸蒂的木塊，比一顆方糖還要小。

桑納托斯舉起雙手。

「自由了。」他滿意地說。

「很好。」法蘭克眨著眼，想要眨掉眼中的黃斑。「那就做點事！」

桑納托斯朝他冷靜地微笑。「做點事？當然，我會好好看著，那些在這場戰鬥中死掉的，就應該永遠死掉。」

「謝謝。」法蘭克喃喃說著，把小小木棒放進外套裡面。「你幫了大忙。」

「不客氣。」桑納托斯滿意地說。

「波西，」法蘭克大喊，「他們現在會死了！」

波西理解地點點頭，但看起來體力已經消耗太多。他的風暴減緩，揮劍的速度也變慢。整個鬼影軍團將他包圍住，把他漸漸逼到冰河的邊緣。

法蘭克拿起弓要幫忙，卻又很快放下弓。從西華德打獵店裡買到的正常弓箭，在此地是不會有什麼作用的，法蘭克需要利用的，是他的天賦。

他感覺終於了解自己的這項能力了。看著那根木棒燃燒、嗅聞由自己生命升起的刺鼻煙味，有種東西讓他的信心奇怪地攀升起來。

「你的生命燃燒得這麼短暫又光亮，公平嗎？」死神是這麼問他的。

「世上沒有公平這種事，」法蘭克對自己說：「如果我注定要燃燒，就要燒得光亮。」

他朝波西靠近一步。這時，在營區的另一頭，海柔痛苦地喊叫出聲，阿里昂也在巨人的幸運一擊下尖聲嘶叫。巨人的權杖把馬和海柔一起打到冰上，直接摔進城牆中。

「海柔！」法蘭克回頭望波西一眼，多希望自己有長槍在手。如果能召喚出小灰的話……他不可能分身出現在兩個地方的。

「去幫她！」波西吶喊，高舉手上的黃金老鷹。「我已經拿下這些人了。」

波西並沒有拿下他們，法蘭克知道，波塞頓之子即將被擊潰。但是法蘭克衝向海柔。海柔被半掩在一堆倒塌的雪磚間，阿里昂站在旁邊努力保護她，高舉前腳踢向巨人。巨人大笑。「哈囉，小馬，想跟我玩嗎？」

奧賽俄紐斯舉起他的權杖。

法蘭克距離他們太遠了，根本來不及衝去幫忙……但他想像著自己疾速前奔，他的雙腳離開了地面。

成爲任何東西。

他想起他們來時在火車上看見的禿鷹，他的身體瞬間變輕變小，他的手臂延展爲翅膀，他的視力變成上千倍的銳利。他猛然飛起，尖爪全開地朝巨人俯衝，剃刀般的爪子劃過巨人的眼睛。

奧賽俄紐斯痛苦地哀號，踉蹌後退。法蘭克降落到海柔前方，變回原本的模樣。

「法蘭克……」她驚訝地盯著他看，一團雪從她的頭上滴落下來。「剛剛是什麼……你怎麼能夠……？」

「笨蛋！」奧賽俄紐斯怒吼。他的臉被濺髒了，流進眼裡的不是血，而是黑色石油，但傷口已經開始癒合。「我在我的家鄉是永遠不會死的，法蘭克．張！還要謝謝你的朋友海柔，我的新家鄉就是阿拉斯加。你在這裡根本殺不死我！」

「你等著瞧！」法蘭克說，力量奔流過他的手與腳。「海柔，坐回馬背上。」

巨人出擊了，法蘭克也跳起來迎擊。他記起小時候曾面對面的大灰熊。當他跨開步伐，他的身體變厚變重、肌肉膨出。他成爲一頭成熟的大灰熊撞向巨人，那大概有幾百公斤的力量，雖然比起奧賽俄紐斯仍算小，然而他撞出去的剎那帶著極大的動能，奧賽俄紐斯倒向一座冰凍瞭望塔，結果整座塔就坍塌到他身上。

法蘭克快速衝向巨人的頭，他用熊掌利爪猛擊，就好像一個帶著鏈鋸的重量級戰士。法蘭克來回痛打巨人的臉，直到巨人的金屬五官開始凹陷。

「呃！」巨人不省人事地哼一聲。

法蘭克變回正常模樣。他的背包還在身上，他抓出在西華德買的繩索，快速打了一個套圈，綁在巨人滿是鱗片的龍腳上。

「海柔，這邊！」他把繩子另一端丟給她。「我有個主意了，但我們必須……」

「殺……殺……死……你……」奧賽俄紐斯咕噥說著。

法蘭克衝回巨人的頭旁邊，就近拿起一個軍團的盾牌，轟然砸向巨人的鼻子。

巨人說：「呃……」

法蘭克看著海柔問：「阿里昂可以把這傢伙拖多遠？」

海柔卻只是盯著他。「你……你是一隻鳥，然後，變成熊，然後……」

「我晚一點再解釋，」法蘭克說：「我們需要把這傢伙拖向內陸，盡可能遠一點、盡量快一點。」

「可是波西……」

法蘭克咒罵自己，怎麼把他全忘了？

在營區廢墟的另一頭，他見到波西的背已經貼近冰河邊緣，他的颶風也消失了。他一隻手拿著波濤劍，一隻手拿著軍團的黃金老鷹。整個鬼影軍隊朝他進逼，武器等著出擊。

「波西！」法蘭克叫喊。

波西朝他們看過來。他見到倒地的巨人，似乎了解這邊的狀況。他高喊一句話，但聲音消失在風中，可能是：「走！」

然後他大力地將波濤劍刺入腳下的冰裡，整個冰河都震動了，鬼影紛紛跌跪地上。波西後方的海灣湧起一道巨大的浪，那是一整面比冰河還要高的灰色水牆，而冰河表面的裂縫窟窿也噴射出水柱。當大浪捲來，後半的營區整個消失；緊接著，冰河的邊緣地帶開始崩落，如瀑布般滑向虛空之中，帶走了房舍、鬼魂，以及波西．傑克森。

47 法蘭克

法蘭克實在太震驚了，所以海柔喊他十幾聲之後，他才發現奧賽俄紐斯又醒了過來。

法蘭克拿盾牌打他的鼻子，直到他又昏沉了爲止。同時冰河依然晃動個不停，邊緣離他們愈來愈近。

桑納托斯展開黑色雙翼滑向他們，表情平和安詳。

「啊，是的，」他滿意地說：「走了一些魂魄，淹沒了，沉沒了。我的朋友，你們最好要快一點，不然也會被淹沒。」

「可是波西……」法蘭克差點說不出朋友的名字，「他還……？」

「現在說還太早。至於這一位……」桑納托斯低下頭，嫌惡地看著奧賽俄紐斯。「在這裡是永遠殺不死他的，所以你們知道該怎麼做了嗎？」

法蘭克麻木地點著頭。「知道。」

「那我們之間的事就結束了。」

法蘭克和海柔交換著緊張的眼神。

「嗯……」海柔有些開不了口，「你的意思是，你不會……你沒有要……」

「索取你的生命？」桑納托斯問：「這個嘛，我來看看……」

他憑空拉出一個純黑的 iPad，手指頭在螢幕上敲點幾次。法蘭克腦子裡只有一個想法：

拜託不要有索人性命的應用軟體。

「我查了名單，沒有你。」桑納托斯說：「你看，針對脫逃的魂魄，普魯托給了我明確的命令。爲了某種原因，他並沒有對你發出通緝令。或許他覺得你的生命還不到結束的時候，也或許只是他遺漏了。如果你要我打電話替你問……」

「不用！」海柔喊出來，「這樣就好。」

「你確定嗎？」死亡之神的口氣似乎很想幫忙。「我有裝視訊會議的軟體，我也有他的即時通，存在哪裡呢？……」

「眞的，不用了。」海柔的表情就好像肩頭上千斤重的憂慮已經全部解除一樣。「非常謝謝你。」

「呃。」奧賽俄紐斯又出聲了。

法蘭克再打一下他的頭。

死神回頭看著他的 iPad。「至於你，法蘭克．張，你的時辰也還沒到，你還有一小段燃料可燒。但不要以爲我是對你們兩個特別好，我們終究會在不怎麼愉快的情況下再次相會。」

斷崖仍在晃動中，邊緣離他們只剩六、七公尺。法蘭克知道他們該走了，不過還有一個問題他必須問。

「那死亡之門呢？」他說：「它們在哪裡？我們該如何關起那些門？」

「啊，是的。」桑納托斯的臉上閃過一抹怒意。「那是『我的門』。把它們關起來當然是很好，但恐怕那超出我的能力。你們該如何做，我毫無想法。我也不能告訴你它們的確切地點，那個位置……嗯，不全然是一個具體的地方。它們必須經由尋找任務的過程來定位，我可以告訴你的是，起點在羅馬。你們需要一位特別的嚮導，而只有某一類的混血人才能讀出那些記號，最終帶你們去到『我的門』。」

他們腳下的冰開始發出碎裂聲，海柔拍拍阿里昂的脖子，免得牠突然跳起。

「那我弟弟呢？」她問：「尼克還活著嗎？」

桑納托斯對她露出一個奇怪的眼神，或許是同情，不過同情又不像是死亡之神會懂的情緒。「你會在羅馬找到答案。現在，我必須往南飛去你們的朱比特營了。我有種感覺，那裡將會有許多魂魄等著我去收拾，而且很快就會出現。再會了，混血人，下次見。」

桑納托斯消散爲一陣黑煙。

法蘭克腳下的裂縫繼續擴大。

「趕快！」他對海柔說：「我們要把奧賽俄紐斯往北拉十幾公里！」

他爬上巨人的胸膛，阿里昂立刻出發。牠在冰上狂奔，拉動奧賽俄紐斯這台史上最醜的雪橇。

這是一段短短的旅程。

阿里昂在冰河上跑著，就像在公路上奔馳，牠越過冰面，跳過裂谷，滑下雪坡，是那種保證讓滑雪板愛好者眼睛一亮的坡度。

法蘭克並不用打巨人的頭太多次，因爲那顆頭不斷地來回彈跳撞擊冰面。當他們一路狂奔時，半昏迷的黃金小子還會哼唱出《聖誕鈴鐺》的曲調。

法蘭克自己感覺相當震驚。他剛剛變成了一隻老鷹，然後是一頭熊。他仍舊感覺液體般的能量在體內竄流，好像自己是處在一個固體與液體轉換的境界中。

不僅如此，海柔和他釋放了死神，然後同時存活下來。而波西……法蘭克吞嚥下自己的害怕，波西為了拯救他們，自己掉到冰河之外了。

「涅普頓之子會被淹沒。」

不，法蘭克拒絕相信波西已經死了，他們經歷了那麼多的事，不是為了要失去朋友。法蘭克要找到他，但先要解決掉奧賽俄紐斯。

他在從安克拉治出發的火車上研究過地圖，現在仍有些印象。他大約知道要往哪裡去，只是冰河表面沒有路標也沒有記號，他只能憑著努力猜測來移動。

阿里昂在兩山之間奔馳，終於來到一片都是岩石與冰的峽谷，這裡的地形好像一個裝著冰凍牛奶與營養早餐穀物的超級大碗公。巨人的黃金膚色開始轉淡，彷彿要變成黃銅。法蘭克感覺到自己的身體有些輕微的顫動，彷彿有支音叉放在他的胸骨上。他知道他跨入了友善的國土——他的家鄉。

「到了！」法蘭克高喊。

阿里昂轉向一邊，海柔剪斷繩索，奧賽俄紐斯就滑落出去。法蘭克在巨人就要撞上一塊石頭前跳下來。

奧賽俄紐斯迅速站起來。「怎麼了？在哪裡？是誰？」

他的鼻子歪向一個奇特的方向，傷口已經癒合，但黃金皮膚失去了一些光彩。他要找自己的權杖，卻不知道它已遺落在哈伯冰河。他放棄不找了，用拳頭重擊旁邊的石頭，石頭整個粉碎。

「你竟敢用我當雪橇？」他突然緊張起來，嗅聞空氣的味道。「那聞起來……像死去的魂魄？桑納托斯自由了？呸！算了，無關緊要，蓋婭仍然控制住死亡之門就好。告訴我，馬爾斯之子，為什麼把我拉到這裡來？」

「要殺你呀，」法蘭克說：「下一個問題是？」

巨人瞇起眼睛。「我從來不知道有任何馬爾斯的小孩能夠改變形體，但那並不代表你就能打敗我。你以為你那笨蛋軍人父親有給你足夠的力量來跟我單挑嗎？」

海柔拔出劍。「一對二如何？」

巨人咆哮著衝向海柔，但阿里昂敏捷地跳開。海柔的劍掃過巨人的小腿腹，黑色石油從傷口湧出來。

奧賽俄紐斯拐一下腳。「你殺不死我的，有沒有桑納托斯都一樣！」

海柔沒拿武器的那隻手突然做一個抓住東西的動作，一股無形的力量便將巨人長滿珠寶的頭髮猛往後拉。於是海柔飛快地靠近他，在另外那隻腳上又劃了一劍。在巨人平衡回來之前，海柔早已跳開。

「別再那樣做了！」奧賽俄紐斯怒斥她，「這裡是阿拉斯加，我在我的家鄉就是不會死！」

「老實說，」法蘭克開口了，「關於這個，我有個壞消息要告訴你。瞧，我從我父親那裡得到的不只是力量而已。」

巨人吼叫說：「你在說什麼，戰神的毛頭小子？」

「戰術，」法蘭克說：「那是我從馬爾斯那裡得到的禮物。選對了戰場，即使還沒開打就可以獲得勝利。」他指著肩膀後面，「後面幾百公尺那邊，我們已經穿越了國界。你已經不在阿拉斯加了，你感覺不到嗎，『奧賽』？你想回去阿拉斯加得先經過我。」

隨著對事實的理解，巨人的目光逐漸黯淡。他低頭看著自己腳上的傷口，幾乎不敢相信。石油仍然不斷從他腿上流出來，把冰地弄成一片烏黑。

「不可能的！」巨人嚎叫，「我要……我要……啊！」

他往法蘭克衝過去，決心奔向國界。剎那間，法蘭克懷疑起自己的計畫，萬一他無法再使用天賦，萬一他一下子呆掉，他就死定了。但他突然想起奶奶的指示：

「如果你對那種生物有充分了解，這種天賦就會對你有所幫助。」核對完成！

「如果你在生死交關之時，比如戰鬥當中，它也幫得上忙。」再度確認！

巨人繼續接近，二十公尺，十公尺。

「法蘭克！」海柔緊張地呼喚他。

法蘭克穩穩站好。「讓我來。」

就在奧賽俄紐斯即將撞上他之際，法蘭克變形了。他總是覺得自己太大隻、太笨拙，現在他就要利用這感覺。他的身體腫脹成龐然大物，皮膚變厚，手臂轉為粗壯的前腳；他的嘴巴長出長牙，鼻子延展成長管。他變成了他最熟悉的一種動物，就是他在朱比特營照顧過、飼養過、刷洗過、甚至被咬過的那種動物。

奧賽俄紐斯撞上了一頭十噸重的成年大象。他跌跌撞撞倒向旁邊，懊惱地尖叫，再度朝法蘭克衝撞過去。但奧賽俄紐斯根本就不是這個量級的對手，法蘭克的頭用力頂過去，奧賽俄紐斯向後彈飛，四肢攤開躺在冰上。

「你……殺……不……死……我，」奧賽俄紐斯哀號，「你……殺……」

法蘭克變回原形，走到巨人旁邊。他的油膩膩傷口冒出蒸氣，寶石飛出髮間，散在冰上嘶嘶作響。他的黃金皮膚開始鏽蝕，崩解成一塊塊的碎片。

海柔跳下馬背，站到法蘭克身邊，劍仍握在手上。「可以讓我來嗎？」

法蘭克點點頭。他看著巨人激動翻騰的眼睛，對他說：「這裡有個小祕訣，奧賽俄紐斯。下次你要挑最大的州來當你的家時，可別把基地設在離邊界十幾公里的地方。歡迎來到加拿大，白癡。」

海柔的劍刺入巨人的脖子，奧賽俄紐斯瞬間消融成一堆非常昂貴的石頭。

法蘭克和海柔並肩站了好一會兒，觀看巨人殘骸融進冰裡。法蘭克把他的繩子撿起來。

「一頭大象？」海柔問。

法蘭克抓抓脖子。「嗯，似乎是個不錯的主意。」

他不敢看她的表情，他很怕自己終於做了一件荒誕到海柔再也不想和他相處的事。法蘭克．張：笨拙的傻瓜，馬爾斯的兒子，兼差的大象。

然而她送上了一個吻，是眞正的親吻，在嘴唇上的那種，比她在飛機上送給波西的親親好上太多太多。

「你實在太棒了，」她說：「而且還是一頭非常非常英俊的大象。」

法蘭克此時情緒高漲到感覺腳上的靴子就要融進冰裡。但在他還來不及說任何話以前，一道聲音從山谷間迴盪過來：

「你還沒有贏。」

法蘭克抬頭看。最近的山脈上陰影飄移，形成一張沉睡女人的臉孔。

「你永遠無法及時回到家。」蓋婭的聲音恐嚇說：「儘管如此，桑納托斯已經前去料理朱比特營的死亡，看你們羅馬朋友的終極毀滅。」

大山撼動，彷彿整個地球都在狂笑，然後陰影消失。

海柔和法蘭克互相望著對方，兩人都不發一語。接著他們爬上阿里昂的背，回頭往哈伯冰河的方向衝去。

48 法蘭克

波西正在等他們，看起來很生氣。

他站在冰河邊緣，倚靠著黃金老鷹的權杖，向下眺望他製造出來的殘局：幾百畝新開啓的水域中，點綴著冰山與營舍漂流物。

冰河上僅存的營區遺跡是那道主閘門，它往旁邊傾斜，殘破的藍色旗幟躺在一堆雪磚上。當法蘭克和海柔跑過來時，波西只說聲「嘿！」就好像他們是要碰面吃午餐之類的招呼。

「你還活著！」法蘭克驚訝地喊著。

波西皺起眉頭。「掉下去摔死？那算什麼！我曾經從更高的聖路易大拱門[97]摔下兩次。」

「你做了什麼？」海柔問。

「別提了。重要的是，我沒有被淹沒。」

「所以預言都不完整！」海柔微笑，「它大概是說『涅普頓之子會淹沒一整群鬼魂』吧。」

波西聳聳肩。他仍然用一種有點惱火的眼神看著法蘭克。「我必須跟你抱怨一件事，張先生，你可以變身成一隻老鷹？還有一頭熊？」

「和一頭大象。」海柔驕傲地說。

「一頭大象。」波西不可置信地猛搖頭。「那就是你的家族天賦？你可以變身？」

法蘭克輕跺著腳。「嗯……是啦，我的祖先佩里克呂墨諾斯，阿爾戈英雄的其中一位，他可以做到這種事，後來這個能力遺傳給後代。」

「而他那種能力來自波塞頓，」波西說：「這眞是超級不公平，我就不能變身爲動物。」

法蘭克瞪著他。「不公平？你可以在水面下呼吸，還可以炸開冰河、叫出畸形的颶風，然後你卻抗議說不公平，就因爲我可以變成大象？」

波西思索一下。「好吧，我想你說的有點道理，但下一次我說你是個禽獸時……」

「你就給我閉嘴，」法蘭克說：「拜託。」

波西露出笑容。

「如果你們兩位已經吵完，」海柔說：「我們該出發了。朱比特營正承受攻擊，這隻老鷹可以派上用場。」

波西點點頭。「不過我們得先做一件事，海柔。現在在海灣底下有一大堆帝國黃金武器與盔甲，還有一輛狀況相當好的馬車。我是在想，那些東西可能用得著……」

撿拾這些東西花了他們很多時間，應該說是太多的時間。但他們都知道，這些武器可能是勝負的關鍵，如果他們能及時趕回營區的話。

海柔用她的力量從海底升起一些東西，波西潛游下去再拿出一些來。連法蘭克也變身成海豹來幫忙，這樣明明很酷，波西卻宣稱他的味道聞起來像魚。

拉起那輛馬車，則是他們三人合力才辦到的。終於在他們的努力下，所有物品都被拉到冰河底部旁邊的黑色沙灘上。馬車塞不下那麼多東西，不過他們利用法蘭克的繩索，又綁了

⑰聖路易大拱門（St. Louis Arch）位於美國密西西比州，高約一九二公尺，是美國最高的人工建造紀念碑。

大部分的黃金武器與狀況良好的盔甲。

「看起來好像聖誕老公公的雪橇，」法蘭克說：「阿里昂有辦法拉那麼多東西嗎？」

阿里昂又生氣了。

「海柔，」波西說：「我真想拿肥皂來洗你的馬的嘴。牠說牠可以拉，但牠需要食物。」

海柔拿起一把舊的羅馬匕首，那是一把古羅馬短刀，可是已經變得彎曲又粗鈍。它不會是戰場上的好武器，不過看起來是很純的帝國黃金。

「阿里昂，這給你。」她說：「高性能燃料喔。」

馬匹銜著匕首，牙齒開始像啃蘋果般地咀嚼起來。法蘭克在心裡默默發誓，以後絕不把自己的手靠近那匹馬的嘴。

「我不是在懷疑阿里昂的力氣，」他謹慎地說：「但這輛馬車承載得了嗎？上一輛……」

「這一輛的輪子和軸承都是帝國黃金做的，」波西說：「應該載得了。」

「萬一不行，」海柔說：「這趟旅程會很短。不過我們快沒時間了，趕緊上來吧。」

法蘭克和波西爬進馬車，海柔揮拍阿里昂的背。

「出發了！」她大喊。

馬匹的音爆迴響在整個海灣。他們加速南行，經過的山脈紛紛發生雪崩。

49 波西

四小時。

那是地球上最快的馬從阿拉斯加到舊金山灣所花的時間，直接沿著西北海岸的海面走。

那也是讓波西記憶完全恢復所花的時間。從他在波特蘭喝下蛇髮女怪的血液，這個恢復過程就逐漸開始，但他的昔日生活仍舊是惱人的模糊不清。現在，當他們回頭朝著奧林帕斯眾神的領域走時，波西終於記起所有事情：與克羅諾斯的戰鬥，在混血營過十六歲生日、他的指導老師半人馬奇戎、最好的朋友格羅佛、弟弟泰森，還有最重要的安娜貝斯，他們度過了甜蜜的兩個月，然後，砰！他就被一個名叫希拉的人綁架，或者叫茱諾……隨便啦。

他的生活被偷走了八個月的時間。下一次波西見到她時，鐵定要賞她後腦勺重重一擊，而且是一個女神才配得上的等級。

他的家人和朋友一定想他想瘋了。如果朱比特營面對這麼大的麻煩，他也只能猜測混血營沒有他的情況會是怎樣。

更糟的是，拯救兩個營區只是個開端而已。根據奧賽俄紐斯的說法，眞正的戰役會發生在更遠的地方，也就是眾神的故鄉。巨人們要去攻打原始的奧林帕斯山，永遠地毀滅天神。

波西知道，巨人只有在天神與混血人合作的情況下才會死，那是尼克告訴他的。時間回到八月，安娜貝斯也曾經提過類似的事，那時她推測巨人可能和新的大預言有關，而羅馬人稱這個預言爲「七人大預言」。（這就是和營隊裡最有智慧的女孩約會的缺點，你就是會學到東西。）

他理解茱諾的計畫：聯合羅馬和希臘的混血人，創造出一支英雄菁英隊伍，然後想辦法說服天神們一起合作。但首先得去搶救朱比特營才行。

海岸線開始變得熟悉，他們經過了門多西諾的燈塔，然後很快就出現塔瑪爾巴斯山，馬林郡的岬角在霧中若隱若現。阿里昂直接衝過金門大橋下方，進到舊金山灣裡。

他們穿越柏克萊，進入奧克蘭山區。當他們來到凱迪克隧道的山頂，阿里昂突然像一輛故障的車般開始顫抖，然後就停了下來，胸膛劇烈起伏。

海柔充滿感情地拍拍牠的肚腹。「阿里昂，你做得太好了。」

這匹馬已經累到罵不出髒話來。「我當然做得很好，不然你以爲呢？」

波西和法蘭克跳下馬車。波西曾經夢想過舒服座位與機上餐飲，現在的他卻是雙腿軟趴趴、膝蓋硬邦邦，快要無法行走。如果他像這樣走進戰場，敵軍大概會叫他糟老頭傑克森。法蘭克看起來也沒有好多少。他跌跌撞撞地走向山頂，然後朝山下看去。「喂……你們快來看。」

當波西和海柔站到他旁邊，波西的整顆心都下沉了。戰鬥已經開始，狀況並不妙。第十二軍團列陣在馬爾斯競賽場，試圖保護城市。蠍式弩的火力對準地生族的隊伍，大象漢尼拔左右揮趕著怪物，但防守人數實在太懸殊了。

蕾娜騎在飛馬西庇阿上，盤旋於巨人波呂玻特斯周圍，希望讓他無法抽身。拉雷斯們形成幾道閃爍的紫色防線，對抗一群穿古戰袍的黑色鬼影。城市裡的退伍軍人也過來加入戰局，推動著盾牌牆，抵擋狂野半人馬的猛攻。巨鷹飛旋在戰場上面，和兩個蛇髮女怪進行空中會戰。那兩個還穿著平價賣場背心的有翅女怪，正是絲西娜與尤瑞艾利。

軍團本身是在發動最猛烈的攻擊，但他們的陣式漸漸分散，每個分隊就像是敵軍人海中的一個小島。獨眼巨人的攻城塔往城市射出發亮的綠色砲彈，把廣場炸得坑坑洞洞，房舍變成了廢墟。就在波西觀望之際，一顆砲彈落到元老院的建築上，一部分圓頂塌了。

「我們來得太遲了。」

「不，」波西說：「他們還在打鬥，我們有機會的。」

「魯芭在哪裡？」法蘭克問，他的聲音中隱含著絕望。「她和她的狼群……他們應該在這裡的。」

波西回想起他和母狼神魯芭相處的時間。他尊敬她的教導，但他也學到狼群有他們的極限。他們不是勇於現身前線的戰士，他們只在自己數量明顯多於敵人時才出擊，通常還要有黑暗作爲掩護。此外，魯芭的第一條規則就是要能自我飽足。她會努力幫助她的孩子，訓練他們戰鬥，然而到了最後，他們不是掠食者就是獵物。羅馬人爲自己而戰，他們必須證明自己有能耐，不然就死。這便是魯芭的方式。

「她會做她能做的事，」波西說：「她已經延緩了怪物大軍南行的速度，現在輪我們上場了。我們要把黃金老鷹和這些武器拿給軍團。」

「可是阿里昂已經沒力氣了！」海柔說：「靠我們自己是拖不動的。」

「或許不用由我們來。」波西環視山頂，如果泰森在溫哥華有得到他的夢境訊息，支援應該不遠。

他盡力吹出最大聲的口哨，就像一個最佳的紐約計程車鳴笛，從時代廣場到中央公園都聽得到。

樹間陰影搖晃，一抹巨大黑影無中生有地跳出來。一隻有休旅車那麼大的黑色獒犬、一個獨眼巨人和一個鳥身女妖一起現身。

「見鬼了！」法蘭克倒彈開來。

「沒事的！」波西微笑，「這些是朋友！」

「哥哥！」泰森爬下來衝向波西，波西想要頂住，但完全沒用。泰森撞過來送給他抱抱，波西只能眼冒金星地忍耐幾秒鐘。然後泰森終於鬆手，開心地大笑，用他那隻唯一的無邪棕色大眼睛凝望波西。

「你沒死！」泰森說：「我喜歡你沒死的時光！」

艾拉拍翅來到地面，開始打理自己的羽毛。「艾拉發現狗，」她宣布，「一隻大狗，一個獨眼巨人。」

她在臉紅嗎？波西還沒搞清楚，他的大黑狗也衝過來，把他撲倒在地。黑狗超大的吠聲讓阿里昂倒退了幾步。

「嘿，歐萊麗女士，」波西說：「對呀，我也愛你。乖狗狗，乖小姐。」

海柔發出很驚異的聲音。「你有隻巨大狗，名叫歐萊麗女士？」

「很長的故事。」波西努力站起來，抹掉臉上的狗口水。「你可以去問你弟弟……」

當他看見海柔的表情，他的聲音也開始顫抖。他差點忘記尼克．帝亞傑羅已經失蹤了。海柔告訴他，桑納托斯提到有關死亡之門的事，說必須要去羅馬尋找。而波西自己有急著要找尼克的理由，他要掐住尼克的脖子問他，為何在他初入營之際假裝不認識他。不過，他是海柔的弟弟，而且尋找他應該是下一次的話題。

「對不起，」他說：「不過你說對啦，這是我的狗，歐萊麗女士。泰森，這些是我的朋友，法蘭克與海柔。」

波西轉向艾拉，她正在計算她的某根羽毛上有多少羽枝。

「你還好嗎？」他問：「我們很擔心你。」

「艾拉不強壯，」她說：「獨眼巨人很強壯。泰森找到艾拉，泰森照顧艾拉。」

波西揚起眉毛，艾拉的確在臉紅。

「泰森，」他說：「你這個萬人迷！」

泰森的臉變得和艾拉的羽毛一樣紅。「嗯……沒有啦。」他彎低下來，緊張地對著波西耳語，聲音大到所有人都聽得見：「她很漂亮。」

法蘭克拍著自己的頭，好像害怕他的腦袋會短路。「總而言之，有一場戰爭正在打耶。」

「對，」波西同意說：「泰森，安娜貝斯在哪裡？還有其他的支援會過來嗎？」

泰森扳起臉，棕色大眼蒙上一層霧。「大船還沒造好，里歐說明天，也許還要兩天，然後他們就會來。」

「我們連兩分鐘都沒有。」波西說：「好吧，現在的計畫是這樣……」

他盡快地指出戰場上哪些是好人、哪些是壞人。泰森聽到巨人大軍裡有邪惡的獨眼巨人與邪惡的半人馬時，非常緊張。「我要去打半人馬嗎？」

「只要嚇走他們就好。」波西向他保證。

「嗯……波西，」法蘭克有些不安地看著泰森，「我只是……只是不希望這裡的朋友會受傷。請問泰森是一位戰士嗎？」

波西微笑。「他是一位戰士嗎？法蘭克，你現在看到的這位，可是獨眼巨人軍隊的泰森將軍呀。泰森，順便跟你說，法蘭克是波塞頓的後裔喔。」

「哥哥！」泰森送上一個大力的擁抱。

波西大笑。「實際上，他比較像是你的曾曾曾……喔，算了，他就是你兄弟。」

「謝謝。」法蘭克從一嘴的法蘭絨中吐出兩個字。「但萬一軍團誤認泰森是敵人的話……」

「有了！」海柔跑向馬車，從裡面挖出她能找到的最大一頂羅馬頭盔，外加一個繡有「SPQR」的舊羅馬軍旗。

她把東西交給泰森。「大塊頭，穿戴上這些，我的朋友就會知道你屬於我們這一隊了。」

「耶！」泰森說：「我是你們這一隊！」

那頂頭盔還是十分滑稽地小，斗篷被他穿在前面，活像一件SPQR嬰兒圍兜。

「可以的，」波西說：「艾拉，留在這裡，留在安全的地方。」

「安全，」艾拉複述，「艾拉喜歡安全，人多就保險，銀行保險箱。艾拉要跟泰森走。」

「什麼？」波西說：「喔……好吧，隨便啦。就是別讓自己受傷。還有，歐萊麗女士……」

「汪汪！」

「你來拉車如何？」

50 波西

毫無疑問，他們是羅馬軍事史上最怪異的一支援軍。海柔騎著阿里昂，牠已經恢復到可以用正常馬的速度搭載一個人，不過下坡時還是一路咒罵牠的蹄有多痛。

法蘭克變身爲一隻禿鷹，飛在他們上面，而這件事還是讓波西感到很不公平。泰森跑下山谷，揮舞棍棒大叫：「壞壞半人馬，嚇死你！」艾拉在他身邊拍動翅膀，不斷引述農民曆裡的片段。

至於波西，他騎在歐萊麗女士背上衝進戰場，後面拉著一輛裝滿帝國黃金武器的「馬」車，鏗鏘發出聲響。第十二軍團的黃金老鷹象徵也被高舉起來。

他們繞過營區的護城河，從最北邊的橋跨越小台伯河，然後從戰場的西側朝馬爾斯競賽場進攻。一群獨眼巨人正瘋狂地敲打擊退第五分隊的隊員，那些隊員的盾牌緊密扣鎖在一起，只求小命能保。

波西看見他們有麻煩，頓時湧起一股保護的衝動。那些是接納他的孩子，那些是他的家人。

他大喊：「第五分隊！」然後衝撞上最接近的獨眼巨人。那個可憐怪物最後看到的東西，應該是歐萊麗女士的牙齒。

在那個獨眼巨人解體、而且確定沒有重組成形後（這就要感謝桑納托斯），波西跳下他的大狗，開始拚命揮劍砍殺其他怪物。

泰森對著獨眼巨人的首領大媽加斯棋進攻。她的鎖子甲洋裝濺滿泥巴，還點綴著一些斷掉的標槍。

她吃驚地瞪著泰森，開口說：「你是……？」

泰森打向她的頭，力氣大到害她飛轉了一圈後屁股著地。

「壞壞獨眼女巨人！」泰森大罵，「泰森將軍叫你滾蛋！」

他再打她一下，大媽加斯棋直接變為塵土。

在此同時，海柔騎著阿里昂進攻，揮舞她的古羅馬長劍，劃過一個又一個獨眼巨人。法蘭克則用銳利腳爪刮花敵人的眼睛。

當四十五公尺範圍內的所有獨眼巨人都已化為塵土時，法蘭克降落到他的軍隊前面，復原為人形。他的分隊長章與壁型金冠章一起在冬季夾克上閃耀。

「第五分隊！」他高喊，「來這裡領取你們的帝國黃金武器！」

隊員們從震驚中回神後，立刻衝向馬車。波西盡其所能地將武器快速遞給大家。

「快走！快走！」達珂塔鼓勵大家，拿起隨身杯牛飲他的調味果汁，又像個瘋子般開始微笑。「我們的同袍需要支援！」

很快的，第五分隊都有了新的武器、盾牌與頭盔。他們不是那種一眼看去就很精實的隊伍，事實上有點像是剛從米達斯國王[98]的清倉大拍賣回來，但他們突然變成全軍團最有力量的分隊。

「跟隨黃金老鷹！」法蘭克下令，「英勇戰鬥！」

隊員齊聲歡呼。當波西和歐萊麗女士往前衝時，整個分隊立即跟隨，四十個金光閃閃的盔甲戰士尖叫著迎向敵人。

他們衝向一群正在攻擊第三分隊的狂野半人馬。當第三分隊的人看見老鷹象徵，全都瘋狂地叫囂起來，用全新的力量重新奮戰。

半人馬根本毫無機會。兩個分隊的人合起來，像老虎鉗般夾殺他們，不一會兒，這裡只剩下一堆塵土和各種角與蹄。波西希望奇戎會原諒他，但這些半人馬真的和他以前遇過的派對小馬完全不同，這些是別的品種，必須擊潰。

「排好陣列！」分隊長呼喊。兩個分隊會合在一起，過去受的軍事訓練立刻回來了。他們的盾牌相連，往對抗地生族的戰場行進。

法蘭克高喊：「重標槍！」

一百支標槍高舉。當法蘭克再喊：「射擊！」它們劃過天空，射中那群六足怪物，造成一波死亡。於是隊員們拔出劍，繼續朝戰場中央推進。

在水道橋下，第一分隊與第二分隊正試圖包圍波呂坡特斯，但他們遭受到猛烈攻擊。剩下的地生族朝他們丟擲一波又一波的石頭與泥巴，還有那些可怕的食人魚丘比特也來了。這群穀物精靈卡波伊在長草間隨處劫持隊員，把隊員拉走，也把陣式破壞掉。巨人本身則不斷從頭髮抓出雞蛇，每次只要有一隻落地，羅馬人就慌張逃開。從他們腐蝕的盾牌和冒煙的頭

---

98 米達斯國王（King Midas）是弗里吉亞國（Phrygia）的國王，以巨富而聞名。參《混血營英雄——迷路英雄》三三七頁，註78。

盔羽飾看起來，他們應該都已經了解到，雞蛇有劇毒和噴火的能耐。

蕾娜飛在巨人之上，只要巨人的注意力一轉到地面軍隊，她就立刻朝下飛去，伸出她的長槍。她的紫色斗篷在風中起伏拍動，金色盔甲散發光芒。波呂玻特斯朝她揮舞三叉戟，搖晃他的加重手拋網，但西庇阿幾乎與阿里昂一樣敏捷。

這時，蕾娜注意到第五分隊正朝著他們的方向行進過來，還帶著軍團的老鷹。她非常震驚，連幾乎被巨人打飛也沒注意到，還好西庇阿躲開了。蕾娜的眼神盯著波西，並送給他一個開懷的笑容。

「羅馬人！」她的聲音響徹整個戰場，「朝老鷹集合！」

混血人和怪物同樣都轉過身去，驚訝地望著波西騎在一隻大狗上前進。

「這是什麼？」波呂玻特斯問：「這是什麼！」

波西感覺到一股急切的力量正在軍團的權杖裡奔流，他高舉老鷹吶喊：「福米納塔第十二軍團！」

閃電搖撼山谷，老鷹放出一陣懾人的閃光，一千道細閃電就從它的黃金翅膀向外爆開，在波西面前繞出光弧，就像巨大奪命樹的樹枝，通向最靠近的怪物，接著又繼續跳往下一個怪物，完全閃過羅馬的士兵。

當閃電停止，第一分隊與第二分隊面對的敵人，變成一個看起來驚訝到極點的巨人，再加上幾百堆冒煙的塵土。敵人的中央陣線已經被烤焦爲無形。

屋大維臉上的表情才是無價之寶。這位分隊長先是驚愕地看著波西，接著火冒三丈，然後他自己的隊員開始歡呼，他也不得不跟著加入大喊：「羅馬！羅馬！」

巨人波呂玻特斯不大確定地後退了，可是波西知道戰爭尚未結束。第四分隊仍然遭受獨眼巨人包圍，連漢尼拔要驅趕那麼多怪物都很辛苦。牠的黑色防彈盔甲被扯開了，上面的字只剩下一個「大」。

在東側的拉雷斯和退伍軍人們則是被逼退到離城市愈來愈近的地方。怪物的攻城塔繼續對著裡面街道拋出綠色爆炸火球，蛇髮女怪也打退了巨鷹，現在無所畏懼地飛翔在剩餘的半人馬與地生族之上，打算集結他們。

「堅守崗位！」絲西娜喊道：「我有免費試吃品！」

波呂玻特斯大吼，成打的雞蛇從他的頭髮掉出來，綠草瞬間轉為枯黃。「你認為這樣改變了任何事嗎，波西．傑克森？我是無法被摧毀的！靠近一點呀，涅普頓之子，我會宰了你！」

波西滑下狗背。他把軍團象徵交給達珂塔。「你是分隊的資深分隊長，請拿好這個。」

達珂塔眨眨眼，驕傲地立正站好，然後丟下調味果汁杯，接過老鷹。「我將以榮譽帶著它。」

「法蘭克、海柔、泰森，」波西說：「幫助第四分隊。我得要解決一個巨人。」

他高舉波濤劍，但就在要出擊前，北方山丘響起一陣號角聲，另一支軍隊出現在山頭，幾百個身穿灰黑迷彩服、配備長槍與盾牌的戰士接近過來。在這支隊伍中，夾雜著十幾輛戰鬥堆高機，鋒利的前叉在夕陽中發出耀眼光亮，火焰箭已經架在它們的十字弩上。

「亞馬遜，」法蘭克說：「太好了。」

波呂玻特斯大笑。「你看吧，我們的援軍來了！羅馬今天就會倒下！」

亞馬遜人放低他們的長槍，朝下坡走來。當他們的戰鬥堆高機進入戰場，巨人軍隊開始歡呼，直到亞馬遜改變路線，往怪物的東翼軍力過去，他們便不再叫囂。

「亞馬遜人，進攻！」在最大一輛戰鬥堆高機上，有一位看起來像是年長版的蕾娜，全身穿著黑色戰甲，腰間繫著一條閃亮的黃金腰帶。

「海拉女王！」海柔說：「她撐過來了！」

亞馬遜女王大喊：「支援我妹妹，毀滅怪物！」

「毀滅！」她的軍隊呼喊聲在山谷間飄盪。

蕾娜把她的飛馬轉身面向波西。她的眼睛炯炯有神，表情像在說：「我可以現在就抱你。」她開口吶喊：「羅馬人，進攻！」

整個戰場陷入徹底的混亂，亞馬遜人和羅馬人聯軍朝敵人前進，彷彿他們自己就是死亡之門。

但波西只有一個目標，他指著巨人。「你、我，要一決勝負。」

他們在水道橋邊碰頭，這地方在戰役中不知爲何竟然能倖存到現在。波呂玻特斯終結了這個問題，他將三叉戟揮過去，打到最近的磚砌拱門，一道水瀑噴出。

「來呀，涅普頓之子！」波呂玻特斯恐嚇他，「讓我看看你的力量！水會買你的帳嗎？會癒合你的傷嗎？但我可是生來要當涅普頓的死對頭。」

巨人的手在水下一揮，水流過他的指間後立刻轉爲暗綠色。他朝波西揮出這些水，波西本能地用意志力將水彈開。水濺到他前方的地上，在一陣刺耳的嘶嘶聲中，青草枯萎冒煙。

「被我碰過的水，就會變成毒，」波呂玻特斯說：「讓我看看對你的血液會有什麼作用！」

他將網子拋向波西，但波西滾了出來。他將水瀑轉向射到巨人的臉，當巨人暫失視線，他就進攻。他將波濤劍刺入巨人肚子然後拔出來，人快速跳開，留下巨人在那裡痛得哀哀叫。

過去波西這樣的進攻方式足以消融掉任何怪物，可是波呂玻特斯還能踉蹌起身，向下看著從他傷口流出的金色汁液，那是不死天神的血液。而現在，傷口已經在癒合。

「不錯的嘗試，混血人，」他咆哮，「但我還是會宰了你。」

「你得先抓住我再說。」

他轉身朝城市跑去。

「什麼？」巨人不可置信地喊，「你跑掉，沒膽呀？站好受死！」

波西並不想那樣做。他知道他無法獨力殺掉波呂玻特斯，但他有一個計畫。

他跑過歐萊麗女士身旁，牠好奇地抬頭看，嘴裡有一個扭動的蛇髮女怪。

「我很好！」波西跑過去時說。有個尖叫的血腥巨人殺手緊追在後。

他跳過一個著火的蠍式弩，閃過一個被漢尼拔丟到路上的獨眼巨人。他從眼角瞄到泰森就像在玩打地鼠般把地生族打到土裡去；艾拉飛在他上方，一邊丟擲炸彈，還會一邊提醒：

「鼠蹊部，地生族的鼠蹊部很敏感。」

砰！

「很好，對，泰森找到鼠蹊部。」

「波西需要幫忙嗎？」泰森說。

「我很好！」

「去死！」波呂玻特斯大叫，快速逼近他，波西繼續跑。

他見到遠方的海柔和阿里昂踏蹄穿越戰場，揮劍砍過半人馬與卡波伊。有個穀物精靈喊著：「小麥，我給你小麥！」阿里昂卻把他踩成一堆早餐穀片。海拉女王和蕾娜聯手，戰鬥堆高機和飛馬同行，打散那些黑影鬼魅戰士。法蘭克把自己變為一頭大象，踏過幾個獨眼巨人。而達珂塔高舉著黃金老鷹，把膽敢向第五分隊進攻的人通通用閃電爆掉。

大家都很強。可是波西需要另一種協助，他需要天神。

他回頭看，巨人已經接近到幾乎是伸手就可打到的距離。爲了搶時間，波西鑽到水道橋的柱子下面。巨人揮出三叉戟，等柱子裂開，波西就利用流出的水造成崩塌，讓幾噸的磚塊傾倒砸向巨人的頭。

波西衝到城市邊界。

「特米納士！」他呼喊。

最近的一座護界神雕像還有二十多公尺遠，他氣憤得眼睛圓睜，望著向他跑來的波西。

「完全無法接受！」他抱怨，「建物著火！軍火進攻！把他們弄出這裡，波西．傑克森！」

「我在努力，」他說：「但這裡有一個巨人，叫做波呂玻特斯。」

「對，我知道！等等，請等我一下。」特米納士集中心神地閉上眼睛。一個燃燒的綠色砲彈飛過他頭頂，突然化爲蒸氣。「我無法擋住每一個砲彈，」特米納士抱怨，「爲什麼他們不能文明一點，進攻得慢一點？我也只是個天神。」

「幫我殺掉那個巨人，」波西說：「這樣一切就會結束。天神和混血人合作，是唯一可以殺死他的方法。」

特米納士不屑地呼氣。「我守衛邊界，不是殺害巨人，那不是我的工作，沒有寫在我的工作合約裡。」

「特米納士，拜託！」波西再往前一步，這位天神憤怒地尖叫。

「停在那裡，年輕人！進到波美利安界線不可攜帶武器！」

「可是我們受到攻擊啊！」

「我不管！規定就是規定！當人們不遵守規定，我就會變得非常非常生氣！」

波西微笑。「保持那個想法。」

他往巨人的方向跳回去。「嘿，大醜蛋！」

「呀！」波呂玻特斯從水道橋的殘堆裡蹦出來，水仍流竄過他身上，轉變爲毒水後，匯到他腳邊，形成一個冒煙的小沼澤。

「你……你會慢慢地死。」巨人說，他撿起他的三叉戟，那支武器現在也滴著綠色毒液。

在他們周圍，戰爭漸漸平息，當最後一個怪物被打倒後，波西的朋友開始聚集，在巨人旁邊圍成一圈。

「我會把你關入大牢，波西．傑克森。」波呂玻特斯咆哮，「我會在海底虐待你，每一天水流會癒合你，我就每一天再讓你多接近死亡一點。」

「很不錯的條件。」波西說：「但我想我還是直接殺了你就好。」

波呂玻特斯激動怒吼。他搖晃腦袋，讓更多雞蛇跑出頭髮。

「退後！」法蘭克警告。

新的混亂局勢在隊伍間蔓延，海柔命令阿里昂過去，將雞蛇與營隊成員隔開。法蘭克改變了形體，這次縮小成一種細瘦多毛的……鼴鼠？波西覺得法蘭克可能是一時瘋了，然而當法蘭克對雞蛇進攻，雞蛇全都嚇破了膽，並且在法蘭克的奮力追趕下通通溜走了。

波呂玻特斯將三叉戟指著波西，跨開步伐朝他衝去。當巨人快到波美利安界線時，波西像個鬥牛士般往旁一跳，巨人就直接撞進城市邊界。

「夠了！」特米納士咒罵，「那違反規定！」

波呂玻特斯皺起眉頭，顯然對於自己被一尊雕像指責感到很困惑。「你是什麼東西？」他怒吼，「閉嘴！」

他推開雕像，回頭要找波西。

「現在我眞的生氣了！」特米納士尖聲高喊，「我要掐死你，感覺到了嗎？那是我的手環繞在你脖子上，你這個大肚男！懂了沒！我要把你的頭拿去撞……」

「夠了！」巨人踩上雕像，把特米納士分解成三個部分：底座、身體和頭。

「你不可以！」特米納士怒吼，「波西・傑克森，你得到一筆交易了。咱們來殺掉那個狂妄的傢伙！」

巨人笑得太開心了，以致沒有意識到波西正朝著他進攻，等他發現時已經太遲了。波西跳起來，跳上巨人的膝蓋再彈開，在瞬間將波濤劍直直插入波呂玻特斯胸甲上的一個開口，把神界青銅整個插進巨人胸膛深處，直到只露出劍柄爲止。巨人往後跌去，絆到特米納士的底座後摔倒在地。當他摸著胸口的劍想要爬起來時，波西舉起雕像的頭。

「你絕不可能贏的！」巨人呻吟，「你獨自一人，不可能打敗我。」

「我可不是獨自一人，」波西將大理石頭像高舉過巨人的臉。「我要讓你見見特米納士。他是一位天神！」

來不及了，恐懼與明瞭使巨人的面容黯淡了。波西用盡全力，將天神的頭砸向波呂玻特斯的鼻子。巨人粉碎消融，化爲一撮冒著蒸氣的海藻、蜥蜴皮與有毒的堆肥。

波西踉蹌退後，體力完全衰竭。

「哈！」特米納士的頭部說：「那可教了他就是要遵守羅馬的規定！」

這一瞬間，除了幾棟房子在燃燒、一些撤退的怪物在痛苦哀號，整個戰場靜默無聲。

羅馬人與亞馬遜人圍著波西站立，形成一個不很圓的圓圈。泰森、艾拉、歐萊麗女士也在那裡。法蘭克和海柔驕傲地對他微笑，阿里昂滿足地咬著一塊黃金盾牌。

羅馬人開始歡呼：「波西！波西！」

他們舉起他，波西還不知道是怎麼一回事，他已經被放到盾牌上高高舉上天了。接著歡呼的內容變成：「執法官！執法官！」

在呼叫的人群中包括了蕾娜本人。她伸出手來握住波西的手，向他道賀。然後整群歡呼的羅馬人沿著波美利安界線把他抬高，小心翼翼地不去碰到特米納士的邊界，護送他回到朱比特營。

51 波西

福爾圖娜節和敷耳朵大姊完全沒關係，這對波西來說不是問題了。營隊隊員、亞馬遜人和拉雷斯塞滿了整間餐廳，等著要享用超級豪華大餐，就連方恩也受到邀請，因爲他們在戰爭結束後幫忙包紮傷口。風精靈飛來飛去忙著送餐，披薩、漢堡、牛排、沙拉、中國菜、墨西哥餅，全以最快速度在空中傳遞著。

儘管經歷了極爲辛苦的戰鬥，大家的精神都很好。整體傷亡算是很低，而且幾個之前從死亡回到人世的隊員，像是關德琳，都沒有被帶回冥界去。或許是桑納托斯睜一隻眼閉一隻眼，又或許是普魯托給那些人特別通行證，就像他給海柔的那樣。不管是哪種情形，都沒有人抱怨。

鮮豔的亞馬遜與羅馬旗幟並排掛在橫梁上，修復好的黃金老鷹驕傲地豎立在執法官桌子後面，牆壁上則掛滿了羊角聚寶盆。那是盛裝富饒的魔法角，裡面滿溢著吃不盡的水果、巧克力與現烤餅乾。

分隊成員自由地與亞馬遜人混在一起，從這排沙發跳到那張椅子，一切隨心所欲。也終於有這麼一次，第五分隊的人到哪兒都受到歡迎。波西還因爲換了太多次座位，最後不記得自己的晚餐在哪裡。

場內也有一大堆打情罵俏和腕力比賽在進行中，似乎亞馬遜人也是同樣的狀況。波西一度被金欣請到角落去，就是那個在西雅圖解除他武裝的亞馬遜女生。他必須跟她解釋自己已經有女朋友了，幸好金欣的反應算是很能接受。她也告訴波西後來在西雅圖發生的事，海拉連續兩天在對決中將奧翠拉打敗殺死，所以他們現在稱她為「連殺女王」。

「奧翠拉第二次被打敗時，就停留在死掉的狀態了。」金欣眨著她的大眼說：「為此，我們必須感謝你。如果你以後還需要女朋友的話……嗯，我是真的覺得你戴鐵頸環、再配上橘色連身衣，絕對會很帥。」

波西分辨不出她是否在開玩笑。他客氣道謝，然後換了一個位子。

當大家都吃飽、餐盤也不再飛來飛去的時候，蕾娜做了一場簡短的演講。她正式歡迎亞馬遜人，感謝他們前來支援。然後她擁抱她的姊姊，全場每個人都為她們鼓掌。

蕾娜舉手示意大家安靜。「我和我姊姊已經很多年沒有一致的看法了……」

海拉笑笑。「這樣講太保守了。」

「她加入亞馬遜，」蕾娜繼續講下去，「而我加入朱比特營。但環視這整個大廳堂，我想我們都做了很好的選擇。奇特的是，我們的命運得以延續，都是靠你們剛剛高舉在盾牌上、成為執法官的英雄——波西．傑克森！」

歡呼聲更大了。這對姊妹舉起她們的玻璃杯，要波西到前面來。

大家都要求波西講幾句話，但波西不知道該說些什麼。他先抗議說自己並不是執法官的最佳人選，營隊隊員卻以掌聲淹沒他這個意見。蕾娜拿下他的觀察期牌子。屋大維則是賞他一個厭惡的眼光，然後又轉過去對大家微笑，好像這一切起始於他的主意。他劃開一隻泰迪熊，宣布接下來一年有好的預兆，福爾圖娜祝福他們！他把手迎向波西的手臂，然後大喊：

「波西．傑克森，涅普頓之子，第一年服役！」

接著羅馬的標誌便燒灼到波西的手臂上，有一個三叉戟、SPQR四個字母，再加上一根槓條。那感覺就像有人把炙熱的鐵深深壓在他的皮膚上，他忍住不要叫出來。

屋大維擁抱他，在他耳邊低聲說：「希望很痛。」

然後蕾娜給他一面老鷹獎章和紫色斗篷，也就是執法官的代表物。「這是你努力贏得的，波西。」

海拉女王拍拍他的背。「我也決定不殺你了。」

「喔，感謝您。」波西說。他又在整間餐廳裡繞了一圈，因爲所有的隊員都希望他去他們的餐桌坐坐。維特里烏斯跟在他後面，依然不時踩到自己發亮的紫色長袍、調整腰間繫掛的劍。他告訴所有人，他早就預測到波西會成爲偉大的人。

「是我要他加入第五分隊的！」這個鬼驕傲地說：「當時我立刻看出他的天分！」

方恩阿唐從一頂護士帽中跳出來，兩手各有一落餅乾。「嘿，恭喜你啦！很強耶！你有多的零錢嗎？」

這麼多的關注讓波西頗感困窘，但他很開心看到海柔和法蘭克也得到禮遇。每個人都稱他們是羅馬的救星，而他們確實能匹配這樣的稱號。甚至有人在討論說，要把法蘭克曾祖父慎龍恢復到軍團的榮譽名單中，因爲一九〇六年的地震顯然不是他造成的。

波西和泰森與艾拉坐了一會兒，他們倆是達珂塔這桌的榮譽貴賓。泰森不斷加點花生醬三明治，風精靈上菜的速度有多快，他就吃得有多快。艾拉坐在沙發椅背的頂端，倚著泰森的肩膀，開心地吃著肉桂捲。

「肉桂對鳥身女妖很好，」她說：「六月二十四日是吉日，羅伊．迪士尼[99]的生日，福爾圖娜節，桑吉巴獨立紀念日。還有，泰森。」

她看著泰森，然後臉紅，頭又撇開了。

晚餐之後，所有軍團成員今晚都不用站崗。波西和他的朋友漫步到城市，不過城市還沒從戰鬥中復原，火勢已經熄滅，大多數的殘骸垃圾也已清走，市民們都要慶祝節日。

在波美利安界線，特米納士的雕像頭上戴了個派對紙帽。

「歡迎歡迎，執法官！」他說：「你在這裡需要砸爛任何巨人的臉孔時，請讓我知道。」

「謝謝你，特米納士，」波西說：「我會記住這件事的。」

「好，很好。你的執法官斗篷左下方低了兩公分半，那裡……好多了。我的助理呢？茱莉亞！」

小女孩從雕塑底座後面跑出來。今晚她穿的是綠色洋裝，頭髮還是綁了兩條小辮子。當她開口微笑，波西見到她的門牙開始長出來了。她拿出一整盒派對紙帽來。

波西想要拒絕，但茱莉亞用最可愛的大眼睛看著他。

「啊，好吧。」他說：「我要拿藍色的王冠。」

她給海柔一頂金色海盜帽。「等我長大，我要當波西．傑克森。」她表情嚴肅地跟海柔說。

海柔微笑著撥弄她的頭髮。「那是一件好事，茱莉亞。」

---

[99] 羅伊．迪士尼（Roy Disney, 1893–1971），迪士尼公司的創辦人。

「不過，」法蘭克挑了一頂很像北極熊的頭的帽子。「法蘭克．張也是很好的。」

「法蘭克！」海柔說。

他們戴上帽子，繼續走向廣場，廣場已經亮起五彩繽紛的燈籠，噴泉也透著紫光。咖啡店的生意興隆，街頭音樂家將各種樂器的樂音傳入空氣中，有吉他、豎琴、蘆笛，還有胳肢窩噪音。波西不能理解最後這一種聲音，或許那是古羅馬的傳統音樂。

伊麗絲女神一定也很有參加派對的心情。當波西和朋友散步經過受到破壞的元老院時，一道晶瑩的彩虹竟然出現在夜空中。不幸的是，女神也送來另一種祝福，她下了一場溫和的蛋糕雨，落下的正是她那不含麥麩的ROFL小蛋糕替代品。波西覺得這樣若不是在增加清理的困難，就是要幫助重建變得容易一點，因為那些小蛋糕拿來當磚塊很適合。

波西和海柔、法蘭克一起在街上走了好一會兒。海柔和法蘭克不時輕碰著肩膀。

最後波西終於說：「我有點累了，你們自己去逛吧。」

法蘭克和海柔跟他抗議，但波西看得出他們想要一點兩人獨處的時間。

當他走回營區時，看見歐萊麗女士和大象漢尼拔在馬爾斯競賽場玩耍。牠們追趕嬉戲、撞來撞去、破壞堡壘，總之，就是擁有很快樂的時光。

在軍營區的閘門口，波西停下腳步，瞭望整片山谷。他回想起和海柔第一次站在這裡，也是頭一次看到整個營區的展望，感覺上卻好像是很久以前的事了。現在他更有興趣的是觀看東邊的水平線。

明天，或許是後天，他的朋友就會從混血營過來。即使他非常關心朱比特營，他還是等不及想再見到安娜貝斯。他渴望回到他的舊生活，他思念紐約與混血營。但有種聲音告訴他，回家恐怕還要花上一段時間。蓋婭和巨人還沒停止製造麻煩；製造很大的麻煩。

蕾娜把普林斯巴里大道上的第二棟執法官房舍交給他，然而當他進入那房子，他就知道不能住在那裡。那是個不錯的地方，可是裡面到處是傑生．葛瑞斯的東西。取得傑生的執法官頭銜已經讓波西感到相當緊張了，他更不想把這個人的家也奪走。等傑生回來時，事情會變得非常難處理，而波西很確定，傑生會出現在那艘龍頭戰船上。

波西朝第五分隊的營房走去，爬上他的臥鋪，立即昏睡過去。

他夢到他扛著茱諾跨過小台伯河。

她僞裝成瘋狂嬉皮老女人，微笑唱著古希臘催眠曲，皺巴巴的雙手抓住波西的脖子。

「你還想打我的腦袋嗎，親愛的？」她問。

波西在河流正中停住，鬆手把女神丟進河裡。

她撞到河水的那一刻，她消失了，然後馬上在河畔重新現形。「喔，我的天呀！」她咯咯笑說：「那可不怎麼英雄，即使在夢中也一樣！」

「八個月，」波西說：「你偷走了我八個月的生活，只爲了一個費時一週的尋找任務。爲什麼？」

茱諾顯得不太認同這問題。「你們凡人和你們短暫的生命，八個月算什麼！親愛的。我曾經消失八個世紀，在大部分的拜占庭帝國時代都失蹤呢。」

波西召喚出河水的力量，水就在他身邊形成漩渦，轉出一堆激流的泡沫。

「得啦，得啦，」茱諾說：「不要這麼暴躁易怒。如果我們要去打倒蓋婭，我們的計畫就必須將時間點都計算得很完美。首先，我需要傑生和他的朋友把我從我的牢籠釋放出來……」

「你的牢籠？你被關起來，他們還讓你出來？」

「不要說這麼愚蠢的話，親愛的！我是一個甜蜜老女人。無論如何，朱比特營是到現在才需要你，在他們面臨最大危機的時刻，需要你來拯救羅馬人。這之間的八個月……我還有其他的計畫在醞釀，我的孩子。對抗蓋婭、在朱比特背後工作、保護你的朋友，這些加起來可是全職的工作耶！我要保護你的朋友免於被蓋婭的怪物和陰謀攻擊，讓你躲藏好，免得被東邊的朋友找到……不，讓你睡個安全的覺還比較好。不然你可能會變成害人分心的事物，一個失去控制的大砲。」

「害人分心？」波西感覺到水位隨著他的怒氣在升高，旋轉的速度也加快。「失去控制的大砲？」

「完全正確，我很高興你懂。」

波西送出一波水浪衝向那個老女人，不過她只是瞬間消失，然後又在離岸邊更遠的地方現形。

「喔，」她說：「你的情緒還眞差。但你要知道我是對的，你來到這裡的時機就非常完美。他們現在信任你了，你是羅馬的英雄。而當你睡那個安全覺的時候，傑生．葛瑞斯也贏得了希臘人的信賴，他們就有時間去打造阿爾戈二號。你和傑生在一起，就可以聯合兩個營區了。」

「爲什麼是我？」波西問：「你和我從來就處得不好，爲什麼你要一尊不受控制的大砲在你的陣營？」

「因爲我了解你，波西．傑克森。在很多方面你很衝動，可是當事情和你的朋友有關，你就像羅盤指針一樣穩定可靠。你有堅定不移的忠誠，你還會啓發忠誠度。你是負責黏合的黏著劑，可以聯合七個人。」

「眞好呀，」波西說：「我總是想要當膠水。」

茱諾彎曲的細手指互相夾緊。「奧林帕斯的英雄必須聯合！當你在曼哈頓擊敗克羅諾斯之後……我想，那恐怕傷害到朱比特的自尊。」

「因爲我是對的，」波西說：「而他是錯的。」

老女人聳聳肩。「在娶了我千萬年以後，他應該要習慣他錯我對的狀況的，但偏偏就是沒有！我那驕傲又固執的丈夫，拒絕再次請求小小混血人幫忙，他相信沒有你們也打得過巨人，還可以把蓋婭逼回去睡覺。我知道得更清楚。不過你們必須證明你們自己，只有航行回到古老的土地、關上死亡之門，你們才能向朱比特證實你們是有實力與天神並肩作戰的。這將會是埃尼亞斯[100]從特洛伊出海後最偉大的一次尋找任務！」

「如果我們失敗呢？」波西問：「如果羅馬人和希臘人處不好呢？」

「那蓋婭就已經贏了。我要告訴你一件事，波西．傑克森，會帶給你最多麻煩的人，就是最親近你的人，也是最恨我的那一個。」

「安娜貝斯？」波西感到他的怒氣又上升了，「你從來沒有喜歡過她，現在你說她是一個

---

[100] 埃尼亞斯（Aeneas）是愛神阿芙蘿黛蒂（Aphrodite）與特洛伊國王所生的兒子，在特洛伊戰爭中是戰績彪炳的英雄。

麻煩製造者？你一點都不了解她，她是我最希望能守護的人。」

女神苦笑。「我們等著看，少年英雄。當你們到達羅馬，她將會面臨一個艱苦的考驗。她是否能……我不知道。」

波西召喚一個河水拳頭，忿忿地往老女人打過去。當水全部退去，她不見了。

河水旋轉到超出波西的控制，他沉入一整個黑暗漩渦中。

52 波西

隔天早上，波西、海柔和法蘭克很早就去吃早餐，然後前往城市，準備在元老院開會之前先抵達那兒。其實波西現在是執法官了，他可以想去哪兒就去哪兒，隨時去都行。

一路上，他們經過馬廄，泰森和歐萊麗女士也睡在那裡。泰森仍躺在一床乾草中打呼，快樂的表情就像夢見到小馬，隔壁睡的是獨角獸們。歐萊麗女士滾到四腳朝天，兩隻腳掌蓋著耳朵。艾拉在馬廄的屋頂休息，她在那裡用一堆羅馬書卷做了一個窩，頭還塞在翅膀裡面睡覺。

當他們來到廣場，他們坐在噴泉邊，觀看太陽升起。市民們已經忙著清掃昨晚歡慶後留下的小蛋糕替代品、五彩碎紙和派對帽，工程單位也出來建造新的拱門，用以紀念攻打波呂玻特斯獲勝。

海柔說，她還聽到別人討論要給他們三人正式的凱旋儀式，就是要環城遊行，然後有一整個禮拜的遊戲和慶典。但波西知道不會有這種機會的，因為他們沒有時間。

波西告訴他們昨天夢到茱諾的事。

海柔皺起眉頭。「天神昨晚顯然都在忙。跟他說吧，法蘭克。」

法蘭克的手伸進外套口袋，波西以為他要拿出小木棒，結果他拿出的是一本很薄的平裝書，加上一張紅色便條紙。

「這些今早出現在我的枕頭上。」他把它遞給波西。「就好像牙仙子來訪一樣。」

這本書的書名是《孫子兵法》，波西從來沒有聽過，但他猜得出是誰送的。那張紅紙上寫著：「做得好，孩子。一個男人的眞正武器是他的頭腦。這本書是你母親最喜歡的書，你讀讀看。附註：我希望你的朋友波西．傑克森有學到一點對我的尊敬。」

「哇！」波西把書還給他，「也許馬爾斯和阿瑞斯眞的不一樣。我不認爲阿瑞斯識字。」

法蘭克翻動著書頁。「裡面提到一大堆犧牲、了解戰爭的代價。我們在溫哥華那時候，馬爾斯告訴我，要把責任放在我的生命之前，不然整個戰爭就會傾斜之類的。我以爲他說的是釋放桑納托斯這件事，可是現在……我不懂。我還活著，所以最糟的狀況還沒有出現。」

他緊張地看著波西，波西感覺他並沒有說出所有的事情。他懷疑馬爾斯是否還說了和他有關的事，但波西也不確定自己是否想要聽。

再說，法蘭克已經犧牲夠多了。他目睹家園焚毀，先是失去了母親，接著又失去奶奶。

「你冒著失去生命的危險，」波西說：「你甘願燃燒自己來完成這個任務。馬爾斯不能再期待更多了吧？」

「或許吧。」法蘭克存疑地回答。

海柔握握法蘭克的手。

這個早上，他們倆似乎相處得更自在了，不會再過度緊張或笨手笨腳。波西不知他們是否開始正式約會，他心裡希望如此，不過還是決定別問。

「海柔，那你呢？」波西問：「普魯托有任何消息嗎？」

她低頭往下看，腳邊地上冒出了幾顆鑽石。「沒有，」她承認，「在某種程度上，我想他透過桑納托斯傳遞了一個訊息：我並沒有被列在脫逃名單上。本來應該有的。」

「你在想你父親是給你一個通行證嗎？」波西問。

海柔聳聳肩。「普魯托不來找我，也不跟我說話，難道他不知道我還活著？不然他就得加強死亡的紀律，讓桑納托斯把我帶回冥界。我覺得我父親是故意睜一隻眼閉一隻眼，而且我認為……他要我去找尼克。」

波西看著日出，期待那艘戰船從空中降臨。然而到目前為止，沒有任何跡象。

「我們會找到你弟弟的，」波西保證，「只要那艘船一來，我們就往羅馬出發。」

海柔和法蘭克交換一個緊張的眼神，好像他們已經討論過這件事。

「波西……」法蘭克說：「如果你希望我們一起去，我們就去。可是你確定嗎？我的意思是……我們知道你在另一個營區有一大堆朋友，而你現在也可以從朱比特營挑選任何人去。如果我們不是七人的一份子，我們都能理解……」

「你在開玩笑嗎？」波西說：「你以為我會把我的隊友丟下來嗎？我們喝下芙莉絲的小麥胚芽、逃出食人魔的追趕、在阿拉斯加躲到藍色臭胯下後一起活著回來，我會丟下你們嗎？拜託！」

緊張消除了，三個人終於談笑開來。也許稍微誇張了一點，但能活著眞是一種解脫。在溫暖太陽的照拂下，他們不用擔心山上的陰影會冒出邪惡臉孔，起碼此時還不用。

海柔深呼吸一口氣。「艾拉給我們的預言，關於智慧的女兒、雅典娜的記號燒遍羅馬……你認為，那是關於什麼事呢？」

波西憶起他的夢，茱諾警告說，安娜貝斯在羅馬會面臨艱苦的考驗，她會帶給尋找任務麻煩。他無法相信這說法……但是，這的確困擾了他。

「我不確定，」他承認，「我想預言裡還有其他部分，或許艾拉能夠記起來。」

法蘭克把書放回外套中。「我們必須帶著她同行，我的意思是，爲了她的安全著想。如果屋大維發現艾拉能夠背誦西卜林書……」

波西打了個寒顫。屋大維利用預言來維持他在營區的權力，而現在波西已經奪走他當執法官的機會，他勢必要另謀他途來擴展影響力。如果他掌握了艾拉……

「你說得對，」波西說：「我們一定要保護她，我只希望能夠說服她……」

「波西！」泰森從廣場另一邊跑過來，艾拉飛在他後面，腳上抓了一個卷軸。當他們來到噴泉邊，艾拉把卷軸放到波西腿上。

「特別快遞，」她說：「從一個風精靈那裡來的。對，艾拉有個特別快遞。」

「早安，兄弟們！」泰森的頭髮間還有乾草，牙齒間則有花生醬。「這是里歐送來的，他是個瘦小但有趣的傢伙。」

卷軸看起來沒什麼特別的地方，但當波西把它放在腿上攤開來，一段影片就開始在羊皮紙上閃爍播出。有個穿著希臘戰甲的孩子對他們微笑，他有張淘氣的臉，一頭黑色鬈髮和瞪大的眼睛，就好像剛喝了太多咖啡。他坐在一間陰暗的房裡，裡面有很像船艙的木板牆，油燈在天花板上前後晃動。

海柔忍住尖叫。

「怎麼了？」法蘭克問：「有什麼不對勁嗎？」

波西慢慢看出那個鬈髮男孩有點面熟，而且不只是因爲曾經出現在他夢裡，他還在一張老照片中看過那臉孔。

「嘿！」影片裡的人說話了，「我是來自混血營的朋友，我來向大家問安。我是里歐，我是……」他的眼神飄到螢幕外面，大喊：「我的頭銜是什麼？我是海軍上將，還是船長，還是……」

一個女生的聲音回應：「修理工。」

「很有趣呀，派波。」里歐抱怨著。他將眼光轉回羊皮紙螢幕。「所以，嗯……我是阿爾戈二號的高級指揮官。對，我喜歡這個！總之，我們即將搭這艘巨型戰船，朝你們那裡航行過去，再過多久呢……我算算，一個小時吧。我們會很感激，如果你們不要把我們打飛出去之類的。所以拜託囉！能否告訴羅馬人這件事。再見！很快見！你的最眞誠的混血人朋友一併致上。結束。」

羊皮紙變爲一片空白。

「不可能的。」海柔說。

「什麼？」法蘭克問：「你認識那個人嗎？」

海柔看起來就像見到鬼。波西了解原因，他記起海柔在西華德廢棄家中的照片，這個戰船上的小男生長得和海柔的昔日男友完全一樣。

「那是山米．華德茲，」她說：「但是怎麼會……怎麼會……」

「不可能的，」波西說：「那個人名叫里歐，而且已經過了七十幾年了，這想必是個……」

他想說巧合，可是連自己也無法說服自己。過去這些年，他已經見過太多的事：命運、預言、魔法、怪物、天數，他卻從來沒有遭逢到巧合。

他們被遠方的號角聲打斷了。元老們行進來到廣場，領頭者是蕾娜。

「會議時間到了，」波西說：「來吧，我們要先警告大家關於戰船的事。」

「我們應該信任希臘人嗎？」說話的是屋大維。

他已經在元老院的地板上來回踱步五分鐘，講了再講，對於波西告訴大家的茱諾計畫與七人大預言不斷提出質疑。

元老們都很躁動不安，但多數也都沒膽在屋大維喋喋不休時打斷他。太陽已經漸漸在空中爬升，陽光穿透破洞的屋頂，替屋大維打上一道自然的燈光。

元老院裡座無虛席。海拉女王、法蘭克與海柔一起坐在前排，就在元老們的旁邊。退伍軍人和鬼魅們塞滿了後面的座位，連泰森和艾拉都獲准坐到後面去。泰森則不斷對著波西微笑招手。

波西和蕾娜坐在講壇上執法官的椅子上，這讓波西變得比較有自信。穿著一身床單外加紫色斗篷，還要看起來能有高貴的感覺，實在不大容易。

「營區是安全的，」屋大維繼續說：「我會是第一個去恭喜把軍團老鷹帶回來的英雄，而且還帶這麼多的帝國黃金回來！我們確確實實是受到幸運的籠罩與祝福呀。但爲何要做更多呢？爲何要去冒險？」

「我很高興你問了。」波西站起來，把這個問題當成一個引子。

屋大維結巴地說：「我不是……」

「這是尋找任務的一部分，」波西說：「對，我知道，而你很有智慧地讓我來解釋，所以我就起來說。」

有些元老在偷笑，屋大維除了坐下別無選擇，只能讓自己不要看起來太窘。

「蓋婭正在甦醒，」波西說：「雖然我們已經打倒她的兩個巨人，但這只是開始。眞正的戰場將會發生在天神的古老土地上，這個尋找任務將會帶我們前往羅馬，最後是希臘。」

緊張的氣氛在元老間蔓延。

「我知道，我知道，」波西說：「你們總認為希臘是你們的敵人，這當中其實有一個好理由。我想天神把兩個營區分開那麼久，是因爲每次我們相遇就打架，不過這是可以改變的，這也一定要改變，如果我們要打敗蓋婭的話。這就是七人大預言的意義，七個混血人、希臘與羅馬，將會一起關起死亡之門。」

「哈！」有個拉雷斯在後面叫喊，「上一次有個執法官想要執行七人大預言，就是麥克．瓦魯斯，結果在阿拉斯加弄丟了我們的老鷹！爲什麼現在我們要相信你呢？」

屋大維沾沾自喜地笑著，元老中有些他的盟友就開始點頭抱怨起來，連幾個退伍軍人都動搖了。

「我背著茱諾跨過台伯河，」波西提醒大家，聲音盡可能堅定，「她親口告訴我七人大預言就要來到。馬爾斯也親自出現在你們面前，如果你認爲情況不嚴重，那麼兩位你們最重要的天神爲何要在營區現身呢？」

「他說得對，」關德琳從第二排發出聲音，「我，一個人，信任波西的話。不管他是不是希臘人，他恢復了軍團的榮譽。你們看到他昨晚的戰鬥，有誰能說他不是羅馬的英雄？」

沒人反駁，有些人認同地點頭。

蕾娜站起來，波西焦慮地看著她。她的意見可以改變一切，往好或往壞都可以。

「你宣稱這是一個聯合的尋找任務，」她說：「你宣稱茱諾有意讓我們和另一個營……混血營合作。但希臘是我們的敵人有幾百年了，他們的詭計鼎鼎有名。」

「或許是，」波西說：「但敵人也有可能成爲朋友。一週以前，你想得到羅馬人和亞馬遜人會並肩作戰嗎？」

海拉女王大笑。「他講得有道理。」

「混血營裡的混血人已經和朱比特營合作過了。」波西說：「我們只是沒有完全明瞭真相而已。在去年夏天的泰坦戰爭中，當你們在奧特里斯山[101]攻擊時，我們則在曼哈頓防守奧林帕斯山，我獨自迎擊克羅諾斯。」

蕾娜退後，幾乎被自己的長袍絆倒。「你……什麼？」

「我知道這實在令人難以相信，」波西說：「但我想我已經得到你們的信任，我是站在你們這一邊的。法蘭克和海柔，我很確定他們是注定要跟我一起進行尋找任務的人。其他四位已經在從混血營過來的路上，其中一位是傑生．葛瑞斯，你們的前任執法官。」

「喔，拜託！」屋大維叫囂，「他現在在編造故事了。」

蕾娜皺起眉頭。「有太多難以置信的事。傑生要回來了，而且是和一群希臘混血人？你說他們會在空中出現，是一輛重武裝戰船，而我們卻不用擔憂？」

「是的，」波西看著全場緊張又懷疑的群眾。「就讓他們降落，聽聽他們的說法，傑生一定會證明現在我告訴你們的每件事，我以性命來發誓。」

「你的性命？」屋大維寓意深長地看著元老們。「我們要記得那句話，萬一這是個詭計的話。」

在這時，一個傳訊兵衝進元老院，氣喘吁吁地，彷彿是一口氣從營區跑來。「報告執法官，很抱歉打擾了！但是我們的偵查兵報告……」

「船！」泰森開心地從屋頂的破洞指著天空，「耶！」

絕對沒有錯，一輛希臘戰船破雲而出，距離約八百公尺遠，正朝著元老院的方向下降。當它更靠近時，法蘭克看到銅盾在船側閃耀，風帆鼓動，一個熟悉的雕塑豎立在船頭，那應該是一顆龍的頭。在最高的一根桅杆上，一面大白旗在風中飄揚。

阿爾戈二號眞是他見過最不可思議的船。

「執法官！」傳信兵叫喊著，「您的命令是？」

屋大維跳起來，「這還要問？」他的臉色脹紅激動，扭轉著他的泰迪熊。「這個預兆很可怕！這是個詭計、陰謀。小心希臘人來意不明的禮物！」

他伸出一根手指頭對著波西。「他的朋友搭乘一艘戰船來攻擊，是他把他們引來這裡的。我們必須出擊！」

「不行，」波西堅定地說：「你們所有人推舉我爲執法官是有理由的；我也會以我的生命來保護這個營區。但他們不是敵人，我說我們做好準備，但不攻擊，讓他們降落，讓他們發言。如果這是詭計，我和你們一起奮戰，如同昨晚的我那樣。不過，這不會是詭計。」

---

101 奧特里斯山（Mount Othrys），位於希臘中部，傳說泰坦巨神與奧林帕斯天神大戰即是以此為據點。參《波西傑克森──迷宮戰場》一四九頁，註51。

所有的目光集中到蕾娜身上。

她研究著正在接近的戰船，表情冷酷起來。如果她贊成波西的決定……嗯，波西並不知道接下來會發生什麼事。混亂與困惑？至少吧。最有可能的是，羅馬人會追隨她的領導，畢竟她當領導人的時間比波西長太多了。

「先不要攻擊，」蕾娜說：「叫整個軍團進入待命狀態。波西．傑克森是你們正式選出來的執法官，我們應該相信他，除非我們有不能再相信的明確理由。元老們，讓我們一起前往廣場，見見我們的……新朋友吧。」

元老們衝出了會議廳，是基於興奮還是恐慌，波西並不知道。泰森跑在他們後面，一直喊著：「耶！耶！」艾拉仍舊繞著他的頭飛來飛去。

屋大維送給波西一個厭惡至極的眼光，丟下泰迪熊，跟在群眾後面走出去。

蕾娜站到波西身旁。

「我支持你，波西。」她說：「我相信你的判斷，但爲了我們所有人，我希望我們的隊員與你的希臘朋友之間能保持和平。」

「會的，」他保證，「你等著看吧。」

她抬頭看著戰船，表情漸漸變得有些期待。「你說傑生在船上……我希望那是眞的，我很想念他。」

她快步往外走，會議廳裡只剩下波西與海柔、法蘭克。

「他們要直接降落到廣場上，」法蘭克緊張地說：「特米納士會心臟病發的。」

「波西，」海柔說：「你以你的性命來發誓，羅馬人對這種話很認眞的。萬一出了什麼狀況，即使只是意外，屋大維一定會殺了你。你知道吧？」

波西微笑。他知道風險很高，他知道這一天有可能全部走樣，但他也知道，安娜貝斯就在船上。如果情況的發展是對的，那今天就會是他人生最棒的一天。

他把兩隻手分別搭到海柔與法蘭克身上。

「走吧，」他說：「讓我來向你們介紹我的另外一個家庭。」

混血營英雄 2

海神之子

文 / 雷克．萊爾頓　譯 / 蔡青恩

副主編 / 林孜懃、陳懿文　編輯協力 / 余素維
特約編輯 / 賴惠鳳　美術設計 / 唐壽南
行銷企劃 / 陳佳美　出版一部總編輯暨總監 / 王明雪

發行人 / 王榮文
出版發行 / 遠流出版事業股份有限公司　104005台北市中山北路一段11號13樓
電話：(02)2571-0297　傳真：(02)2571-0197　郵撥：0189456-1
著作權顧問 / 蕭雄淋律師
輸出印刷 / 中原造像股份有限公司
□ 2012年7月1日 初版一刷　□ 2024年6月20日 初版二十五刷

定價 / 新台幣360元 (缺頁或破損的書，請寄回更換)

ISBN 978-957-32-7007-2
遠流博識網 http://www.ylib.com　E-mail:ylib@ylib.com
遠流雷克萊爾頓奇幻欄 http://www.facebook.com/thekanefans

THE HEROES OF OLYMPUS: THE SON OF NEPTUNE

國家圖書館出版品預行編目資料

混血營英雄：海神之子 / 雷克．萊爾頓（Rick Riordan）
著；蔡青恩譯. -- 初版. -- 臺北市：遠流, 2012.07
面； 公分

譯自：The Heroes of Olympus : The Son of Neptune
ISBN 978-957-32-7007-2（平裝）

874.57 101011494